我们不是春季限定，但你就是我的春天。

徐徐图之

魅丽文化

我总在春天想起你

Spring

徐徐图之 著

廣東旅游出版社
GUANGDONG TRAVEL & TOURISM PRESS
悦读书·悦旅行·悦享人生
中国·广州

图书在版编目（CIP）数据

我总在春天想起你 / 徐徐图之著. —广州 : 广东旅游出版社，2021.6（2022.3 重印）
ISBN 978-7-5570-2451-2

Ⅰ. ①我… Ⅱ. ①徐… Ⅲ. ①长篇小说—中国—当代 Ⅳ. ①I247.5

中国版本图书馆 CIP 数据核字 (2021) 第 082186 号

我总在春天想起你
WO ZONG ZAI CHUNTIAN XIANG QI NI

出 版 人：刘志松
出版统筹：曾英姿
责任编辑：梅哲坤
责任校对：李瑞苑
责任技编：冼志良

广东旅游出版社出版发行
地址：广州市荔湾区沙面北街 71 号首、二层
邮编：510130
电话：020-87347732
印刷：湖南凌宇纸品有限公司
（地址：湖南省长沙县黄花镇工业区凌宇纸品　电话：0731-86300881）
开本：880 毫米 ×1230 毫米　1/32
字数：278 千字
印张：10
版次：2021 年 6 月第 1 版
印次：2022 年 3 月第 4 次印刷
定价：46.80 元

目录

CONTENTS

CONTENTS

第一章 课代表

八月中，流萤似火，蝉鸣将尽。

傍晚，费辛从外面回来，追风一般，骑着山地车进了小区大门，车把上挂的网兜里装着刚才打完球换下来的脏球衣。

他耳朵里塞着AirPods，和同学讲电话：“九月一号正式上岗，前几天去给校领导试讲，今儿上午通知，说让我教高二。”

“哇！辛辛厉害，我还猜只会让你给老教师当个小助教。”

“厉害个溜溜球，是让我教高二文科班化学，还是两个特长班，真还不如去当助教。”

“那也还行……起码不忙，至少比研究所轻松多了是吧，还不耽误你复习考研。哎，你是真决定放弃保送啊？再考虑考虑？我还是觉得没必要，你这人就是太较真……”

“都说了别提这事，是还嫌我不够烦吗？挂了，我到家了。”

“那成吧，祝费老师桃李满天下，春晖遍……”

费辛不听他贫完，就敲耳机挂了电话。

接电话前听到一半的歌继续唱着：“如果我在角落里遇见他，碰巧有风吹乱他的头发……

“我会伸出还温热的手掌，告诉他明天会有多晴朗……”

费辛住的是个新小区，入住率不高，七月暑假开始后，他才和父母搬来入住新居。费家住在小区最后面的联排，窗后是人工湖，湖那边是湿地公园。

人少，还远离闹市，整座小区在这傍晚时分显得安静幽深。

经过某一排时，他听到“砰”的一声。

费辛朝着声音传来的方向望去。

远山把渐沉的夕阳藏了起来，小区路灯刚刚打开，那处灯下，有两个中学生模样的男孩正在打架。

或者更准确地说，是单方面的施暴。

两个男孩看起来十六七岁，打人那男生高壮一些，费辛见过两次，知道也是住这儿的邻居，是个玩滑板还爱装酷的小帅哥，只是不清楚是哪户的。

这邻居孩子暴戾地把另一个男生掼倒在地，男生撞到了旁边巨大的公共垃圾箱，刚才的声响就是垃圾箱发出来的。挨揍那小孩的背部狠撞了上去，单是听听都好疼。

那男孩踉跄着摔倒，邻居孩子不罢休地又上前，抬脚便踹在他身上，不知是踢到了哪里，地上那男孩当即痛叫一声。

现在中学生都这么凶残了吗？

费辛蓦然以单脚撑地，刹住山地车，暂停了音乐。

邻居家那高个子男生果真凶残，非但不收手，还嘲讽着骂道：“还装是吧？装个头啊！”

他仍然不依不饶，又狠踢了地上的男孩几脚。

那个男孩只好蜷起身体护着自己的腹部，边躲避踢打边低声求饶。

离得有点远，他声音又小，费辛听不清楚他都说了些什么，只听到那高个子不停用脏话骂他。

他应该也看到了这边的费辛，但并没有出声向费辛求助。

很多常被施暴的青少年清楚，向别人求助也许能逃过这一次，但过后往往会被欺负得更惨，所以他们很少选择向大人求助。

——即将去做实习“灵魂工程师”的费辛，最近格外关注这方面的社会新闻。

“干吗呢？！”费辛还是高声阻止，对邻居家男孩道，“我知道你家住哪栋，再不住手就去找你家长了！”

那男生转过头，不礼貌地回道：“滚，狗拿耗子！”

费辛将车把一转，山地车朝那边冲过去，到俩男孩面前停下。他一只脚撑着地，另一只脚还踩着山地车的脚蹬，他冲那高个子中学生一扬眉，说：“很能打嘛！来，跟我打。”

他摘了耳机，随手塞进裤兜里。

那高个子男生打量他。

他一副无所谓的样子回看对方，那意思就是：要打快点打，不打就滚咯。

刚去打了半天球回来的费辛，穿着篮球鞋运动短裤，跟腱修长，臂肌有力，露在外面的四肢被晒成麦色。

身高一米八几，二十出头的男青年，又这种体育生似的打扮，表情也刺头儿一样，一眼看上去就是不太好惹的类型。

邻居家这男孩比同龄人高出不少，可到底只是个中学生，扔下一句“神经病”，又嫌恶地瞥了地上那男孩一眼，然后一阵风地跑走，转个弯就不见了。

费辛也不是真想和小孩打架，这下倒还省了麻烦。

他看看挨揍的人。那男孩费力地坐了起来，浑身上下一团狼狈，右手臂的手肘被蹭破了一大片，鲜血淋漓，刚被推的那下摔得是真有点重。

“能站起来吗？要不要扶你一把？”费辛问道。

“不用。”男孩皱眉，显是忍着伤处的痛，慢慢地站起身来，声音很低，道，“谢谢。”

费辛道：“你家也住这儿吗？快回家去吧。”

男孩抬起眼睛，谨慎地看了看费辛，道：“不住这里。”

费辛发现他长得还挺好看，皮肤很白，一双大眼睛被稍长的刘海遮挡了一点，看起来很内向腼腆，像个小姑娘。

在遭遇同龄人暴力的青少年群体之中，这样略“娘”的小男生，是有不少。

费辛的视线落在他手臂上血糊糊的伤处，道：“这附近还没诊所，你家远吗？”

男孩道：“地铁就几站。”

费辛道：“你这样还去坐地铁？一上地铁就吓着别人，还当你被丧尸咬了呢。”

男孩不说话了。

帮人到底送佛到西，费辛提议道：“我家就在后面几步远，去帮你先处理下伤口？”

男孩：“不用……不用了。”

费辛说：“跟我来吧，我爸妈都是医生。”

他把山地车转了个头，下来推着走。身后响起很轻的脚步声，那男孩跟着他来了。

向小区深处走数十米，转个弯，就到了费辛家。

“你随便坐。”进门后，费辛朝楼上叫人，“妈！没在吗？爸！妈？”

没人应声。

男孩站在门边看着。

费辛只得道：“还没下班，我找下药箱放哪儿，你先坐。”

男孩进到家里，大约是怕弄脏了沙发和地毯，也没有去坐，拘谨地站在茶几前的空地上。

费辛拿了药箱过来，说：“那就我来，可能会有点疼，你忍着点。”

男孩不信任地说：“你会吗？”

“不会，”费辛打开药箱，道，“要么你自己来？”

男孩听出他是开玩笑，又不作声了。

费辛帮他清理了伤口的血污，又擦了碘伏消毒，动作干净娴熟又利落。

男孩手肘上的伤看起来惨烈，是刚刚狠摔那一下的擦伤，擦得狠了些，万幸是没蹭上什么脏东西，不用打破伤风针。

他倒也是很能忍痛，费辛本来还有点怕他会哭，结果他从头到尾没出过声。

费辛问他：“刚才那个是你同学？他为什么欺负你？”

男孩：“……”

费辛道：“你家又不住这儿，来这儿干吗？”

男生：“他叫我来的。”

费辛：“他叫你就来啊？”

男生的表情越发难堪，脸色红白交加。

费辛也有些尴尬。

处理好了伤口，男孩道：“你也是医生吗？”

费辛说：“我不是，家里有俩还不够？全去当医生，这日子还能不能过了。”

男孩也笑了一下，像是在附和费辛的话。

费辛说："我是个高中老师，教化学。"

男孩一脸疑惑的样子。

费辛道："怎么，我不像吗？"

当然不像，他太年轻了，加上今天这身着装，完全是大学生的样子，哪里像是高中老师？

男孩说："我不是这个意思。"

费辛笑起来，说："不像就对了，现在还不是。我开学该念大四，这学期是要去高中实习，过几天等高中开了学才去报到，到时候才能算是。"

他从茶几下的隔层拿了放在那里的一本《中学教育心理学》，扬起来给男孩看，道："喏，这两天还在临阵抱佛脚。也没准到时候教你呢，你哪个学校的？"

男孩："应该……不会吧。"

全市高中那么多，倒也不会巧到刚好费辛就去他就读的学校实习。

费辛把书丢了回去，收拾刚用过的棉球纱布，道："那你是哪个学校的？上高几了？"

"我是一中的，开学上高三。"男孩道。

费辛要去的是七中而非一中，说："这样啊，那我教不着你了。"

男孩说："老师……你能借我件衣服吗？"

他身上的T恤很脏，刚才挨揍，还蹭到了血迹。

"穿这个回家，会被我妈发现。"他说。

费辛了然道："你不准备告诉你爸妈，被同学欺负了？像这样……多久了？"

"就这一次，真的。我不想我妈担心，她要是知道会急疯了。"男孩越说声音越小，道，"我是单亲家庭，你不明白我们这种……我们这种生活。"

他刚才进门时就看到了，楼梯旁的照片墙上，都是费辛和父母去各地旅行拍的照片，有彩云之南，有北欧雪原，有长白之巅，还有黄金海岸，还有几张只是日常随机抓拍的合影。

一家三口有着非常相似的幸福笑脸。

显而易见，费辛有一个很幸福完满的家庭。

"你胳膊上这伤可藏不住，你妈还是会发现的。"费辛道。

"不会，她每天都很多事情要做，不会仔细看我。"男孩道。

费辛：“……”

“好吧。”他起身，去给男孩找了件自己从前的T恤。

“谢谢。我能用洗手间吗？”男孩得到了费辛的允许，才到洗手间去洗了下手和脸，又换了衣服，大概是看到了商标，知道这牌子价格不菲，而且衣服还很新，出来后，他就对费辛说，“我会洗干净，再来还给你的。”

费辛道：“不用了，这件我买回来没穿过，一时大意洗错了缩水变小，我反正不能穿，当是送你了。”

男孩坚持道：“我会还你的。”

他一直都怯生生的。

一个单亲家庭的小孩儿，妈妈给的关注又不够，比较缺爱，看起来不太有自信。

被暴力对待也并不敢跟家里说。

当代中学生真复杂。

“衣服真不用还。”费辛说，“你是个男生，不要太软弱，也别太钻牛角尖，为了不值得的事和人委屈自己，不是太聪明。”

他说得算是很委婉，这男孩却明显是听懂了，呆了数秒，道：“我明白，谢谢老师。”

九月份，全市中小学都开了学。

颍城市第七中学也是市重点高中，和市一中比起来是要差一点点，但每年在高考上取得的成绩也还算不错。

开学第一天，大课间时，七中举行了这学期第一次升旗仪式。

操场上的仪式进行得如火如荼，这边校园里，一男一女两个躲在楼道里的高二学生，被年级主任逮个正着。

赵主任教高二物理，平时办公就在高二理化办公室，就把这对男女生带去办公室里，问话、批评。

还有几位老师都正在办公室备课。

第一天上岗的实习老师费辛坐在最角落的办公桌前，正做第一堂课的PPT，抬头看到被赵主任带进来的学生，滑鼠标的手一顿。

这男生不就是前阵子在自家小区里挨揍那个？不是口口声声说“我是一中

的，开学上高三”？？？

他和上个月的模样比起来，变化倒是很明显，头发剪短了些，刘海不挡眼睛了，脸上也没了怯懦的表情，反而有种玩世不恭的嬉皮笑脸。

一对男女学生躲在楼道里能干吗呢？赵主任见怪不怪。

因为这届刚升高二，赵主任还没来得及认识这帮学生，问那俩孩子：“你俩叫什么？哪个班的？刚开学升旗就缺席，有没有一点纪律性？”

女生低着头，脸涨得通红。

男生两手揣进校服兜里，一脸天真无辜，说：“我叫王小明。”

这种名字一听就是在胡诌好吗？！赵主任冷笑道：“行，你要是不叫王小明，以后也得给我改名叫王小明。”

男生立马抛弃朴实无华的“王小明”，改了个言情霸总名：“那我叫顾北城吧。”

赵主任：“……”

几位备课的老师都忍不住笑了，整个高二理化办公室里充满了快活的空气。

“顾北城”让费辛大开了眼界。

这还是那个委屈巴巴的小可怜儿吗？

怕不是被谁“魂穿”了？

“他叫俞仲夏。”旁边另一位教物理的老师出言道，“赵主任，别听他胡说八道。”

这位老师是本学期才从高一年级调上来的，认得这个男生。

赵主任恍然说：“我说是谁，弄了半天，你就是俞仲夏？”

其他几位老师闻言，也都好奇地抬头打量这声名赫赫的高二新生。

只有费辛一脸茫然。

那个名叫俞仲夏的男生还两手揣着兜，要笑不笑地说：“早知道我红，没想到我这么红，我说一句我是七中顶流，没人反对吧？”

外面楼道里热闹起来，升旗仪式结束，学生陆续回来了，有经过办公室的，隔着窗朝里面看。

赵主任顾及到是一对男女生一起挨训，影响不太好，说：“七中顶流，你墙角站着去。”

顶流同学倒是也听话，转身就过去了，迈着自信的步伐，罚站仿佛走花路。

“……”赵主任并不想理他，转头放轻了语气，教育那女生，车轱辘话，“你一个姑娘家家，怎么回事？心思要放在学习上，这才开学第一天……”

顶流同学罚站的角落，边上就是费辛老师的办公桌。

费辛奇怪地看了看他，他也奇怪地看了看费辛。

赵主任在那边婆婆妈妈地数落那女生。

办公室外面楼道里，学生也吵吵闹闹。

费辛用只有两人能听到的音量，问他：“你不是说你是一中的？”

俞仲夏迟疑道：“你？”

费辛道：“还说开学你就上高三？”

俞仲夏歪着脑袋，仔细打量费辛，看了又看。

今天上岗实习第一天，要见校领导，也要给学生留个严肃的印象，因而费辛穿得很正式。

细条纹衬衣，下摆规整地扎进了西裤腰带里，头发也梳成大人模样，十级大风都不能撼动他的发型，衣冠楚楚，为人师表。

他今天和那天刚打完球的样子非常不一样。

“还没想起来？”费辛也很怀疑对方到底是不是同一个人，说，“你从我家穿走我的衣服，还说过后会还我，还哪儿去了？”

俞仲夏眯了一下眼睛，道：“刚没认出来是你，我近视眼，不戴眼镜跟瞎了一样。”

费辛怀疑地看他。一个人在短短十几天内，变化怎么会这么大？

俞仲夏双手还揣在兜里，双脚重新站成个内八，说：“不就是一件衣服，别那么小气，回头有空就还你啦……”

他这句语气又慢还嗲，最后那个“啦”字还拖着长音，又有点初见时那种仿若女孩儿的样子，但很做作。

费辛无奈道：“你好好说话。”

俞仲夏眨眼：“这怎么不是好好说话了？”

“俞仲夏。”赵主任让那女生走了，又叫俞仲夏过去，训了他几句。

俞仲夏乖巧点头。

快上课了，赵主任就也放了他走。

等他出去，诸位师长马上开启群聊模式——

赵主任："原来俞仲夏长这个样子？！"

那位教过俞仲夏的物理老师："跟想象中不一样吗？"

老师甲："不一样啊！我一直以为俞仲夏是个小非主流，要么就是个痞里痞气的模样，这孩子长得还挺干净是怎么回事？"

赵主任："我上学期来新校区，远远看过他一回，怎么记得是个大高个子，也不长这样啊？"

物理老师："你是把万鹏认成他了吧？高个儿，挺壮实？"

见赵主任点头，物理老师才继续说："那是万鹏，是个体育生，以前跟俞仲夏整天一起玩，不过现在他俩闹翻了。"

老师乙："为什么？"

物理老师："不清楚，听说还在校外约过架。"

赵主任："就他这细胳膊细腿儿，还跟人体育生打架？"

老师甲："听说他还挺能打呢，高一刚入学军训，完了跟教官打架，被通报批评那个，就是他吧？"

老师丙："就是他！在老校区那两届学生里，他也很有名，还有专门跑来这边看他的。"

物理老师："真打架也就那一次，后来没在校内惹过什么事，他整天跟万鹏那帮体育生一起玩，万鹏他们都还挺服他，应该是真有两下子。"

赵主任掏出手机："我要赶快多转几条锦鲤，保佑俞仲夏高二期间安分守己，千万别给我惹是生非。"

物理老师说："其实我教他那一年，感觉他也还算安分，上课趴着睡觉，作业也交，虽然题目都做不对，成绩一直都跟不上。"

一群老师吃学生的瓜，还吃得热火朝天。

费辛："……"

现在的感受就是玄幻，太玄幻了。

这俞仲夏——

既是个被霸凌的娘娘腔，还是个铁血校霸，这么横跳，究竟是怎么做到的？

七中现在的新校区去年才开始投入使用，上一学年只有高一新生在这边，高二和高三都还在老校区，这学期才全都搬了过来。

所以俞仲夏的名字虽然如雷贯耳，但这批高二的老师是今天才第一次见到真人。

上课铃响，赵主任接了教务处电话，出去了。

没了领导在场，余下几位老师意犹未尽又小聊了几句。

老师甲："刚才那个女生，是和俞仲夏在早恋吗？"

物理老师作为现场唯一可能的知情人，却说："不知道，这女生我也不认识。"

老师乙："这年纪的女生，本来就容易喜欢这种'坏男孩'，再说你们看俞仲夏长那模样，能不招女生喜欢吗？哎，费辛费老师……"

他转过身来，很善意地问一直没参与进来的实习老师："这问题你最有发言权，我们这帮人，被颜值限制想象力，不太了解帅哥们的校园生活。"

费辛："这个……"

其他老师也都朝他看过来。

"也没什么特别的，"费辛一本正经地说，"就是每天早上都在情书堆成的小山上醒过来，课桌抽屉里总有吃不完的巧克力和各种零食，路上遇见的每个女生都会对我投来爱慕的眼神……"

其他老师："……"

费辛："打个篮球会有无数学妹来送水，放学还常被高年级学姐围堵，逛一次街能遇到十八个想挖掘我的星探，还常常被不明人士跟踪，一回到家就必须拉好窗帘，不然一定会被某些变态用望远镜窥视我的私生活，如果有得选，我也不想这么帅。"

众人："……"

费辛重重叹气，说："像我这样一个帅哥，每一天都活得既像偶像剧，又像悬疑剧，还随时可能发展成犯罪片，当真是，朴实无华又枯燥。"

众人："……"

费辛笑起来，道："别人哪有这么无聊，长什么样还不都是一日三餐，该上学就得上学，该补课就得补课，高考也不会看脸加分。我跟你们开玩笑的。"

大家也都笑起来。

一个化学老师来认师弟，问："费辛，你也是颍城师大化学系的吗？"

费辛道："不是，我是颍城大学的，应用化学。"

老师们奇道："你不是师范生啊？怎么来中学实习？"

颍城大学是一所“211 + 985”的综合性大学，理工科尤其化学学科在全国都非常有名，和颍师大完全不是一个档次的学校。

照常理来说，颍大化学系的学生，没道理要到高中来实习。

“我准备考研，”费辛道，“来学校清净，方便复习。”

这理由，不太有说服力。

老师们心里还有疑惑，但这才第一天共事，还不怎么熟，问得太细就有些不够尊重人，另外费辛又很年轻，年轻人做事情，本来就不一定都有理由。

那位化学老师认亲失败，并不气馁，又问：“你今天第几节有课？”

费辛道：“下午第一节，19 班的。”

那老师道：“正好，我第一节空着，去听你课？介意不？”

费辛笑说：“不介意，太欢迎了，正好麻烦您帮我挑挑毛病。”

又有两位下午第一节没课的老师表示：“那我们也去吧。”

“欢迎各位前辈随时莅临指导，我现在就只希望学生别拆我台。”费辛道。

“19 班？”八卦源头物理老师想起来了，说，“刚才那个俞仲夏，这学期就分到 19 班了。”

巧了吗这不是！

费辛实习期间任教的班级是高二 18 班和 19 班，两个文科特长班，18 班体育生为主，19 班就多数都是艺术生。

俞仲夏原本不是特长生，上学期末分文理科，他因为文化成绩实在太差，才转成了艺术生，要学播音主持。

下午第一节课，费辛又见到了这个奇奇怪怪的俞仲夏。

一上课，他走进 19 班的教室，一眼就发现了最后一排的“顶流大大”。

俞仲夏坐在位子上，却把双脚蹬在课桌边，前后一晃一晃的，像个人形弹簧。

他余光见有老师进来，不急不慌地放下脚，问别人：“什么课？”又慢慢悠悠地翻找不知道放在哪儿的化学课本。

这中间，他瞥过讲台上的费辛几眼。但他没戴眼镜，费辛猜他根本看不清楚是自己。

这是开学第一次化学课，又是位新化学老师，多数学生们表现出了一定积极性，坐得端正，听课也有模有样。

上课才不到五分钟，俞仲夏就趴在桌上安然入睡，完全把讲台上的费老师和后方几位听课老师当空气。

费辛对此早有心理准备，不单是对俞仲夏。未来的实习期里，两个班的学生多数是这种情况，也许这才是常态。

这是文科班，化学不是高考科目，并且这两个班里的还都是特长生，校领导对这种情况心里也有数，不然也不会让他一个实习生来教。

课堂进行得顺利流畅，坐在教室最后面听课的几位前辈老师，或多或少抱着来挑刺的心态，一堂课听下来，也挑不出这实习生什么毛病，纷纷在听课本上给了正面评价。

讲完课后，学生做随堂练习，听课老师们就都从后门走了。

他们一走，费辛自己对着一教室学生，还有点新人难免的尴尬。他从讲台上下来，绕着教室里慢慢走了一圈，看学生们做题。

有认真做的，有瞎做一气的。

也有在打瞌睡的。

还有玩手机的，看到费辛走过来，忙把手机藏起来，费辛也不揭穿，经过时用手指点了点书桌，提醒快点做题，就罢了。

俞仲夏睡得天昏地暗。

费辛只当没看见，直接从他旁边过去了。

好无聊啊……

费辛在教室门口站住，视线投向外面的校园里。

高中校园比不得颍大校园，在费辛眼里既逼仄又无趣。他有点想念自己的大学，想课堂，想实验室，也想念分别了一个假期的同学们，不知道他们在研究所、在企业实验室……怎么样。

他晃了晃神，收回视线来，发现门口第一排的女生仰脸看着他。

他一脸疑惑。

那女生一笑，说："费老师，你好帅啊。"

她并没收着音量，就很坦荡地在表达自己的赞美。

后排有些学生听到了，也跟着起哄："哇哦……"

"费老师你好帅啊……"

"好帅啊……"

费辛心说，我当然知道我好帅。

然后他抬手做了个向下压的动作，正色道："别闹。"

马上要下课了，他回讲台上去，布置了课后作业，问："我的课代表是哪位同学？"

各班的课代表是由班主任任命，通常是入班时单科成绩最好的那位学生当课代表。

班里安静了片刻，不少学生回头向最后一排看。

费辛的右眼皮一跳。

俞仲夏被同桌用手肘撞了一下，忽然被吵醒，气性还挺大，抬起头骂人道："干吗？想死啊？"

整个教室鸦雀无声。

"看来，"讲台上的费辛保持微笑，说，"你就是我的课代表？"

俞仲夏一脸迷茫。

他睡得半张脸都是红印，既暴躁又茫然，压根就不知道自己什么时候当上了化学课代表。

此时下课铃响，费辛也不想为此再多废话，说："课代表同学，记得帮我收作业。下课。"

他收了东西要走，有个学生拿着练习册上来问题目，问的还是高一知识，费辛就在讲桌边简单给他讲解了一下。

其余学生下了课，自由活动。

从19班教室的后门出去一转身，就是18班的前门，有几个18班的体育生聚在那里聊天，嘻嘻哈哈的声音从19班后门传进教室里来，讲桌边的费辛一边讲题，一边向后面看了看。

坐在教室最后一排的俞仲夏，到了课间反倒是不睡觉了，正扭着头朝后门外面看，眼睛微微眯起来，眉毛纠结在一起。

费辛讲完了问题，学生又问："老师，如果还有不懂的，能去办公室找你问吗？"

"当然可以。"费辛答着，就看到俞仲夏起身，大步从后门出去了。

角度缘故，他在讲台这里看不到外面发生了什么，不过刚才还很热闹的说笑声，马上停下了。

俞仲夏走到后门外，双手插在裤兜里，不爽地看着那几个18班的体育生。

男生们发现他出来，瞬间都不聊了。

其中也有想和俞仲夏说话的，又犹豫着没说。

几个人不约而同地都看向他们之中个子最高的那一个，像是看他会有什么反应。

这男生刚才就背靠围栏，现在也还是那样，看着俞仲夏，没动，也不说话。

俞仲夏也那样。

两个人四目相对，磁场撞击，无声胜有声。

四周的空气仿佛都静止了，气氛极其微妙。

似乎有什么，一触即燃。

本来旁边还有18班和19班其他学生在玩，察觉到情况不对，旁人自动回避。

回教室的回了教室，胆大的自觉地走远了一点看热闹。

片刻后，俞仲夏动了。

他动了，七中“顶流”俞仲夏，铁血真汉子俞仲夏，他要……动手了？！

只见他提了口气，喉结上下翻滚，对着围栏边那男生——

“嗬……呸！”

其他人：“……”

费辛打发了问问题的学生，拿着教材从19班一出来，就看见后门正剑拔弩张。

俞仲夏和一个男生互揪着对方校服衣领，围着的几个男生在劝架。

费辛：“俞仲夏，你们干什么？”

见有老师，揪衣领的两个不情愿地放开了对方，旁边一个男生打掩护：“老师，他和万鹏闹着玩儿呢。”

别人也附和：“没事儿！我们玩儿呢！”

和俞仲夏互揪衣领的高个子，名字叫万鹏，他的校服衣领裂到了一边去，也不管，又背靠着围栏，一言不发。

费辛认出了他，是和自己住同个小区，邻居家的孩子。

之前见过的几次，他不是在玩滑板，就是在欺负同学。

那个被他欺负的，可不就是俞仲夏？

怎么还是连续剧呢？

这什么校园双男主剧本？

费辛的衣着打扮和暑假里截然不同，万鹏明显并没认出来他，只当他是个普普通通的老师路人甲。

俞仲夏被两个拦架的男生一左一右揽着不让动手，不痛快地挣了挣，又对万鹏怒目而视。

费辛看这架势，感觉只要他一走开，这俩学生极可能就要打起来。

虽说他不是班主任，打架也轮不着他一个实习老师管，可是就在他眼前，无论如何也说不过去。

“课代表，”费辛道，“你跟我来一下。”

俞仲夏：“……”

万鹏马上嘲笑似的说：“俞十五，你还当课代表了？哪一科？”

俞仲夏道：“男科，专治鸟。”

费辛：怎么还当我面乱说话？这都是什么学生？

万鹏还想骂脏话，顾忌有老师在场，把话吞了回去。

不久以后的将来，费老师就知道自己会错了课代表的意。

这帮中二期男子高中生多数有个外号，例如俞仲夏就被男生们叫“俞十五”。

万鹏写字难看，以前把自己名字里的“鹏”写得太松散，成了“朋鸟”，后来得了外号就叫“万朋鸟”，许多男生叫他“鸟哥”。

费老师把课代表带去 19 班旁边无人的楼道。

“别在学校闹事。”他这样说了一句，想不出还该对这神秘莫测的俞仲夏说些什么，总觉得这学生哪儿都不对劲，最后说，“你化学成绩挺好啊，单科第一名。”

俞仲夏自下而上地看费辛，不知道琢磨了点什么，阴阳怪气地说：“期末抄得好，能当课代表，我也没想到。”

费辛：“……”

俞仲夏和费老师对话心不在焉，偏过头还朝来处张望，像是看万鹏那伙人走了没有。

费辛完全看不懂他和万鹏是什么情况，暑假里那次明明看起来像是……现在又不太像。

而且暑假挨万鹏揍的时候，俞仲夏简直就㞞了吧唧，和现在这副要与万鹏大战三百回合不死不休的模样，也完全不同。

“别在学校打架，校外也不行。”费辛道，“你这小孩，怎么校内校外，还有两副面孔？”

俞仲夏歪头看他，语气又嗲起来，说：“老师，你和那天区别也很大呀。”

费辛：“……”这孩子是不是精神分裂？

“还有一分钟就上课了，回教室吧。”费辛板起脸来，赶他回去上课。

那帮体育生已经散了，就只剩下万鹏一个还在那里。

费辛不放心地站在原处，看着俞仲夏回教室。

上课铃丁零零响起来。

俞仲夏停在后门外，和万鹏眼神厮杀了三秒，才都回了各自教室。

下午第三节，费辛又给18班上化学课。

体育生和艺术生区别还是很大的，一进18班教室，扑面而来的就是雄性激素过剩的强烈气息。

19班男女生数量基本持衡，而18班五十几个学生，女生不到十个，多数看模样还都比较男孩子气。

万鹏个子很高，坐最后一排靠窗的位置。上课约三分钟，他就趴在桌上睡着了。

临下课，费辛布置了作业。

18班的化学课代表是个女生，扎了个利落的马尾，长得相当漂亮。

费辛问“哪位同学是化学课代表”的时候，她一站起来，前后左右几乎所有男生都看她——青春期男生对漂亮女同学的喜欢完全不加遮掩。

费老师高冷地点头，示意课代表同学坐下。

有人在教室门口探了一下脑袋。

费辛回头看，是18班的班主任，姓许，女老师，教18班和19班两个班语文课。

许老师：“费老师，不妨碍你吧？”

费辛：“没，讲完了。”

许老师：“那行，我叫个学生有点事。万鹏，你出来一下。”

万鹏刚睡醒，一脸毛躁地把校服外套穿好，大步从后排出来。

下课后，费辛回理化办公室，经过语文办公室，见门敞开着，里面站着俩学生，一个是万鹏，一个比万鹏矮点的是俞仲夏，俩人正在接受许老师的教育，隔壁 19 班的班主任也在。

许老师正说到："一到课间你俩就闹事儿，还有完没完了？"

费辛路过只听到这一句，案情也很明白了。

俞仲夏和万鹏不是只在他那节课的课间互揪衣领，而是每个课间都蠢蠢欲动地挑衅对方。

费辛当晚没有晚自习，放学后就回了家。

费家父母今天回来得都比较早，夫妻两人合力做了一桌子菜，庆祝儿子第一天实习圆满成功。

费辛洗了澡，把穿了一天、十分束缚的衬衣西裤换掉，下楼来吃饭，像解除了封印，对着他妈"猛男撒娇"："辛丽萍女士！上班好累啊！谁发明的上班？！我不想上班，只想在家陪你做做饭这样。"

辛丽萍笑着拍他，又问："学校怎么样？上课难不难？学生听话吗？"

费辛道："还行，不难，不听我的话。"

辛丽萍说："十六七岁的中学生，正是最难管的时候。你上高中那几年还不是一样，我都不想和你说话，怕被你气着。"

费辛惊讶道："有吗？没有吧，我怎么记得是你每天都追着跟我说话，还老是不敲门就进我房间，看我在干什么。"

辛丽萍立刻失忆："有吗？没有吧。"

费文谦说："不管怎么样，别跟学生起冲突，你年纪比人家大不了几岁，自己还是个学生，学生不服你也很正常。"

费辛道："怎么可能起冲突？我怎么敢？我一个弱小无助又可怜的实习老师，教的还是特长班，班里那些体育生，马上就比我还高了，真要打起来没准我还真打不过。"

"算了吧。"辛丽萍道，"是谁刚上大一，就和人家体育系因为抢篮球场打起来的？还打不过中学生？你教的要是皮特·帕克我就信。"

费辛先是谦虚："我那不是年轻气盛才不着调吗？早不那样了。"

他又吐槽说："蜘蛛侠都没我这学生变脸快。"

他把暑假撞见万鹏欺负俞仲夏的事说了，道："这两个，现在都是我的学生，今天他俩还差点在学校打起来。"

费文谦不可思议道："现在中学生怎么这么夸张？打人那个，还就住在咱们小区？”

费辛道：“你们见过一个老玩滑板的男生吗？只比我矮小半头，就是他。”

费文谦摇头，辛丽萍却说：“我见过两回，住前面公寓楼的吧，家里养了条边牧，我见过他滑着滑板遛狗，真怕他不小心摔着。”

费辛做惊恐脸：“嚯，好家伙！运动神经够发达的，幸亏没认出我来，不然我不死定了吗？！”

辛丽萍责备他说：“还没说你，怎么还把不认识的人带回家来？”

费文谦表达不同意见：“一个十几岁小孩儿，有什么关系？再说还受了伤，费辛这是在做好事。”

费辛道：“主要当时看他可怜巴巴，谁知道今天就跟变了个人似的，我都怀疑是不是孪生兄弟。”

费文谦道：“这也很有可能啊。”

费辛也做了一点求证小工作，说：“我找他班主任问过，班主任说他没兄弟姐妹，我也搞不明白。”

费文谦：“有没可能是父母离异，档案里没写那么清楚？”

辛丽萍道：“行了行了，你俩热心的都不是地方。费辛你是个实习老师，也不当班主任，好好上课就行，其他事少管，你也管不了。”

“知道了妈，我就是无聊，这一天天的……”费辛凄然道，“不是吧，这才刚刚第一天？！”

第二章 万朋鸟

颍城第七中学，大门外。

晚自习结束，学生们鱼贯而出。

俞仲夏两手空空，也不背书包，一个人出了校门。

“俞十五！”有人从后面追上来叫他。

“干吗？”俞仲夏回头。

对方是18班的一个体育生，叫杨柯，高一时跟万鹏和俞仲夏就整天泡在一起。

杨柯道：“鸟哥让你去路口等他一下。”

俞仲夏道：“不等，让他滚。”

他抬脚走人，杨柯追着说：“十五，别气性这么大，咱们大家好这么长时间了，不管什么误会，你气也气够了，都一暑假了，至于还过不去吗？”

俞仲夏道：“误会？你们知道……你们知道个溜溜球！”

杨柯道：“行行行，别炸，鸟哥是怕学校里边和校门口不方便。班主任下午才说了，要是再看见你俩凑一起，就要叫家长了。这才开学，鸟哥不想惹麻烦，他自己才不怕叫家长，不是怕你家里……”

俞仲夏站住，杨柯也住了嘴不说下去。

俞仲夏不知道想了点什么，问：“哪个路口？”

一会儿，万鹏骑着变速车从学校里出来，看见等在门边的杨柯，问：“怎么就你一个？俞十五人呢？”

杨柯：“去路口等你了。用我跟着一起吗？”

万鹏："不用。"

杨柯："真不用？你俩别打起来。"

万鹏："不打，好好说。"

杨柯还将信将疑，万鹏骑着车一溜烟走了。

转角路口有家便利店，俞仲夏进去买了瓶水，准备结账的时候看到冰柜里的玻璃瓶装 RIO 鸡尾酒，又过去拿了一瓶。

到他结账，收银小哥看他的校服，又看他的少年嫩脸，提醒他："这是酒精饮料，未成年不能买。"

俞仲夏成熟稳重地说："我十八了。"

小哥分明不信，道："把身份证给我看一下？"

俞仲夏只好改口说："我女朋友让买的，她看广告说这瓶子好看，想发朋友圈。"

他拿的是瓶粉色水蜜桃味的，包装是很讨女孩喜欢，粉粉的少女心。

正是放学时候，后面排队的学生越来越多，再多这店里就站不下了，RIO 酒精度也不高，小哥便不再坚持，给俞仲夏扫码结了账。

俞仲夏从店里出来，站在路边，RIO 揣在校服衣兜里，他拧开矿泉水瓶喝了几口。

万鹏骑着车过来了，到他面前刹住车。

他把水瓶拧好盖，随手一丢，刚刚好丢进万鹏车前杠的水壶架里。

万鹏低头看那瓶子，心里有点不是滋味。

他俩还没闹掰之前，万鹏每次骑这车出来，俞仲夏但凡手里有个瓶子，都要这么投篮似的丢着玩，也有失了准头丢不进去的时候，还是准的时候多。

万鹏坐在车座上，抬起头看自己曾经最好的哥们儿俞仲夏，两个月前他俩还好得跟什么似的。

天大地大，兄弟最大。这话该是没错的吧。

俞仲夏歪头看着那个卡在水壶架里的塑料瓶，看样子不准备先开口。

万鹏决定先表态，说："十五，是我不对在先……"

说时迟那时快！

俞仲夏从衣兜里掏出 RIO，不由分说，照着万鹏的脑袋就狠敲了上去。

万鹏吓一跳，到底是个练田径的，反应极快地侧身一避，躲开了。

俞仲夏出手这下抡圆了胳膊，用上了八分力，被万鹏这么躲闪开，他的手臂惯性却收不住，那瓶子稳准狠地砸到了变速车的车把上。

砰的一声，玻璃瓶几乎是炸开了。

万鹏：“……”

俞仲夏：“……”

偷袭不成就算了，他自己倒被玻璃瓶爆裂那一下，弄得一手血。

便利店出来的学生，放学路上的学生，其他过路的行人，被声音吸引，都朝这边看。

万鹏过了刚开始那劲儿，看玻璃瓶碎成了渣，背后一凉，难以置信地说：“俞仲夏？你是想要我命吗？”

俞仲夏把碎得只剩半拉的玻璃瓶扔了，道：“要你命怎么了？你不该死吗？我当你是兄弟，你背地里欺负我弟弟！你讲不讲江湖道义……”

“我没有！”万鹏脸色都变了，道，“你小点声！”

俞仲夏冷笑道：“你还要脸啊？”

万鹏说：“都跟你说了我没有……你手！你手流血了！没事吧？”

俞仲夏道：“滚，少来猫哭耗子！”

他向旁边倒着走了几步，抬起没事的左手指着万鹏，道：“你等着！早晚弄死你！”

万鹏：“……”

俞仲夏转身离开的背影，气势还在。

其实一张脸扭曲得亲妈都快不认识：呜呜呜呜好疼啊！！！

俞仲夏淌着一手血，打了辆车回家。

在出租车上，他拿纸巾把血擦了，借着车窗外的光，看到手指上被割出来好几道口子，手掌靠虎口附近也划了两道，都不算深，血倒是很快就止住了。

到家进了门，客厅黑着灯，主卧门关着，门下透出一点光亮，还有几声男人和女人的说笑声。

俞仲夏在玄关换拖鞋，转身的时候没看到，把鞋架上的鞋盒撞了下来，啪一声。

主卧里的说笑声停顿了一下。

俞仲夏把受伤的右手揣在衣兜里。

主卧房门开了，他爸爸俞明从里面探出半边身子，隔着客厅远远问：“回来了？吃夜宵吗？给你剩了两块比萨，你阿姨还买了车厘子，都在冰箱里，吃就自己拿。”

俞仲夏意识到自己藏右手的行为多此一举，应了声：“知道了。”

俞明道：“吃完早点睡。”

俞仲夏说：“好。”

俞明交代完就不管他了，退回房间去，关上门，继续和太太二人世界。

俞仲夏的房间在客厅这一头，只要都关上房门，谁也影响不到谁。

明明是在同一个家里，可他和俞明夫妻两个井水不犯河水，基本上各过各的。

有时候十天半个月，他都未必能和继母见上一面。

回到自己房间，他把手冲洗干净。十指连心真不是假的，疼得他龇牙咧嘴，这下澡也没法好好洗，他只得举着右手脱了衣服，到淋浴头底下随便冲了一下。出来后，他找出创可贴，笨手笨脚地给自己胡乱贴了满手。

就还是很疼。

费家。

费辛吃过饭，回自己房间去看书，专心当一个边实习边复习的“考研汪”。

刚看了两页书，房门被敲了敲，辛丽萍在外面说：“我敲门了啊，以后别诬赖我不敲门。”

“是是是，我跪请您速速进来。”费辛应声。

辛丽萍端着切好的水果进来，说：“妨碍你不？”

费辛扬眉，说：“谁妨碍我你也不会妨碍我，有什么吩咐吗，辛女士？”

辛丽萍把水果放他桌边，道：“你爸说你不高兴，还不让我多管你，我跟他说，你才别管我。”

费辛边爆笑边说：“我没事儿啊，我这不是挺好吗？老费就爱瞎揣测我。”

辛丽萍看看摊在桌上的书，再看看已经长大成一个英俊青年模样的儿子，说：“你是个大人了，也有自己的主意，有些事我们不是非要管，就是提个建议，你要不要再考虑考虑，保研的机会难得……”

费辛做了个“停”的手势，道：“我都决定的事，不会再后悔。况且实话说，我现在根本就看不上什么区区颖大研究生，等我今年考个北大，给你和老费长长脸，瞧好吧。”

他这就是根本不想聊这茬。

辛丽萍只好说：“行吧，要是哪天想聊聊天，或者想骂骂谁，随时找我。”

费辛抬手对她比心，说：“得嘞，爱您。”

俞仲夏磨磨蹭蹭搞好一切，躺在床上准备睡觉。

手上一阵阵疼，搞得他心情更加低落，禁不住悲从中来。

想他原本的生活，堂堂七中校园一“霸”，除了学习不太好，开心快乐没烦恼。

现在怎么会搞成这样？以前一起玩的那帮体育生都在 18 班，继续跟万鹏一伙，就剩他孤家寡人。

他俞仲夏，好惨一“霸霸”。

不是他非要和万鹏过不去，搞成这样，万鹏就是二分之一的罪魁祸首。

上学期期末考的最后一天，俞仲夏的亲妈叫他去那边吃午饭。

本来每隔一段时间就会去一趟，并没什么特别，他就去了。

结果在饭桌上一言不合，他妈知道他要学播音主持，很不满意，借题发挥把他骂个狗血淋头，母子俩闹到差点上演全武行，从前也不是没打过。

他下午还要考试，不想耽搁，最后两门英语和化学如果缺考，以他其他科目的成绩，搞不好就得留级，本来他中考就已经比别人晚了一年，再留级他都要留老了。

于是他让了步，说放暑假再考虑考虑。

结果他妈不依不饶发起疯来，趁他上厕所，把他锁在卫生间里，自己带着钥匙去上班了，走前还说：“留级正好，多一年补补你那文化课！别去学什么破播音主持！”

他妈走后，他弟弟俞季阳在门外用螺丝刀撬了半天锁，笨得要死，愣是撬不开。

那门是向内开，俞仲夏撞也是白撞，让俞季阳在外面撞开。

俞季阳却说：“啊？这、这我怎么可能撞得开呀？”

能怎么地？摊上这么一朵娇花儿一样的弟弟。

折腾了好半天，最后没辙，俞季阳去替考了。

俞仲夏和俞季阳，是一对同卵双胞胎兄弟。

父母在他俩刚六岁时就离异，哥哥俞仲夏跟了爸爸，弟弟俞季阳就留在妈妈身边。

哥俩像得不能再像，别说别人，就是他俩自己都几乎挑不出对方哪儿跟自己长得有区别。

那天，俞仲夏在卫生间里思考了一下午人生，终于到晚上他妈下班回家，才把他放出去。

在这半天里，俞季阳去七中替他考了英语和化学，还认识了万鹏。

万鹏把俞季阳错认成了俞仲夏，对俞季阳比对俞仲夏本人还要更亲近些。

刚开始，俞仲夏多少还有点失落，他的朋友本来就不多，和万鹏最好了，竟然还这样。

后来万鹏不知怎么知道了真相，对俞季阳的态度一百八十度大转弯。

俞仲夏碰巧目击了弟弟唯唯诺诺、被万鹏颐指气使，宛如一个小仆人、小跟班的画面。

俞仲夏当场炸了，先把俞季阳骂了个半死。

以前这弟弟娘们唧唧的也就算了，每个人的个性本来都不一样。

现在被万鹏这么欺负，为什么不跟他说？还对万鹏随叫随到，害他做哥哥的还以为这俩人关系多好呢。俞季阳简直像是有什么心理疾病。

俞仲夏骂完弟弟，又和万鹏约了架。

那时已是七月初，俞仲夏一个人蹲在篮球场上傻等，晒了快俩小时，又下起了瓢泼大雨。

那天的雨，像依萍去找她爸要钱那天一样大，像马尔泰若曦被罚跪那天一样大，像贝微微和公会网友见面那天一样大。

俞仲夏被淋得像个傻子。

结果万鹏当天根本没去。

到了晚上，俞仲夏刷朋友圈，看见俞季阳发的照片，他在万鹏家里玩游戏机。

俞仲夏："……"

想到这里，俞仲夏一股怒火再次直冲天灵盖，恨不得这俩人就在他面前，他好对着本尊连续口吐芬芳。

放暑假以后，万鹏给他发过消息，向他道歉，还说自己看错了俞季阳，先前不知道俞季阳竟然是那样的人，现在他们已经不来往了。

俞仲夏看了更生气，你欺负我弟，竟然还说是我弟有问题？敢做不敢当，什么玩意儿？

他大半夜刷屏式地回了万鹏几百条散发着汉语言上下五千年酝酿之精华香气的消息。

第二天一看，万鹏拉黑了他。

俞仲夏：气死我了气死我了气死我了气死我了……

暑假里他被俞明送去上播音专业课，零基础从头开始，每天练发音基本功练得死去活来，没时间去找万鹏麻烦。

直到今天新学期开了学，他还没找到机会把万鹏揍一顿。

在学校动手不合适，回头还是再找个时间，校外再约一架。

还要等手好了再说。

要疼死了。

他翻个身，把右手搭在床边，有一点点想哭，横竖没人看见，哭了也不丢脸。

然而他挤了挤眼泪，没挤出来。

之后他就迷迷糊睡着了。

第二天早上闹钟把他叫醒，他睡一觉忘记自己手受了伤，爬起来一甩手——哇啊啊啊啊啊啊啊啊！

铁血男儿俞仲夏跪坐在床上，流下两道宽面条泪，对万鹏的仇恨值又增加了 10000 点。

高中七点上早读，而俞明夫妻两个上班族九点才上班，还关着房门在睡觉。

俞仲夏从冰箱里拿出昨晚的比萨，懒得再去加热，就那么凑合吃得了。他啃着比萨出门，上学去了。

七点一刻俞仲夏才到校门口，这只是他学生生涯中平平无奇的一次迟到。

校门口还有十来个迟到的学生，值班老师在那里记名字，问俞仲夏："叫什么？哪个班的？"

俞仲夏看那老师面生，糊弄人地说："王小明，高二 1 班的。"

那老师看看他，说："巧了，我是你的班主任。"

俞仲夏急中生智："老师你听错了，我是高二 11 班的。"

化学老师不必上早读课，但费辛怕堵车，早早地出门，早早地就到了学校。

他在校门旁的车位上停车，看见校门外一群迟到学生被放了进去。

门外值班老师面前，就只剩下一个男生。

值班老师："王小明，你到底哪个班的？"

俞仲夏路上吃了块难吃到直击灵魂的冷比萨，右手疼得要命，撒个小谎还撞到枪口上。想自己花样年华七中一"霸"，一大早就被生活苛待成这样，他一瞬间沧桑得不得了，决定向命运低头，悲怆道："老师，我不叫王小明。"

"他今天叫顾北城。"费辛背着单肩包，从旁边走过来，说，"李老师，他是我的课代表。"

值班李老师在费辛暑假来学校试讲时就见过，与他简略打了招呼，就让他带俞仲夏进去，还说："小顾，明天不能迟到了。"

俞仲夏："小顾尽量。"

那意思分明就是：还敢。

费辛带着他进校门后，问了句："你右手又怎么了？"

他贴了一手扭七歪八的创可贴，有七八个。

俞仲夏不理人，全然不把费辛放在眼里。

费辛："课代表，我怎么也算是帮过你，你怎么对我这种态度？"

他说的是暑假里那次。

俞仲夏以为他说的是刚才在门口，不以为然，道："怎么了？我顾北城，就这态度。"

费辛感觉跟个孩子置气没必要，还是收了脾气，说："顾北城，我可是你的老师。"

俞仲夏道："老师好，老师再见。"

他大步进教学楼，跑着上楼进了教室。

费辛站在楼下，满腹莫名其妙。这孩子到底什么毛病？昨天就阴阳怪气，是对他有什么意见？

俞仲夏对他岂止有意见，那意见可大了去了。

这个姓费的化学老师，昨天上午在办公室里跟他一说话，他就知道是认错了人。他从小被错认成俞季阳，没一千回也有八百回了。

费老师明显只是见过俞季阳，但不熟，不然不会连名字和学校都弄不清楚。

有了和万鹏友谊破碎的经历，俞仲夏现在最讨厌的就是被人认错成俞季阳，想也不想就恶作剧，存心整蛊这新来的化学老师。

昨天他居心叵测对费辛冒认了自己就是俞季阳，学俞季阳说话，还学俞季阳不自觉的内八。

费辛果然没认出他不是俞季阳，还跟他装熟，假惺惺的伪君子。

上学期期末俞季阳替他考了化学，俞仲夏是个学渣，俞季阳成绩倒是很好，在市一中读书，还是理科班年级前三。

最后就害得俞仲夏的化学成绩过分优秀，这学期居然当上了化学课代表，以后还得帮这姓费的打杂。

费辛全然不知道自己不过暑假里日行一善，竟然无意中招惹到这么一个魔王。

费老师独自一人在清晨洒满阳光的办公室里，戴着耳机一边听英文广播，一边给自己泡了杯挂耳咖啡，斗志昂扬地开始了他的第二天实习生活。

上午课前，18 班化学课代表贾蓉蓉来送收上来的作业。

昨天费辛已经见过她，听其他人说她是健美操特长生，很漂亮的一个女生，人也很活泼。

费辛记得她座位偏后排，问：“昨天我讲课音量行吗？能听得清楚吗？”

“清楚，很清楚。费老师，”贾蓉蓉神神秘秘地说，“我们班女生都说，这学期最想上的就是化学课了。”

费辛假装听不懂，露出师长式的微笑，老气横秋，语重心长：“那要好好学习，化学是很有意思的学科。”

贾蓉蓉无趣道：“知道了。费老师，那我走了。”

费辛点头，又说：“麻烦你件事，上去后，帮我催下 19 班交作业。”

贾蓉蓉笑道：“没问题，费老师再见。”

过了一会儿。

贾蓉蓉又一脸有问题的样子回来了，说：“费老师，他们班化学课代表，说……”

费辛：“说什么？”

贾蓉蓉道：“说他不当课代表了，让你自己收作业。”

费辛：“……”

对面另一位也教化学的张老师听见，怕实习老师应付不来，也是一片好意，对贾蓉蓉道："你怎么这话也来学？他们班班长呢？让他们班长先收。"

贾蓉蓉道："好。"

她又出去，去找 19 班班长。

张老师对费辛说："等空了，去找他们班主任说一下，这帮半大孩子，你不好管，没准就是看你年轻，存心跟你闹着玩。"

费辛心想，存心？顾北城他就没有心。

几分钟前，19 班教室里，俞仲夏在座位上发呆，手撕着拇指创可贴翘起来的一点边。

疼，但他不说，要保持他在同学面前"无敌是多么寂寞"的硬汉人设。

后门有个女生问其他人："你们班化学课代表是谁啊？"

俞仲夏：咦？谁找我？还是个女的？

大概门边的同学指了指他，那个女生又叫他："俞仲夏？你是化学课代表？"

俞仲夏冷漠回头，觉得这扎马尾的女生有点漂亮并眼熟，一下想不起是谁，说："干吗？"

贾蓉蓉道："化学老师让课代表快点收作业。"

俞仲夏想起自己根本就还没写化学作业，开始翻抽屉找练习册。他右手废了，左手不好使，顷刻间把自己的桌子翻了个乱七八糟。

贾蓉蓉看不懂他是在干什么，怀疑地问："你是化学课代表吗？"

俞仲夏："我不是你是啊？"

贾蓉蓉："我就是啊，哈哈哈。"

俞仲夏："……"

贾蓉蓉："你快点帮费老师收作业吧，他还等着呢。"

俞仲夏要烦死了，本来还觉得她挺好看，现在只觉得她讨厌，道："费老师费老师，他怎么这么费事？你让他自己来收吧。"

贾蓉蓉："你不是课代表吗？"

俞仲夏道："我不当了，行不行？"

贾蓉蓉："好的。"

俞仲夏没想到这贾蓉蓉长得明眸皓齿一个小美人胚子，竟然是个爱打小报告的狗腿子。

当时他没把这事放在心上，找到练习册后，又借了别人的来，扭七歪八抄了抄答案，过后班长来收，他顺手一交了事。

而费辛虽然认为课代表十分欠打，但也并没听张老师的建议，没去找俞仲夏班主任反映这情况。

这种行为就像学生时代班里都有的讨厌鬼才做得出来的，何况还只是为了收作业这种芝麻绿豆的小事。

上午最后一节课，俞仲夏他们班是政治课。

政治课可以说是中学生睡眠的黄金时间。

不过 19 班情况有所不同，教政治的薛老师是他们班的班主任。

一帮艺术生个顶个困得要死，努力睁大双眼，谁也不想被班主任单拎起来找麻烦。

俞仲夏也没睡，他无聊又手贱，忍不住又去撕创可贴翘起来的边。

他心里盘算等中午放学，要出去买一盒新的创可贴。

说起创可贴来……

暑假看《名侦探柯南》剧场版，京极真的戏份还挺多。他最喜欢京极真了，这次的剧场版揭晓了京极真为什么老在脸上贴个创可贴，他还以为是为了装酷，原来那创可贴后面是和园子的合影哈哈哈。园子这家伙咋咋呼呼的，命还挺好，找了个京极真这种又帅又能打的男朋友……

话说京极真是练蹴击的，蹴击到底是个什么招式？感觉和小兰的空手道差不多，小兰也好能打！工藤新一这是什么好福气，有个好看还能打的女朋友……

学什么播音主持？他应该去学空手道，或者学个别的什么能打的专业，当体育生不比当艺术生有意思吗……

体育生？浑蛋万朋鸟！想起来就要辱骂一次的万朋鸟！等老子手好了就打死他……

还有俞季阳，长得跟他一模一样，结果怎么这个样子？真是家门不幸，要气死人……

俞季阳已经上高三，明年就该高考了，不知道他能考个什么学校，他学习还挺好，是上清华好呢，还是上北大好呢……

坏了，等俞季阳出门上了大学，他们的妈妈折腾不了俞季阳了，是不是得来折腾他……

什么？……

“俞仲夏、俞仲夏……”同桌小声叫他名字。

俞仲夏疑惑地一抬头，见薛老师在讲台上看他，其他同学也都看他。

被提问了？他只好站起来。

薛老师：“你来说一下你对这题的看法。”

俞仲夏：“……”

同桌忙给他指了指课本上的问题。

那里写了《论语》里的一段话，让用刚学的政治知识点解读。

俞仲夏一头雾水，照着念题干：“知之为知之，不知为不知……”

薛老师和其他同学都等着听他能回答出个什么一二三来。

俞仲夏：“我不知。”

学生们哄堂大笑。

薛老师：“你……你……还挺老实。”

等讲完了课，练习时间，薛老师又叫俞仲夏：“你来。”

俞仲夏以为要批评他上课走神，心想：至于吗？又不是小学生。

他从座位上拖拖拉拉地过来，跟着薛老师到教室门外。

薛老师是位略矮胖的男老师，比一米七七的俞仲夏要矮几厘米，他抱起手臂，满面威严：“你怎么回事？”

俞仲夏低着头作挨训状，又感觉像故意俯视老师，还怪不好意思的，自觉向后退了半步，使得这身高差不至于让班主任太尴尬。

薛老师：“……”

俞仲夏主动：“老师我错了，我没认真听讲。”

薛老师却道：“昨天晚上放学，你和18班的万鹏在校外又起冲突了？”

俞仲夏：“没有。”

薛老师：“别人都看见了，还没有？你们俩是学生，又不是社会小流氓，在学校拌拌嘴还不够，出了校门还没完没了……”

他喋喋不休，俞仲夏左耳朵进右耳朵出。老生常谈，班主任嘛，说来说去还不都是这一套，嘴里说的“都是为你好”，心里想的“你可别拖累我好不”。

薛老师说完万鹏的事，又道：“还有，你是化学课代表，作业不收就罢了，对任课老师是不是也太不尊重了？”

俞仲夏：姓费的居然还告我状了？

薛老师："下午去和化学老师道个歉，做学生要有做学生的样子。听到了没？"

俞仲夏："听到了。"

下午，费辛又很早就到了办公室，其他老师都还没来。

俞仲夏在办公室门口，两手揣兜，靠墙站着。

费辛一脸疑惑。

俞仲夏一副"霸总"口吻："等你。"

"怎么了？今天你们班没化学课。"费辛开了办公室门，俞仲夏跟他进去。

到桌边，费辛还没拉开办公椅，俞仲夏就正对着他，九十度深鞠躬，道："一鞠躬，费老师，对不起！"

费辛："……"

俞仲夏直起身。

费辛道："你……"

"二鞠躬！"俞仲夏又九十度弯腰，道，"费老师，我错了！"

费辛："……"

俞仲夏起身，又要弯腰三鞠躬。

费辛一把按住他的肩不让他继续，哭笑不得道："打住！再来我就当场去了，什么仇什么怨，你要这么祝福我？"

俞仲夏道："你说什么仇什么怨？"

费辛惊奇道："我好像没得罪你吧？"

俞仲夏道："我不就没收作业嘛，这么大点事，你跟我们班主任说什么说？你几岁啊？"

"我几岁关你什么事？"费辛在办公椅上坐下，拿出为人师表的模样，说，"有你这么跟老师说话的吗？"

俞仲夏："你还知道你是个老师呢？"

费辛："我还知道你是个学生呢。站好了！没点学生该有的亚子（样子）。"

俞仲夏："谁跟你开玩笑了吗？跟你又不熟。坐好，三鞠躬来了。"

费辛："你再给我鞠一个？我翻脸了啊。"

俞仲夏没真三鞠躬，板着脸说："费老师，你这人真没劲。"

费辛道："没劲没劲吧，我跟你来什么劲？你到底来干吗的？"

俞仲夏道：“明知故问呢？不是你让薛老师找我，让我来跟你服软吗？”

费辛实在是好奇，问他：“俞仲夏，你是不是有孪生兄弟？”

俞仲夏：“没有。”

费辛狐疑道：“真没有吗？”

俞仲夏把脚尖向内，改站了个内八，两根食指勾着放在身前，又很是做作地学俞季阳轻声慢气的说话腔调：“费老师，我歉也道过了，能走了吗？”

费辛：“……”

他看见俞仲夏手上又贴满了新的干净的创可贴，问：“你这手到底怎么弄的？”

办公室进来了人，其他老师也来上班了。

费辛便对俞仲夏道：“回去上课吧。”

俞仲夏又一弯腰：“三鞠躬，费老师，再见！”

费辛：“……”行，最终我还是当场去了。

俞仲夏鞠完这个躬就跑了。

刚进来那老师好笑道：“他干什么？跑那么快？”

费辛实在是觉得好气也好笑，佛系地说：“可能怕我把他带走。”

俞仲夏刚跑去气了气费老师，自己转头也屋漏偏逢连夜雨。

他唯一喜欢上的体育课，开学第一堂竟然是学排球。

排球是他擅长的体育运动中的一个，打得还挺好，但现在他手上被 RIO 割了几道口子，打排球 real（真的）要命。

不过七中俞仲夏，命运就算颠沛流离曲折离奇，也绝不认输。

他不但没和体育老师说他手上有伤，还炫技一样秀自己的垫球绝技，引来同学围观，同学们还齐声替他数数。垫到了第五十下，感觉今天没人能赢他，他才罢休。

垫完后，俞仲夏把球丢开，到一旁看别人，酷酷地把手插在裤兜里。

操场上的风大，吹得他头发乱飞，蓝白校服被风鼓起来，少年侧脸被阳光打成一道俊秀剪影。

其实这一届学生里他必定不是最能打的，也不能算是最能惹事的，能在一群不好好学习整天闹着玩的狐朋狗友中脱颖而出，成为这届最有名的人，确实是因为最好看。

班里男生女生都看他，同上体育课的其他班学生也忍不住要将他看上几眼。

多数女生心想，他好帅。

多数男生却想，真会装。

俞仲夏平时也爱酷酷地双手插兜，并且也很清楚自己很爱装。装酷这事，少年时代装起来就很吸睛，过了这岁数再装，谁看到不想骂一句。

只不过平时他这么装是真的好酷，今天是疼得想哭。

右手正在遭遇天崩地裂岩浆喷发的灾难。

没关系，他能忍。

下课回教室的路上，他会经过 18 班门口。

万鹏和其他人在那里玩，本来还玩得兴高采烈，远远看到了俞仲夏，就从人堆里挤出来，回了自己班教室。

正好，俞仲夏现在也不想和这人打照面。

他酷酷地手揣着兜，酷酷地扬着下巴，从那群男生旁边酷酷地经过。

“十五，”旁人却叫他，“上体育课了？”

他和这些人也没仇没怨，也想跟他们玩，就站住了，说：“啊，打排球了。”

“这不你强项么，没露两手给他们瞧瞧？”

俞仲夏得意起来，说：“当然露了，艳惊全场。”

别人又说：“我们放学要出去吃沙县，你去吗？”

俞仲夏：“不去。”

和他最熟的杨柯道：“去吧，鸟哥不跟我们去。”

俞仲夏有点想去，最后说：“不去了，改天，今天有别的事。”

杨柯笑嘻嘻道：“十五，你是不是又搞对象了？”

其他男生也起哄：“跟谁？哪个？高几的？”

杨柯：“昨天升旗你跟谁在楼道里干什么？还被赵主任抓了现行，自己招了吧。”

俞仲夏：“谁跟谁？赵主任老眼昏花，你也跟着瞎了？再乱说，传谣过五百就枪毙你。”

杨柯哈哈大笑：“没有你急什么？那你俩在楼道干吗？”

俞仲夏：“人家学习好，我问数学题，我好好学习，省得跟你们似的，整天就知道练胸大肌。”

一帮男生嘻嘻哈哈了一通，上课铃响了才作鸟兽散。

19 班体育课后这节是自习，高二艺术生们上自习，学习是不会学习的。有的偷摸玩手机，有的看小说漫画，有的睡觉还戴着耳机怕被别人吵到。

俞仲夏从别人那里借了本漫画书看，刚看了半页，抽屉里手机一振。

杨柯："十五，真不去吃沙县？"

俞仲夏："不去。"

杨柯："你手没事吧？"

俞仲夏："没事。"

杨柯："我们老班今天把鸟哥叫去，骂了他一节课，不知道昨晚是谁看见，找她告状了。"

俞仲夏："骂得好，许老师干得漂亮。"

杨柯："你放学干什么去？"

俞仲夏："私事。"

杨柯："还说没谈恋爱？"

俞仲夏："真没，昨天升旗也是跟她分手。"

杨柯："啊？咋地啦老铁？"

俞仲夏："她暑假去海南旅游，晒黑了，难看死了，配不上我。"

杨柯："……"

杨柯："俞十五，你可真是个惊世渣男。"

后半节课俞仲夏睡着了，等睡醒，已经放学好一会儿了。他从教室出来，看见 18 班那帮说要去吃沙县小吃的男生正勾肩搭背地朝校门外走，其中分明就有万鹏。

俞仲夏：好险，差点上当。

他等了片刻，琢磨着出去也不会和他们撞上，才下楼准备出去。

刚走到一楼，好嘛冤家路窄，他躲过了万鹏，没躲过另一个讨厌鬼。

费辛今天晚上也没课，准备回家，正有学生向他问好："老师好。"

他笑着回："你好。"一抬眼就看到了俞仲夏。

俞仲夏不问老师好就算了，还冲费老师翻了个大白眼。

费辛当没看见，继续下台阶向校门外走。

俞仲夏落后了几步，也朝外面走。

从背后看费辛，俞仲夏发现这人身材还挺好，肩宽个高腿长，是他理想中过几年自己应该拥有的身材。

费辛的单肩包上挂了个熊本熊玩偶，随着他走路，那熊就一摇一晃。

他有二十五岁吗？能来高中教书，应该有二十五六岁了吧，一个男的，还一把年纪，挂个这？

出了校门，费辛到旁边车位去开车。

俞仲夏走到校门另一边，想打辆车。这个点是高峰期，空车很少，出租车嗖嗖地过去，没有停的，滴滴上也没人接单。

费辛把车开出来，看到俞仲夏在路边愁眉苦脸，左手在招停，糊满创可贴的右手举在嘴边，对着吹气，明显是因为疼。

他犹豫了一下，还是慢慢开了过去，停在俞仲夏面前，问："去哪儿？不打表。"

俞仲夏："……"

费辛："不说我走了，你慢慢等吧。"

俞仲夏心想，大丈夫能屈能伸，送上门的车，不坐白不坐。

他上了副驾，说了小区名字，费辛不太清楚在哪儿，开了导航，发现这小区离学校才两公里多一点。

"这么近？"费辛明知道他是手伤不方便骑自行车，还故意说，"共享单车这么方便，你打什么车？"

俞仲夏说："不然你哪有机会送我？"

费辛好笑道："那我还得谢谢你？"

俞仲夏："别客气，咱俩谁跟谁。"

费辛："……"跟你很熟吗？我就多余理你。

两个人真不能算熟，出了校门，这样独处起来，没什么话好说。

俞仲夏能对费辛说出来的也不是好话，河都没过完就拆桥，阴阳怪气地引战："你一当老师的，炫富是不是不太好？"

他是说费辛开了辆宝马，固然是低端型号，可学校普通老师开的私家车多半是经济适用款，这车标就还挺扎眼。

费辛道："这是我妈好心借我开几天，我们家离学校有点远，我妈蹭我爸车上班，他俩在一个单位工作。"

俞仲夏本来等着跟他拌嘴，听他不发脾气居然还好好解释，也转了念头，说："校长和书记都开帕萨特，你开辆'别摸我'，费老师，你可长点心吧。"

费辛笑了："行啊，还挺懂职场规则。"

俞仲夏见他笑又不满意了，说："这位师傅，你严肃点，开车还嬉皮笑脸，懂不懂交通规则？"

费辛："你家交通规则这么神奇，笑都不让笑啊？"

俞仲夏："嚯，不打表，就能'怼'乘客了吗？"

费辛这会儿看他有点好玩，说："你平时跟别人也这么说话吗？"

俞仲夏："这么说话怎么了？"

费辛："不怎么，你命挺大。"

俞仲夏来劲了，说："你恐吓我是吗？这是老师该说的话吗？"

你说的哪句又是学生该说的话？

费辛道："出了校门，我可不把你当成是我学生。"说是都嫌丢人。

费辛在路口转弯，马上要到俞仲夏的目的地，一个有点年头的小区。

"你家住这儿？"他把车慢慢靠边，随意问了一句。

俞仲夏："我家住哪儿，关你什么事？"

费辛："……"翻脸比翻书都快，这样好吗？

俞仲夏下了车，关门前严正警告费辛："我跟你不熟！别有什么幻想。"

费辛：幻想暴打你一顿是吗？那我想好几回了。

俞仲夏关上车门，做作而趾高气扬地跑了。

费辛：脑壳疼。

俞仲夏进了小区门，知道费辛看不到他了，停止对俞季阳的恶意高仿。他到小区里的 ATM 机取钱，一边按密码一边还吹自己右手。下午打排球对手造成了二次伤害，揍死万鹏的计划又得暂时搁置。

把钱塞衣兜里，他进了小区其中的某栋单元楼。

这里是他小时候住过的老地方，父母离婚以后，这边的房子给了他妈妈卓云，卓云带着小儿子俞季阳，这些年还一直住在这里。

上楼的时候，俞仲夏还在心里盘算着，见了面要怎么再教训教训俞季阳，让这弟弟别再那么"娘"。

先学林黛玉："你往后可都改了吧。"

俞季阳要是不听，他就再学贾政："你这孽障！"按在凳上打一顿。

是希望自己哥哥当个温柔可亲的解语花还是当爹，全看俞季阳的选择。

其实俞季阳特别不扛揍，一揍就倒，还很能哭。

但哭完他下次还敢。

俞季阳在一中上学，本来开学就高三，这两天请病假还没去学校，他自己的说法是下楼不小心摔了一跤。

俞仲夏怀疑他是又挨揍了，可能伤在脸上，才不想去学校。他们妈卓云，是个暴力狂，间歇性发作，好的时候也正常，不好的时候什么事都做得出来，一直如此。这两年可能更年期，变得更为严重，每次一发作起来，她根本不像个正常妈妈，甚至都不像个正常人。

俞季阳跟在她身边，挨揍次数不计其数。

俞仲夏小时候来这边少，俞明和卓云不对付，不送他来，等他稍大点自己会坐公交地铁了，俞明也不爱管他，他才来得稍微多了些。

从他初二那年和卓云第一次动手，到现在，母子俩也打过好几次。

起初他人小战斗力弱，是打不过，被卓云按着抽巴掌，后来他越来越高越来越能打，卓云打不过他，闹起来就扯头发踢裆，他防不胜防。

他也不能对自己妈真下手，就放弃武斗改打嘴仗，嘴皮子越来越溜。卓云打也打不过，骂起来半斤八两，只剩下无能狂怒，偶尔还拿俞季阳撒气。

俞季阳只会站着挨揍，连跑都不会。

前几天俞仲夏在微信上问过俞季阳是不是又挨揍了。

俞季阳回："不严重，哥你放心吧。"

这就默认是了。

今天卓云加班，要晚上很晚才回来，俞仲夏趁机跑来看看。

俞弟弟来给哥哥开了门，弟弟脑袋上包着纱布，戴了个固定头网，头发还被剃了一块。

俞仲夏倒吸一口凉气："这是你说的不严重？！"

俞季阳不好意思地退了退，小声叫人："哥，真不严重，没看着吓人。"

俞仲夏要气死，早知道就挑卓云在家的时候来了。

"缝了几针？"俞仲夏问。

俞季阳："就三针。"

俞仲夏："就三针哦，你好厉害啊！"

俞季阳："……"

俞仲夏："来来来，让我给你扩大一下。"

他抬手作势要打人，俞季阳忙闭上眼，肩也缩了缩。

俞仲夏："……"

俞季阳睁眼，兄弟俩都看着对方和自己一模一样的脸，俞季阳满脸小心翼翼的观察和讨好，俞仲夏一身无处发泄的戾气。

半晌，俞仲夏收回视线，骂了句毫无逻辑都分不出究竟是骂谁的脏话。

俞季阳："……"

他说："没有看起来这么严重，明天就能拆线，马上就好了。"

俞仲夏越想越气不过，说："还是报警吧。"

他掏手机，要打 110。

俞季阳吓一跳，忙来阻止他，说："别！不是故意的，是一时失手！"

俞仲夏怒道："这都是第几次失手了？！"

俞季阳说："这肯定是最后一次，她那天都吓坏了，哭得差点晕过去，她就是随手扔了一下东西，根本也没想到会打破我的头，这真就是个意外。"

他说着就慢慢带了哭腔，努力请求哥哥别打这个报警电话。

俞仲夏："你还哭？！你再哭？！"

他也无能狂怒，输出全靠吼。

俞季阳不敢哭，委屈巴巴："没有，没哭。"

他拉起俞仲夏右手看，转移话题："哥你手怎么了？又跟人打架了吗？"

俞仲夏挣脱他，道："没，倒热水，水杯炸了。"

俞季阳："你不是不喝热水？"

俞仲夏："给别人倒不行吗？你怎么那么多废话？"

俞季阳："那你喝水吗？我给你倒。"

"不喝，"俞仲夏道，"赶着回去上晚自习。"

他从口袋里把刚取的五百块钱拿出来，说："给。"

俞季阳不接，说："不用，我有零花钱。"

俞仲夏："你有什么啊你有，裤衩买了吗？都要洗破了还穿？"

俞季阳尴尬道："已经……已经买新的了。"

卓云在私企做文员，收入一般，还很信奉男孩要穷养那一套。

俞季阳在一中住校，生活费也就只够充饭卡，学校但凡额外收一次什么钱，他都得再找卓云要，更别提额外的零花钱。

俞仲夏给弟弟钱都只敢给现金，怕卓云翻俞季阳手机发现了。

他把那五百块钱塞给俞季阳，说：“你藏好了，别被她发现。等回了学校，别太省，尤其吃饭不能省，吃不好脑子会变慢。明年要是考不上好大学，你就等我打死你吧。”

俞季阳说：“我能考上。那你还有零花钱吗？”

俞仲夏道：“少买双球鞋就有了。”

俞季阳把钱捏在手里：“谢谢哥。”

“开学你就请假，耽误两天课了，”俞仲夏这学渣，还像模像样地教育学霸弟弟要好好学习，说，“别到时候跟不上。”

俞季阳：“哥，我又不是你。”

俞学渣：“不是我最好。我回去上自习了。”

他出门，俞季阳送他到门口，关门的时候还对他很亲昵地微笑。

俞仲夏：“……”

其实俞季阳这人表里不一得很，看着乖巧娇气，脑子里不知道都想些什么东西。

俞仲夏不是不知道，早在他初三那年休学的时候，他就已经知道了。

可这个是他弟弟，被留在这旧房子里，挨打挨骂了十几年的……亲弟弟。

本来这样生活十几年的，应该是他。

就连俞季阳长成这种性格，都很有可能是因为这家里没有男性，他又总被卓云家暴，所以才变得越来越像个胆小怯弱的小姑娘。

第三章 就这

和俞仲夏分开后，费辛回家路上堵得厉害，走走停停近一个钟头才到家。到了家，父母都还没回来，医院里一忙起来下班就没个准点。

到近九点，费文谦和辛丽萍才一起回来，对儿子解释说，今天是辛丽萍所在的科室临时有事加班，费文谦忙完后等了等她。

费辛说：“吃饭吃饭，三缺二，就等你们俩了。”

费文谦：“我们吃过了，上回咱们一起路过，看见新开的那家苏州面馆，我们回来路上去试了试。”

辛丽萍：“味道还不错，鲫鱼汤底，很鲜的。”

费辛：“鲫鱼汤鲜不鲜我不知道，我这柠檬精倒是很鲜。”

费家父母：“哈哈哈哈别闹。”

费辛愈发悲愤：“好笑吗？三个人的电影，就我没姓名，吃鱼汤面都不叫我，我不闹谁闹？”

他一回家就跟个大孩子一样，费家父母也习惯他这样装腔作势的撒娇耍泼。

辛丽萍说：“不是说今天晚上有自习？我们以为你下课才回来。”

费老师道：“本来是有，有个老师明晚有事，想跟我换课，我的自习就换到明天了。”

“你真还没吃啊？”辛丽萍道，“我看看你都做了点什么。”

她到餐桌前一看，费辛把昨晚的米饭做了蛋炒饭，凉拌了木耳，还烫了一盘上海青。

蛋炒饭里蛋粒金黄，凉拌木耳里切了小米椒，上海青色泽青翠。

费辛的厨艺一直都还行。

“老费，”费辛在客厅里和爸爸说，“我想去学校附近租单身公寓住，上下班太远了，时间都浪费在路上。”

费文谦：“你觉得我同意有用吗？问你妈去。”

费辛把拇指和食指搓了搓，暗示请爸爸赞助他一点出去租房的生活费。

费文谦小声：“只要她同意，我偷电瓶车养你。”

费辛抱拳致谢，又说：“抽空更新下你的网络词汇，现在早不说这个了。”

费文谦不是不想更新，没那么多时间网上冲浪是个问题，年轻人玩梗飞快也是个问题，上星期他才弄明白的梗，这周就过气了，他实在是跟不上。

费大夫十分苦恼：“你爹做不到啊。”

辛丽萍在餐厅这边：“这炒饭好香，我要再吃一点，老费，你也来一点？”

费文谦积极响应：“那我也来一点。”

父子俩也过去，一家三口围坐餐桌，各自盛饭。

费文谦和辛丽萍碗里的饭都只有个碗底，他俩吃过了，坐下来再吃一口，为了陪费辛，也为了不让费辛觉得自己下厨无人欣赏。

费辛又对辛丽萍说了想去七中附近租房的事，他生活自理能力一向还行，又从小到大都是个自律的人，辛丽萍对他比较放心，但还是先约法三章，才同意了。

七中附近写字楼不少，面向白领的青年公寓自然也有几栋，费辛决定周末去看看，合适的话尽快搬去。

第二天一早，费老师七点半到了学校，在校门外车位上停好车，下车刚走几步，就又看到了俞仲夏。

俞仲夏又迟到了。

校门口值班的又是那位李老师。

李老师记得昨天见过俞仲夏，以为顾北城是他的真名，背着手教育他：“小顾，昨天就跟你说了，不要再迟到，怎么今天你就又……”

俞仲夏也把手背在身后，说：“昨天我也没答应你啊。”

李老师一时气愣住了。

俞仲夏：“我昨天说，小顾尽量。”

李老师：“那你尽量了吗？昨天你……”

他翻了翻本子，继续道："昨天你七点十五分就到了校门口，今天都七点半了！尽量不是尽量提前，怎么还更晚了？"

俞仲夏："小顾尽量，但我不是小顾。"

李老师一脸怀疑人生。

费辛远远就听见俞仲夏在"调戏"李老师，李老师快五十岁一正经人正经老师，遇上俞仲夏这种泼皮学生也真是没辙。

他看这出闹剧仿佛没有尽头，虽然内心疯狂想笑，又忍不住同情李老师，走到了跟前，说："李老师，我又来认领我的课代表了。"

李老师："……"

费辛是没想到李老师不知道他叫顾北城只是在开玩笑，居然还当了真，解释说："他其实是叫俞仲夏。"

李老师满头问号。

俞仲夏一副古龙男主角的口吻："名字只是个符号，不重要。"

"早起几分钟，不就没这事了？"对李老师解释并道歉以后，费辛把俞仲夏带进去，边走边教训他，"你怎么总是迟到？"

俞仲夏："因为我觉得旷课不好。"

费辛："……"

俞仲夏："你整天来这么早干吗？想升职啊？"

费辛是怕堵车会迟到，所以干脆早点来，随意道："对啊，有'社畜'不想升职的吗？"

俞仲夏："哦，那祝你早日当上班主任。老师再见。"

费辛："再见。"

当班主任才不是升职好吗！

"当班主任怎么不是升职？"办公桌在费辛对面的张老师开玩笑说，"当然算是升职，费老师你有所不知了吧，评职称和班主任经验挂钩的，想升职就得先当班主任。"

费辛随便提了一句，还真不太清楚有这规则，道："原来是这样，是我外行了。"

张老师道："不过每年开学前，关于谁当班主任谁不当，就够吵吵闹闹好一阵子。当班主任津贴不高，事情还不少，管少了怕出纰漏，管多了容易被学生记恨，难当着呢。”

隔壁桌老师是12班的班主任，说：“可不是嘛，老挨学生背后偷偷骂，听见了还得装没听见。说起来这年纪的学生，班里有的都成年了，还得把他们小孩看，被小孩气着能怎么办，打也不能打骂也不能骂，自己受着呗。”

老师甲：“别人说当老师的脾气都不好，成年累月被气得要吐血，脾气能好才怪。”

老师乙：“文化生还好些，费老师教的18班和19班，体育生和艺术生更难管。”

费辛点头，其他学生倒还好，某一个不行。

老师甲：“费老师，昨天晚上许老师跟你换课了是不是？”

许老师是18班体育特长班的班主任，女老师，教语文。

费辛：“对，她说今晚家里有点事想调换一下，和赵主任说过了，我就和她换了。”

老师甲：“这课换的，要是没换，没准还没事，怎么说你也是个男老师，学生不一定敢。”

费辛：“怎么了？”

老师们对费辛说了昨晚的事。

昨晚高二两节自习课分别是物理课和化学课，理化办公室里除了费辛和许老师换了课，其他人都在学校上自习夜班。

18班第一节晚自习原本是化学课，换课以后，班主任许老师来上语文，布置本节自习课的习题任务。

她一进教室就闻到了酒精味，起初怀疑是哪个学生把酒精灯给摔了，布置习题以后，绕着教室走了一圈，发现最后一排的男生身上有明显的酒味。

高中生学大人喝什么酒？一身酒味还敢来上自习？知道要上自习还敢喝酒？闹呢？

许老师点名叫那男生站起来，让他立刻回家去，明天叫家长来学校。

那男生也不知是喝大了还是借着酒劲发疯，居然和许老师吵了起来。

费辛听了诸位老师的描述，越听越觉得那男生像是万鹏。

张老师：“那体育生站起来比许老师高一头，许老师怕他真动手，也没敢再多说，出来在楼道就哭了。”

提起这事的老师甲：“第二节19班自习课她也没上，听说是家里人来把她接回去了，说不舒服。”

12 班班主任：“能舒服才怪，刚接的新班，开学才几天啊，就被学生当面给难看，生气不说，在其他学生面前也丢人，以后还怎么管理班级？”

老师乙：“你们说赵主任这一早上了都还没来办公室，是不是那学生家长来学校了？”

老师甲：“没准，可能在教务处？可早上晨会也没看见许老师啊，她是请假了没来上班吗？”

其他人：“不知道啊。”

当天费辛有课，上午在 19 班上第四节课，18 班的课在下午。

上午第三节下了课，19 班课代表也不来办公室拿作业，费辛等不来他，只好自己抱着那摞练习册去教室上课。

化学课代表俞仲夏，在教室里奄奄一息。

他手上的伤情恶化，创可贴只能防污染并不能消炎。

早晨到学校以后，他觉得不太行，再硬汉也不能讳疾忌医，就去了趟校医务室，那里锁着门没人，门上贴着“外出学习，周一见”。

回来后他就趴在桌上不动了，不想找班主任请假，请假就得解释伤是怎么来的，班主任再看手上这惨相，没准还要给俞明打电话，不如忍到中午放学再出去找个诊所。

他就这么在桌上趴了一上午。

费辛抱着作业进来，请第一排同学发下去，向最后一排看了看。

这都还没开始讲课，课代表就睡了？

这节课学生们精神头明显就不如第一次化学课，上午最后一节课了，大家都既困且累还饿。

文科班艺术生对化学没兴趣，部分学生对化学老师还比较有兴趣。

费辛今天穿了件纯色浅蓝的衬衣，转身在黑板上写字的时候，手臂用力，衬衣贴在肩背上，腰线流畅地被扎进皮带里，背影身形充满了越过少年到青年的独特帅气感。

俞仲夏在上课后反而因为周围太安静而醒了，换了个方向继续趴着，左手拿了手机出来，在桌肚下面刷朋友圈。

这个好好看……这个也好看……天哪噜这个最好看……统统都是我的老婆……

他对着球鞋代购发的最新照片，口水直下三千尺。

可是昨天刚给了俞季阳五百块钱，他这个月已经买不了新“老婆”。

“玩手机的同学，把手机收起来。”讲台上的费老师突然说。

俞仲夏：“……”

但当他抬头看讲台，却发现费辛并没在看他，而是对着教室另一边说这话。

其他同学有发出笑声的，俞仲夏的同桌也笑了。

俞仲夏也想看热闹，低声问：“怎么了怎么了？”

同桌小声答：“江楚用手机偷拍费老师，忘关闪光灯了。”

俞仲夏心想，江楚是谁？

他还没认全他的新同学们，不知道江楚是哪个女生。

费辛长得倒确实是还行。

其他同学私下里讨论过新来的化学老师，多数同学从“可靠渠道”得知，费老师是颍城大学的学生，本学期来七中实习，甚至还“八”出了费辛三年前高考成绩全市第二名的新闻。

但这些八卦都没传到俞仲夏耳朵里，他跟艺术生们以前就不熟，这学期开学时间还短，他又霸名在外，别人也不主动往他面前凑。

他就只把费辛看作是一个平平无奇的师范院校毕业生，二十五六岁，跑来平平无奇的七中上班。

讲完了课，又是习题时间。

费辛下来绕场一周，到俞仲夏桌边的时候，他低头，俞仲夏抬头，两人对上了视线。

费辛：哟，没睡啊我的课代表。

俞仲夏：跟你很熟吗？笑得像个变态。

费辛回到讲台上，有个学生就拿着练习册上来，问他题目。

就是刚才用手机偷拍他的那个学生，上节课来问高一知识点的，也是这个学生。

费辛把他问的题目讲了一下，然后说：“有问题在座位上举手就行，不用每次都上来。”

那学生：“费老师，你昨天晚上为什么没来上自习？”

费辛：“换课到今晚了。”

学生开开心心地回了自己座位。

俞仲夏右手整个不行了，他小心地把创可贴全撕了，手指还好，手掌上的两处伤口分明就是发炎了，都有点要化脓的意思。

熬到下课铃响，终于放了学，大部分学生中午不回家，在学校食堂解决午饭，或者结伴到校外吃过再回来。

俞仲夏得去校外看医生，起身就想走，费辛却在讲台上叫住他："课代表。"

俞仲夏："……"

他皱眉大步过去，在讲台下站定，抬头看费辛："干吗？"

费辛："麻烦你，晚自习之前帮我把作业收起来，可以吗？"

俞仲夏："可以。"

费辛把书拿好，客客气气地说："谢谢，晚自习见。"

他大步流星地走了。

俞仲夏刚也要走，听见有人说："江楚，吃饭去了。"

他循声看过去，想看看这位被费辛颜值蒙骗到的花痴女同学长什么样。

那个名叫江楚的同学坐在最边上靠墙的座位，正扭着身子对别人说："不去了，我要减肥。"

怎么是个男的？

下午两点上课，俞仲夏从校外诊所出来已经一点了，他就近去了麦当劳，买了东西拿着回学校。

教室里有些同学趴在桌上睡午觉，安安静静没一点声音，他就没进去，在门外围栏前，单手扒开纸袋子吃汉堡，可乐随手搁在围栏边的台子上，手机放在可乐边上，他戴着耳机刷抖音。

刚看了两个短视频，旁边一只手伸过来，把他可乐拿走了。

他转头，是 18 班的杨柯，他马上警觉地向 18 班门口看。

杨柯边喝可乐边说："别看了，万朋鸟停课回家了。"

俞仲夏把耳机摘下来一个，说："他又干什么缺德事了？"

杨柯："你们班没人说起吗？昨儿晚自习鸟哥跟我们班主任吵架。"

俞仲夏没听别人说起，他睡了一上午，别人也不来烦他。

"该，万朋鸟欠不欠啊，跟人一女老师吵架！"俞仲夏道，"你是不是要把我可乐喝完了？！"

杨柯把剩下的半杯给他放回原处，道：“话这么说是没错。鸟哥这回够呛，没准回不来了。”

俞仲夏：“回不来——是什么意思？”

杨柯：“暂时说让他停课，上午他爸妈都来了，我没见着他人，给他发消息，他说学校意思是劝退。”

俞仲夏把剩下那只耳机也摘了，皱眉说：“和班主任拌嘴吵个架，不至于这么严重吧？”

杨柯：“吵架是次要，主要是他昨天自习课前喝了点酒，学校可能怕影响不好，想杀一儆百吧。”

俞仲夏：“……”

“你们一起吃饭的吗？”他说，“知道晚上要上课，还看着他喝酒？他不正常，你们是不是脑子也有毛病？”

杨柯冤枉道：“不是啊，昨天我们没一起，他下课就自己走了，上自习前回来就那样了。”

俞仲夏：“他有病吧，一个人跑去喝酒？喝完还敢来上自习？”

杨柯：“谁说不是呢，这下可怎么是好？”

俞仲夏：“找下家转学吧，不然还能怎么办？”

杨柯：“……”

俞仲夏又说：“也没准不用，当初我不也差点被劝退，最后还是没有么？没准这次学校就是吓吓他。”

高一刚入学，军训最后一天，俞仲夏和教官打架，被全校通报批评，差点因此被劝退。

杨柯道：“万鹏这情况跟你那回不一样，我看是悬了。”

俞仲夏没了胃口，把剩下一小半汉堡扔进纸袋子里。

杨柯：“想想去年，咱们多好，自从你跟鸟哥闹掰了，就哪儿都不顺。他整天阴着一张脸跟谁欠他钱一样，你也不跟我们玩了，他这回要是真转学走，恐怕咱们以后再也聚不起了。唉……落花流水春去也，天上人间、天上人间。”

俞仲夏：“……”

一个五大三粗皮肤黝黑专门练铁饼的体育特长生，在对着他念李煜的词。

“别恶心人了！”俞仲夏本来还有那么一点点伤感，这下一点也没了，道，“他转学就转学呗，说得跟他人没了一样，你能不能好好说话？”

杨柯哭丧着脸："十五啊，我今天真的好难过。可乐再给我喝一口。"

他自说自话地就把可乐全都喝了，最后说："明天星期五，等下午放学，我们几个想去万鹏家看看他，你去吗？"

俞仲夏想也不想："不去。"

杨柯："他搬家以后你还没去吧？他新家地方好大，客厅都能打排球。"

俞仲夏："都说了不去！"

杨柯像一位五大三粗的居委会大妈："你俩有什么不能好好说吗？这都多久了，他眼看转学走了，你就别跟他一般见识了。"

俞仲夏："不去。"

杨柯："明天下午来叫你。"

俞仲夏："叫你个头！不去！"

下午俞仲夏他们班的语文课，许老师没有来，薛老师来上成了政治课，说许老师请了病假。

到课间，几个同学叽叽喳喳聊八卦，俞仲夏竖着耳朵听了几句。

万鹏这次是真完蛋了，劝退都算是最好的结果。

理化办公室里。

费辛也一脸震惊地听其他老师说着同样的消息。

许老师昨晚和万鹏发生争执以后，就觉得不舒服，给家里打电话，家属来把她接了回去，夜里送去急诊，流产了。

七中自从建了新校区，因为资金紧张，近两届都扩招了，导致教师紧缺，分配不过来，有些副科老师一个人要同时教四个班，还有格外紧缺的科目，要跨年级教学。

这样的情形，就造成年轻女老师请产假困难，最近一年来学校里几位怀孕的女老师，在讲台上都站到产前最后一天。

学校里渐渐形成了没有书面规定但大家心知肚明的"潜规则"，女老师们想要孩子，得先向学校申请排期。

许老师三十岁出头，还没有孩子，但她也并没有向学校提出申请。

费辛听其他老师们的说法，许老师极有可能自己根本不知道已经怀了孕。

老师甲："这个体育生的家长上午来学校，刚见到校长的时候还笑呵呵的呢，没想到事情会这样，也给吓了一跳。"

老师乙：“要我说，劝退都是便宜他，这种学生留在学校也是害群之马，我要是许老师家里人，非得告他。”

老师甲：“说是还没成年，才十七岁，又不是刑事案件，告了最多也就赔点钱。”

老师丙：“赔钱也得让他家里赔，教出的这什么孩子，才十七就背上‘人命’了，以后去了社会上，那可真敢杀人放火。”

费辛：这么说似乎也不对吧？

这时赵主任从外面进来，听见“人命”这句，变了脸喝道：“说什么呢！课备完了是吗？课件都做好了是吗？你们是老师！不是街边晒太阳聊天的退休老头老太太，一个个长舌成这样！”

办公室里倏然安静下来，几位老师都端正坐好，各自忙自己的事。

赵主任叫费辛：“费老师，晚上18班的化学自习，是第一节？”

费辛：“对。”

赵主任道：“我想占用你半节自习，去开个班会。”

费辛：“好。”

许老师这次不知道要休息到什么时候，少说也得半个月，等回来还会不会继续教19班，会不会继续当班主任，都是没准的事。

没了班主任，赵主任这个年级主任只得暂代起18班的班主任职务。

费辛想起万鹏，犯错受到惩罚，虽然不值得同情，但多少还是可惜。

暑假在小区里见到万鹏时，他踩着滑板，穿了件兜帽衫，还把帽子戴在头上，酷酷地从费辛旁边滑了过去，略显“中二”，但又朝气蓬勃。

现在……唉。

万鹏被劝退离开七中，不知道他的好朋友俞仲夏要怎么难过。

晚上自习前，俞仲夏左手抱着一摞化学作业来交。

费辛伏案写东西，没看见课代表进来。

俞仲夏一只手不利索，单手放作业，结果好像是故意一扔，练习册散成一摊，差点把费辛的水杯也撞倒。

费辛：“……”

他把水杯拿开，抬头看俞仲夏，心说：你“铁磁”被劝退了，就来跟我过不去吗？

俞仲夏有生以来第一次当课代表，第一次收全班同学的作业，整个流程都感觉怪怪的，站在那里，居高临下地对费老师说：“不用谢，这都是我该做的。”

费辛：“……”

他看出来了，俞仲夏完全没有要把练习册重新收拾好的意思。

他拿了最上面的一本，恰恰就是课代表自己的作业，翻开一看，惊为天人。

费老师：“课代表，以后你当大夫去吧。”

俞仲夏：“什么？”

费辛：“就你写的这狂草，别人一个字都不认得，骨骼如此清奇，三甲门诊得把你特招进去。”

俞仲夏：“……”

其实他写字不差，甚至在一圈中学生中，算得上一手好字，这几天事出有因，作业都是他用左手抄的，自然有失水准。

费辛也看他右手，那一手创可贴没了，缠了一圈纱布。

下午其他老师聊万鹏和许老师的事，提起了前几天晚自习课后，万鹏和俞仲夏在校门外路口发生的那场争执。

据看到的教工说，两人没打架，就是俞仲夏砸了个玻璃瓶，自己满手血，和万鹏吵了一架，一个人先走了。万鹏还去旁边便利店借了簸箕笤帚，把满地碎玻璃碴扫干净，才回家。

老师们的观点分为两派，一派认为，俞仲夏和万鹏两个中学生，在学校就拉帮结派，搞得一身社会习气，这种学生就不该在普通高中里学习，影响恶劣，趁早送去体校或职业院校得了。

另一派老师们则认为，中学生毕竟年纪还小，三观尚未确立健全，还是需要引导，万鹏主动清扫玻璃碎片，证明社会公德心还是很强的。他和许老师吵架导致了严重后果，这也不是他主观上故意想造成的结果。教书还要育人，我辈任重道远。

而费辛听完整个事情经过——

就这？两个校霸，就这？

中学生可真是戏多，尤其俞仲夏还那么 drama（指“戏精”）。

暑假里万鹏为什么揍他，这倒至今还是个待解之谜。

这厢，俞仲夏想到了怎么反击费老师：“那你当什么老师，当记者去啊，这么会抹黑大夫，挑拨医患关系。”

“别给我扣帽子。”费辛奇怪地看他，说，“你是不是忘了什么？我父母都是医生。”

知道这事的是俞季阳，俞仲夏压根没听过这茬，装起傻来，又说：“我爸妈还都是记者呢。”

费辛心想，说好的单亲家庭呢？！只和妈妈一起生活呢？！难怪万鹏要揍你呢，一句靠谱的话都没有。

俞仲夏：“老师，还有别的事吗？没有我走了。”

费辛闻到了某种药水味，道：“手上用了康复新液？”

俞仲夏没注意是什么药水，也不知道费辛突然关心他是要闹哪样，就没回答。

费辛把转椅转过来，坐在那里正对着课代表，一副普及科学文化知识的语气：“你知道吗，康复新液的主要成分是美国大蠊干燥后的提取物。”

俞仲夏一头雾水。

费辛：“就是美国小强，蟑——螂。”

俞仲夏：“……”

第一节晚自习，18 班本来该上化学课，费辛借给赵主任半节课开班会，赵主任在讲台一脸严肃地说着班风班纪问题。

隔壁 19 班英语自习，英语老师坐在讲桌后静音玩手机，学生们在做英语周报。

俞仲夏的同桌小小声问同桌：“你在干吗啊？”

他时而把右手举高，时而把右手甩在背后，时而伸长出去，像个修炼失败的千手观音。

俞仲夏：“别问，问就是我和化学老师不共戴天。”

同桌：“啊？可是化学老师对你不错啊。”

俞仲夏：“你是他请的水军吗？有钱一起赚啊，群号来一个。”

英语老师警觉抬头，看向最后一排的异动。

俞仲夏左手拿笔，装模作样地做题，在选择题填空处乱写了几个答案，偷偷看讲台，英语老师又低下头了。

“他哪儿对我不错了？”俞仲夏爱憎分明，道理要说明白，又和同桌计较起来，“你少睁着眼睛说瞎话。”

同桌道：“你没发现吗？别的老师都不理你，除了班主任，也就化学老师还跟你说话。”

俞仲夏：“跟我说话就是对我不错？你这不就跟那什么 ios911 认证体系一样，什么不合格就专门认证什么。”

同桌：“是 iso9001 认证体系，你说的 ios 是苹果手机的系统，911 是美国五角大楼……”

俞仲夏：“别提美国！”

这让他又想起美国小强爬满了他的手，要不是亲生的手和胳膊，他都想马上去截肢。

下课以后，18 班安安静静，都没人出来。被赵主任敲打了一通，加上万鹏十之八九要被劝退，这帮体育生兔死狐悲，无精打采。

俞仲夏跑到后门外，朝人家教室里张望，自己也不知道是想看什么。

没承想门口第一排的男生发现他，知道他和万鹏这阵不和睦，语气不善道：“俞十五，来看热闹啊？”

俞仲夏也不是来落井下石的，无意挑衅，没搭腔，转身回了自己班教室。

化学自习课，费辛把发下去的练习册上几个易错点集中讲解了一下，又布置了些练习题。

受 18 班气氛影响，19 班这节课也格外安静，教室里只有笔尖沙沙响声和翻书的声音。

费辛站在讲桌后，边看边做讲桌上摊开的一本《有机化学例题与习题》。

俞仲夏用了一节课终于接受了自己涂满蟑螂尸液的右手，这药效果还挺好，他手只是包着纱布不太方便抄作业，但不妨碍他偷偷玩手机。

他给俞季阳发微信：“拆线了吗？医生怎么说？能回学校上课吗？”

俞季阳：“拆了，能回，明天早上就去学校。”

俞仲夏想他因为缝针而剃了一块头发，说：“戴顶帽子，你有帽子吗？”

俞季阳：“有，你给过我一顶。”

俞仲夏不知道该说什么，最后说了句：“好好学习。”

俞季阳：“你才是，别上课玩手机了。”

俞仲夏就没再继续回复，退出微信，打开淘宝，在运动品牌旗舰店买了顶男生帽子，地址填了一中。

俞仲夏给过俞季阳一顶帽子，是去那边吃饭，走时忘了戴，过后懒得再去取，就跟俞季阳说送他了，这都是去年的事，那旧帽子俞季阳居然还没扔。

买完帽子，他把手机扔回抽屉里，伸伸懒腰，决定休息一下。

刚还在讲台上的费辛不在了，到了教室一侧的某张课桌旁，那儿有学生问他问题。

俞仲夏看了看，想起来了，那不是偷拍费辛忘关闪光灯的江楚吗？

江楚座位在靠墙的里面，他站了起来，隔着外面的同桌向费辛问问题，费辛低声给他讲解。

从俞仲夏这边看不到费辛的脸，只能看到江楚的一小半侧脸。

江楚的头发相比男生来说有点长，脸小肩窄个子也不高，说话时还有些小动作，很是少女气。

在俞仲夏看来，江楚和俞季阳不一样，俞季阳是腼腆容易害羞的内向型，江楚是纯“娘”酿造零添加的天然型。

“江楚挺好学啊，这么爱问题。”俞仲夏问同桌，“他学习很好吗？”

同桌：“不好，跟你一样倒数。”

俞仲夏：“他专业学什么的？这么……这么妖娆。”

同桌：“你还真说对了，他学舞蹈的，基本功厉害，我第一次见男生会横劈叉，轰一下就下去了。”

这……

俞仲夏左手托腮，想了些五五六六七七八八的东西，狗屁不通的直男发言：“一男的学舞蹈，可真有意思。”

费辛讲完题，转过身来，正好看到俞仲夏在看他。

费辛挑眉：不做题看我干什么？

俞仲夏也挑眉：你不看我怎么知道我看你？

费辛回了讲台上，继续做自己的题。

俞仲夏想起还没和同桌自我介绍过，这几天下来，感觉同桌这人也还行，便道：“我学播音主持，你学什么的？”

同桌：“……”

俞仲夏大惊：“你不会也学舞蹈的吧？”

同桌：“我学播音主持。”

俞仲夏：“哦，嗐，这么巧？缘分啊。”

同桌冷笑：“巧？暑假咱俩在一个培训班，一起上了俩月课。你居然一点都不记得我？”

俞仲夏：“你一男的，我记你干吗呀？”

到放学，同桌再没和这没心肝的“顾北城”说话。

铃一响，费老师走了，大家也都收拾东西回家。

俞仲夏没什么可收拾，也用不着带书回家装样子，拿好手机就能走。

刚走到校园里，手机振动有电话进来，是个陌生号码。

他接了，那边道：“十五，是我。”

俞仲夏听出是万鹏，装没听出来：“谁？”

万鹏在电话里说：“下课了是吗？我在你家楼下等你。”

以前两个人关系还好时，也经常到对方家里去玩，玩得晚了留下过夜，也是常有的事。

万鹏家暑假搬去了新居，那时他俩已经掰了，俞仲夏就没去过。但俞仲夏家，万鹏来得多了，熟门熟路。

俞仲夏进了自家小区，溜着绿化带走，探头探脑地看万鹏人在哪儿，怕万鹏藏在什么地方偷袭他，毕竟前几天他还想用一瓶RIO打烂万鹏的头。

结果万鹏光明正大地坐在他家单元入口的台阶上，里面大堂灯火辉煌，万鹏坐在那儿逆光，看不清楚脸。

俞仲夏慢慢腾腾走过去，他没跟万鹏真打过，不能百分百确定自己一定占上风，现在右手还不利索，很怀疑现在打起来是白送人头。

万鹏看见他，站了起来，叫他：“俞仲夏。”

俞仲夏没吱声，万鹏几乎没这么正经叫过他名字。

万鹏从那三四级台阶上一大步就跨了下来，俞仲夏向后退半步，寻思是打还是跑。

“我不是来打架的，”万鹏没有要打架的意思，说，“我来跟你认错了。”

俞仲夏怀疑道：“你先认一个，我听听看。”

万鹏道：“学校劝退我，你知道吧？颖城这边像样的学校都不愿意收我，我爸妈正托关系，想让我转学去外地。”

俞仲夏："……"真要走了？

万鹏说："这回许老师的事是我不对，自己犯错自己承担责任。走之前，也该把话跟你说清楚，十五，我一直把你当我最好的哥们儿，以前是，现在也是。"

听说他真要走了，俞仲夏难免也有一点点难过，语气也不如先前激烈："你干的事是好兄弟该干的吗？你是我哥们儿，俞季阳也是我亲弟弟。"

万鹏态度倒是诚恳："都是我一时糊涂，不知道该怎么跟你说。"

俞仲夏来气道："万朋鸟，不是口口声声说没错吗？现在又认了？有一句实话吗？"

万鹏："真没有。"

俞仲夏："那你又认什么错？"

万鹏表情不是太自然，道："你不是都看见了？"

那时还没放暑假，各年级都考完了试在家等成绩，万鹏发微信叫俞仲夏去他旧家玩。

俞仲夏在家睡大觉，醒来过了中午，看到手机上的消息，就去了。

知了拼命叫的午后，阳光无比刺眼，大街上小区里都没有旁人，俞仲夏跑进万鹏家阴凉的楼道，刚上了一个拐弯，就撞见万鹏正在欺负俞季阳。

俞仲夏当场暴走，抓起万鹏抡了两拳，事发突然万鹏被抡蒙了还没做出反应，俞季阳还挡在中间拦住俞仲夏不让打。

俞仲夏看俞季阳："你？"

他又看万鹏："你！"

最后他暴跳如雷："别跟我说是闹着玩啊！我又不瞎！"

他们在楼道里动静有点大，万鹏家的防盗门从里面打开，万鹏妈妈道："来家里玩，别在楼道里吵邻居休息。"

万鹏脸色一下变了。

俞仲夏也没想闹到家长面前，指着万鹏小声恫吓："你给我等着！"吓完拖了弟弟就走。

万鹏也没追来。

出来走了一段路，横竖天热小区里没别人，俞仲夏质问俞季阳怎么回事，为什么不跟自己说。

俞季阳眼泪汪汪不敢说，然后挨了俞仲夏一顿骂。

“还好意思提我看见那回？”俞仲夏更来气，对万鹏道，“你哪来的脸？我两只眼睛视力都1.5！看得清清楚楚，明明就是你在欺负我弟！”

万鹏：“那又不能怪我，是他自找的。”

这说的是人话吗？

俞仲夏一时义愤难平：“你要脸吗万朋鸟？”

万鹏把脸稍稍转到一边去，郁闷道：“你弟……他骗我。”

俞仲夏一脸疑惑。

万鹏：“十五，这事你根本就不知道前因后果，凭良心讲，咱俩认识这么久，我是那种爱欺负人的人吗？”

他顿了一下，带了点恨意地说：“你弟俞季阳，就是个害人精。”

第四章 虞柊罅

俞季阳去替俞仲夏考试那天，怕露馅，也不跟别人说话，还躲着人走。

考完英语等化学考试入场，万鹏跑来找他玩，他也没说自己不是俞仲夏，万鹏跟他像跟俞仲夏那么闹着玩，刚说两句他就脸红。

因为俞仲夏从没说过自己有个双胞胎弟弟，万鹏也压根想不到这不是俞仲夏。

他只觉得微妙的有趣，俞十五怎么今天这么好玩？

考完化学他和杨柯几个又来找俞季阳，说考完试了要一起玩去，俞季阳支支吾吾说不去，被他们几个强行架走了。

一伙男生先去游戏厅玩游戏，俞季阳连换币都不太会，听男生们讲笑话也跟不上趟，害羞也害怕，像只小鸡仔跟着鸡妈妈一样，小心地跟着第一个认识的万鹏。

游戏厅里吵得要死，人也很多，他越跟越近，就差拽着万鹏的衣角。

万鹏一边觉得俞十五今天十分反常，一边又总想逗逗这个反常的俞十五。

他答应了请客吃冰激凌，算上他自己一共八个人，他拿不了那么多，带着俞季阳去游戏厅边的 DQ 排队，等排到了要选口味的时候，俞季阳却说自己不想吃。

结账扫码，支付宝女声报出金额，俞季阳一脸“肉痛”，万鹏突然明白这人居然是嫌贵想替他省钱。

拿了冰激凌，万鹏那杯只吃了一口，声称不好吃，塞给了俞季阳。

他在前面走，小心地向后瞥跟着他的俞季阳，俞季阳端着那冰激凌杯，也正小心地偷看他。

从游戏厅散了以后，男生们各回各家，万鹏心神恍惚，进地铁站后先上了个厕所，错过了一趟地铁，坐了下一趟，上车后，竟然又看见了俞季阳。

但这是 1 号线，俞仲夏回家该坐 2 号线。

万鹏穿过半车厢的人群过去，俞季阳一脸吃惊，起初还有点想跑的意思，最后还是站在原处没动。

万鹏到他旁边，两人并肩分别拉着一只吊环。

万鹏看地铁窗上倒映出自己身边这个熟悉又陌生的“俞十五”。

万鹏疑惑又迷茫地问他，你到底是谁啊？

俞仲夏：“你俩还整挺好。”

他两手揣兜，坐在小区健身区的健骑机上，一面阴阳怪气，一面又觉得好像哪里不对……

他以为万鹏起初是把俞季阳错当成了他，结果认识第一天就已经知道不是了？

万鹏在他旁边站着，背靠着云梯杆，一点不高兴，还一脸颓唐。

“我记得第二天在学校见面，”俞仲夏道，“我就觉得你哪儿不对劲，还躲着我。你躲我干吗？”

万鹏：“你了解你弟吗？”

俞仲夏略犹豫：“还……还行吧。”

万鹏道：“他是个‘白切黑’你知道吗？”

俞仲夏：“为什么这么说？”

万鹏：“他自己说的，跟我玩就是为了离间我跟你，他不喜欢你。”

俞仲夏：“我没明白。”

万鹏用脚尖踢了踢地，说：“十五，你初三为什么休学，错过中考？”

俞仲夏：“……”

离中考还有两个多月，在另所初中上初三的俞季阳被同学欺负，俞仲夏去替弟弟出头，和别人打架，去之前以为都是初中小屁孩，结果到了才发现，对方叫了高中部的来帮忙。

俞仲夏右臂骨折，那年没能参加中考，还被校内警告记过处分。本来他学习还凑合，吊车尾也能进一中，那之后一蹶不振。

万鹏："你宝贝弟弟说嫉妒你，一个妈生的，长得一模一样，凭什么你过得比他好。"

俞仲夏："……"

他说："可这又关你什么事？"

万鹏："这又关我什么事，我也想知道。可能我就是倒霉。刚开始同情你弟，信了他说的话，站他那边，偶尔觉得对不住你，不知道该怎么说。后来他见咱俩已经掰了，目的达到就跟我摊了牌，我想找你解释，你又不听，还想要我命。"

俞仲夏："……"

"你什么时候走？"俞仲夏问。

"没准，可能下星期，先过去安顿一下，找好学校就能上课。"万鹏道，"去了那边不知道什么样，还能不能再遇见你这么好的哥们儿。"

俞仲夏："鸟……你现在说话真是越来越恶心。"

万鹏也不再坚持跟他争辩，道："就这吧，说完了，我走了。"

俞仲夏："滚吧。"

万鹏来时恹恹，走时更甚，丧丧地走了。

因为这事，俞仲夏比平时晚了近一个小时才进家门。

客厅没开灯，俞明和老婆林筱偎在沙发上，用投屏亲亲热热地一起看电影。

俞仲夏一进门，只穿了件睡裙的林筱马上起身，俞仲夏背过身去换鞋，听到林筱脚步匆匆地进了房间里去，房门咔嗒一声关上。

俞明道："怎么这么晚？还以为你今天去同学家过夜不回来了。"

俞仲夏："下课去玩了一会儿。"

俞明拿遥控开了灯，道："玩什么了？你手怎么了？"

俞仲夏："倒热水，玻璃杯炸了，已经快好了。"

俞明点头，问："还有钱吗？"

俞仲夏："有。"

俞明看了看紧闭着的卧室房门，放低声音道："想买什么就买，钱不够花就问我要。这学期谈恋爱了吗？对女朋友大方点。"

俞仲夏从冰箱拿了可乐，说："没有谈。"

俞明道：“少喝可乐，对牙齿不好，牙齿不美观拉低颜值，播音专业对这个有要求。”

俞仲夏又把可乐放回去，拿了瓶果汁。

俞明：“整天像个锯嘴葫芦一样，问你一句才说一句。”

俞仲夏：“……”

俞明自认为尽完了今日份的父亲责任，关了投屏，起身也要回房，说：“早点睡吧，晚安。”

俞仲夏：“晚安。”

父子俩同住一个屋檐下十几年，彼此间一点都不熟。

隔天就是周五了。

天气不是太好，费辛不想出去吃饭，午饭叫了外卖，可以送到校门口。

等外卖的时间，他一个人在办公室里刷手机玩。

一篇本地资讯公众号发的文章，《痛心！颍城一高中生酒后在校闹事，引致女教师流产》被不少人转发到了朋友圈，说的正是万鹏和许老师那件事，内容颇有些春秋笔法，添油加醋，不实部分相当惊人。

费辛的同学里也有人转发这篇，还用了“天啦噜现在高中生都是怎么肥四好阔怕”（“天哪现在高中生都是怎么回事好可怕”）的转发句式。

费辛评论：“博眼球乱写一通。”

有个同学甲在班级群里“艾特”了他：“@费辛出山了！大水冲了龙王庙，就是你实习的学校啊？”

费辛：“你瞧瞧这不是巧了吗？不但是我学校，还就是我教的学生。”

他把万鹏那事简单说了一遍，道：“那公众号还说学生动手推搡老师，根本没有的事好吗，就是拌了几句嘴，事出意外，谁也不希望发生这种事。”

几个同学接连发了“UC震惊部”表情包。

同学乙：“为人师表了费老师，有内（那）味了。”

费辛扔了个“满脸写着高兴”的表情包。

他到高中来实习实非本人所愿，同学或多或少知道内情，都不再继续说这事。

同学乙：“周末回学校打球去，去吗？”

有几个男生立刻响应说去。

同学乙："@费辛去吗去吗去吗？不回我等下就再问一遍。"

费辛："不去，我周末约了看房。"

同学甲："辛辛买房啦！！！！！快来看啊！！！！！@所有人。"

同学乙丙丁戊己庚辛壬癸（全是男生）："老公！！！"

费辛："滚啊！！！"

他解释了一通是租房而非买房。

刚说完，外卖员打了电话来让他去门口取餐，他就在群里说了一声："我去吃饭了。"

同学乙丙丁戊己庚辛壬癸集体冷漠："哦，前夫再见。"

费辛到校门口取餐，外卖员正给别人打电话："到时间了，我能先点确认吗？……好，谢谢，你快点出来拿。"

他挂电话，向费辛确认了手机号，从保温箱里拿了印着"李先生"logo的袋子给他，费辛接过道谢，转身回去。

进校园后，费辛远远地看见俞仲夏。他自己做学生的十几年和做老师的一星期里见过的所有人中，这无疑是一朵别具一格的奇葩，在两个班一百多个学生中，让他印象无比深刻。

俞仲夏刚从楼里出来，疾步走路还低着头看手机，撞到了其他学生。

明明是他自己的错，他还凶别人："眼不小，出气用的吗？看不到路啊？"

被他撞到的学生和一起的几个小伙伴都是高一新生，并不认识面临过气的七中顶流俞仲夏，也没有被他的凶相吓退，反击道："谁不看路了？明明是你在玩手机。"

俞仲夏："……"说得好有道理。

但他堂堂七中一"霸"，轻易对同学友善，那人设就崩了，于是他强词夺理道："你这不是废话？我要是在开飞机，你敢撞上来吗？"

无辜学生和同伴一脸蒙。

"嚯，交通意外？"到得近前的费辛假装正义的空中交警，问，"谁开飞机？有执照吗？"

俞仲夏："……"

怎么哪儿都有你！

那几个学生被费老师逗笑了。

费辛对他们说："快吃午饭去吧，别浪费午休时间。"

几人便齐声道："老师再见。"

他们一起走了，还没走远就忍不住窃窃私语地讨论："这老师是教什么的啊？"

"好帅。"

不但费辛听到了，俞仲夏都能听到，他三分鄙夷三分嘲讽三分学俞季阳还有一分勉强算真心，对费辛说："老师，你好帅啊！"

说完他就跑了。

费辛在后面冲他安全警告："你慢点飞！"

他虽未回头，速度倒是放慢了不少。

费辛这才提着外卖回了办公室去。

俞仲夏到门外。

外卖小哥都要哭了："同学？你怎么才来？"

俞仲夏沉痛道："刚刚发生了撞机事故。"

外卖小哥："……"

长见识了，他以为自己上回送餐迟到说是为了救小狗已经是最离谱的借口，你一客户，编个理由至于这么拼吗？

俞仲夏："放心，会给五星好评的！"

小哥卖惨成功，欣然离去。

等俞仲夏回了教室，打开外卖盒盖……去他的五星好评吧！

他点的是香菇滑鸡饭，送来的却是招牌牛肉面，还放这么多香菜，一打开盖子那个冲鼻子的香菜味道……

唠唠唠。

俞仲夏，卒，享年十七岁九个月零四天。

理化办公室里，费辛打开了不属于自己的香菇滑鸡饭。

外卖袋里还有一张订单信息，手机号已隐藏，外卖也只能送到校门口，通常都不会写班级信息。

只剩下收取人姓名……

费辛，七中狄仁杰，分分钟破了这桩外卖奇案。

俞仲夏则压根就没想要找这面真正的主人。

他塞了两团纸巾在鼻子里，勉强隔离了香菜味，把牛肉面重新盖好，准备拿去问问隔壁体育生们有没有人要吃。

他端着盒子刚起身，费辛就出现在后门外，两手背在身后，叫他：“课代表。”

俞仲夏，冷酷无情一男子：“现在是午休时间，课代表不归你管。”

教室里有七八个同学还没去吃饭，前排围观费老师和课代表的午间 battle（指较量）。

费老师把手从身后拿出来，袋子挂在他两根手指上，向前一伸，道：“顾•刘昊然七中分然·北城，是你吗？”

刘昊然七中分然太惨了，刚被香菜熏得灵魂出窍，紧接着又被“公开处刑”。

下午最后一节课上课前。

杨柯跑去 19 班后门找俞仲夏，见他趴在桌上睡觉，就让靠门边的男生帮忙叫一声。

偏偏这男生也是个捣蛋鬼，高声叫俞仲夏：“然然！有人找！”

俞仲夏被吵醒，满脸暴躁地过来，经过刚叫醒那男生身边，比了个挥拳的动作，那男生也不怕他，还嘻嘻哈哈。

同班已经一星期了，19 班诸位同学都发现这位传说中的俞仲夏，的确张牙舞爪，但凶则凶矣，并不伤人。

杨柯没懂，问俞仲夏：“十五，你改名叫然然了？”

两个人在两班交界处你打我一下我杵你一拳地打闹，18 班另几个男生闻声也围上前来，几个人联手把俞仲夏拿下，分别提起他的手和脚，把他高高抬起——

俞仲夏哇哇大叫：“你们几个死定了！！！”

——男生们撒手，把俞仲夏噔一下狠摔了个屁股蹲儿。

“等会儿放学来叫你一起啊？”杨柯道，“去鸟哥家看看他，他下星期一就走了。”

俞仲夏怕他们还要再摔自己一次，盘腿坐在地上不起来，仰着头说：“行。你们都给我退后。”

杨柯和几个男生摩拳擦掌，嘻嘻哈哈：“小十五，别害怕嘛。”

因休学而中考晚了一年的俞仲夏在这帮人之中年龄是最大的，当即怒吼：“我才是老大！叫谁小十五啊！”

他就地伸腿一绞再一绊，眨眼就把离他最近的一个男生放倒了。

其他几个见势不妙，顿时作鸟兽散，剩下这一个被俞仲夏按在地上捶了一顿。

俞仲夏和体育生们自此和好了。

傍晚放学，费辛也迎来实习开始后的第一个周末。

费家父母提前说过今天不能准时回去吃饭，正好费辛的高中死党约他，两人约了晚饭。

他这同学高中毕业后，去了隔壁城市上大学，回颍城坐高铁不到一小时，现在也大四。

他学传媒的，一边实习，一边复习准备今年国考。

他的大名叫江因缺，绰号“厅长”，高中时候费辛一帮人给他起的，for 因缺思厅（因为 interesting）。

一见面，江因缺就哭号着向费辛吐苦水，说自己从七月实习以来遭遇的种种“非人待遇”。

“办公室卫生都是我打扫，花花草草全是我来浇，保洁阿姨还嫌我业务能力差。

“我们科长爱网购，一个月上百件快递，说影响不太好，收件人都写我的名字，还安慰我说这是帮我在办公楼里扩大知名度。

“也行吧，我本来还想趁实习搞个对象，等考公一上岸就能结婚，结果现在那楼上所有年轻女的都不跟我玩，盛传我是个月光败家玩意儿。

“我昨天刚听说，原来我网贷借了几十万？！我自己都不知道这事！

“唯一还跟我说话的是我隔壁桌那女的，长得也还行，整天夸我帅，我本来还觉得有戏。

“这几天我突然醒悟了，她夸我帅是为了让我点奶茶外卖的时候给她也带一杯。

“辛辛，我觉得我要被她 PUA（指精神控制）了。”

费辛终于听不下去了，道：“人家就 PUA 你几杯奶茶啊？”

江因缺：“奶茶是当代女青年的命啊！她拿命 PUA 我啊！你怎么连这个都不懂，难怪这么久了连个女朋友都没有。”

费辛不以为然：“引导消费的夸张宣传罢了，哪有女孩拿奶茶当命的？”

江因缺："你的那堆球鞋，是你的命吗？"

费辛反手表演一个双标："当然是啊，我球鞋都是限量款的，很难买的好不好。"

江因缺："哦，你以后就跟球鞋过一辈子吧。我要讨老婆的，知己知彼百战百胜，消费陷阱的目标群体是年轻女性，我越了解它们，就离女孩们越近。"

费辛："你先上心公考上岸的事吧，其他往后稍一稍。"

江因缺："两手都要抓！两手都要硬！"

俞仲夏和杨柯一行七八个人，去了万鹏家里看望他，也和他道个别。

万鹏父母都没在家，万鹏一个人在房间，正收拾行李，知道杨柯他们会来，听见门铃就去开了门。

他没想到俞仲夏会来。

俞仲夏拉不下面子来好声好气，板着脸说："我闲着没事儿凑热闹，还没来过你新家。"

万鹏也不太自然："那你随便看看。"

杨柯："你俩好好说话不行吗？搞得鸟哥像房产中介一样，房子有什么好看的？"

这年纪的男生本来也没有什么隔夜仇，有台阶下就下了。

一群男生围坐在万鹏房间里，聊些零零碎碎的笑话，说万鹏不在学校这两天的趣事：赵主任昨天晚上来开班会把假发戴反了，18 班某男生给 19 班某女生送巧克力可能想追人家，化学老师和俞仲夏今天中午拿错外卖了……

俞仲夏："你们是练体育的还是炼丹的啊？这么八卦！"

大家哈哈笑。

万鹏也跟着笑，又聊了一会儿，他来了句："你们几个，等许老师回学校上课了，你们都听她的，当是替我……替我……"

大家都静了。

俞仲夏道："我替你看着他们，哪个不听许老师话，我替你先揍了。"

万鹏道："你以后也少打架，少惹事。"

俞仲夏心想，干吗？转个学而已，不用交代后事一样吧，嘴上说："知道了，你去了新学校，也少惹事，没我帮你，当心别人揍得你妈都不认。"

费辛对江因缺说了在高中实习的一些事。

江因缺在几个本地公众号里看过写万鹏那件事的文章。

“现在高中生和咱们那时候不一样了，”江因缺感慨道，“咱们那时候哪有这么难管。”

费辛道：“那倒也不是，是你不记得了，自己当学生的时候只觉得老师管得多，哪会想到老师工作这么难做。”

江因缺又安慰他：“也就实习一个学期，快得很。”

费辛郁闷道：“感觉不好，度日如年，这才一个星期，感觉跟在那儿好几年了。”

江因缺：“适应就好了，归根结底，你想当的是化学家，不是想当园丁去浇花……哎，你学校那事儿，怎么样了？”

费辛眉毛一皱，说：“还那样，没下文。这种事能怎么样，一般也就不了了之。”

江因缺想了想，道：“也是，男女之间这种事，是说不清楚。我们办公楼里有个女领导，好些人都说人家是给上头谁谁谁当三儿才上位的……我没有说你当三儿的意思，我知道你是被冤枉的。”

费辛好笑道：“厅长，求生欲不用这么强，我也没这么敏感。”

江因缺道：“不敏感就好，还跟你说那女领导，我看她资料根本不像别人说的那样，九几年政法大学的博士，到这年纪才当个副处，我还觉得屈才了呢。没办法，人类本质就是柠檬精，总有些人见不得别人比自己强，又没本事超过人家，只能靠诋毁和泼脏水。”

话是这么说，道理也都懂。人类社会千百年来，从来如此。

总是如此，就对了吗？

费辛：“那就只能自认倒霉了？她知道别人怎么在背后污蔑她吗？”

江因缺：“应该知道吧，一女性能逆时代而上，本来就是人中龙凤。知道又能怎么办？难道跟他们吵架啊？”

费辛：“有时候我会有点后悔，当时不该赌气跑到学院主动放弃保送，谁泼我脏水，我就找谁对质，我清白做人，无愧于心，凭什么最后忍气吞声的是我？我应该抗争，但我没有。”

江因缺：“……”

“喝点吗？”江因缺道，“陪你喝点吧。”

费辛却说：“不了，开车了。”

江因缺点点头，道：“等你考上北大研究生，谁还在乎这一个破颍城大学，他们爱说什么就说什么去，过几年你扶摇直上九万里，没准还成了中国的门捷列夫，那帮坐井观天的鳖精，坐鳖池里酸你一辈子也没用。想开点吧辛辛。”

费辛：“只能想开点了。你也是，等你以后真当上厅长了……”

江因缺喜笑颜开，想听好友怎么吹彩虹屁为他描绘美好未来蓝图。

“一定要奉公守法，做人民的好公仆。”费辛正色道，“虽然快递多数是你科长买的，但说你月光也不冤枉，我还不知道你？消费陷阱可不只针对年轻女性，男性也很容易中招，我观察到你腰上多了一条爱马仕的新皮带，你一个实习生，请问是疯了吗？”

江因缺：“拼多多上买的。”

费辛：“那可以，下不为例吧。另外要少喝奶茶，反式脂肪酸摄入过多对心脑血管不好，乳制品和糖分吃多了还容易长痘。一脸痘印你还怎么交女朋友？PUA 也要看颜值的。”

江因缺叹气道：“如果我是你的女朋友，一定要当场和你分手。”

费辛：“正因为你不是，我才对你要求如此严格。女朋友当然是宠着来了。至于你，你配吗？”

江因缺：“你少光说不练，什么时候谈个恋爱让我瞧瞧？我要长你这样，无论如何也不会母胎单身到现在。”

费辛和江因缺吃完饭，散了各回各家。

快到小区门口，费辛远远看到小区入口旁边有几个中学生，身上穿的分明就是七中的校服。

万鹏父母回家了，俞仲夏一行就告别要走，万鹏便把他们从家里一路送出来，送出了小区大门。

送君千里终有一别……

中学生们终究还是离别的经验少，没有参透分分合合才是人生真谛，青春期的临别伤感情绪总是会因为年龄和阅历而被无限放大。

万鹏和杨柯他们几个都丧着脸，这时候要是有一个哭出来，马上能哭一片。

万鹏道：“这回分开，不知道下回什么时候见了。”

杨柯等人唉声叹气。

“你们演什么苦情剧，”俞仲夏是个破坏气氛小能手，道，“十一放假就能见到了。”

众人：“……”

俞仲夏道：“你回去吧，陪你爸妈多待一会儿。”

杨柯几个也说：“鸟哥回去吧，别送了。”

万鹏把所有人挨个看了一圈，最后看着俞仲夏，眼神十分复杂。

俞仲夏：“……”怎么感觉不太妙？

万鹏一步跨上前，抱住了俞仲夏。

俞仲夏：“万朋鸟你别逼我动手给我放开！”

万鹏憋了好几天，这下再也憋不住，呜呜呜地哭了起来。

真是闻者伤心见者流泪，杨柯几个纷纷道：“十五，你让鸟哥抱一会儿吧，他太委屈了。”

俞仲夏：“……”

费辛开着车从他们身边经过，隔着窗一看：好家伙，这俩小魔王是又和好了吗？

他回到家，父母已经回来了。

费文谦端着刚切好的水果，招呼儿子洗手来吃。

他去洗了手从卫生间出来，辛丽萍边吃水果，边用手指了指沙发，笑着说：“费老师，你学生来还了你的衣服。”

费辛都要忘了这茬，拿起放在沙发上的纸袋子，里面果然是暑假里借给“俞仲夏”的那件T恤。T恤洗得干干净净，叠得整整齐齐，里面还放了一张便签卡，上面工工整整写着一行字：“老师，我已经决定好了要怎么走之后的路，谢谢您，也祝您幸福。”

这不是能写好字吗？怎么作业就写得一塌糊涂？

又是决定了什么？这句话是什么意思？想一出是一出。

辛丽萍之前就听费辛讲过暑假里那一节故事，道：“你这学生长得还挺好看，就是好害羞呀，我说你快回来了，让他进来等，他不肯，把衣服给我，还冲我鞠了一躬才走。”

曾亲身领教过俞仲夏鞠躬大法的费辛道：“就鞠了一次啊？呵，这回还像个人了。”

辛丽萍奇道：“这话怎么说的？”

费辛吐槽说：“辛女士，您可别被他外表骗了。这学生真的是一朵惊世奇葩，能惹事爱打架，嘴里没一句靠谱的话，当面一套背后一套，喜怒无常，一阵一阵，我看他上辈子八成是位川剧变脸的大艺术家。”

辛丽萍边笑边说：“你别太夸张，中学生本来就处于情绪不稳定的年纪，你怎么也是个当老师的，更要严于律己，宽以待人。”

费文谦问：“那个欺负他的学生怎么着了？在学校里还欺负他吗？”

“那倒没有，这学生被劝退要转学了。刚我进来还看见他们俩，就在小区门口，看模样是和好了，还好得不得了呢。”费辛道，“这帮中学生，情绪也太不稳定了。”

俞仲夏被万鹏蹭了一身鼻涕眼泪，情绪的确非常不稳定。

如果不是顾忌杨柯他们在场，他势必要当场打爆万鹏的头：看在你要走了的分儿上才不想跟你计较，不代表就原谅你了好吗！

上了回家的地铁，万鹏给他发消息：“刚才的事忘了吧，我也要振作起来，重新开始了。”

俞仲夏回：“你最好是。”

万鹏：“十五，你也要留心点，别对 YJY 那白眼狼太好。”

俞仲夏想了下才反应过来 YJY 是俞季阳，说：“你有病啊？这有什么好缩写？他是什么流量明星吗？”

万鹏：“不想打他的名字，脏了我的输入法。”

俞仲夏：“……”

周末两天，费辛第一天看房签合同，第二天搬家，搬进了七中附近一套青年公寓。

一室一厅一卫，设施齐全，周边环境也可以，上下班方便，晚上回去复习也安静。

他把汽车还给了辛丽萍，把家里的山地车带了过来，从公寓楼下骑车到七中校门，只需约十分钟。

星期一，是一个晴朗的日子。

俞仲夏打破了上周的迟到纪录，早读马上都要结束了，他才姗姗来迟。

值班李老师："来了。"

俞仲夏奇道："老师，为什么一大早值班的总是你？你是不是得罪校领导了？"

李老师："……"

一辆山地车过来，停在旁边，骑在车上的费辛向李老师打招呼："李老师早，怎么又是你值班啊？"

李老师看看他，又看看俞仲夏，感觉这画面好熟悉，仿佛梦回上一周的任意一天。

李老师发出了灵魂拷问："请问你俩是个偶像组合吗？每天约好了在校门口合体？"

费辛和俞仲夏对看一眼，嫌弃的眼神之中，不约而同地流露出该"偶像组合"内部不和的实锤。

回顾过往，这组合也的确是一进校门就单飞。

但今天有所不同的是，俞仲夏发现费老师的着装换了风格。

上星期费辛刚来七中实习，不想给校领导、其他老师还有学生们留下不够稳重的轻浮印象，一直都是衬衣和西裤的标配着装，头发也用发胶固定得一丝不乱，随手一拍就能印在教育培训机构广告上的那种 style（风格）。

所以俞仲夏一直笃定他有二十五六岁，也不是毫无理由。

从今日起，他的交通工具低配宝马换成了山地车，如果他还穿得像新东方老师一样，对他胯下这辆古董级车架梅花 C40 山地车简直是种侮辱。

于是他换了运动休闲风的打扮，发型也没搞，被清晨的风吹了个自然的弧度，就是他在大学校园里的日常样子。

师生两个被李老师放进了校门，费辛要去教职工车库里存车，骑在车上对俞仲夏挥了一下手："走了。"

俞仲夏还满脸古怪地看他。

费辛："对了，衣服我家人转交给我了，还说你客气，门都没进。"

俞仲夏："……"跑去人家家里做什么？ YJY 你是不是皮又痒了？

他见费辛不明真相，自己当然不会主动坦白，出口就是酸话："费老师，你是趁周末去整了个容吗？"

费辛笑道："课代表，是想夸我变帅了吗？"

俞仲夏：呸。

他打量费辛的车，不太懂，但感觉这车还挺酷，忽然凝神一看，费辛脚上这双KD12……

这个漂亮的浅灰鞋面和骚气的荧光绿鞋底配色，不正是——他心仪已久的“老婆”吗？！

费辛和阴阳怪气的课代表沟通不良，不说了，骑车走人。

俞仲夏望着心仪的“老婆”被其他男人穿着飞驰而去，既羡慕又郁闷。本来下个月攒够钱就能买，这下好了，买了也不能穿，撞鞋很尴尬的好不好。

尤其是跟一个比他高（暂时）比他帅（也是暂时）的男的撞鞋，尴尬的还能是谁啊？

沐浴在九月清晨和煦的阳光下，俞仲夏怀着对费辛的羡慕嫉妒恨，决定换个“老婆”买，下一个更乖。

万鹏离开了七中，也离开了颍城。

经历了离别短暂的伤感之后，俞仲夏和18班体育生们又恢复了上课睡觉，下课打闹，不学习不看报，只等周末快点到的平静生活。

俞仲夏的手伤渐渐痊愈，纱布拆了，不再影响他灵活使用右手抄作业。

这天英语课代表收作业，就差他一个，站在他桌边看着他奋笔疾书，不住地催：“然然！快！就剩你了！”

俞仲夏头也不抬地骂人：“谁再这么叫我叫谁好看！”

他同桌小声唱：“你笑起来真好看……”

英语课代表接着唱：“像七中的刘昊然……”

“……”俞仲夏抄完了，把作业本扔给英语课代表，吼，“快滚！！！”

课代表抱着作业从后门跑去交给老师了。

俞仲夏又看同桌，同桌朝旁边挪挪屁股，表明清白：“你也不能不讲理，我又没那么叫过你。”

俞仲夏：“……”

谁能想到有朝一日，他竟然对LHR产生了PTSD（指创伤后应激障碍），听到这位的名字就头皮一麻，怀疑是谁又来看他笑话。

这件事的责任人，有一个算一个，全给办了。

美团外卖，被他卸载从此改用饿了么。

李先生牛肉面，以后再也别想让他贡献KPI（指关键绩效指标）。

终极BOSS（指电子游戏中的大怪物）——化学老师费辛，既不能被卸载，似乎也不需要KPI。怎么办？

“然然！”班长跑过来。

俞仲夏勃然大怒，当场要以下犯上。

班长忙道：“哥！冷静！商量个正经事！”

俞仲夏：“你能有什么正经事？”

班长官方发言：“一年一度的教师节到了，为了表达对老师们的感恩之心，我们班委决定送上节日祝福……”

俞仲夏拆台道：“哪来的班委？不就你一个？”

班长：“这不是重点！”

俞仲夏：“还感什么恩？一共才教了你十天。”

班长：“这话不对，一日为师，终身为父嘛。”

他掏出一张由班里美术生倾情绘制的贺卡，郑重道：“班委委托各科课代表，给任课老师送出这份心意。”

俞仲夏拒绝道：“不去。”

俞仲夏站在理化办公室门外犹豫不前，心想：我是谁？我在哪儿？我为什么还是来了？

哦，想起来了，是班长把我忽悠瘸了。

送张教师节贺卡而已，其实也不是什么太为难的事。

他探头探脑看了看，费辛正对着电脑敲键盘。

行吧，来都来了。

俞仲夏进去，走到费辛桌边，叫人：“费老师。”

费辛一看是他，心情微妙。他现在对课代表的看法很复杂，既觉得这是个祸害，又觉得他好玩，几乎是这无聊至极的实习生活的一道风景线。

费辛问：“什么事？”

俞仲夏把背在身后的手拿出来，送上贺卡，用毫无感情的Siri（指苹果手机语音助手）语气道：“节日快乐。”

费辛接过去，怀疑课代表要整蛊他，有些整蛊玩具就是做成贺卡的样子。

他一看，那贺卡封面是一张人物水彩，是在讲台上讲课的费辛，画得还挺好，人物特点抓得神准。

俞仲夏注解道："我们班美术生画的。"要不是不想浪费同学这番心血，他才不来。

费辛对面的张老师好奇道："费老师，给我看看是什么。"

费辛把贺卡转过去，张老师惊叹道："好用心啊。"

"是啊。"费辛心里涌上来一点感动，说，"我这辈子没准就只过这么一个教师节，没承想还能收到这么走心的礼物。"

俞仲夏本来要走了，听这话，奇怪道："为什么就过这一个？"

费辛不对他解释，笑着说："没为什么，谢谢课代表，也替我谢谢你们班其他同学，这礼物我很喜欢，会好好收藏起来做纪念。"

俞仲夏转身走了，出去后又退回来一些，朝办公室里面看了看，见费辛笑眯眯地把那张卡片给其他老师传阅，他才功成身退地走了。

回教室，俞仲夏把在办公室里听来的话告诉同桌后问："他这话什么意思？是准备辞职不干了吗？这也……太好了吧。"

同桌："你不知道吗？费老师是实习老师啊。"

俞仲夏一脸茫然，对此闻所未闻。

同桌把费辛是颍大大四学生，来七中只实习一个学期的事说了。

俞仲夏捕捉到了有效信息："你确定他是颍城大学的学生？"

同桌："当然确定，是个学霸！当年高考成绩全市第三名！"

俞仲夏："……"

午休时间，俞季阳刚好发了消息来，说收到了帽子："谢谢哥，不过以后千万不要给我买东西了。"

俞仲夏："你伤好了没？影响上课吗？"

俞季阳："好了，不影响。"

俞仲夏："你是怎么认识我们化学老师的？"

俞季阳不回复了。

俞仲夏又提问："你上周末还去他家还衣服了？你为什么会穿他的衣服？"

俞季阳慢吞吞地回："你看见我了？"

俞仲夏莫名其妙："我又没跟踪你，去哪儿看见？他自己说的。"

俞季阳："哦。"

俞季阳："我摔跤撞倒垃圾桶，把衣服弄脏了，人家路过看到，好心借了件衣服给我。"

俞仲夏："……"

别看俞仲夏是个学渣，他还很是有些崇拜学霸的心理。

从开学到现在，他没事就横挑鼻子竖挑眼地对费老师这啊那啊的，对他弟也是，成绩好就是厉害。

结果……哈，哈哈哈，费老师这讨厌鬼竟然是个真金不怕火炼的学霸吗？

那这段时间以来，费老师把他当是自己帮助过的"俞季阳"，竟还被他没来由地冷嘲热讽加人身攻击，这真是尴了个尬的。

这怪谁呢？要不是那天早上升旗仪式……

哎？对了，这都怪他那个倒霉催的"前女友"！

就是开学那天早上升旗仪式时，他在楼道里与之"分手"的那女生。

那女生长得挺好看，学习也不错，黑长直大眼睛小个子，非常符合俞仲夏的审美。

这女生哪儿都好，就是看网络言情小说看疯了，整天沉迷于《霸道总裁深深宠爱》《冷酷王爷强取豪夺》《暴君的宠妃》之类，不但自己看，还把链接发给俞仲夏，让俞仲夏给她"心爱的太太"打赏。

在暑假最后几天里，他发现这女生竟然是个网络写手，她正在连载一本《嚣张校霸爱上我以后，变忠犬了》，男主叫虞柊罅（音同俞仲夏）。

好，这也不是什么太离谱的事，小女生爱幻想是天性。

俞仲夏出于好奇，还把这本男主与他撞名的小说看了看。

第一章刚开场，隔壁班男生看了女主一眼，虞柊罅就把这男生暴打一顿，导致该男生……全身……粉碎性……骨折……

但虞柊罅作为一个校霸，并不认真霸凌同学，爱好是一天壁咚女主十八次，没事就掐着女主的腰把女主随便按在个什么地方强吻，还一副智障模样到处跟别人讲"我家小仙女好甜"。

他脑子发育仿佛也不是太健全，女主和谁走得近他都怀疑人家要撬他墙脚，所有男的都觊觎他的小仙女，脑子里除了强吻和吃醋，啥也没有。

这本当时还没连载完，在最新一章里，虞柊鳟因为女主被其他女生当面指责“狐狸精，勾引我们男神虞柊鳟”，怒发冲冠为红颜，当着全校师生的面，又掐着女主的腰！把她按在升旗台上强吻！

并且，虞柊鳟当众宣布：南宫琉璃！是我虞柊鳟的女人！

俞仲夏：重金求一双没看过这小说的眼睛。

最后他翻了翻专栏，发现他几个月不买球鞋、游戏不氪金省下来打赏给的“心爱的太太”，竟然就是她自己。

给她花钱并没什么大不了，可这是骗啊！！！

何况这女生分明就是为了近身关注他，好给网文积攒素材。还好意思标原创，这根本就是RPS！（Real Person Slash，真人同人）

这女的不但把他写进文里，还写他的朋友——文里的男二叫“万俟鲲”，体育生，一米八二，喜欢玩滑板，这不就是万鹏？！

开学第一天，俞仲夏正式和她掰了。

她自知理亏，道歉并表示会给男主改个名，希望俞仲夏不要跟别人讲。

他也答应了，两人就此好聚好散……还没散呢，就被赵主任当场拿下。

如果不是因为她写他的“同人文”，他就不会在理化办公室里当众罚站。

他心情不好，费辛偏又认错人，撞在了他的枪口上。

好，找到背锅侠……呸，找到罪魁祸首了。

就是你，南、宫、琉、璃！

“课代表，”讲台上费辛发出警告，“课堂上不要发出奇怪的声音。”

俞仲夏抬头看他。

他只说了这一句，就继续讲课。

俞仲夏问同桌：“我刚才出声了？”

同桌小声：“咬牙切齿叽叽咕咕，都好几分钟了，你在干吗？”

俞仲夏胡扯道：“我在筑基，过几天就飞升了。”

讲课刚结束，大家刚开始做课后习题，那个名叫江楚的舞蹈特长生就又找费辛问问题。

江楚："费老师，化学好难哦，好多问题我都不懂，能加你微信随时问你吗？"

费辛道："有问题欢迎到办公室找我问。"

江楚："老师，你好小气。"

费辛："没别的问题就快做习题吧。"

他背着手从江楚那桌走开了。

俞仲夏脑袋像朵向日葵，跟着费辛转了半个教室。

直到费辛走到他桌边，低声问他："课代表，你不做练习，在干什么？"

俞仲夏又俞季阳上身："费老师，化学好难哦。"

费辛板着脸道："是吗？要我给你补补课吗？"

俞仲夏心想"大可不必"，道："老师，你刚不是这么说的，怎么忽然变这么大方？"

费辛也并没大方到要给他补课，说："还不做题？下课前抽查。"

"做做做。"俞仲夏翻找不知在哪里的练习册。

费辛都走开了，他都还没找到。下课前的抽查，费老师也没抽他。

课间，俞仲夏想出去和杨柯他们玩一会儿，江楚却过来站他桌前，还一拍他桌子。

俞仲夏："干吗？"

江楚："你刚才是不是学我说话？"

俞仲夏奇道："我学你了吗？"

江楚："还说没学？全班同学都听到了！"

俞仲夏："谁听到了？"

周围一圈人面面相觑，没人吱声。

俞仲夏："没人听到。走开，别挡我路。"

他一伸手，感觉也没用什么劲，就把瘦竹竿一样的江楚拨拉到一边去。

江楚差点撞到后黑板上，当即脸涨得通红："俞仲夏，你欺负人！"

俞仲夏深感离谱，道："这就叫欺负你了？我要不欺负欺负你，还说不过去了是不是？"

江楚："你要做什么？"

赵主任气冲冲进了理化办公室，拿起保温杯咕咚咕咚喝水，刚训斥过学生的样子。

其他老师问：“又怎么了这是？”

赵主任：“18 班那帮体育生，刚劝退一个带头的，我还狠狠敲打了好几天，这就又给我惹事！一群人欺负一个学生，那学生吵着要去验伤，还要叫家长来，一天到晚净给我惹事！就是那个，19 班俞仲夏带的头！”

老师们问：“那怎么处理了？”

赵主任：“惹事的都在楼道里罚站，挨揍的学生是 19 班的，薛老师带着去医务室了。”

费辛去了趟化学实验室，从楼下上来，楼道里站了一排人，除了俞仲夏，剩下都是 18 班的。

俞仲夏和杨柯挨着站，俩人还在嘻嘻哈哈地聊天，见他上来，才住了嘴。

费辛猜他们是惹事了，问：“怎么都在这儿站着？干什么坏事了？”

一个体育生道：“赵主任让我们在这儿站着，也没干什么，就闹着玩。”

费辛道：“玩脱了吧？”

他继续上台阶，从俞仲夏面前经过，看了俞仲夏一眼。

俞仲夏怀疑他幸灾乐祸，耍横道：“看什么看？没见过罚站啊？”

“没见过，”费辛学他学俞季阳说话，“看别人罚站，好开心哦。”

费辛背着手，上台阶，转弯，进办公室。

俞仲夏：这什么人？都二十多岁了，简直就是为老不尊。

他气得“战术后仰”，身旁这帮体育生却小声而热情地讨论起了费老师。

“哎哎哎，刚看见费老师穿的那双篮球鞋了吗？”

“昨天他穿的还不是这双吧。”

“那双是联名款 AJ，很常见啊，今天这个配色新鲜，我还没见真人穿过。”

“你说咱们叫他打篮球，他会去吗？”

“也没准就是爱买鞋，不打球呢？”

“不可能，我看他不像不会打，再说他这身体条件，上手就会，改天问问？”

“你们见过他这两天骑的那辆梅花车吗？”

“我见了我见了，碳纤维接管的，看着就好贵。”

“没近看，应该是梅花的，这牌子是山地车大赛的车王，本来就贵。”

“你们甭管谁，主动点上啊，跟他混熟了，就能借他车来骑一骑了！”

“怎么不是你上？”

“你上你上。”

“还是你合适。”

“我怎么好意思，你来你来。”

俞仲夏怒问：“不知道的还以为你们在这儿商量啥呢！你们是不是有病？”

体育生们纷纷西子捧心，贱兮兮地哀号：“十五，你不懂！”

俞仲夏鄙夷道：“我不懂什么不懂？不就看上费老师的鞋，还看上费老师的车，你们那点出息。”

杨柯道：“不止，我们还看上费老师的人，想勾搭他一起打球，暂时还没好意思开口。”

俞仲夏：“想打球怎么不找我？我手已经好了！”

他篮球打得马马虎虎不算太好，别人聚众打球也不常叫他，这学期一开学他右手就废了，就更没人叫他。

杨柯一脸委婉地说：“十五，你心里有点数好吗。费老师高还是你高？”

体育生甲：“费老师腿长还是你腿长？”

体育生乙：“费老师胳膊长还是你胳膊长？”

体育生丙：“费老师弹跳力好还是你弹跳力好？”

剩下一个体育生丁，没得问了强行凑数：“费老师帅还是你帅？”

俞仲夏怒了。

前面几条个高腿长胳膊长，就算都是客观事实好了，费辛的弹跳力还没见识过，勉强不计较，最后一个是啥啊？！

这边费辛回到办公室，听说了是什么情况。下午理化课多，办公室里只有他和赵主任，还有一位不爱讲话的女老师。

赵主任还很生气，念念叨叨：“开学才几天，接二连三出这种暴力事件，这帮体育生，加上一个俞仲夏，都得好好整顿整顿。”

江楚和俞仲夏根本就不是一路人，费辛并不认为俞仲夏会去揍江楚，以江楚平时那爱咋呼的劲儿，雷声大雨点小。

“我觉得也不一定是真动手打人了，我这课代表虽然恶名在外，其实也就是嘴贫一点，真不会平白无故就欺负同学，可能只是闹着玩。”

赵主任：“闹着玩把同学吓成那样也不对，人家主动跟他们玩的吗？闹着玩是要两边都愿意玩才叫闹着玩，单方面拿同学取乐，像话吗？”

费辛倒是也认同赵主任的观点，说：“不过也还是应该问清楚，是闹着玩没把握好分寸，还是校园暴力，这性质可就完全不同了。”

赵主任想了想，道：“也对，不冤枉也不放过。”

第五章 三分糖

俞仲夏是真没打江楚，也没有要打他的意思。

他只是叫了杨柯在内的几个体育生，像平时他们常玩的那样，几个人把江楚四肢提起来，再摔他个屁股蹲儿，仅此而已。

谁知道江楚从没见过这阵势，不知道他们要干吗，刚被围住就自保式撒泼打滚，哭得惊天动地，倒把他们几个搞得“数脸茫然”。他们还没商量出下一步怎么办，赵主任听见动静已经来了。

他们没挨着江楚一下，江楚自己滚了一身土，还不小心撞了头一下，见到赵主任，又嚷着说别人要揍他，还吵吵要叫家长来带自己去验伤。

俞仲夏几个人也没把这当回事，在楼道里边罚站还边聊闲天。

聊完了费老师，又聊高一学妹，说高一某班有个学妹好可爱，长得像真人版初音未来。

俞仲夏：“真的假的？我怎么没见过。”

那体育生道：“当然真的，不信等下课去高一楼上看看。”

俞仲夏：“那要是不像，我不是白跑一趟？”

对方道：“赌杯 1 点点，不吹不黑，真的特别像。”

俞仲夏：“行！等下课我就看去，不像你请，像的话我请。”

杨柯：“不行！见者有份，我们也要喝 1 点点！”

几个人还起哄：“1 点点！ 1 点点！ 1 点点！”

他们动静太大，办公室里都听见了，赵主任正接电话，怒道：“又在干什么？”

费辛道：“主任你忙，我看看去吧。”

他从办公室出来，嘘了一声，那帮男生都仰脸看他。

“怎么罚个站还带植入呢？”费辛低声道，“1 点点给多少钱？我喜茶给十倍。”

其他男生笑起来。俞仲夏面无表情，还记恨费老师刚才学他学俞季阳。

费辛开过玩笑就严肃道：“别闹了，安静点。”

他刚说完，楼下一阵高跟鞋声，嗒嗒嗒，脚步极快地上来了。

女老师们穿高跟鞋的本来就不多，站着讲几节课太累了，就算要穿也是选择小低跟，鞋跟声音这么大的更是没有。

上来的果然是一位陌生女士，非常贵妇的打扮，挽着一个手包，看模样应该是学生家长。

费辛道：“家长吗？现在是上课时间，不能……”

他还没说完，贵妇把这群学生指了一圈，眉毛一吊，道：“你们就是那几个练体育的小流氓？”

知道了，这是江楚的妈妈。

俞仲夏道：“我是练播音主持的小流氓。”

体育生们嘻嘻哈哈。

费辛上前想把人先带去办公室，道：“是江楚的家长吗？”

江楚妈妈却不理他，抄起手里硬牛皮手包，朝离她最近的一个体育生劈头盖脸砸上去，那体育生向旁边一躲，没砸到头和脸，被砸了一下肩，当即痛叫一声。

贵妇一击得手，又要攻击旁边另一个体育生。

费辛忙阻拦道：“冷静！有话好好说！都别这么冲动！”

俞仲夏一见这人出手伤人，这不是他妈卓云同款的吗？他妈他都不怕，还怕你个路人甲？

江楚妈妈听说宝贝儿子在学校被“欺负”，联想到最近看过的校园暴力新闻，把事情想得过于严重，情绪也异常激动。

费辛又实在是太年轻，不像高中老师的模样，她被费辛拦着也丝毫不收敛，挥着那硬邦邦的小手包，要连费辛这拦路虎一起收拾了，亏得费辛反应快肢体灵活，不然得被她砸个满头包。

刚才被江楚妈妈砸了一下肩的男生也很火大，要上前和这阿姨一较高下，其他男生怕事态扩大，又忙拦着他。

楼道里乱成一团，杨柯见势不妙，跑着去办公室叫其他老师。

俞仲夏则冲到费辛身后，一手撑着费辛的肩，跳将起来。

费辛面对着江楚妈妈，她也不听他说话，只顾着自己喋喋不休数落学校教育不行，纵容校园暴力的发生。

他这辈子还没遇到过这种情况，深感秀才遇到兵有理说不清，被江楚妈妈吵得一个头两个大，还要躲避手包攻击，叫苦不迭地心想：赵主任怎么还不来？再不来，我要为教育事业献出年轻生命了，老师这活是人干的吗？天哪这也太惨了吧……

忽然，他觉得肩上一重，头顶上伸出一只手，嗖一下，把江楚妈妈挥舞的小手包抢了过去。

费辛：少侠好身手。

江楚妈妈也是一愣。

俞仲夏秀了一手隔空取物，抢了对方持有的硬核武器，顺势扒在费辛背上，从费辛肩上露出脸，冲江楚妈妈吐舌头。

江楚妈妈冷笑一声，亮出了指甲！

俞仲夏和费辛不约而同一个“战术后仰”，躲开了江楚妈妈的惊天一挠！

江楚妈妈没占到便宜更是气不过，眼睛朝后面一瞟，见赵主任正急匆匆小跑过来，就地一坐开始哭：“你们学校教出来的都是什么学生？欺负同学，连家长都敢打！一帮小流氓，没一点礼貌，没一点家教！”

这搞得费辛十分尴尬，活像他欺负人家一女士，他道：“阿姨，你先起来。”

他还想去扶江楚妈妈。

俞仲夏却背后一把箍住他，从他肩旁露出脸来，对江楚妈妈阴森森地笑：“阿姨，你别看我长得成熟又潇洒，我可还没有成年呢，嘻嘻。”

赵主任听到俞仲夏这话，忙喝了一声：“胡说八道什么！”

他担心碰见极端不讲理的学长家长，闹一闹事小，回头还要拿学生口无遮拦的话做文章。

以前不是没有过这种事，学生之间小打小闹起了矛盾，俩学生自己都没事了，家长偏觉得自家孩子吃了亏不依不饶，发朋友圈发微博，“曝光”校方不作为，还搞各种阴谋论。部分媒体和自媒体闻着味儿就来了，最后简简单单一件事非得搞成个大新闻。

真出了这事，最倒霉的就是学校以及直接负责的班主任、年级主任。

赵主任的心理活动简直就写在脸上：别拉我下水！

江楚妈妈本来就干号不掉泪，现在号也号不下去，赵主任过来伸手扶她，她只当没看见，自己扶着墙利落地起来了，瞪了俞仲夏一眼。

俞仲夏十分做作地卖萌："阿姨好凶啊嘤嘤嘤。"说着还朝费辛背后躲了躲。

赵主任没眼看他，从他手里把手包拿过去，再请江楚妈妈去办公室。她又恢复了刚来时那端庄贵妇一般的架势，跟着赵主任走了。

楼道里剩下几个学生和费辛。

费辛对还扒在他背上的俞仲夏说："你能放开我了吗嘤嘤嘤。"

俞仲夏略尴尬地退开，说："不会嘤就不要嘤，你嘤得好恶心。"

这番话遭到体育生们的谴责："俞十五！怎么跟我们费老师说话呢？"

俞仲夏："……"你们这帮无耻之徒。

"什么你们费老师？这我们费老师。"他挡在费辛和体育生们之间，理直气壮道，"我可是化学课代表！你们谁啊？"

费辛：课代表，你刚才不是这么说的。

办公室里，赵主任安抚稍稍平静下来的江楚妈妈，并说明情况，事情没有她想的那么严重。

江楚也被班主任薛老师带着从医务室回来，一见他妈，比被俞仲夏带头摔屁股蹲儿的时候还惊恐，道："妈？你怎么来了？我不都说了让你别来吗？"

他妈妈："我还不来？我不来，你有本事解决问题吗？"

费辛正从外面进来，听见江楚妈妈拔高嗓子这句话，头皮一麻，又想退出去。

赵主任叫住他："费老师，把俞仲夏叫进来。"

"叫你进去。"费辛到楼道里叫了俞仲夏，警告他道，"进去少说话，别再惹麻烦了。"

俞仲夏把校服拉链拉到最高，两手揣兜里，满不在乎道："别慌，小场面。"

杨柯带领体育生们啪啪鼓掌，欢送他。

费辛："……"

俞仲夏进了办公室。

赵主任和江楚妈妈坐着，江楚在他俩面前站着。他一看俞仲夏进来，忙朝边上让位，俞仲夏过去站好，还对他"邪魅"一笑。

江楚："……"

江楚妈妈气恼道："都什么时候了你还笑得出来？"

俞仲夏说："俗话说，爱笑的男孩运气不会太差。"

江楚妈妈："……"

赵主任忙道："咱们先把事情都说清楚，同学间不要有误会，解开疙瘩就好。"

江楚妈妈对儿子说："你别怕，实话实说，妈妈在这儿，没人敢欺负你。"

江楚看看俞仲夏，道："就是……他学我说话，我叫他别学我，他就推我，我差点撞到黑板上……"

江楚妈妈忙问："撞到哪儿了？"

俞仲夏道："差点撞到，就是没撞到。阿姨你什么理解能力啊？"

江楚妈妈："……"

赵主任："咳，江楚，你接着说。"

江楚道："后来，俞仲夏就叫了 18 班几个体育生来打我……"

江楚妈妈又插话，向四周其他办公老师控诉道："听听！你们都听听！一个人欺负他还不够，还叫人一起打他！"

几位老师纷纷表示有事，离开了办公室。

俞仲夏道："可我们并没打他呀。"

江楚妈妈："还狡辩？他都说你们打了！"

赵主任问江楚："江楚，他们打你了吗？"

江楚支吾道："还没有。"

俞仲夏："你看，我就说没有。"

江楚："那你也学我说话了，是你先找碴儿的。"

赵主任离奇道："学说话算什么矛盾？"

俞仲夏："我没学他呀。"

江楚："你学了！"

俞仲夏："我怎么学你了？你给学学？"

赵主任："不要套娃！"

江楚妈妈没听懂："什么？"

赵主任："术语、术语。"

江楚气愤跺脚，冲俞仲夏说："你学我对化学老师说的话，我说化学好难，你也对他说化学好难。”

俞仲夏：“这不是大众梗吗？还一共就四个字，这都算抄袭你啊？”

江楚怒道：“你学的是这个梗吗？你学的是我的语气！”

俞仲夏：“嗲声嗲气被你注册了吗？”

江楚妈妈怒道：“你说谁呢？”

俞仲夏立马嗲了起来：“怎么了嘛，我说我自己。”

江楚妈妈觉得无语：“江楚，你说的是哪个化学老师？问问不就知道了！”

在门外吹风的费辛听到了一切，活了二十几年从没见过这么无聊的事。

他举手应道：“就是我这个化学老师。”

说完他也从外面进来了。

赵主任心说，这一天天都什么鸡零狗碎的破事。他颓然地问费辛：“俞仲夏到底学没学江楚说话？”

费辛看看江楚，又看看俞仲夏。

江楚一脸委屈：在线等一个费老师伸张正义。

俞仲夏一脸惊惧：费老师不会公报私仇要作伪证了吧。

费辛道：“俞仲夏的确是也说了那句化学好难，但是他没在模仿江楚，他平时也经常那么说话。”

俞仲夏没想到费老师竟然真不记仇，但费老师也没想到他搞的是俞季阳模仿秀。

江楚妈妈不满意：“你说了跟没说一样，说这话是什么意思？”

俞仲夏嗲声嗲气道：“意思就是，我平时就很嗲哒。”

费辛：“我没有这么说。”

“我的意思是，”费辛严谨地纠正道，“俞仲夏平时也经常使用这样的说话方式，并不是在故意模仿谁。”

江楚如蒙大冤，瘪起嘴要哭。

说他敏感也好，说他自卑也罢，他是真的介意别人拿他的“嗲”攻击他。

很多类似的男孩子，也许外表看起来比其他男生要更充满自信，到成年以后，有很多具备这种特质的男生，行为模式甚至会走向一个极端。

当然不能一概而论，真正活出自信不在意外界的也有。但其中是有不少，只是以张狂外在，掩饰和发泄自己多年来被歧视的不甘与愤懑。

费辛斟酌了用词，说：“其实每个人都有属于自己的个性表现，不同的个性千姿百态、色彩纷呈，并没有好与不好，给与自己不同的个性贴上贬义标签，一定是不恰当也不礼貌的行为。俞仲夏是没有模仿江楚说话，也没动手打过江楚，这件事是个误会。但他刚才的表现，也的确对江楚很不尊重，我认为他应该向江楚道歉。”

俞仲夏看他：你到底站哪边的啊？

费辛也看他：我站道理。

俞仲夏：“……”

俞仲夏向江楚说了对不起：“不该用那种词说你。”

江楚有了台阶下，也表示：“都是同学，我才没有那么小气。”

江楚妈妈从头到脚看他，怀疑道：“他们真没打你？”

江楚：“真的没有啦。”

赵主任：“好了好了，同学间要团结友爱。家长你说呢？”

江楚妈妈又摆出贵妇派头，说：“我也不是不讲理的人，既然江楚原谅他，那就算了。”

她看俞仲夏：“你还用未成年吓唬我，当我不懂法吗？年龄可不是干坏事的借口，逃脱不了制裁的。”

俞仲夏冲她鞠躬：“阿姨我胡说的，我上学晚一年，已经十八了，嘻嘻。”

他一发出“嘻嘻”的声音，所有人都心生警惕。

费辛怕他二鞠躬，抓着他校服后领把他控制了起来。

解决完问题，赵主任把江楚妈妈送出办公室去，也让江楚先走了。然后他把外面的体育生训了几句，让他们别整天跟俞仲夏胡闹，就把他们也撵走了。

回来一看，费辛老鹰抓小鸡一样抓着俞仲夏的衣领，俞仲夏挣扎之间脑袋被校服套了进去，两只手扑腾过来扑腾过去，也难以抓到费辛。这一大一小两个男生竟然玩起来了！

赵主任：“干什么？像什么样子！”

费辛忙放开俞仲夏，俞仲夏的脑袋也从校服里钻出来，拉链还卡在最上面，只露出脸，仿佛无脸男。

赵主任：“等我给你发奖状吗？还不走？”

“无脸男”就跑走了。

赵主任看费辛，说：“费老师，和你商量一点事。”

他到办公桌前坐下。

费辛过来主动认错道："主任，在我课堂上出的问题，是我没管好我的课代表。"

赵主任："……"

"我是想跟你说，"赵主任道，"18班的班主任许老师要国庆以后才能回来上班，整个年级各种事情太多，我也不是18班的任课老师，有些事心有余而力不足。"

费辛越听越不妙。

果然赵主任道："18班现在的任课老师里，只有你和薛老师是男老师，薛老师同时管两个班不太科学，所以许老师回来之前，能不能请你暂代一下18班班主任的工作？"

俞仲夏离开办公室也没回教室上课，而是把校服穿好，晃晃悠悠去上了个厕所。

出来后，他打算在楼道里坐一会儿，等到下课再去18班叫人，一起去高一楼上看那个据说像初音未来的学妹。

到楼道里，下面拐角里有人声，他趴在楼梯向下看了看，是江楚和他妈妈在说话。

全程都是江楚妈妈在说，江楚支支吾吾唯唯诺诺。

"你都被人欺负了我能不来吗？

"跟你说过多少次了，别跟你爸似的那么㞞！

"我怎么生了你这么个小窝囊？"

俞仲夏：好耳熟的中国话。

江楚妈妈把儿子如常数落一通，踩着高跟鞋嗒嗒嗒走了。江楚垂头丧气地上楼，到班级所在楼层，见俞仲夏在转角靠着围栏，正低头玩手机。

此时是上课时间，四下无人，楼道里还刮着阴森森的穿堂风。

江楚有点害怕他秋后算账，溜着边慢慢走，也不敢出声。

"你妈走了？"俞仲夏忽开口道。

江楚急中生智："她还没有走远。"

俞仲夏把手机放下，熟练地"邪魅"一笑："那你叫啊，叫破喉咙看她会不会回来救你。"

江楚：“……”

俞仲夏道：“逗你玩呢，才不欺负你。我的原则是从不对自己班同学下手。”

江楚试探着向前迈步，说：“那……我回去上课了。”

俞仲夏“霸总”点头。

江楚小碎步朝前走，顺利经过了俞仲夏面前。

俞仲夏道：“哎。”

江楚被点了定身穴似的，惊恐回头：“干吗？”

俞仲夏：“那个，对不起啊。”

江楚：“啊？”

俞仲夏道：“不该说你嗲，你别往心里去。”

江楚：“刚在办公室，你已经道过歉了。”

俞仲夏：“那是虚情假意，演给赵主任看，现在这是真心的。”

江楚：“……”

俞仲夏拿着手机的手垂下，另一只手揣兜里，道：“那谁，费老师，他说得对，每个人个性不一样。我个性就这样‘婶的’，不像你那么细致，我比较糙，说话没想那么多，并不是存心想笑话你。”

江楚不可思议地看着俞仲夏，像第一天认识他。

俞仲夏把想说的说完了，撵人走：“你不是要回去上课？还不走？想跟我玩儿啊？”

江楚给出拒绝三连：“不是，没有，我不想。”他赶紧走了。

俞仲夏继续玩手机，玩得心不在焉。

江楚妈妈让他想起了卓云，尽管江楚和俞季阳并不是同一种人。

通常凶悍的母亲教出来的儿子，要么妈宝，要么嗲。

前几年还小，俞仲夏当面说过俞季阳无数次“娘们唧唧”“像个女的”，俞季阳很少反驳他。

而当卓云说俞季阳“窝囊废”“没一点像我”“都是你爸的垃圾基因”这些话，他又有什么立场怨恨卓云。

初三那年俞季阳因为嗲被同学欺负了好几次，他忍无可忍替俞季阳出头，跑去跟人打架，后来骨折住院，俞季阳还在他面前哭个不停。

他知道自己要留级一年，被哭得心烦，吼了俞季阳一通，说了些过火的话。

那是他生平第一次，也是唯一一次，看到俞季阳翻脸。

俞季阳一边大哭一边道："是我想这样的吗？你以为我不讨厌这样的自己？如果跟爸爸一起生活的是我，我才不会是这样的我，你凭什么这样说我？我为什么会过这样的生活？你已经全都忘了吗？"

没有忘，他没有忘。是他以为俞季阳忘了，以为俞季阳不怨他。

爸妈分开的时候，是俞季阳把选择权让给了他，他选了待人温柔的爸爸，把俞季阳留在了脾气不好的妈妈身边。

那天之后，他和俞季阳都装作没事发生过。

他留了一级，成绩一落千丈，第二年中考只考进了七中。

俞明还为此还向卓云抱怨过：都是你儿子害我儿子留级，成绩都变差了。

两人为此还差点大动干戈。

其实是俞仲夏不想考进一中，他害怕和俞季阳每天见面，害怕看到俞季阳被同龄男生嘲笑，害怕看到俞季阳过得不好，更害怕再次听到俞季阳说那些大实话。

他进了七中，也从不跟新朋友提起还有个孪生弟弟，就连万鹏都不知道。

有时候，他很讨厌俞季阳，俞季阳的存在提醒着他，他从小就是个自私自利的浑蛋。

有时候，他又总在某些瞬间感到自己很爱俞季阳，俞季阳是他在这世上最亲的弟弟。

他想俞季阳对他可能也是这样，既爱他，又讨厌他。

下课后，他叫了 18 班那几个人，跑去高一楼上围观那个学妹。

结果大失所望，俞仲夏等人纷纷谴责传谣者："这哪里像初音未来？你是不是披皮黑？洛天依家派来的吗？"

然后他们开始凑一起点 1 点点。

尽管那体育生坚持认为学妹就是像初音未来，但愿赌服输，还是认命地掏出手机开外卖 App，应大家的要求点奶茶。

大家点完了，俞仲夏最后一个报单："我要乌龙玛奇朵，全糖去冰。"

那男生选好，提议道："要不要给费老师也点一杯？他都听到了。"

其他体育生："好啊好啊好啊，还可以趁机……"

俞仲夏抗议："好什么好？这是我攒的初音未来奶茶局，关费老师什么事？”

万鹏走了杨柯就是18班老大，他主持大局：“别理十五，点点点。”

几个体育生围成一圈对着外卖App，为费老师精心挑选奶茶口味。

一个说：“费老师应该不喜欢太甜，无糖或者三分甜。”

一个说：“奶盖太奶了，不符合气质，不要有奶盖。”

一个说：“珍珠还行吧？谁抗拒得了珍珠？猛男如费老师也不行。”

一个说：“嗯……等下奶茶送来，我们派谁去送给他啊？”

俞仲夏比这几个田径生个子矮些块头小些，扒拉不进去看不到手机，也听不清他们嘀咕什么，蹦起来嚷道：“我是课代表！怎么连投票权都没有了！你们对代表尊重一点啊喂！”

体育生们回头，数双眼睛发出精光。

距离晚自习上课预备铃响还有二十分钟，奶茶外卖到了。

“为什么是我去送？”俞仲夏发出灵魂质问，“谁买的谁去啊。”

杨柯道：“我们和费老师还不熟，贸然给人送杯奶茶，不奇怪吗？”

俞仲夏心说：你们买奶茶给他就很奇怪了好吗？

他说：“我送杯奶茶给他就不奇怪了吗？”

杨柯语重心长道：“然然，可是你和费老师很熟啊。”

俞仲夏的“PTSD”发作，怒道：“闭嘴，不要叫我黑称。”

杨柯：“你这黑称怎么来的，我们可都知道。”

买奶茶的体育生悠悠叹道：“四舍五入，等于你和费老师一起吃过饭了呢。”

俞仲夏震惊：“你这数学鬼才还练什么体育？”

杨柯道：“把奶茶给了他以后，先这样说……再这样说……”

俞仲夏：“谁要听你们的计划！我答应去了吗？”

他手里凭空被塞进一杯三分糖去冰珍珠奶绿。

杨柯和其他人站成一排，把右臂都置于胸前，做了个“冲呀”的姿势，齐声道：“去吧，俞卡丘！”

俞仲夏：“……”

费老师正和“江因缺思厅”微信聊天，在线吐槽学校的安排。

江因缺这损友听说学校让他代理班主任，大肆嘲笑一番，才说：“听说班主任事情超多，你还有时间复习考研吗？”

费辛：“原先那位班主任国庆后就回来，也就还有十几天。”

江因缺：“加油啊辛巴。”

费辛：“你这几天怎么样啊厅长？”

江因缺：“还那样，帅气又孤单。”

费辛：“用奶茶 PUA 你那女同事呢？没下文了？”

江因缺：“她是没下文，下文是我对奶茶上瘾了，搞得我好想谈恋爱，越喝奶茶越想谈恋爱，我寻思是茶多酚刺激大脑分泌多巴胺吧。我荷尔蒙爆表，得尽快谈个恋爱。”

有人敲办公室门。

费辛：“跪安吧，我准备上自习了。”

他刚把手机放下，俞仲夏推门进来，给他送奶茶来了。

“费老师，请你喝奶茶。”俞仲夏把奶茶放在办公桌上，他这段时间对人美心善的费老师诸多不礼貌，多少有点过意不去，此时做出一脸天真无邪的示好模样。

费辛看看奶茶，又看看他，万分震惊地想：这是 P……PUA 我来了吗？

俞仲夏看他感动得说不出话了，才说：“别跟我客气，不是我买的。”

费辛：“……”

俞仲夏道：“明天下午放学有时间吗？”

费辛一脸疑问。

俞仲夏：“约你打篮球，去吗？”

他从办公室里回来，杨柯几个人问他：“怎么说？”

俞仲夏：“说看情况，还不确定。”

他恶意抹黑费辛道：“要我说就是耍大牌。”

杨柯他们却喜气洋洋，说：“你前脚刚走，我们后脚听说，费老师要代理我们班班主任了。”

俞仲夏说风凉话：“还真升职了？难怪架子这么大。”

第二天下午放学，俞仲夏在教室等杨柯来叫他打球去，左等右等等不来，跑去 18 班一看，人早就都走了！

他跑去操场篮球场一看，那帮体育生已经在那里打球了，其中个子最高，正跳起来投篮那个，不是费辛又是谁？

好，好好好，好得很。

俞仲夏跑过去，在场上跟球的杨柯看见他，道："十五！你怎么才来？"

俞仲夏："没人去叫我啊！"

杨柯："你不认识路吗？还得专门叫你啊？"

俞仲夏十分不爽，但想杨柯说得也对，以前万鹏在的时候才去哪儿都叫他，现在这帮人心里就没他。

万鹏走的第……不知道多少天，想他。

费辛刚来就发现俞仲夏没来，以为他是玩别的不来了，没想到俞仲夏是落了单。

俞仲夏站在球场边上，分明是不高兴被人忘了，但又找不着合适理由对朋友发火。

杨柯和其他人大概也察觉出了，比较意外，暂时也没想到怎么缓和气氛。

场上没人说话，只有运球的砰砰声，还有大家因为这插曲而明显放慢的脚步声。

费辛绕了半场，从俞仲夏面前跑过。他比俞仲夏个子高，手臂又长，忽伸出手，轻拍了一下俞仲夏的头。

俞仲夏一脸震惊，太岁头上动土？费老师你竟敢？！

费辛跑过去，带着一阵风，边跑过去边回头笑着说："我蹭一下然然的人气！"

俞仲夏："……"

杨柯也跑过来拍他一下："我也来蹭一下！"

这下所有人都要来拍他头。

俞仲夏被拍了好几下，愤然吼道："别来了！要秃了！"

正如杨柯等 18 班体育生所说，费辛比俞仲夏个子高、腿长、胳膊长、弹跳力好，先天条件在篮球场上就已经把俞仲夏秒了几条街。

俞仲夏擅长的球类项目是排球和足球，于篮球一项上本来就马马虎虎，和多数普通高中生比起来算还行，和这帮体育生比起来就一般般，和费老师比起来……那根本不能比。

等有人下来换他上场，他打了一会儿，亲身体会到了个高腿长爆发力强的男青年在运动中对他的降维打击，俞仲夏对费老师充满了羡慕嫉妒恨。

他要什么时候才能长到一米八五，什么时候才能拥有费老师同款臂肌，什么时候也轻轻一跳就盖帽别人？

他甚至觉得，费老师的身体构造都和他们这些高中生不太一样。

杨柯他们想和费老师玩的心理跟他差不多。

男生和女生在进入青春期后，性别差异会变得越来越明显，除了外部性征，还有内在心理，例如在对同性的喜恶上。

同龄人中发育较早的女孩常常被其他女孩视为另类，但同样情况下的男生就会成为男生小群体中的领袖。

女孩子对漂亮姐姐的喜欢通常更偏向隐忍含蓄，男生对帅气哥哥的喜欢就外放得多。

这当然也一定有更深层次的社会历史文化等方面的原因，但是俞仲夏还没有能分析更深原因的阅历和知识。

只就眼前这情况来说，十六七岁的小男生，对二十岁出头高大英俊的大男生，会不由自主产生崇拜或向往，而且还都不吝啬表现出来。

杨柯等人就是如此，每当费辛秀一下技术，一群人就狗腿至极地喝彩："漂亮！"

"费老师厉害！"

俞仲夏因为不够狗腿，而显得格格不入。

但他的自我定位非常清楚，他心想：我又不是十六七岁的小男生，当然比你们成熟多了！才不会像你们，一个个跟没见过男人一样……好像哪里不对。

打完了球，费辛请客喝饮料。

这是费辛代理班主任的第一天。

他来上班的这十几天里，除了课代表、班干部和几个活跃学生，大多数人名他还没记清楚，现在临危受命，虽然到国庆就能解脱，可这期间也需尽职尽责。

白天他把18班学生档案都看了一遍，重点关注了班里有影响力和号召力，换言之有可能带头惹麻烦的学生。

他了解到的情况是——

高一时学校还没有分出特长班，但体育生们经常一起训练，万鹏因为高武力值高颜值"高氪金"，一入学就成了这届体育生的leader（领袖）。

俞仲夏呢，武力值只能算中等偏上，但也是"高氪金"玩家，欧气爆棚，一抽就抽到了 SSSR，也就是万鹏。

他俩高一是一个班的同学，军训结束前关系就很好了。

军训即将结束的时候，俞仲夏和一位年轻教官因为琐事打架，其他教官拉偏架，万鹏带着几个体育生来给俞仲夏助阵，差点演变成群体性斗殴。

最后俞仲夏被通报批评，万鹏也写了检查。

但两人从此真成了一对“铁磁”，走哪儿都“磁”在一起。

那时新校区只有高一这一届学生，上头没学长压着，“俞万”组合横行霸道鱼肉乡里……不是，反正就是在学校横着走。

这一开学，万鹏因故走了，杨柯“上位”成了新 leader。

去了 19 班的俞仲夏看似是远离了群体核心，但是影响力还在，就比如江楚这件事，体育生们还是喜欢跟他抱团。

情况就是这么个情况，把俞仲夏顺了毛，再拿下杨柯，基本就能高枕无忧了——赵主任如是说。

费辛：我想辞职……

能当高中班主任的都得是什么三头六臂的神人？

中学生的生活已经这么复杂了？

众人在便利店买饮料。

杨柯他们几个男生在冰柜前讨论买脉动还是买尖叫，拿不定主意，在那里剪刀石头布，一派男子高中生的日常快乐气息。

费辛轻松愉快地心想，这不就是普通十几岁的男生吗？哪有赵主任说的那么复杂。

他一回头，见俞仲夏两手揣兜，靠着店门站在他斜后方，一脸深沉莫测，不知道又在想什么。

费辛顿时警醒：怎么忘了这个特例，那的确是……太、复、杂、了。

俞仲夏一脸高深莫测地想：大家打完球都一身臭汗，怎么费老师的体味跟我们不太一样？

难道男人长大以后连汗味都会变吗？那我以后也会变吗？

网文里形容男主的体味常说是雪松味，这雪松味到底是什么味？

就是费老师这味？

还怪好闻的是怎么回事？

“十五，”杨柯他们经过激烈的剪刀石头布竞赛，决定买脉动，叫俞仲夏，“你喝什么味？我给你拿。”

俞仲夏张口就来：“雪松味。”

杨柯：“没这味，给你拿个 peach（桃子）。”

俞仲夏：“行，我最喜欢 peach 了。”

杨柯给他拿了瓶蜜桃味脉动。

几个人从便利店出来，边喝饮料边回学校。

别人都积极主动地和费老师搭话，聊篮球，聊篮球鞋，聊上大学好玩不好玩，有的没的都想问问。

俞仲夏落了半步，在后面居心叵测地继续进行对费老师的观测。

费辛感到身后两道如炬目光，忍不住回头。

俞仲夏马上抬头看天，还假装挖鼻孔。

费辛：“……”

他问俞仲夏：“我好奇很久了，为什么大家都叫你十五？”

杨柯道：“因为他……”

“因为我学富十五车，”俞仲夏打断杨柯不让说实话，抢答道，“这是个文化名儿，我是个文化人儿。”

费辛猜到他是胡扯，自然不信，道：“我还以为你才十五岁。”

俞仲夏难以承受这种怀疑，道：“费老师，你再好好看看你的课代表。”

费辛看他：“嗯？”

俞仲夏：“就这强壮的体格，英武的相貌，他像只有十五岁吗？”

杨柯和其他体育生都嘘他，嘘得好大声。

他板着脸冲他们说：“年轻人，不要试图激怒十八岁的我，我对你们的忍耐是有限度的。”

费辛看过 18 班学生的档案资料，多数都是十六岁，按入学年龄算是合理的，十五岁或十七岁都是极个别。

费老师惊讶道：“你十八了？为什么才上高二？”

俞仲夏：“为了体验生活。”

费辛：“……”

俞仲夏这才比较认真地解释说：“我上高中晚了一年，所以比他们都大。”

杨柯道：“费老师你别听他胡说，他就没一句实话，他还不到十八呢。”

俞仲夏："很快就到了，我已经 17.75 岁了。"

费辛："怎么还有零有整？"

俞仲夏："因为我是个成熟严谨的男人。"

有个体育生好奇问："费老师，你二十几了？"

费辛心算了下，说："成熟严谨地说，我 21.84109589 岁了。"

众学生："……"

俞仲夏："倒也……不用这么严谨。"

进了校门，费辛要去车库骑车，他晚上没自习，准备回去了。

杨柯他们想近距离围观费辛的梅花山地车。

俞仲夏和费辛早晨经常在校门口合体，见过那车好几次，他对山地车也不太懂，不是很感兴趣，挥手说"我不看了"就酷酷地走了。

"他总这样吗？"费辛道，"感觉他……有点不太合群？"

这形容也不太恰当，俞仲夏不能算不合群，而是即使和大家在一起玩，也总是时不时表现出和其他人不一样的行为模式。

杨柯道："以前万鹏在的时候他不这样，他跟万鹏最好了，万鹏现在不在，我们也猜不透他想什么。"

另个体育生说："是啊，他俩比较合拍，他对万鹏，还有万鹏对他，都跟别人不太一样。"

又一个说："他俩上学期闹翻了以后，十五和万鹏就都奇奇怪怪，可是万鹏走了，十五还是最伤心的那个。"

其实他们说的意思是，万鹏和俞仲夏，是那种一见如故的哥们儿，比跟别人更聊得来，感情也更好些。

即使有了矛盾冷战俩月，万鹏走前要与人抱头痛哭，抱的还是俞仲夏。

真的是感天动地、男默女泪、不转不是中国人的兄弟情。

俞仲夏去学生餐厅吃了晚饭，回到教室，想刷抖音，伸手在抽屉里摸耳机，摸到一个硬卡似的东西。

他拿出来一看，是个粉蓝色的信封，信封上写着"俞仲夏亲启"，他名字旁边还画了一颗小桃心。

他精神一振：来了来了，每个学期给他的情书虽会迟到，但永不缺席。

他被叫作俞十五，是因为——

从幼儿园算起，加上“南宫琉璃”，他有过十五个“女朋友”。

俞仲夏打开情书，扫了一眼，字写得还成，内容也没细看，直奔落款。

贾蓉蓉？

好像在哪里听过这个名字。

俞仲夏问正打游戏的同桌：“咱们班有个叫贾蓉蓉的吗？”

同桌：“没这号人，18 班有一个。”

俞仲夏问重点：“好看吗？”

同桌看见他手里的情书，秒懂了，八卦之魂燃起，游戏也不打了，兴奋追问：“她追你啊？好看好看！你往 18 班教室一看，就那一个好看的。”

俞仲夏失望道：“全靠同行衬托啊？那算了。”

同桌：“不是，是真好看，练健美操的，身材特好。”

他在自己胸口比画，冲俞仲夏挤眉弄眼。

俞仲夏懂他意思，无聊道：“我又不喜欢这种类型的。”

同桌一脸滑稽：“俞哥，你是正常男的吗？”

俞仲夏：“萝卜青菜各有所爱。”

道听途说不能全信，实践才能出真知，俞仲夏还是跑去 18 班看了看这个贾蓉蓉长什么样子。

嚯！还真挺漂亮。

但也真不是俞仲夏爱好的那款，属于明艳开朗型妹子。

围观完费老师山地车的杨柯等人回来了，见俞仲夏在 18 班门口张望，上前将他拿下，齐声质问：“鬼鬼祟祟干什么？”

俞仲夏本来是想悄悄观望一下，他们动静这么大，教室里其他人都抬头看门口，贾蓉蓉也看见他了。

已然如此，俞仲夏索性大方承认了：“来看美女。”

美女就坐第二排，也大大方方从教室里出来了。

杨柯等人起哄：“俞十五要不要脸了？我们班班花你也敢来抢！”

俞仲夏赶苍蝇一样赶他们走，他们倒也有眼色，不但自己走，还把教室门口的闲杂人等都拖走了。

贾蓉蓉含羞带笑，道：“你看见信啦？”

俞仲夏忽然想起来跟她打过交道，问：“你是你们班化学课代表吧？”

贾蓉蓉微笑点头：“对啊，咱们俩以后可以叫化学 CP。”

俞仲夏：“……”谁要跟你组 CP（指组合、搭档）。
他没忘了眼前这位美女是个爱打小报告的。
他深沉拒绝：“还是别了吧。”
贾蓉蓉一怔，很意外：“为什么呀？”
俞仲夏实话实说：“你不是我的菜。”
贾蓉蓉问：“你喜欢哪种菜？我可以改进的。”
俞仲夏反问她：“你喜欢我什么呀？”
贾蓉蓉道：“你长得帅啊。”
俞仲夏等了等没下文，问：“没啦？”
贾蓉蓉奇道：“你还有什么啊？”
俞仲夏心说：我秀外慧中你居然只看见个帅？没眼光。
“你这人可真……”他对半截收住，道，“真有意思。”
贾蓉蓉说：“对啊，我是很有意思的，那你还不考虑考虑？”
俞仲夏：“都说了不要，听不懂吗？”
贾蓉蓉：“你别决定太快啊，给你机会再考虑考虑，明天我再问你一次？”
俞仲夏冷酷无情：“我意已决，你就死了这条心吧。”
他两手揣兜，一转身，进了 19 班后门。

第六章 小蜘蛛

第二天。

18 班新任代理班主任费老师，一大早就到了学校，隔着后门窗，看学生上早读的情况。

语文早读课，多数同学在朗读刚学的文言文，后排有男生在偷偷吃早饭，还有几个在打盹犯困的。

按理说这是很寻常的一节早读课。

但费老师发现化学课代表似乎不太寻常。

贾蓉蓉的成绩在体育生里算是比较好的，学习也相对还算努力，平时上课也表现得很积极。

可是今天她既不读课文也没在看书，单手托着腮，心事重重地望着黑板发呆。

她的同桌发现费老师在窗外偷看，忙提醒她，她才无精打采地把书翻了一页，勉强读了几句。

费辛看了一会儿，无端怀念起了自己的中学生活，记起了被班主任隔窗窥视支配的恐惧，想起那已经远去的青春期。

那时候班里的女孩子似乎也常有这样的，忽然发呆，忽然脸红，还会忽然流泪，会在漂亮的笔记本上抄写娟秀的诗句，在QQ空间里写些似是而非的告白。少女情怀总是诗，永远有人十七岁。

有脚步声从楼道里传来。

费辛心里一动，转头去看，果然是迟到的俞仲夏。

俞仲夏没想到这人在校门口没和他“合体”，最后还是在这儿等他。

这什么冥冥之中的规律？怎么每天早晨非得见上一面吗？

他迟到了还走得不紧不慢。

费辛冲他做手势，叫他快点。

他提速了大概 0.1 米每秒，挨到了费老师面前。

费辛：“你能有一天不迟到吗？”

俞仲夏：“一天当然能了，你对我要求这么低啊。”

费辛：“……”

他摆手，让俞仲夏快进教室去上早读。

俞仲夏经过他，经过 18 班窗外和门外，从 19 班后门进去了。

贾蓉蓉在教室里，全程望着俞仲夏。

费辛：“……”

上午课间操，惯例是班主任会去操场上看一下自己班的出操情况。

费辛从前没来过，今天还是第一次。

每个班有个在前面做示范操的学生，18 班的代表就是贾蓉蓉。

平常她看见费辛，都很高兴地和费辛搭话，还经常拐弯抹角地夸费老师帅，嘴巴抹了蜜一样。

今天她安安静静，对着费辛也面无表情。

俞仲夏和迟到才是一对 CP，课间操他也迟到，BGM（指背景音乐）前奏都要结束了，他才来了操场。

他从贾蓉蓉面前经过。

贾蓉蓉双眼看着他，叫：“哎……”

俞仲夏跟没听见似的，没理她，对费辛说：“借我吉言，升职了吧。”

费辛也跟没听见似的，没理他。

他进了自己班队伍。

开始做操，到第四节体侧运动，费辛就发现贾蓉蓉挂了一脸泪。

课间操全做完，音乐一停，贾蓉蓉立刻蹲下，把脸埋在膝盖上，呜呜大哭。

理化办公室。

费辛拿了纸巾，递给两眼通红还在哭个不停的贾蓉蓉。

贾蓉蓉接了：“谢谢费老师。”

费辛："不客气。影响上课吗？"

贾蓉蓉擦了擦脸："能上课。"

费辛："缓一缓情绪，就回教室吧。"

贾蓉蓉："老师，你都不问我怎么了？"

费辛："这是你的隐私。"

贾蓉蓉："费老师，我愿意跟你说。"

费辛心说，可我不愿意听啊。

贾蓉蓉又掉泪，还真说了："我喜欢上一个人，他不喜欢我。"

费辛内心叹气，喜欢谁不好要喜欢俞仲夏？

费老师也只好宽慰她："大部分暗恋是没有结果的。"

贾蓉蓉却道："我没有暗恋啊，这都什么年代了，哪还有人玩暗恋？太土了吧。"

费辛："……"

贾蓉蓉突然八卦："老师你暗恋过别人吗？"

费辛："我没有。说你的。"

贾蓉蓉："哦。我本来想加他微信，别人说他不随便加陌生人，我就给他写了情书，他看了以后就来找我，我还以为成了，结果他说没看上我，还让我死了这条心。"

费辛："……"是俞仲夏的画风没错了。

贾蓉蓉："费老师，我真的好难过。"

费辛："这种事……勉强不来。"

贾蓉蓉难过道："可是他真的好好看啊。"

费辛："……"俞仲夏倒的确是长得不错。

他说："虽然我个人不是绝对反对中学生恋爱，不过你们的首要任务还是要好好学习。"

贾蓉蓉无趣道："费老师，你这么年轻帅气，非得学赵主任说话吗？"

费辛："我是想说，高二男生未来的变化会很大，你现在觉得他好看，将来没准长成什么样子，过几年说不定你还要庆幸，幸好现在没谈成。"

贾蓉蓉："怎么会？我觉得他将来至少也有你八成。"

费辛信口开河："我高中的时候很丑的。"

贾蓉蓉："不可能！"

费辛："真的，我那时候长一脸痘，还戴副很厚的近视眼镜，每天只知道埋头学习，都没有女生愿意跟我同桌。"

贾蓉蓉："……"

费辛道："是上了大学以后，我才开始学护肤，换了隐形眼镜，慢慢学会捯饬自己了。"

贾蓉蓉难以置信地看他的帅脸："这……"

费辛道："我肯定比你了解男生啊，高中男生的好看都是一时虚假繁荣，我们高中两个班草，一个学了医，本科都还没读完已经谢顶了；另一个学什么我忘了，现在胖成了球。反而是我们这种以前难看的丑的，成了潜力股。"

贾蓉蓉："……"

她想象不出俞仲夏长残会是什么样子。

费辛最后对她说："女孩子的心，该是世界上最珍贵的东西，要在对的时间遇上对的人，才会被珍惜。千万不要错付了。"

贾蓉蓉恍恍惚惚地回去上课了。

中学生对恋爱的态度，总是像闹着玩一样。

费辛问张老师："现在学生都已经不搞暗恋了吗？"

张老师："很少了，现在00后都是喜欢上谁就会直接说，很大胆也很热情的一代人，毕竟成长环境不一样。"

从小帅到大，没长残过，一路被暗恋大的95后费老师，思想受到了一定冲击。

原来"暗恋"，都已经变成了时代的眼泪。

俞仲夏在18班和19班交界处，与两个体育生嘻嘻哈哈地聊天。

见贾蓉蓉过来，那两个体育生知道昨晚的事，开玩笑说："十五是不是要改十六了？"

贾蓉蓉听见了，面无表情，哭过的眼睛还通红。

俞仲夏说那俩："闭嘴，别说了。"

贾蓉蓉停在门口，看着俞仲夏。

俞仲夏："干吗？"

贾蓉蓉想到面前这张俏脸过几年就要残了，惋惜道："你好好珍惜这两年吧。"

俞仲夏一头雾水。

下午 19 班上化学课，费老师受这事的影响，多看了几眼俞仲夏。

课代表算得上天生丽质，长残的概率不太高。

俞仲夏在下面皱眉：你一直看我干什么？

费老师在上面挑眉：贾蓉蓉眼光还挺好。

但是鉴于他在“嗲精”和“小霸王”之间反复横跳，费老师感觉这小孩脑回路多少有点不太正常。

贾蓉蓉对俞仲夏的喜欢，来得快去得也快。

哭了一场，朝费老师倾诉了一番，她很快就把俞仲夏忘在脑后……

她开始快乐追星了！

俞仲夏：呵，女人。

这女的对他，还没“南宫琉璃”对他有真心呢。

当了代理班主任以后，费辛和 18 班学生之间的互动多了许多。

杨柯他们叫他打球，他一般也不拒绝。他知道自己年轻，老教师们偏严厉的工作方式，他用来也不好使。

还不如从平易近人之中发射糖衣炮弹。

横竖等国庆以后，许老师一回来上班，他就理所当然能卸任了。

坚持，就是胜利。

而俞仲夏也没别的小伙伴，还是每天和体育生们在一起玩。

所以他也只好间接地，每天和费老师一起玩。

他的奇怪气质格外突出，他对费老师又格外阴阳怪气，导致费老师酷爱整他，只要他投篮，费老师一准来盖帽他，他想带球过个人，费老师也得来截断一下。

明明费老师对其他学生都不这样，能放水就放水。

俞仲夏本来打球就打得稀碎，这下更是稀碎，灰头土脸，郁郁寡欢。

杨柯给他出主意：“你和费老师一拨不就行了？”

好，换成一拨了。

费老师：“然然没吃饭吗？有气无力。”

俞仲夏：“不要叫我黑称。”

费老师：“然然你传球给谁啊？认得我吗？”

俞仲夏：“不要叫我黑称！”

费老师：“然然……”

俞仲夏：“我急了我急了我急了！”

费老师却说：“我是想夸你盯人盯得好。”

俞仲夏：“……”

下一秒，费老师：“然然！你太不经夸了！”

俞仲夏：“……”

打完球，他严肃告知费老师：“不要再叫那个黑称，我有‘恐然症’了。”

费辛：“怎么是黑称了？不是你自己填的吗？”

俞仲夏：“我黑我自己。顶流的心思你别猜。”

费辛：“……”

俞仲夏倚着篮筐架，一副“霸总”口吻：“要么叫我全名，要么也跟他们一样叫我十五，记住了吗？”

费辛拧了瓶水递给他，说：“好的，顾总。”

俞仲夏接了水，还顺着这情景接话：“嗯，费老师乖。”

费辛：“……”

俞仲夏改口道：“我是说费老师怪好看的。”

费辛：“还……还行，在当地帅得比较有名。”

时光飞逝如白驹过隙。

国庆小长假来了。

放假当天傍晚，学生们欢欢喜喜地收拾东西，准备离校回家。

班里不少学生利用这假期和家人出去旅游。

同桌要跟家人去东南亚，和俞仲夏说：“啊？你哪儿都不去啊？”

俞仲夏：“到处都人挤人，不如在家睡觉。”

俞仲夏回家从不背书包，空手起身，说：“我先走了。”

同桌：“拜拜……保重身体。”

没有家人能和俞仲夏出去玩。

爸爸俞明和继母林筱两个人倒是经常出门玩，但从没带过他。

妈妈卓云更不可能带他。

弟弟俞季阳上高三要补课，只放三天假。

费辛也落了单。

费文谦和辛丽萍是大学同学，两人共同的一位老同学，孩子国庆结婚，邀请老同学伉俪前去参加婚礼，在隔壁省，有好些同学会去。

人家倒是也邀请他们带上费辛一起。

但这分明就是长辈借着子女婚事搞难得一次的同学聚会，追忆似水年华的温情时刻，费辛表示不想去凑热闹。

他也不打算回家。单身公寓这边用品一应俱全，他住了大半个月也熟了，比自己回去对着冷冷清清的家更有意思。何况，复习用书也都搬来了这里。

正放学时候，学生和来接学生的家长把校门口堵得水泄不通，他还在办公室，想等等再走。

江因缺思厅给他打电话，说："晚上一起吃饭？"

费辛："不好意思，你晚了一步，我刚有约了。"

江因缺大声道："谁啊？是谁啊？比我在你心里重要吗？"

费辛："大学同学。"

江因缺："女的吗？好看吗？是想泡你吗？"

费辛："现在哪还有女同学找我玩？"

江因缺："辛辛，别妄自菲薄嘛，女同学总有一天也会拨开谣言迷雾，看到你水晶一样的灵魂。"

费辛："……"

他说："不是，谁跟你说这个了？我们班男女比例四比一，就那几个女生，人家都早有对象了。"

江因缺扼腕道："没一个单的了？你们化学系漂亮姑娘那么多，我还想让你给我介绍一个来着。"

费辛："早没了，我们化学系的姑娘，哪会单身到大四。"

江因缺禽兽发言："要不，你学生里有合适的吗？介绍个成年的给我。"

费辛："你们单位举报电话多少？我要大义灭亲了。"

晚上约他一起吃饭的是两个大学舍友，实习单位在颍城化学物理研究所。

原本费辛也是被学校推荐去化学物理研究所实习的，后来出了那事，他自己不去了。

他和大学舍友以及班里同学的关系都还不错，这段时间来往很少，留在颍城实习的同学们几次在班级群里约饭约打球，他都找理由推脱不去。

其实他就是不太想和大家见面，不想和人聊起那件事。

到七中实习了一个月，无聊归无聊，但换个环境，心态也慢慢放松了不少。

时间是所有心病的良药。

他回家洗了个澡，换了身衣服，看时间六点多了，才又骑了山地车出门。

舍友和他约的是家离这里不太远的烧烤店，七点见。

去烧烤店和平时去学校是反方向，途经费辛来过的一个旧小区。

就是前不久，费辛还开车上下班，有天俞仲夏打不着车，他好心捎了俞仲夏一段，俞仲夏就是来这个小区。

这段时间慢慢变熟了，费辛从俞仲夏的日常习惯以及其他人的言语中，知道俞仲夏家境不错，是个不缺零花钱的高中生。

怎么他还住在这么旧的小区？

或许他不是住这儿，上次是来这儿有别的事？

从这小区门前的马路经过，费辛心里还这么想着。

刚结束这个想法，他就看见马路对面，有个男孩骑了辆电瓶车，快到小区门口了。

车后座上还有位女乘客。

那男孩很像俞仲夏，但戴了顶棒球帽，他看不太真切。

费辛单脚撑地停下山地车，想叫一声“俞仲夏”看是不是他。

那电瓶车后座上的女人突然很大声地呵斥：“你是不是又收他钱了？！”

男孩低声说了句什么，那中年女人在他身后用力拍他背，还拧了他几下。

他把那电瓶车骑得七扭八歪，只好停下。

中年女人从车上下来，站在他旁边，边骂他边朝他身上脸上毫无章法地噼里啪啦扇巴掌。

他一边缩着肩躲，一边抬起脸来，小声向女人解释什么。

费辛：“……”

还真是俞仲夏！

那这位中年女士应该是俞仲夏的妈妈？

想不到啊想不到，在学校横行霸道的俞十五，在妈妈面前竟然是只任打任骂的小绵羊。

费辛犹豫了一下，还是没有出声，骑车走开了。

俞仲夏还挺爱面子，应该不想被别人看见这种场面。

第一次见面时被万鹏欺负那事，他分明也是不喜欢费辛提起。

难怪了。

以前费辛就不太理解，俞仲夏被万鹏揍成那样怎么还跟万鹏和好了？

原来家有悍母。

该不会这小孩，是个受虐狂吧？

“受虐狂”俞仲夏回了家，家里没人。

他给俞明发了条微信消息，说：“学校放假了，七天。”

俞明回他：“我和你阿姨在机场候机，要出趟门。”

俞仲夏：“注意安全。”

停了片刻，俞明给他转了两千块钱，说：“有事再打电话。”

俞仲夏把家里的灯全开了，开了客厅电视机，把遥控按得啪啪响，也没找到什么好看的节目。

他躺在沙发上看了一会儿新闻联播，全国各地喜迎国庆，到处都是节日的氛围。

他又拿过手机来，给俞季阳发消息：“放假了吗？”

俞季阳：“放了，放三天。”

俞仲夏：“妈呢？”

俞季阳：“她也放假，去邻居家打牌了。”

俞仲夏：“我还没吃饭，你吃了吗？”

俞季阳没有很快回他。

俞仲夏：“想吃麦当劳吗？”

俞季阳：“想。”

俞仲夏：“我找你去。”

俞季阳：“好。”

俞仲夏马上出门，去买了两份麦当劳套餐，然后打车去了那旧小区。

俞季阳正在书桌前做题。

兄弟俩坐在一起，吃了麦当劳。俞仲夏躺在俞季阳床上玩手机，俞季阳继续做题。

高三的题俞仲夏当然看不懂，知道弟弟做题飞快，学习好就是好，心里也很高兴。

“我走了。”他看看九点多了，坐起来，说，“省得跟妈见面，麻烦。”

俞季阳看表，说：“待会儿吧，她十点多才回来。”

俞仲夏：“你还挺有冒险精神，别害你哥。”

俞季阳：“我不是这意思。”

俞仲夏：“我真走了。想吃什么跟我说，我买了来找你。”

俞季阳送他出门。

他出了门，又回头看看俞季阳。

和他一模一样的那张脸上，是依依不舍。

他想，至少现在这一刻，他不孤独，有人爱他。

费辛和两位舍友一起吃烧烤，开了一打啤酒。

饭桌上几人对学校里的传闻只字未提。

到了分开时，一个舍友才忍不住说：“辛辛，其实化学物理研究所里没人相信那些花边传说，你没必要因为一时意气，连实习都不去了。”

另一个也说：“所里有位大佬看过实习生档案，本来是点名想带你的……我们都替你可惜。”

费辛拍他俩肩，又笑一笑，说：“没事，现在也没什么不好，复习时间充裕，整天还和高中生在一起玩，感觉自己都重回青春期了，真挺好的。”

舍友见他如此，也便罢了不再提，开玩笑说：“这么帅的老师教出来的学生，难以想象化学成绩得多好。”

一个口无遮拦：“那没准，我要是学生，哪还有心思听课，只顾着看老师了。费老师，你可别搞师生恋。”

另一个忙道：“瞎说什么呢。”

想费辛一个至尊学霸，落到去高中实习教书的地步，还不就是因为“师生恋”？

和舍友告别，费辛慢慢骑着车回去。

颍城是滨海城市，一年四季刮怪风，夜风扑在脸上，湿润又微咸。

他又经过俞仲夏住的那个旧小区。

俞仲夏从小区里大摇大摆地出来。

费辛见他好像又恢复了往常生龙活虎的嚣张模样，叫他：“俞十五。”

俞仲夏惊道：“你怎么在这儿？”

费辛骑到他面前停下，说：“我路过。这么晚不在家待着，出来干吗？”

俞仲夏：“都放假了，我爱干吗干吗，又不归你管。”

费辛想说当心你妈揍你，但没说，道：“你这是要去哪儿？”

俞仲夏本来想说回家，又一想费辛刚才的话，大概把这儿当他家了，没准还知道俞季阳家住这儿。

他说：“我吃饱了，出来遛弯。”

这么晚了一中学生出来遛什么弯？

费辛怀疑他是被他妈从家里打出来了。

俞仲夏两手揣着兜，溜着马路边走，边走还边用余光偷窥费老师，想看他是不是会安静地走开。

但费老师没有走，他选择勇敢留下来，慢慢吞吞骑着车，跟在俞仲夏旁边。

没有哪个老师，能看着自己学生大晚上一个人在街上溜达而不管不顾。

俞仲夏有点感动地想，其实不说别的吧，费老师还挺敬业一人儿，在学校对 18 班那帮体育生也都挺好，他上学这么多年里遇见的老师里，费老师的和蔼可亲度能排个前三。

他回家也是自己一个人，无聊得很，有点想和费老师玩一会儿。

但这种心思说出来是要崩人设的。

堂堂俞仲夏，怎么能主动想和老师玩？

他端着架子，说：“你跟着我干吗？是不认识回家的路吗？要我带你找警察叔叔？”

费辛心说，这德性，你妈揍你揍得轻。

“我看你要去哪儿。”费辛劝他说，“快回家去吧，太晚了。”

俞仲夏看了眼手机，说：“哪晚了？才十点。”

费辛说：“你看看，路上哪还有学生？”

偏巧迎面走来四五个结伴的中学生，有男有女，其中两个穿着高中校服，但不是七中的款式。几个人热热闹闹地聊新上映的某部电影，看样子是一起看完电影刚回来。

俞仲夏看费辛，发出嘚瑟的声音：“嘻嘻。”

费辛：“……”

那几个高中生经过他俩，还把他俩看了看，走过去后小声说：“这人好帅。”

他俩都听见了。

俞仲夏道：“这人是我。”

费辛睨他：“明明是我。”

俞仲夏：“老师，你好意思吗？”

费辛：“有什么不好意思，我本来就比你帅。”

俞仲夏用眼角看他。

二十多岁男青年比十七八岁少年的帅气感，的确是要更强烈一些。

肩要宽一些，躯干更舒展一些，喉结明显一些，轮廓成熟一些。

俞仲夏心生羡慕，他和费辛的差距，差不多是M号帅哥和XL号帅哥的差距，就是费辛哪儿都比他大两号的意思。

前方到了十字路口。

俞仲夏心知费老师不会留他自己一个人，故意说：“送君千里终有一别，我们就在这儿分开吧。”

费辛：“谁送谁啊？”

俞仲夏：“别得寸进尺哈，我好心送你这么远了。”

费辛：“行吧，谢谢。那你要回家了吗？”

俞仲夏：“我十八岁的人了，你当我是个宝宝？”

费辛道：“还没十八，17.75。”

俞仲夏：“你记性……够可以的。”

费辛问他：“你不回家，想去哪儿？”

俞仲夏左右看看，看见一家便利店，说：“想喝可乐，给你个机会请客。”

费辛：“……”

俞仲夏嗲声嗲气：“费老师，人家想喝可乐。”

费辛：“收！好好说话。”

俞仲夏变正经脸：“要百事，可口可乐一生黑。”

费辛也比较喜欢百事，说：“你事儿还不少。给你买了你就回家？”

俞仲夏天真无邪地点头："好啊。"

费辛没带现金出来，只能扫码，便把车停在便利店台阶下，要进去店里。

俞仲夏道："我骑骑行吗？"

费辛这车被18班学生试骑过好几次，他也不在意，道："行。"

他上台阶，俞仲夏抬腿上车。

他手放在便利店门上要推，俞仲夏骑着他的车，风驰电掣地走了。

俞仲夏骑着他的车走了……走了……了。

转个弯就不见了……见了……了。

费辛："……"

便利店收银员妹子见进来一个大帅哥，工作热情瞬间被点燃，道："你好，需要点什么？"

帅哥茫然地看了一圈，郁闷道："可乐？百事的。"

妹子指了指冰柜，他过去拿了一罐，过来结账。

收银妹子边扫码边偷看他。

帅哥皱着两道好看的眉，心事重重的样子。

妹子心说，这是咋地啦？愁眉苦脸都好帅啊。

费辛扫码付了款，拿可乐，说："谢谢。"

收银员好心道："帅哥，国庆节快乐，开心点啦。"

费辛："谢谢你。"

他握着给自己买的可乐，心情复杂。

好心没好报，天底下怎么会有俞仲夏这种中学生？他是魔鬼吗？

早知道他不是个好东西。

头回见面他就假模假式地装可怜，还假装单亲家庭委屈巴巴，假的假的全是假的。

实际上他在学校不团结同学，还不尊敬师长，信口开河无中生有暗度陈仓凭空想象……

足足一个月了！自己早就该看穿他了！

反复无常，两面三刀。

要不是傍晚见他被他妈又打又骂，谁要理他？

费辛：我就是太善良了，今天起要做一个没有感情的教书机器！

他拿着可乐从便利店出来，离公寓还有一公里多路，他准备坐 11 路公交车回去。

刚下台阶，他就见转弯处出现了一辆熟悉的山地车。

俞仲夏又回来了。

他风驰电掣地过来，马上又要从费辛面前风驰电掣地过去，这才嘎吱一下停住。

费辛正在自我升级成没有感情的教书机器，刚升级到 40%，卡住了。

俞仲夏把车停好，大步过来，从费辛手里把可乐拿走，说："谢啦。"

费辛："……"

俞仲夏喝着可乐，鬼鬼祟祟观察费辛的表情，恶劣地问："费老师，你该不会以为我骑着你的车跑了吧？"

费辛："……"

俞仲夏："看看，以小人之心度君子之腹了吧？"

费辛忍无可忍，道："喝完了吗？喝完回你家去！"

俞仲夏冷不丁被吼了一嗓子，呆了一下。他还以为费老师永远都是笑眯眯不会发火的样子呢。

费辛严肃道："马上就十点半了，你一个人在外面乱晃什么？不怕家里人担心你吗？"

俞仲夏："……"

他捏着半罐可乐，木着一张脸看费辛。

"没有家里人担心我，"他说，"我就是死在外面，都不会有人找我。"

费辛："……"

俞仲夏意兴阑珊，也不想玩了，道："我真死了也不用你负责，你该干吗干吗去，不用理我。"

费辛："……"

俞仲夏转过身走了，边走边大口把可乐喝完，经过垃圾桶，看也不看把空罐丢进去。

费辛推了山地车，从后面跟上来。

俞仲夏听到声音，回过头。

费辛皱眉看他。

他说："费老师，你别跟着我了，我不跟你闹着玩了。"

费辛："我也没跟你闹着玩……我送你回家？"

俞仲夏："……"

费辛的意思是，如果俞仲夏是和家里人闹了矛盾，大晚上跑出来，自己现在不敢回去，那就让他这个老师送俞仲夏回去，再和家长解释一下，省得俞仲夏再挨揍。

俞仲夏莫名其妙道："你还真当我是个宝宝啊？回家我自己不会回？我不想回，不行吗？"

费辛见识过他妈妈的厉害，道："你爸爸呢？不在家？"

俞仲夏没明白他的意思，实话说道："我爸出远门了。"

费辛想，哦，那难怪不敢回家了。

他问："那你准备在街上溜达一晚上？"

俞仲夏心说溜达一会儿就回家了呗，闲得我？还溜达一晚上？

"那不会。"他说，"等会儿你走了，我找个没人的地方换衣服，该上班了。"

费辛："你在做兼职吗？"

俞仲夏："差不多算兼职吧，就是没人给开工资。这是我一生中最大的秘密，你能先保证不告诉别人吗？"

费辛满腹狐疑，道："可以。"

俞仲夏伸出一只手，认真地说："费老师，重新认识下，我的真名叫俞特•帕克，是个十七岁的高中生。"

费辛："……"

俞仲夏："哈哈哈，哈哈哈，哈哈哈，哈哈哈哈！"

费辛："……"

他思索片刻，道："你不想回家，晚上也总得有个地方睡，要去梅叔叔家做客吗？"

这下轮到俞仲夏愣住。谁是梅叔叔？只听过梅婶婶。

费辛冲他一笑，说："我要是没搞错，这是平行宇宙，而我，就是这个宇宙里的梅叔叔。"

俞仲夏服气了："会玩，还带性转的？！"

费辛道："去吗？我自己住，地方够宽敞，网速也很快。"

俞仲夏："……"

去吗？不去的话就得回自己家，家里很宽敞，网速也很快。

只是没有别人。

俞仲夏道："去。"

一进费辛的单身公寓，俞仲夏吃了一惊。

这公寓里干净整洁到无处下脚，门口鞋架上的球鞋都在发光。

一男的，家里还备着花瓶，里头还插着两枝鲜花？

小书架和桌上有很多书，都摆得整整齐齐。

台灯金属架上一个蜘蛛侠玩偶，手脚有磁铁吸石，皮特·帕克向下俯视着"俞特·帕克"。

笔记本电脑上却贴了蝙蝠侠贴纸。

还是个DC漫威双担。

这房子里有点淡淡的清新香气，就是费辛身上的那个"雪松"味。

俞仲夏第一次参观单身男青年的住所，叹为观止道："你一个人住，搞这么精致做什么？"

他猜测："费老师，是你女朋友帮你收拾家的吧？"

"没女朋友，这么点事还用找个女朋友做？"费辛随口应了，又问，"要给你妈打个电话说一声吗？"

俞仲夏道："不用，她才不管我回不回家。"

费辛拿了双拖鞋给他，他换了以后，大摇大摆地把卫生间和厨房也参观了一番。

费辛道："我记得你说你爸妈都是记者，真的假的？"

他住的这公寓，说是一室一厅，但厅和室不分。

俞仲夏太喜欢这单身公寓了，感觉一个人住在这儿得高兴死。他从厨房出来，开开心心朝茶几旁的小黄人豆袋上一躺，才搭理费老师："当然是真话了，他俩都在市电视台新闻部工作。"

他说的"他俩"，是指俞明和继母林筱。

费辛道："看不出来，你妈……脾气好大。"

俞仲夏想了想才明白，费老师说的是卓云。

"你见过我妈？"他有点惊奇，倚着豆袋坐好，问，"在哪儿见的？"

费辛：“就……今天傍晚，在你们家小区门口，你们俩一起。”

俞仲夏并不知道下午俞季阳在门口挨打的事，但一听就知道费老师把俞季阳当成了他，当时大概卓云又在发脾气。

他说：“她就是那种人，一天发三回脾气，一回八个钟头。我都不跟她一般见识。”

费辛：“……”

俞仲夏突然想到一个问题：“你让我睡哪儿啊？”

这公寓就一张床。

“我睡沙发。”费辛道，“这沙发能拉开当床用。”

俞仲夏：“怎么好意思让梅叔叔睡沙发？”

费辛：“那就让你……”

俞仲夏：“让我先连上 Wi-Fi！”

费辛把密码告诉他。

他边输入密码边说：“网速有没有你说的那么快啊？要是影响我上王者我就要闹了。”

费辛：“这话我不爱听了，自己不行，别赖我家网速。”

“你打‘农药’（《王者荣耀》）吗？”俞仲夏想跟他玩，以退为进道，“算了算了别说了，一看你就长了张青铜脸。”

费辛好笑又好气，一天到晚好心都喂了狗，说：“想挨揍吧俞十五？你才长得跟司母戊方鼎似的。”

俞仲夏忽闪他的卡姿兰大眼睛，说：“梅叔叔，来打排位赛啦，帕克带你飞。”

半分钟后，“俞特·帕克”“方（慌）”了，比司母戊方鼎还方。

“你不是学霸吗？”俞仲夏道，“这排位得天天打夜夜打，住在游戏里吧？你怎么当上学霸的？找滴滴代打了吗？”

费辛白他一眼：“谁跟你说我是学霸的？”

俞仲夏：“别人都这么说。”

费辛：“别信，我就是个整天只想玩游戏的学渣。”

俞仲夏叹气：“唉，我也是……这就叫上梁不正下梁歪。”

费辛：“……”

他每天回来都要复习到十二点才睡觉。

难得假期，俞仲夏在这里他也不好看书，索性，师生两个一起沉迷游戏。

两人打到了十二点。

费辛生物钟到了，停止游戏，说："睡觉。"

俞仲夏躺在豆袋上，还跷着二郎腿，网瘾少年一样耍赖说："再玩一会儿。"

费辛："我数一二三，你不放下手机我就断网了。"

俞仲夏："……"

他把手机放下，忽感神奇，说："还没人这么管过我。"

费辛："你在家打游戏每天到半夜？你爸妈都不管？"

俞仲夏："我打我的，又不影响他们睡觉。"

费辛："难怪你天天迟到。"

俞仲夏爬起来，说："我有点饿了。"

费辛拿了充电器，给手机充电，说："忍着。"

俞仲夏："忍不了，我来叫个外卖吧，你吃吗？"

费辛头大道："等外卖来都几点了？你不睡也不让我睡是吗？"

俞仲夏："可是我饿了就睡不着，那我出去吃。"

费辛服了他，道："大哥，你看看现在几点了？"

俞仲夏起身，居高临下看费老师，说："弟弟，大哥不怕黑。"

费辛："……"

他也站了起来，俞仲夏没他高，只好仰脸看他。

"给你煮碗面，"费辛道，"吃完就睡觉，行不行？"

俞仲夏："你不会在面里下毒吧？我可是祖国的花朵。"

费辛："……"

他进厨房去，从冰箱里拿鸡蛋西红柿小青菜。

俞仲夏不认为年轻男的会做饭，怀疑地站在门口看。

费辛拿搪瓷锅接水，打火，洗菜，又拿煎锅煎了蛋，西红柿切丁爆香盛出，水开下面，面熟了烫青菜，一起捞出，把西红柿浇在上面，加少许汤，煎蛋盖在上面，完成。

俞仲夏：中！华！小！当！家！

"好吃吗？"费辛问。

"好吃。"俞仲夏吸溜面条。

费辛："吃完把碗洗了？会洗吗？"

俞仲夏：“会。”

费辛：“我先去洗澡了。”

卫生间里花洒声哗哗哗。

俞仲夏坐在茶几后的地板上，边吃面边刷抖音，刷到一个美食 up 主（指视频上传者），做得好不好不知道，打着“美男厨房”的旗号，美颜开得妈都不认识。

不行不行，差远了。

帅哥做饭是那个样子，才不是这个样子。

费辛的手机扔在沙发边充电，突然响了一声。

俞仲夏一回头就看见锁屏上的消息。

江因缺：“寂寞少男，在线求聊。”

俞仲夏一脸震惊。

费辛洗完澡出来，发现俞仲夏已经上床睡觉了。

不洗澡，起码刷刷牙洗洗脸行吗？长得挺好一男孩，这么不讲卫生。

面碗就那么摆在茶几上，别说洗了，收都没收。

费老师是欠你的吗？

费辛忍不了脏碗过夜，把碗收了，拿去厨房洗干净。

第七章 双胞胎

翌日清晨六点半。

费辛醒了，起来先喝了水，然后刷了刷手机新闻，最后轻手轻脚把沙发收好。

俞仲夏在那边床上睡得四仰八叉，被子一半掉在地上。

费辛发现他连牛仔裤都没脱，一脸嫌弃。

等他今天走了，床品都得换洗一遍，咦咦咦咦他好像还把口水流到了枕头上，这孩子看着干干净净，怎么这么邋遢？

七点半，费老师戴着耳机，边听英文广播，边在厨房里做早饭。

俞仲夏闻着味醒了，半闭着眼下床，双手垂着不动，飘飘忽忽到了厨房门口。

他瞬间清醒。

一大早这什么美男厨房真人 up 主？

费老师穿了身短裤短袖的睡衣，耳朵里塞着 AirPods，正低着头切午餐肉。

十月第一天的阳光从窗边照进来，把他温温柔柔地笼在这画面里。

“费老师！”俞仲夏破口大叫。

费辛：“我耳机不降噪，听得到。”

俞仲夏：“早饭吃什么啊？”

费辛：“你又饿了？没做你的份。”

俞仲夏：“你好意思吗？祖国母亲过生日，你饿着她最美的花朵。”

费辛：“……”

早饭吃三明治，费式简易版。

俞仲夏喝牛奶，费辛给自己冲了杯美式。

“等会儿自己回家行吗？”饭还没吃完，费老师开始赶人，“不用我送你吧？”

俞仲夏：“不用。你今天也不回家吗？大过节的。”

费辛：“我爸妈出门了，家里没人。”

俞仲夏：“那不如……”

费辛抬眼看他。此情此景，他大概是想说不如一起国庆七天乐？谢谢！费老师一点都不想，决定给出拒绝三连。

但俞仲夏话到嘴边拐了弯，说：“不如你就好好学习吧。”

费辛：“……”

俞仲夏眯眼，用霸道总裁一般的语气说：“呵，你是不是以为，我会约你一起玩啊？”

费辛道：“没有。”

俞仲夏冷笑：“还不承认？就你那表情，我一眼就看穿了。”

费辛无奈失笑，说：“看穿什么了？你就看穿了？”

俞仲夏有理有据：“你以为我想约你玩，还很期待呢，结果我没有，内心失望得要死，还在这里强颜欢笑，对吧？”

费辛板着脸：“吃完了吗？吃完了赶紧走，别耽误我学习。”

俞仲夏把剩下的牛奶一口喝完了，嘴边一圈奶渍，他也不拿纸巾擦嘴，舔了一圈。

费辛脸上的嫌弃已经具象成了文字。

“走了，费老师再见。”

折腾了一晚上的俞仲夏，终于走了。

费辛把咖啡喝了，收拾了杯盘。

公寓里安静得过分，有一种爆米花电影散场后的空荡感。

笃笃笃，门被敲了数下。

费辛有些疑惑。

俞仲夏在门外喊：“费老师！我忘拿手机啦！”

还真是部爆米花电影，居然还有彩蛋。

国庆七天乐进度七分之四时的俞仲夏，无聊比往年来得更早一些。

他在微信里骚扰好友列表中唯一的“荣耀王者”费老师，想诱惑人家打游戏，好带他上分。

费老师：“不打，我要学习。”

俞仲夏：“我夜观星象，你今年要落榜，别费劲了啊。”

费老师：“爬。”

俞仲夏：“以你的手速学什么习，更适合当个电竞选手！”

“辛辛。”辛丽萍在外面敲房门。

“进。”费辛把手机扔到一边，假装是在心无旁骛地复习。

辛丽萍是来给他送水果的。

今天白天夫妻两个才从隔壁省回来，费辛就从租住的公寓回了家，晚上一家人出去吃了饭。

“看你今天吃饭的时候，话也不多，”辛丽萍站在书桌边，问他，“这回留你自己一个人孤零零过节，不高兴了？”

费辛伸了伸胳膊，笑道：“怎么会，我又不是小孩儿了。”

辛丽萍道：“那是怎么了？”

费辛想想还是和她说了：“在餐厅里，我看见系里的老师。”

辛丽萍：“……”

费辛笑了笑说：“我还寻思要不要跟他们打招呼，他们倒先假装没看见我。”

辛丽萍伸手在他肩上按了按，说：“我想他们应该只是怕你会尴尬。”

费辛道：“我知道，我没误会他们的意思，那几位老师对我一直很好，就是……”

他神情委顿，夸张地对妈妈撒娇：“就是我好委屈啊嘤嘤嘤。”

辛丽萍哭笑不得道：“嘤嘤嘤是什么意思？”

费辛笑道：“我也不知道，有个学生老这样，我跟他学的。”

等辛丽萍出去以后，费辛又把手机拿过来，看“嘤嘤怪”又跟他说了什么没营养的废话。

“打电竞的话你得换个艺名。”

“电竞圈就爱封神，人人都是神，不神不电竞。”

“比如我进了圈，就叫俞神。”

“你就不行了，叫费神哈哈哈哈哈哈。”

“听起来职业生涯好短的样子。”

“费神？”

“不理我，我去找别人玩了。”

俞仲夏又玩了会儿游戏，没等到费老师理他，倒是等来了万鹏的消息，问他在哪儿。

俞仲夏：“家。”

万鹏：“我在你家楼下。”

俞仲夏：“怎么又来？”

万鹏：“十五，我心里苦。”

俞仲夏：“死去。”

万鹏：“你别说，我可真敢去。”

俞仲夏：“死远点，别连累我们小区二手房价。”

说是这么说。

俞仲夏：“就我自己，懒得下去，你上来吧。”

“要来找我玩，怎么不早点？这么晚。”俞仲夏开门让万鹏进来，道，“你爸妈知道你来我这儿吗？”

万鹏面无表情道：“知道。”

俞仲夏顶看不惯别人在他面前装，说：“少跟我这儿装深沉，咱俩的事儿可还没完呢。”

万鹏道：“那你打我一顿？我要是还手就是小狗。”

俞仲夏：“小瞧谁啊？我才不用你让。回头找个时间单练，今天没心情。”

万鹏：“打架都没心情？十五，你变了。”

他被俞仲夏带进房间里去了。

俞仲夏和俞明夫妻的关系更像是合住室友，客厅属于公共区域，进了自己的房间里才随心所欲。

万鹏：“每次来我都惊为天人，你这猪圈，似乎比上次更脏了。”

俞仲夏：“哪儿脏？这是乱！乱和脏，能一样吗？”

他房间面积不小，还带个大飘窗，就是乱到让人无处下脚。

各种书和各种衣服、鞋，从门口一直摆到床头，飘窗也堆着一大堆乱七八糟的东西，床上堪堪只留下一个人睡觉的空间。

脏嘛，倒确实是不能算是脏，也没什么奇怪的味道。

万鹏服气道：“你这和睡在垃圾堆里有什么区别？我就不信你找得着东

西。”

俞仲夏一脸“你不懂”，说：“我自己放的我会找不着？就怕钟点工来收拾，一收拾我才什么都找不着。”

万鹏：“真该让你的十五个‘前女友’都来看看。”

俞仲夏振振有词：“她们一看，哇魅力糙汉！”

万鹏：“……”

俞仲夏去拿了两罐可乐，和万鹏一人一罐。

他一屁股坐在床上的垃圾堆上。

万鹏并不知道什么能坐什么不能坐，最后只艰难地在飘窗边挤着另一堆垃圾坐下。

“杨柯跟他家里出去玩了，六号才回来，”俞仲夏边喝可乐边说，“本来说等他回来再一起去找你。你哪天回来的？”

万鹏：“二号，差点就没买到高铁票。”

他转学去了隔壁市半个多月，瘦了一圈，可见在新学校过得不是太舒心。

俞仲夏问：“那边不好吗？”

万鹏道：“不好。整天想家，想我爸妈，也想你们。”

俞仲夏：“早知今日，何必当初。”

万鹏：“我知道错了，你就别说我了。”

俞仲夏：“你走了以后，大家都还行，许老师还没回来，费老师暂代了班主任……费老师你还记得吧？”

万鹏：“记得，化学老师，挺帅，腿挺长。你还当化学课代表呢？没被识破吗？老师就没发现你那么好的化学成绩是……是别人替你考的？”

俞仲夏：“我没在学校说过我有个双胞胎弟弟的事。”

万鹏：“不说就别说了。杨柯他们也不知道那个不是你，还跟他一起玩电动，抓娃娃，竟然就没一个人看出来不是你。”

俞仲夏：“……”是呢，费老师都没认出来呢。

国庆假期过完，万鹏再次离开颍城。其他人也都开了学。

原本说好的，18 班班主任许老师国庆过完就回来上班。

然而，她没回来。

赵主任找费辛解释说：“她家里有点事，多请了一星期假。费老师，你再坚持坚持。”

家里什么事能请下来一星期的假？费辛也好想请假，但他不好问许老师的私事，这代理班主任当都已经当了，也不差这一个星期，咬咬牙就过去了。

“好，就是学生那里，”费辛道，“国庆放假前我都和他们说，这次回来我就不管事了，等会儿班会我又去了，好尴尬。”

是秋天了，他也不再短袖打扮，穿了件纯黑色的连帽运动外套，显肤白，还显得他身形更挺拔，个子更高。

他一进18班教室，第二排的贾蓉蓉就惊呼：“费老师好帅啊！”

男多女少的18班：“哈哈哈哈哈哈哈哈哈哈。”

贾蓉蓉被嘲笑得红了脸，嘟着嘴不太高兴。

费辛到讲台上，说：“谢谢，课代表的新发型也好看。”

贾蓉蓉新剪了空气刘海，被费老师夸了，又开心起来。

费辛还怕尴尬，实际上18班学生一见班会他来开，居然还都很高兴。

许老师开学只教了不到一星期就请假回了家，这段时间语文课也是别的老师暂代，有些学生都快把许老师长什么样给忘了。

和万鹏关系好的那几个，以杨柯为代表，还怕许老师回来要拿他们出气。

开完班会，班长问：“费老师，许老师是不是不准备回来了？”

费辛：“别乱猜，她下星期就回来了。”

贾蓉蓉危险发言：“我们都想给学校写联名信，申请让费老师继续给我们当班主任呢。”

有几个学生还附和她：“对啊对啊。”

费辛差点跪在讲台上：“行行好，快摇（饶）了我吧。”

学生们哄堂大笑。

隔壁班也在开班会，薛老师正严正批评班级里的不良现象，气氛十分严肃，学生鸦雀无声。

18班一阵一阵的笑声从后门飘进来，俞仲夏好奇死了，偷摸着在桌下发消息给杨柯以及其他几个相熟的体育生，问：“你们班在干什么？”

大家都没回他。本来嘛，班会上谁会玩手机啊？

俞仲夏就是这朵不一样的烟火。

人班里学生不回他，他还直接去问老师。

费辛开班会开得极其利落，说完了正事就不浪费时间，让大家上自习。

大部分学生国庆期间的作业没写完，正好抓紧时间补作业。纪律比平常上自习还更好了。

费辛一般上化学课会把手机留在办公室，不带进课堂。

这节是班会，他的手机还在外套衣兜里。

微信消息来了，手机无声振动。

他看学生在埋头写作业，就把手机拿出来看了看。

俞仲夏："开班会严肃点，笑什么笑？都影响我们薛老师讲话了！"

俞仲夏没收到费老师的回信，无聊地开始翻朋友圈。

朋友圈里，俞明发了国庆旅游拍的照片，原来是和林筱去了泰国。

俞仲夏把照片滑了过去，又看到费辛昨晚发的朋友圈。

费辛发了一段视频，是费辛和一位叔叔一起玩舞力全开的背影，还别说，费辛跳得还挺好，那位叔叔就稍微有点跟不上。

这叔叔应该是费老师的爸爸，和费老师差不多高，侧面看起来也稍微有点像。

拍视频的一定就是费老师的妈妈了。

都二十几岁了，爸爸妈妈还陪着玩游戏。

俞仲夏回想自己这十几年，几岁时都没享受过这种待遇。

他正跟这儿思绪万千，忽然觉得有人在看他。

他抬头看了看，薛老师还在激昂发言，眼神都没给他一个。

再一转头……

后门外，费老师倚着墙根站在那儿：我正在看着你看着你目不转睛。

俞仲夏："……"

这角度，讲台上的薛老师也看不见费辛。

俞仲夏一脸疑惑。

费老师朝他指了指，意思是让他把手机收起来别玩了。

他挤眉弄眼：我又不是 18 班的。

费老师又朝前指了指：再不收起来就找薛老师打小报告。

俞仲夏把手机塞进抽屉里，空着两只手给费辛看了看。

费辛抬脚走了。

俞仲夏：我如果在 18 班开班会，也会笑得好大声。

周一的时间总是过得无比缓慢。

吭哧吭哧，学生们终于熬到了午休时间。

俞仲夏今天不想出去，点了个定时外卖，十二点十分送到。下楼去取餐，他在楼道里碰见了也要出去的费辛。

“要去拿外卖吗？”俞仲夏说，“那顺道帮我拿了呗，我就在这儿等着。”

他也不是懒怠这几步路，就是有点想跟费老师没话找话。

费辛瞥他，道：“还叫七中分然？”

俞仲夏：“不不不，早不了，真名，谢谢费老师。”

费辛道：“不客气。但我不是去拿外卖，出去有事。”

俞仲夏：“那你还问？这不废话吗？浪费我的感情。”

费辛：“你一天到晚废话还少啊？跟我说两句话，还累着你了？别老是上课玩手机……”

“知道了知道了。”俞仲夏道，“沉默是金，少说话多做事。”

费辛：“……”

俞仲夏跟着费老师下楼朝外面走，又忍不住说话：“你去外面吃饭吗？”

费辛：“对。”

俞仲夏说：“一个人吃有什么意思？”

费辛道：“比两个人吃省钱。”

俞仲夏：“……”

见他难得在逗贫中落下风，费辛笑了起来，说：“改天真一个人了叫你一起行吧。今天不是我自己，有朋友来附近办事，找我一起吃个饭。”

俞仲夏却问：“改天是哪天？”

费辛：“挨着哪天就是哪天。”

俞仲夏不乐意道：“你有点诚意行吗？”

说话间两人到了门口。

“费老师。”江因缺来招手叫人。

费辛一瞧他，惊了：“今天够帅的。先说好，谁帅谁请客。”

江因缺来这区开会，西装革履人模狗样，听了这话马上认丑，说：“嗐，那你还不得被我吃穷了。”

俞仲夏拿麻辣烫，还朝这边俩大人看。一个男的，和费老师很熟的样子。

江因缺注意到他，问费辛：“那小孩儿，你学生啊？”

费辛：“一个调皮鬼。”

江因缺看看人：“长得还挺好看。”

俞仲夏正观察他，他主动送上门，一副怪蜀黍（叔叔）的语气：“小朋友，我问你，你们费老师在学校人气高吗？”

费辛：“是不是闲的你？”

俞仲夏小朋友提着外卖过来了。

费辛：“……”要命。

俞仲夏一脸纯真地看江因缺，道：“叔叔，你跟我说话？”

江因缺当场花容失色：“你叫我什么？”

俞仲夏：“不是叔叔，那叫伯伯？”

江因缺大受打击。

他比费辛还小好几个月，这就当伯伯了？基层公务员真这么容易显老的吗？

费辛好笑地对俞仲夏说：“你放过他吧，他才……20.9 岁。”

俞仲夏笑嘻嘻：“小哥哥好。”

费辛敷衍地做介绍：“这我学生。这我同学。”

俞仲夏说：“我叫俞十五。”

江因缺以为是个真名，惊魂未定道：“你好，我叫江因缺。”

俞仲夏：“……”是你！寂寞少男？

费辛赶他道：“你快回去吧，我们也抓紧时间吃饭去，不然耽误下午上课。”

他又拉着江因缺离开，江因缺是个礼貌人儿，还回过头和俞仲夏挥手告别。

俞仲夏记得这个江因缺，在本月第一天的凌晨时分，这人给费老师发过微信，被他光明正大地偷看到了。

江因缺也算得上玉树临风，和费辛差不多高，白白净净，还挺会打扮。

高中时他一度和费辛在“帅度”上并驾齐驱，有段时间比费辛还受女生们欢迎。

等上了大学以后，男孩子骨骼长开，费辛先天条件优越，突飞猛进成了大帅哥；江因缺受圆脸圆眼限制，轻轻一长，碰到了颜值天花板。

成年女性和中学女生的审美不尽相同，高中能和费辛一起当班草，现在的江因缺连找个对象都好难。

所以他才一天到晚空虚寂寞想谈恋爱。生命中暂时还没出现女的，他就拿费辛练手。

俩人吃牛蛙。

江因缺用筷子戳蛙腿，淌着口水说："瞧瞧，这健美性感的腿。"

费辛道："你够了，大庭广众之下猥亵牛蛙可还行？当心群众曝光你。"

江因缺满不在乎道："我是临时工。"

费辛："住嘴，再说就是敏感词了，别在校园文里搞事情。"

江因缺道："你们学校有适龄单身女老师吗？"

费辛想了想说："肯定是有，不过我不太熟，别指望我给你当红娘。"

江因缺叹气："早知道现在会这样，中学我就先早恋了，这都要怪你。"

费辛："呵呵，你早没早恋，无论如何也怪不到我头上吧。"

江因缺："要不是每天跟你抬头不见低头见，无形中把我的审美阈值拔高了，我能这个那个都看不上？"

这种赞美费辛受之无愧，他道："大学我可没跟你一起了，你不也单到了现在？"

江因缺："那是因为，上了大学我才发现，我喜欢的是美艳型的姐姐，身材火辣点，头发烫个大波浪卷，不胖但要有点肉。可惜大学里姑娘都以小鸟腿为美，我不喜欢那样的。"

费辛道："哦，你喜欢长了牛蛙腿的姑娘。"

江因缺："……"

费辛："大学也不是没有你喜欢的类型，好几年了，就一个也没遇上？"

江因缺："遇上了，但这类型的姑娘，都爱拿我当弟弟……我要长你这样就好了，你这模样才是姐姐们的最爱，年下小狼狗，熟女杀手。"

费辛："……"

江因缺一想这话不妥，亡羊补牢道："没有影射你插足熟女婚姻的意思。"

费辛："滚，别哪壶不开提哪壶。"

俩人吃完饭，在牛蛙店门口分开，江因缺回单位，费辛回学校。

又到了周五。

费辛确定许老师下周一会回来上课，卸下心中大石，可以轻松地回家过周末了。

虽然他做班主任这段时间比较幸运，班里没发生什么事，和学生相处也比较和睦。

但是从学生早读进校门到晚自习出校门，他一整天都要事无巨细地惦记着几十个学生，实在是心累得很，只期盼上学放学路上每个学生都安全到校平安回家。

今天课堂有没有人捣乱偷偷玩手机，课下谁和谁又斗嘴想打架。

哪个女生生理期痛经痛得走不了路，哪对男女生早恋在教室里偷偷接吻被摄像头拍着了。

班主任这工作真不是普通人能做得了。

治大国只如烹小鲜？管理一帮青春期孩子比做菜难多了。

谢天谢地许老师回来了。

不然只怕真要如俞仲夏所言，今年还考什么研，落榜预订了。

俞仲夏并不着急回去过周末，比起回家一个人待着，他更喜欢在学校上课。

七中离卓云和俞季阳住的那小区比较近。

他有半个月没见过俞季阳了，放了学他给俞季阳打电话问："周末正常过吗？补不补课？"

俞季阳那边的环境音也吵吵闹闹的，他说："正常过，这周不补课。妈今天加班，说晚点回去。"

俞仲夏有点高兴，道："想看电影吗？哥带你看电影去？"

俞季阳："别了吧，等网上有了也能看。"

俞仲夏被泼了冷水，没人和他一起看电影，国庆大片他都还没有看，听别人讨论他都插不上话。

俞季阳："哥，我想吃必胜客。"

俞仲夏："也行。"

他俩约了在市中心某个商场楼下的必胜客见，地铁比较方便。

见了面，俩人都穿了各自的校服，俞季阳还戴着帽子。

俞仲夏把俞季阳的帽子摘下来，俞季阳低下头给俞仲夏看他的伤。伤好得差不多了，就是头发还没长好。

俞仲夏道："正好我头发也该剪了，一会儿咱俩剪个头发去。"

俞季阳："可是妈说……"

"别管她说，"俞仲夏道，"就说我带你剪的，剪个头发她也管？"

店里热，吃东西的时候，他把校服外套脱了，说俞季阳："你不热吗？"

俞季阳迟疑道："我不热。"

俞仲夏心生怀疑，道："把袖子撸起来给我看看。"

俞季阳："……"

俞仲夏抓过他的手，把他校服袖子推了上去，他的左手没事，右手臂一道一道的印子。

俞仲夏哽了一下，问："这用什么打的？她拿鞭子抽你吗？"

俞季阳忙把袖子撸回去，说："不是，苍蝇拍的棍儿，看着吓人，不疼。"

俞仲夏："……"

费辛去公寓拿了点东西，准备叫辆车回家去。

辛丽萍给他打电话，说："你爸本来说晚上看电影，票都买好了，他加班，咱俩去吧。"

费辛佯装抱怨道："是说本来没准备带我玩吗？你们怎么老是这样？"

辛丽萍："那你去不去呀？"

"去。"费辛道，"哪个影院？"

必胜客。

"吃蛋糕吗？"俞仲夏道，"再来块蛋糕吧。"

俞季阳一向很喜欢吃蛋糕，但他说："别了，我吃不下了。"

俞仲夏："没事，剩下的我吃。"

他又叫服务员来加了单，服务员小姐姐还夸这对双胞胎兄弟："你们哥俩都好帅。"

俞季阳不好意思地低头，俞仲夏托着腮卖萌："小姐姐，这么帅的我，是不是和免费续杯最配了？"

小姐姐抿着嘴笑，小声说："你要同款还是给你换杯别的？"

她走开后——

俞仲夏教弟弟："要学会刷脸，不然白长这么帅了。"

俞季阳："……"

俞仲夏："别不好意思，大老爷们儿，别动不动就脸红。"

俞季阳："我没有。"

俞仲夏："弟，你跟我说实话，你到底为什么跟万鹏玩一起去的？他就是个四肢发达没脑子的傻缺，跟我说的那话，我根本不信。"

俞季阳："……"

俞仲夏："我就是想弄明白到底怎么回事，你放心，我这回不打你，也不骂你。"

俞季阳："他怎么跟你说的？他是不是说，我为了气你才故意接近他？"

俞仲夏："对。他这不是扯淡吗？"

说是这样说。

其实他心里有点没底。

自从俞季阳初三那年对他发脾气吐黑泥，他就总是摸不透俞季阳的心思。

如果俞季阳因为万鹏和他关系最好，才去捉弄万鹏，这好像也说得过去。

不管俞季阳到底是朵小白莲还是朵黑心莲，俞仲夏觉得自己都能接受。

俞季阳："也不算是他乱说。"

俞仲夏："……"还？还……真是啊。

俞季阳："我讨厌他，才那么乱说的，我没有那么想。"

这家必胜客所在商场的楼上。

费辛和辛丽萍检了票，入场看电影。

片头广告的时候，辛丽萍低声说："后排那几个女孩议论你呢，夸你又高又帅。"

费辛道："明明是议论你，说你气质这块拿捏得死死的。"

辛丽萍笑着拍他一下，道："眼看你本科都快读完了，要是能遇见不错的女孩……"

"我不，我还是个宝宝。"费辛道。

辛丽萍也不太清楚儿子喜欢什么类型的女孩，或许是没有固定类型。

她倒是能确定，费辛从来没有谈过恋爱。

他们家的相处模式比较自在，夫妻俩从没吵过架，没有家庭矛盾。

费辛的成长环境也很放松，家庭大事通常会召开家庭会议，三个与会成员来共同做出决定。

夫妻、父子、母子，彼此之间，几乎没有秘密。

费辛从小就是那种有了心事第一时间就想和父母分享的小孩，不存在背着父母偷偷恋爱的情况。

在恋爱这事上，他一直都不太积极。

早恋的年纪，他一心只顾着学习；上了大学后，除了学习，他又参加学生会和运动类社团，经常在一起玩的还都是男生。

前几年辛丽萍和费文谦也不着急，孩子年纪还小，再说外貌条件又很好，将来要找，一定能找个最好的姑娘。

上学期，忽然闹出了意料之外的事。

虽然他们夫妻俩都相信费辛的解释，也信任费辛不可能做出那么离经叛道的事，但是一个从没恋爱过的男孩，第一次有了感情方面的纠葛，竟然是和一位有家有室的女性，这让辛丽萍和费文谦心有戚戚焉，都希望费辛能早点谈一场普普通通的恋爱。

俞仲夏带着弟弟到商场里的美发店去理发。

他随便进了一家，也没对 Tony 老师（剪发师）提什么特殊要求，能把俞季阳因为缝针而剃掉还没长好的头发修饰得漂亮一点就好。

他说的时候没抱希望，毕竟天下的 Tony 老师多半听不懂人话，从来都是自由发挥。

万万没想到，他们遇到一位出神入化鬼斧神工的 Tony 老师，竟然完美达到了他的要求。

Tony 老师给俞季阳剪完，又顺手给他也剪一剪，这对双胞胎兄弟剪了一模一样的发型。

Tony 老师是河南人："中不中？"

俞仲夏："太中了。"

俞季阳被哥哥逗笑了："哈哈哈哈哈。"

俞仲夏结了账，搭着弟弟的肩出去下楼，说教道："这样就对了，你以后要多笑多说话，表现出自信来。你都年级前三了，还整天自卑什么？人的心理都是慕强的，你越自信别人越喜欢你，喜欢这东西，靠讨好是讨不来的。等明年你考上了好大学，离开这破地方，到时候天高任鸟飞，海阔任鱼跃。我们都长大了，命运掌握在我们自己手里……你听见没啊？"

俞季阳一副要被他说哭的模样。

俞仲夏："你让我说你什么好啊？哎哎哎你敢哭！"

俞季阳："没有哭。"

他俩站在护栏玻璃前，朝天井下面看了看，一楼优衣库的招牌格外显眼。

俞仲夏："给你买两件格子衬衣吧？看着都差不多，妈也发现不了。"

俞季阳："春天买的还有。"

俞仲夏："咱俩都长高了，春天的衣服都短了，上体育课一脱外套，你们班女生不笑话你穿小衣服吗？都找不到女朋友，以后也没人嫁你当老婆。"

俞季阳："哥，我不想结婚，也不想要小孩。"

俞仲夏感到迷茫，问："为什么？"

俞季阳："生了小孩，就要养的。"

俞仲夏："那当然了。"

俞季阳的手指在玻璃护栏上划拉着，说："我养不了，我怕我会像妈，谁做了我的孩子会很惨。"

俞仲夏："……"

俞季阳对他笑笑："哥，我觉得你以后会是个好爸爸，至少比我好。"

俞仲夏心里陡然间一地鸡毛，他道："我不喜欢小孩。"

俞季阳来牵他的手，说："走吧，去给我买衬衣。"

俞季阳到试衣间里去试衬衣，俞仲夏自己在男装区乱逛。

他被俞季阳提醒了，以后有了孩子会怎么样？

俞季阳怕自己会和卓云一样对孩子。

那他会像俞明吗？

在外人看来，俞明是个很好的男人，相貌堂堂，工作能力突出，疼老婆林筱，对儿子俞仲夏百依百顺。

他和卓云离婚，直接原因是卓云脾气不好，两人经常打架，俞明是挨揍的那个。根本原因是俞明不喜欢小孩，他想丁克，卓云不肯，坚持生了一对儿子。后来两人就天天打架，打了几年，离了。

俞明在离婚两年后，才认识了新同事林筱，重组了家庭。夫妻两人琴瑟和鸣，在他俩工作单位市电视台是一对有名的恩爱模范夫妻。

他俩都是新闻人，共同语言很多。而且，两人都不喜孩子，林筱是个真丁克。

俞仲夏在那个家里，不像孩子，连只小猫小狗都不像，像观赏鱼。

俞明不会饿着他冻着他，给他足够的零花钱，好让他光鲜亮丽地给人看，十天半个月想起他来了，就来和他说几句不冷不热无关痛痒的话。

他好像是不如俞季阳想得多。

他只想过以后结婚，要娶个萝莉型的老婆，要对她好，还没想过有了孩子要怎么样。

等等……萝莉怎么可以生孩子？生了孩子就不再是萝莉，那他还会喜欢她？

这明显是个悖论。

他倒是还看过一种理论，说人的人生轨迹，最终会和父母重合，原生家庭和父母的影响会如影随形地伴随每个人的一生。

如果他的萝莉老婆真的生了小孩，他也会像俞明这样，像养观赏鱼一样，养大他的孩子？

不是，俞季阳不好好学习，想的都是什么东西？

费辛和辛丽萍看过电影，也来逛了一下优衣库。

辛丽萍挑了几件女装去试，费辛到男装区，想拿两双设计师合作款的条纹袜。转了几个弯还没找到男袜，他先看见了俞仲夏。

俞仲夏站在换季打折的货架前，嘀嘀咕咕念念有词。

“俞十五。”费辛叫了一声。

俞仲夏慢吞吞回头，内心精彩，脸色瞬息万变。

这商场离七中十万八千里，怎么在这里也能遇见？

他这段时间装俞季阳装得得心应手，这要是让费老师看见竟然还有个俞季阳，那还不是马上就穿帮？

费辛问：“你在干什么？”

俞仲夏道：“我在逛街啊。”

等下，穿帮就穿帮，穿帮又怎么了？

大大方方说出来也没什么啊，以前那都是逗你玩，我真有个弟弟，意外不意外，惊喜不惊喜？嘻嘻嘻。

还能吓费老师一大跳哈哈哈。

费辛也没想到在这里遇见俞仲夏，说：“哦，那你接着逛吧。再见。”

俞仲夏等着要吓他一跳，没想到他不给机会，一下感到没劲了，拉着脸说：

“老师再见。”

费辛又去找了大半圈才找到了袜子，拿着到试衣间门外等辛丽萍。

辛丽萍还没出来，“俞仲夏”先出来了，只穿了件T恤，手上拿着几件试过的衣服和校服。

一中校服颜色和七中的一样，不看胸前校徽看不出分别。

费辛以为是俞仲夏，还十分惊诧：“你动作够快的啊。”

俞季阳面露惊喜，快步上前，热情地叫他：“老师！”

费辛道：“你自己一个人出来的？别在外面乱逛，早点回家。”

俞季阳有点怯：“嗯……”

他把不合适的衣服给了工作人员，拿了要买的两件衬衣，去找俞仲夏一起结账，经过费辛身边时，小声道：“老师再见。”

费辛：“再见。”

辛丽萍从试衣间出来，选了件素色的内搭打底衫，说：“这上班穿在白大褂里面还挺合适，你觉得这颜色怎么样？”

费辛夸她：“这颜色温柔，太适合我温柔的妈妈了。”

辛丽萍看他手里的袜子，投桃报李地说：“这袜子，太适合我儿子的纤纤巨足了。”

费辛：“……”

他穿45码的鞋，辛丽萍经常说他脚大。

“我一米八五啊，妈！”费辛道，“前几天量，差三四毫米就一米八六了，45码这算大吗？你再说我，我就不开心了。”

他在他妈面前惯会猛男撒娇，边撒娇还边挽着辛丽萍的手。

两人刚这么走了两步，迎面又遇见了穿着校服、揣着兜晃悠的俞仲夏。

费辛这娇没来得及收起来，尬在了那里。

俞仲夏一脸滑稽：嘿呦，费老师私底下怎么这个亚子（样子）。

费辛：在玩暖暖环游优衣库吗？就这么件校服一会儿穿上一会儿脱下。

辛丽萍却认出了这中学生的脸，道：“是你啊，怎么这么巧？”

俞仲夏有些疑惑。

这一定是费老师的妈妈了。

他从没见过，她是和俞季阳见过吗？

上个月某天晚上，俞季阳去费家还衣服，那时费辛还没回去，是辛丽萍开门接了装衣服的袋子，还和那中学生说过两句话。

费辛只以为俞仲夏是不记得辛丽萍了，对他妈说："这是我的学生，俞仲夏。"

辛丽萍笑着说："俞同学，你好。"

"阿姨好。"俞仲夏礼貌而艳羡，费老师的妈妈看起来人很好的样子。

费老师人也很好。

看人家母子是这样，再想想他们家。

家暴妈教出一个"尿包"，丁克爸养了一条霸王鱼。

俞季阳的想法还真有点道理。

俞季阳给哥哥发了消息，说在收银台前排队。

俞仲夏也要去结账，两手空空，跟在同样要去结账的费辛和辛丽萍身后。

费辛不明所以，忍不住回头看他。

他对费辛露出无比纯良的笑脸，满脸写着"我要搞事了"。

费辛右眼皮狂跳。

周五晚上优衣库的客人比往常更多，结账的队伍有点长。

费家母子到队尾站好，俞仲夏越过他俩，朝队前走。

费辛一脸疑惑。

有个排在前面的男孩转头，看见俞仲夏，招了招手。

费辛顿时惊呆了。

俞仲夏走过去，伸手钩着那男孩的脑袋，让他和自己一起扭过脸，双双向后面看。

费辛："……"

辛丽萍也看到了，惊异道："哎？你那学生？双胞胎？"

瞳孔地震的费辛：妈妈！！！我！被！耍了！！！

俞仲夏一脸得逞：哈哈哈哈哈哈哈哈哈哈！！！

而俞季阳莫名其妙被哥哥强行扭头，看见队伍最后面的费老师，有一点尴尬。

兄弟俩结了账，俞季阳提着纸袋子，和俞仲夏一前一后离开，从还在排队的费老师母子面前经过。

俞李阳：好尴尬啊。

俞仲夏：邪魅一笑。

费老师：冷漠。

辛丽萍：哎？发生了什么？

第八章 期中考

俞家孪生兄弟俩去坐地铁。

费老师也在回家的路上，给妈妈当司机。

辛丽萍听儿子愤怒地讲了这件事的始末，发表感想：“这也……太好笑了吧哈哈哈。”

费辛：“……”好气。

辛丽萍忍笑，佯装同情：“我记得你在家里说过，这学生是独生子，你还专门去问过他的班主任。怎么会这个样子？”

这是费辛近二十二年人生中遭遇过的最大骗局。

19 班班主任薛老师，能不能拜托你，把学生家庭情况摸排清楚？！如果实在不清楚，也不要误导别人好吗？

就说俞十五怎么会有两副面孔？他竟然还真是冒充自己的孪生兄弟。

这兄弟俩也长得太像了，脸上都干干净净连颗能让人区分开他俩的痣都不长。

但是……真的一点区别都没有吗？

费辛回忆了一下刚在优衣库里同时见到两人的场景。

“酷炫狂霸跩”的那个是俞仲夏，这他很熟。

另一个低眉顺眼的，才是暑假里被万鹏欺负的小可怜。

上次在马路上被妈妈打骂的，想来也不是俞仲夏，而是另一个。

他俩身高一样，发型一样，发质和皮肤都没什么肉眼可见的不同。

但是两人站在一起，小可怜的体形要比俞仲夏稍微单薄一点，肩背也不如俞仲夏挺拔，看起来就是个内向害羞的性格。

而俞仲夏，顾·七中分然·北城，狂得没边了。

费辛：是我瞎了。

他和俞仲夏的孪生兄弟只见过两次，两次这小孩都在挨打。

什么道理？明明俞仲夏才更欠打。

俞仲夏和俞季阳上了地铁，能同行几站，俞仲夏还要换乘另一条线。

车上没座位，但人也不太多，他俩在车厢连接处挨着，小声说话。

俞仲夏抓着俞季阳的右手，把他袖子捋上去，又看了看那里被苍蝇拍棍儿抽出来的伤。

“衣服我先拿回去，别让妈看见了。”俞仲夏道，“周一我叫个闪送送你们学校，到时候你再塞书包里带回去。”

俞季阳：“好。”

俞仲夏说教：“好好学习，明年上了大学，就能离开家。”

俞季阳：“嗯。”

俞仲夏回到家，俞明和林筱还没回来，他进房间关上房门，把床上一堆“垃圾”朝边上推了推，舒舒服服躺下。

点开游戏图标之前，他手指一转，戳开了微信，又戳开费老师的头像，费老师的头像是《玩具总动员 4》里的“叉叉”。

俞仲夏：“。”（译：我错了。）

费辛刚换了衣服，准备翻几页试卷就睡觉。

看见俞仲夏这意味不明的句号，费辛并不想搭理他。

俞仲夏：“？”（译：还生气吗？）

连发了两个内涵丰富的标点，都没得到费老师的回应，俞仲夏的心思也不在游戏上，锲而不舍发了第三个。

俞仲夏：“！”（译：说话啊！）

费老师：“……”

费辛：“别烦我。”

俞仲夏：“哈哈哈哈哈哈哈。”

俞仲夏：“就知道费老师不会这么小气。”

费辛："那你错了，拉黑倒计时，10、9、8……"

俞仲夏："我都道歉了！"

费辛："你对谁道歉了？"

过了好一会儿，俞仲夏发了条几十秒的语音消息过来。

费辛："不听。"

俞仲夏又发了个红包。

聊天中率先使用红包武器是犯规好吗！这谁能忍住？

费辛点了红包……1 毛钱。

费辛："4、3、2……"

俞仲夏："老师你拜金。"

费辛："拜你个头。"

俞仲夏："老师你说脏话。"

费辛："你截图举报我吧。"

俞仲夏："老师你这是在侮辱我的人格。"

费辛："……"

他点开那条语音消息，猜测是俞仲夏又要捏着嗓子装嗲，说些五五六六、七七八八的鬼话。

然而手机里传来俞仲夏纯正的播音腔——

"俞仲夏，男，汉族，17.83 岁，颍城第七中学高二某班化学课代表，面部无明显特征，只是长得很帅。

"由于年少无知，俞仲夏迷上了角色扮演，并强迫费辛老师充当唯一的观众，属实不该，属实过火，属实演得好。

"现，他已认识到了错误，在此向被欺骗的费老师郑重道歉，希望费老师看在课代表勤勤恳恳收作业的分上，可以原谅他……"

费辛：这么正经，好不习惯，都不嗲一下吗？

语音消息的最后一句，该来的还是来了——

"括弧，费老师我还小，你跟我计较就是你小气，括弧完毕。"

俞仲夏烦够了费老师，就去打游戏了。

过半小时他才又想起来，退出来看微信，瞧瞧费老师理他没有。

费老师二十几分钟前发来一个表情包："当然是选择原谅他.jpg"。

俞仲夏回："。"

费老师没理他，他猜费老师可能又在复习，就把这页翻篇，回归到游戏中去。

本来费辛是真有点被俞仲夏戏弄的怒气，现在也不大气得起来。

说破天，这也只是个无伤大雅的小玩笑，一场恶作剧罢了。

关键是他也并没受到任何伤害……品了又细品，好像还挺好玩。

俞仲夏没有主动对他讲那个孪生兄弟的事，他也没有问。

联想薛老师当时说俞仲夏是独生子，另一个“俞仲夏”又说自己是单亲家庭跟着妈妈生活，应该是父母离异分别带走了一个儿子。

离婚率越来越高，普通高中里一个班有接近三分之一的学生，来自离异家庭。这情况并不算特别。

周末过去，周一早上。

例行迟到的俞仲夏和又早到了的费辛，这对迟早组合，迎来了久违的校门口“合体”。

但今天值班的不是李老师，不肯放水，把俞仲夏记在了小本本上，才放他进去。

俞仲夏飞奔着追上费辛，没话找话地问：“费老师，你今天怎么没骑车？”

“周末回家了，从家里坐地铁过来的。”费辛道，“你都迟到了，还不快走几步？赶紧上早读去！”

“费老师再见。”俞仲夏酷酷地跑走。

费辛也上楼，看一看 18 班学生早读。

今天他就能正式卸下代理班主任的职务和责任，最后再来站一班岗。

贴着 18 班后门上的窗看了片刻，周一早上学生状态还行，有个别偷懒的，大部分学生在像模像样地读英文课文。

他满意了，一转头，俞仲夏从 19 班出来，靠着门口的墙一站，还挺酷。

费辛皱起眉：你又怎么了？

俞仲夏眯眼睛：没见过罚站吗？

费辛面无表情，一手叉腰，一手抬起来，远远地跳了两下海草舞，以示嘲笑。

跳完，他面无表情地转身走了。

俞仲夏目瞪口呆。

费老师心情好得直冒泡。

18 班原班主任许老师终于回来了。

两人顺利交接了班主任工作。

他可以重新过他每天只要上上课、打打球、复复习、嗑嗑CP的平静生活。

离研究生考试只剩下不到两个月，他也的确没有时间再花费在烦琐的班主任事务上。

俞仲夏去办公室交化学作业，经常看见费老师戴着耳机在看书或做题。

用过的演算纸整整齐齐摞在边上，有好几厘米厚。

当个学霸这么辛苦。

这天傍晚，体育生们叫了费老师一起打球，俞仲夏也去了。

费老师打了一会儿，换了其他人上场，自己在边上喝水。

俞仲夏也招呼别人："换你，我歇会儿。"

他下来跑去费老师边上，也拿了瓶水喝，边喝边偷瞄费老师。

费辛从眼角看他，心生警惕，每次他主动找上门一般都没什么好事。

自从俞仲夏"掉马"以后，他俩还没认真说过话。

"费老师，"俞仲夏一副聊正经事的样子，说，"你整天这么努力，是要考哪个学校的研究生？"

费辛并不想和学生认真讨论他自己的学业，敷衍课代表："闲着也闲着，随便考考。"

俞仲夏吐槽道："你们这些学霸，能不能老实点？没看书没复习，成绩出来七百一。"

费辛："……"

他瞥俞仲夏，道："那你们这些小魔王，能老实点吗？整天不好好打架，就会把老师当猴儿耍。"

俞仲夏："……"

"哎哟！还生气呢。""嗲精"上线，"怎么这么小气啦……"

他边说还边用矿泉水瓶瓶底戳费辛的肱二头肌。

费辛："……"

俞仲夏："嘻嘻嘻。"

费辛警告："好好说话，别找打。"

俞仲夏收手："不了不了，我自己都麻了。"

费辛问他："你是哥哥还是弟弟？"

俞仲夏道："哥哥。"

费辛随口一应："哎。"

俞仲夏："……"

费辛："你弟学习应该不错，你这当哥的，怎么成绩这样？不给弟弟做榜样。"

俞仲夏："各有所长，他智商高，我身体棒。"

费辛："行吧。"

他有点想关心一下俞家弟弟连续遭遇暴力的事。

可这事显然超出了他的职责范围，俞仲夏是他的学生，弟弟并不是。

而且这事也超出了他的能力范围，他如果问起，就是抛出问题而不解决问题。

还是……算了吧。

俞仲夏想的是别的问题，道："老师，你是还想考你们颍大吗？"

费辛听到"颍大"两个字就头疼，说："不是，想考北大。"

俞仲夏鼓励道："很好，费老师，一定要好好学习，未来可期。"

费辛："谢谢……我尽力。"

当晚没有化学自习课，费老师和学生打完球，就告辞回了租住的单身公寓，运动完了洗个澡，更容易集中注意力去认真复习。

俞仲夏和体育生们一起去学校餐厅吃晚饭。

杨柯道："十五，你和费老师是不是有什么猫腻？"

其他体育生附和："赶快老实招来！"

俞仲夏大吃一惊："平时小看你们这些肌肉男了，观察力这么敏锐吗？"

众人惊道："还真有事啊？！"

俞仲夏："你们连我都敢诈了？"

杨柯："不是，你怎么好意思吃独食的？"

其他体育生起哄："我们也想跟费老师有猫腻。"

俞仲夏："想得美，你们也是化学课代表吗？"

杨柯："课代表，你和费老师刚才在球场边叽叽咕咕说什么说那么半天？"

俞仲夏："说化学方程式。"

众人："哼——"

俞仲夏："哼什么哼，以后都给我离费老师远点。"

众人："为什么？？？"

俞仲夏："费老师已经不当你们班主任了，他还要专心考研，你们别拿你们那些鸡零狗碎的事去烦他。我先把难听话说在前头，谁要是敢去影响费老师学习，看我不把他腿给撅折了。"

众人："……"

俞仲夏虽然是个嘴炮，但也是真能打，万鹏在的时候难说谁更胜一筹，万鹏一走，在座的单打独斗没人是他对手。

大家忽然情绪低落，唉声叹气。

俞仲夏："不是吧？至于这么离不开他吗？篮球还是能找他打的。"

杨柯道："不是为这个。十五，你不知道，许太后这一回来，费老师不当班主任，我们这日子好难过。这才几天，手机被没收了四部，每节语文课都有人罚站，动不动就摔东西骂人。我们体谅她身体不好，只能忍着。"

体育生甲道："我记得刚开学那几天，她也没这样，现在简直是个火药桶，不点都要炸。"

体育生乙："也不知道是不是把鸟哥的事算在我们头上了。"

体育生甲："难说，没了个孩子，这算得上跟咱们有血海深仇了吧。"

体育生丙："她以前还挺爱美，画个淡妆涂点口红，现在披头散发，脸还煞白……"

杨柯："怎么说话呢？不能这么说许老师……现在是钮祜禄·许。"

几个体育生笑了笑，苦中作乐。

俞仲夏："……"

许老师也教 19 班语文。

俞仲夏在语文课上也注意到许老师的变化，脸色惨白，讲课也不如以前中气十足。

19 班学生知道她身体不好，因为班主任薛老师特意来交代过，语文课纪律一定要保持好，说许老师这种状态还坚持回来上课，别让人家寒了心。高二学生也不是小朋友了，都很配合，语文课上都表现得严肃紧张团结活泼。

然而许老师每次都是一板一眼地讲课，讲完就走，多余的话从不在 19 班说。

俞仲夏和其他 19 班学生都以为许老师只是身体还没完全恢复，情绪比较低落。

不料她在 18 班主场，竟然性情大变。

杨柯道："我们班还有人私底下商量，想给学校写联名信，让费老师继续当我们班主任。"

俞仲夏断然道："这不行！费老师要考研。"

杨柯："知道，说说而已，也就是贾蓉蓉带头吵吵。"

俞仲夏："她不是忙着追星吗？昨天在门口碰见她还问我平时听什么歌，还好我灵机一动，说我失聪了。"

杨柯："……"

体育生甲道："我看她是追星追费老师两不误，碰上下午一二节上化学，她还提前给费老师冲好咖啡送办公室去。"

俞仲夏嫌弃道："还这么狗腿吗？人设不崩啊她。"

杨柯趁机 diss（指鄙视）他："看看我们班课代表，再看看你，会干什么？人家会冲咖啡，你会撅折腿。"

俞仲夏自信心爆棚："那怎么了？费老师才不喜欢那种马屁精，费老师更喜欢我这种冰清玉洁的好课代表。"

杨柯和其他人："呕——"

费老师也听说了一些许老师的事。

办公室里其他任课老师也私下里讨论，老师和学生信息不对等，老师了解得更多一些。

许老师这次回来性情大变，不单是身体原因，还有家里一点情况。她国庆后多请了一星期假，就是在处理家庭变故。

她结婚比较晚，学校这边的工作又不允许她结婚就马上要孩子，丈夫家的长辈一直对她有些不满。这次她意外怀孕又意外流产，直接导致了家庭矛盾激化，国庆节后夫妻俩分了居。夫妻双方都无过错，财产分割上两人都不肯让步，要打离婚官司。

这些属于家庭私事，和以前聊学生、聊班级管理不同，其他老师们聊起许老师这件事，都是凑在一起说悄悄话，不像以前开会似的群体吃瓜。

费辛一个男生，大学都还没毕业，本来就不太关心别人的家庭私事。老教师们聊婆婆妈妈孩子这些，他通常都自动回避。

现在他更是升级成了一台没有感情的考研机器。

许老师的事，他都不是太清楚。

是贾蓉蓉来办公室交作业拿作业的时候，对他说过许老师在班里的“暴行”，她还来了句：“是不是女生一结了婚，就都要变成鱼眼珠子？我以后可不敢结婚了。”

费辛有些无奈，转移话题：“听说你最近追星了？这娱乐活动不错，能长期保持少女心。”

贾蓉蓉精神一振。她追的是个小鲜肉歌手，常常见缝插针地“卖菜”给别人，她问：“老师你平时听歌吗？”

费辛从容应对：“不听流行音乐，我喜欢古典乐，偶像是柴可夫斯基。”

贾蓉蓉想了想，不放弃地问：“老师，你有品位降级的需求吗？”

费辛对她肃然起敬。都追星了心里还这么有数，对爱豆（偶像）定位如此准确的饭圈女孩，人间少有。

19班课代表俞仲夏也来理化办公室交作业。

他抱着一摞练习册进门，就看见贾蓉蓉站在费老师桌前，还和费老师聊上了。

他过去，说：“劳驾，让让。”

贾蓉蓉看是他，没有好脸色，说：“俞仲夏，你失聪好了？”

俞仲夏装傻：“思聪？哪个思聪？”

贾蓉蓉白他一眼，说：“费老师再见。”

等她走了，费辛说俞仲夏：“你一学播音主持的，卷翘舌都分不清吗？”

俞仲夏哪能承受这种质疑，当即道：“十四是十四四十是四十石狮子是石狮子涩柿子是涩柿子……”

费辛：“停停停，你分得清分得清，是我错了。”

俞仲夏：“本来就是嘛，我就是跟她闹着玩呢。”

上完体育课，俞仲夏回教室，途经18班，见贾蓉蓉和一个女生在门口玩。她还记上个课间的仇，送了俞仲夏一记白眼。

俞仲夏心说，幸好当初没答应，还是萝莉比较好。

话说以前每个学期总能遇到三两个可爱萝莉，这学期怎么一个都没有？七中的可爱萝莉都哪儿去了？

他这是遭到了南宫琉璃的诅咒？

他到自己班后门，有俩男生在那儿聊《王者荣耀》，问他：“然然，你还玩小乔吗？”

俞仲夏的“PTSD”到了顶峰值后，开始对这黑称产生免疫，听到也能当没听到，说：“嗯就瞎玩，不过我最近认识了一个大神。”

他把大神一通吹，但没明说大神是“费神”。

他并不想让别人也跑去找费老师打游戏。

忽听到贾蓉蓉在那边和人说：“我还想安利费老师听听我哥的歌，结果费老师说他喜欢柴可夫斯基，我就不好意思继续说了。”

和她玩的那女生也是18班的体育生，没听说过柴大师，道：“柴什么？网络歌手吗？名字好洋气，唱过什么啊？”

贾蓉蓉：“……”

这边还说游戏，一男生道：“说起小乔来，国庆那几天市体育馆不是有个漫展吗？咱们学校有个女生cos（指cosplay，角色扮演）了小乔，神还原。”

俞仲夏上过一次当，不信，说：“真的假的？有照片吗？给我看看。”

男生道：“咱班群里就有人发过，我就是在群里看见的。”

俞仲夏在班级群里，但他很少看群里消息。

上了课，这节是物理，文科艺术生对理综科目都不感兴趣，物理老师又是位临近退休年龄的大爷，和年轻貌美的费老师比不了，学生们都懒得给物理老师任何反馈。关键他们也是真的不会。

物理老师在讲台上有一搭没一搭地敷衍讲课。

下面学生四分之一打瞌睡，其他走神的走神，看小说的看小说，还有几个美术生在偷偷画漫画。

俞仲夏在桌下翻着手机里班级群的聊天记录。

他们班这帮同学还挺能聊，早上群里打卡互送礼物，上课时间还有人玩QQ小冰，每天晚上一堆人表情包互“怼”到十二点。

俞仲夏翻了半天，终于翻到了那张“小乔”。

哇哦……

俞仲夏的少男心怦怦跳。

下午一放学，隔壁班一帮体育生就从后门招呼他：“十五！打球去！”

俞仲夏：“我今天不去了，有事。”

杨柯道：“真不去？那我们就要和费老师有猫腻了！”

俞仲夏：“你们好无聊啊！”

费辛一个人在球场上，边投篮边等人。

杨柯等人来了，说：“俞十五说他有事不来了。”

一群人热身，准备打球。

从前俞仲夏在的时候，仗着课代表身份肆意妄为，“独占”费老师。

他今天没来，体育生们猛然间察觉，还是他在的时候好。

没他撩着费老师说话，费老师都不怎么爱开口。

体育生甲：“咳，不知道十五现在一天天想些什么，以前都没见过他像这样。”

体育生乙：“就是，刚才叫他，我看他明明就超想来和费老师玩，纠结半天最后又说不来。”

杨柯最后道：“他这几天别别扭扭，怎么跟个怀春少女似的。”

俞仲夏还不知道那帮体育生在背后说他闲话。

他把班里一个女生叫到了楼道里。

那女生是学音乐的，和俞仲夏不熟，几乎也没说过话，紧张地问：“你要……干什么？”

俞仲夏：“别这么紧张，随便问你一点小事。”

谁料这女生做贼心虚，以为是自己做过的事败露了，竟当场招认说：“对不起，我不该给校园墙投稿发你……你的日常。”

俞仲夏一脸疑惑。

女生道：“等下我回教室就给‘墙姐’发私信，请她把和你有关的内容全撤下来，我不该无授权拿你投稿，非常抱歉。”

俞仲夏满头问号，莫名其妙地问：“在说什么？投了什么稿？”

女同学比他还蒙：“你……不是要说这事啊？”

当然不是了！俞仲夏才不关心什么校园墙，这种小女孩才玩的东西。

他是想问这女同学：“你发在群里那个‘小乔’，本尊到底是谁？”

女同学：“……”

俞仲夏问：“她哪个班的？高几的？”

女同学：“……”

俞仲夏：“问你呢，你到底认识不认识啊？图是你偷的？”

女同学：“不是！那张照片是我亲手拍的，当事人也同意我发了。”

俞仲夏心花怒放道：“那就是说你认识她了？到底哪个班的啊？”

女同学古怪地看他："你要对她怎么样？"

俞仲夏露出招牌邪魅一笑："看不出来吗？"

女同学："……"

女同学："你在这里等一下。"

俞仲夏："嗯？"

女同学吸了口气："我把小乔给你叫来。"

俞仲夏震惊了："她就是高二的？"

没道理啊！这么可爱的女孩子，如果就在这栋楼上，他怎么可能没见过？

女同学走开，进了教室。

——进了高二 19 班教室。

——19 班。

俞仲夏总觉得这女生走前那表情好像哪里不太对。

有个人从 19 班出来，满脸疑惑地过来，长得大眼睛瓜子脸唇红齿白，表情和走路姿势还都挺可爱，问："俞仲夏？你找我吗？"

俞仲夏："……"

咔嚓，少男心碎成了十八瓣。

那张照片上完美还原了"小乔"的本尊，竟然就是他们班的舞蹈特长生，江楚。

晚上有化学自习课，费辛打了会儿球，给体育生们买了水，就先回公寓去洗澡换衣服了。

杨柯等几个人去学生餐厅吃饭。

还没吃完，就有先一步听说消息的人，来给他们讲今日七中爆款头条——听说了吗？俞仲夏想认识"小乔"，结果发现是江楚。

杨柯等人："……"

19 班教室。

大受打击的俞仲夏坐在座位上，神经质一样地啃指甲，方圆三米内空无一人，同学们怕他疯起来逮着谁都打。

杨柯从后门探头探脑，叫人："十五？"

俞仲夏阴着脸："你也来看我笑话？我这顶流还没过气啊，这学校还有人没听说这破事儿吗？"

杨柯严肃脸，拿出一罐百事，道："喝可乐吗？费老师买的。"

俞仲夏："……"

他站起来，从后门出去接了可乐，道："怎么他还给我买可乐？"

杨柯："买的时候他忘了你今天不在，还照平常的人数买的。你今天没去打球，费老师还有点不高兴，都不怎么和我们说话。"

俞仲夏悲从中来，没有对比就没有伤害。

谁都不如费老师好。

他郁闷地喝可乐。

杨柯看他又惨又好笑，提议道："要不我给你介绍个高一学妹吧？这是个真萝莉。"

俞仲夏一副看破红尘的沧桑样，说："不了，我这老司机连着翻了两次车，再翻驾照没了，我得技能冷却一下。"

杨柯只好算了，道："鸟哥找了个女孩儿，他跟你说了吗？"

俞仲夏："没说啊。"

杨柯："他在我们班群里说了一嘴。"

据说那女孩子还是个班花。

俞仲夏想了想，说："挺好。"

杨柯安慰他："翻车这事，多翻几次就习惯了，你还是翻得少。"

俞仲夏："我就不信这以后还能怎么翻？都这样了。"

杨柯："你没打人家江楚吧？"

俞仲夏："我打他干吗？也怪不着他。"

杨柯："我刚才上楼，看见他在一楼蹲着，都不敢上来，怕你揍他。"

俞仲夏还是讲道理的，道："我现在不想看见他那张脸，你去跟他说我不揍他，让他回来上课吧，这事翻篇当没发生过。"

杨柯："其实吧……"

俞仲夏："其实什么？"

杨柯憋了好半天了，终于忍不住笑出了声："其实我看江楚还行噗哈哈哈哈哈哈。"

俞仲夏："……"

杨柯："不笑了不笑了，没笑你没笑你。"

他走了，俞仲夏自己待着。

贾蓉蓉又和同学在18班门口玩，看见俞仲夏，又冲他翻了比下午更过分的白眼。

俞仲夏气不打一处来，放狠话道："哎，你别觉得你是个女的我就不会打你。"

贾蓉蓉震惊地看他。

俞仲夏："还看！"

贾蓉蓉"嘤"一声，哭了起来。

俞仲夏："……"

哎？救命啊这里有个女的哭了。

没人救他，但有人雪上加霜。

旁边那女生道："俞仲夏你太过分了！蓉蓉一直在意你你不知道吗？听说了你的事她都快难过死了，你还骂她？"

"不要说了。"贾蓉蓉抹着眼泪进教室了。

俞仲夏："……"

次日早读课是语文课，俞仲夏迟到进教室，侥幸没被许老师看到，不然又跑不了罚站。

许老师这次回来以后，变得非常易怒，18班和19班学生谁都不想撞她枪口上。

俞仲夏坐下就犯困，和同桌说："昨天睡得太晚了，快三点才睡着。"

同桌："又打游戏到半夜？"

俞仲夏："还打游戏？我一看到我的小乔就生气，歇几天换个蔡文姬玩。"

同桌："那你昨晚干吗了？"

俞仲夏翻语文书，道："看校园墙。"

那位学音乐、拍江楚cos照的女同学，昨天说把他的日常投稿给了校园墙。

晚上回家他不想看游戏里的小乔，想起来这事，就去那个所谓的校园墙看了看。

校园墙一般都是谁对谁告白，谁暗恋谁，匿名吐槽老师和同学的内容。

俞仲夏一个铁骨铮铮的"魅力糙汉"，初中就不玩这个了。

七中以前新老校区不在一起，所以有好几个"墙姐"，过于分散。

这个墙上投稿不算太多，俞仲夏随便翻了翻，就翻到了班里那女生最新一次拿他投的稿。

墙墙，又是我，上次投稿班草日常的我，依旧求匿名。

这次还是说我们班小Y，虽然他还是每天无忧无虑，但是最近开始有了一点新的变化。

上次不是说过，他的好朋友W走了嘛，他形单影只了一段时间。最近我发现，他和新来的X老师竟然成了一对新的好朋友！

上次也说过，小Y当上了课代表，刚好就是X老师教的那一科，他们两个人可能就是这么变熟的吗？我也不太知道。

X老师是个标准高富帅，和小Y的画风完全不同。他对我们班的人也都很好，但另眼相看的绝对就只有小Y一个人。

我在某一天还发现，他们俩居然还每天一起去打篮球。小Y比X老师矮半个头，篮球打得也一般般，每次都被X老师血虐，可是之后X又给小Y买饮料。

还有还有，上课的时候我发现好几次，他们俩在用眼神交流！不知道是在打什么暗号，打到最后两个人就都默契地笑了……笑了……把我都给笑傻眼了，难道这就是男生之间的友谊吗？人家也不懂呢，嘻嘻嘻。

求个厚码，有猜到这俩人是谁的也请看破不说破，不要打扰X和Y。谢谢墙墙，有什么新发现我会再来分享！

俞仲夏：这都什么鬼！

几天后，期中考试。

学校随机抽签分配，偏巧抽到费辛监考高二19班，他和另一位教历史的老教师一起。

这是费辛第一次监考，他又一次对教师这行业到底有多严格产生了思考。

监考时老师不能玩手机不能看书做题，就瞪大眼睛盯着下面学生看，每场一小时起步。

仿佛被判了一小时起步的有期徒刑。

一天好几场，一考至少两天，一年至少五六次。

好惨。

考场座次是按学号排的，俞仲夏名次在全班中等偏后，座位被安排在倒数第二竖列的第一排，正对着讲台。

第一科考语文的时候还好，他起码不会交白卷，大半时间他还像模像样地做题写作文。

费辛经过他桌边看了一眼，他字写得还挺好。

之后，其他几科就彻底垮掉。

英语选择题全蒙，数理化完全不会，史地政编也编不上来。

费辛发现他在那里抠了半天手就是不做题，忍不住从讲台上下来。到他桌前一看，选择题全填了 C，剩下题目全空着。

费辛：这就完了？

仰起脸看他的俞仲夏：不然？我又不会。

费辛一生学霸，中学起就常驻实验班，实话说根本没在考试实操中碰见过俞仲夏这种差生。

费老师愁得直皱眉：平时上课你就什么都没学？

俞仲夏还摊手：好像是。

费辛：你还真是……坦荡呢。

俞仲夏想了一下，用笔在卷子上指了一道填空题，又抬头看费辛。

费辛：不是想让我告诉你答案吧？

俞仲夏点头：是这意思。

另一位监考老师在后面巡场，费辛以眼神警告他：你这是要作弊知道吗？

俞仲夏对试题的态度是做也行不做也行，并不强求，费辛不帮做就算了，他赶苍蝇一样摆手：哦那你走吧别打扰我抠手。

费辛：“……”

他抬起头又看其他学生。

俞仲夏后面坐的是江楚。

江楚成绩也不好，半伏在桌上，咬着笔尖，一脸奇怪地看他前面的俞仲夏，想不通俞仲夏是和费老师在搞什么鬼。

费辛板起脸，只用口型没发出声，对江楚说：“做题。”

江楚便又低下头，无中生有，在卷子上乱写一气。

俞仲夏拿起笔，用笔尖一戳费辛的大腿。

费辛毫无防备，差点被他戳得叫出声。

费辛怒瞪他：我发火了！你看出来了吗？

俞仲夏收回笔，做了个凶恶脸。

那位监考老师和其他学生都没在注意他，他一时恶向胆边生，伸手拿起俞仲夏的笔。

俞仲夏以为费老师要报复戳他，这站位，他脸最不安全，他迅速把校服衣领拉高挡住脸。

费辛本来是要冲动地戳回去，临下手又罢了，笔尖一转，在纸上唰唰唰写了几下。

捂着脸的俞仲夏：“……”

费辛写完，把笔一扔，大步向后面走了。

俞仲夏看了看，心里偷笑。

嘿嘿，这不就是口嫌体正直？

费辛转了一圈回来，心情平复许多，结果一到前面来，俞仲夏就冲他一笑。

费辛气绝了，心说，多少位老师说过，谁帮你作弊就是在害你，是在害你！害你！懂不懂？还笑？

第一天全部科目考完，考试期间不上晚自习。

交完了卷，学生们一下轻松了。

费辛负责收答题卡，整理好，一起给了同考场的那位老师。

俞仲夏坐在第一排，单手托着腮看他。

他瞥了俞仲夏一眼。

江楚从后面跑到讲台边，正好挡住了俞仲夏的视线，说：“费老师，明天考化学了，我还有知识点没弄懂，能问你吗？”

费辛：“我要去交卷子，过几分钟到办公室找我。”

江楚：“好啊。”

俞仲夏也起身过去，把江楚挤一边去，说：“费老师，我也有知识点不懂，等下找你问去？”

费辛心想你又凑什么热闹，道：“那你们俩一起去吧。”

他和那位监考老师拿着卷子走了。

俞仲夏看江楚，不怀好意地问：“小乔，你要和我一起吗？”

费辛送完试卷，回到办公室，其他老师都没在。

俞仲夏堂而皇之地坐在他的办公桌前，正看他办公桌上都有什么。

费辛道："起立。怎么就你自己？江楚呢？"

俞仲夏无所谓地站起来给他让开，说："他说他更喜欢小猿搜题。"

费辛就知道他不是来问问题而是来玩的，道："哦，那你是不会下载吗？"

俞仲夏："费老师，我想喝奶茶。"

二十几分钟后，两个人到奶茶店。

点单小姐姐："帅哥们好，一起的吗？喝什么？"

费辛："中杯四季春，常温，无糖。"

俞仲夏："大杯乌龙玛奇朵，多冰，全糖。"

小姐姐边点单边笑："两位帅哥口味差很大啊。"

费辛笑了一笑，扫码埋单。

俞仲夏找碴："小姐姐，我帅还是他帅？"

小姐姐看看他俩。

大的穿了纯黑连帽外套加牛仔裤和篮球鞋，又酷又帅还有点运动风。

小的一身蓝白色校服匡威鞋，长得白白净净挺好看，就是浑身洋溢着"中二"气息。

她含蓄道："都很帅啦，你俩又不是一个风格。"

可俞仲夏不这么想，他感觉自己和费辛是一个路数的帅，问道："怎么不一样？他是什么风格？"

费辛接话："不要自取其辱了好吗？等下人家说了实话你又脸疼。"

俞仲夏："费老师你长点心，别太自恋了。"

他俩拿了各自的饮料，从店里出来。

费辛道："我回学校骑车。"

俞仲夏："嗯，好。"

费辛："你回家去抱抱佛脚，明天考试别又只会抠手。"

俞仲夏："不抱，我要去看电影了。"

费辛："约了朋友吗？"

俞仲夏："没。一个人不能看电影吗？我经常自己看。"

费辛："你这样当学生可不行。"

俞仲夏自有一套歪理邪说："费老师，你没当过差生吧？我们有多快乐你怎么懂？"

费辛道：“你又怎么知道学霸不快乐了？”

俞仲夏想想还真不知道，只好说：“这……自由心证吧。我走了，老师再见。”

费辛又叫他：“哎。”

俞仲夏马上驻足：“又怎么了？”

费辛道：“最近是又有什么好看的电影了吗？”

俞仲夏：“有啊！”

戴着3D眼镜，和俞仲夏挨着坐在电影院看最新的爆米花影片，费辛忽然觉得这走向哪里不对。

不管了，这片子还挺好看，实习复习的间隙里忙里偷个闲，有一点点开心。

国庆时费辛陪辛丽萍看了部文艺片，当时片头广告就有这部的预告，他想来看，但是约不到人。

高中同学里还在持续来往的，就只剩下了江因缺，这家伙嘴上整天喊着没人陪好想恋爱，其实在实习单位忙得要死，还要同时准备公考。

至于大学同学，费辛现在都不太想和他们见面。

俞仲夏也开开心心。

他早想来看电影了，节假日和周末不想一个人来这么热闹的地方玩，显得他形单影只很孤独的样子。

本来他想说今天工作日，自己来看一场电影，吃点好吃的，再回家睡觉。

没想到居然还能捡个伴儿。

电影散场。

俞仲夏提议：“费老师，我请你吃饭。”

费辛：“八点了，你不回去，不用给家里打电话说一声吗？”

俞仲夏：“我们家没人，厨房从来都不开伙，我爸要不就吃单位食堂，要么就在外边吃。”

费辛回去也是自己做饭或者外卖，不如就解决了晚饭再回去，便道：“那也不能你请我，我请你吧。”

俞仲夏根本不知道客气怎么写，道：“我想吃火锅。”

费辛拒绝：“太浪费时间了，挑个快的。”

他感觉这年纪的小孩都比较喜欢垃圾食品，便拿主意道：“肯德基麦当劳，选一个。”

俞仲夏："你自己去吧，我一星期要吃七八回，快吃吐了。"

费辛："哦，那我自己去了。"

他以为俞仲夏是以退为进，在讨价还价。他作势要下楼去。

结果俞仲夏道："拜拜，那我自己去吃火锅了。"

他还真朝反方向走了。

肯德基麦当劳在一楼，火锅店在楼上。

费辛："……"

有段时间网上有个孤独等级的表格，一个人看电影是四级孤独，一个人吃火锅是五级孤独。

家里从不开伙，一星期吃七八次快餐，上次晚上不回家也不用和家里大人说，并且也真的没大人找，大人连个电话都不打来问。

这小孩过的什么日子？

俞仲夏上了手扶电梯上行，忍不住又回头想看费老师下楼了没有。

费辛却在他身后，也上了这电梯，离他五六级台阶，正仰头看着他。

俞仲夏心里一乐，转身冲着费老师说："跟来干吗？"

费辛道："我也想吃火锅，不行吗？"

俞仲夏："先说好，我可不让你蹭我的锅。"

费辛："谁说跟你一起了吗？分开坐两桌。"

他俩一前一后进火锅店，不像一起来的。

这家店在当地比较有名，生意蛮火爆。

一位服务员问穿校服的俞仲夏："同学，几位？"

俞仲夏还没开口，另个服务员迎着费辛也问："先生几位？"

费辛："一位。"

服务员："这边请。"

俞仲夏："……"还来真的？费老师怎么出了校门就变这么小心眼？

接待他的服务员又问一遍："同学？你几位啊？"

俞仲夏道："一位！"

谁料服务员却说："小桌现在没位了，拿个号，门口稍等会儿吧。"

俞仲夏怒指费辛："他怎么有位子？是我先进来的。"

服务员："那个……人家都坐下了，抱歉啊，人太多了。"

费辛坐在位子上，拿了片西瓜吃，边吃边说风凉话："啧，谁家孩子这么倒霉啊？”

俞仲夏勃然怒道：“存心气我是吗？”

服务员：“消消气消消气。”

费辛抬头看过来，恍然道：“嚯，原来是我家孩子呀。”

俞仲夏：“……”

他表面郁闷内心欢乐地背着手过去，在费老师桌对面的椅子上坐下。

费辛拿了片西瓜递给他，他接过吃了，听不出是夸还是贬地说了句：“你可真有意思。”

服务员：“……”

有意思吗？啊？你们今晚就会被我写进知乎“你见过哪些奇葩客人”的回答里了。

火锅时间，锅里咕噜咕噜咕噜。

聊起了俞季阳，俞仲夏叹气，像个家长似的说：“家家有本难念的经。”

费辛把暑假里见过俞季阳和万鹏的那段往事讲了，还没说到后面带俞季阳回家处理伤口。

俞仲夏先炸了：“万鹏打他？！你确定打他那个是万鹏？”

费辛：“万鹏也有个孪生兄弟吗？”

俞仲夏：“……”

费辛看他双目圆睁要气坏了，忙道：“你别急别急，这都好几个月前的事了，擦伤了一点，问题不大。”

俞仲夏：“我要把万鹏骨灰都给扬了！”

费辛：“你把校服脱了再说脏话。”

俞仲夏：“他俩谁也没和我说过这事！万鹏还跟我这儿装可怜，俞季阳个缺心眼也不跟我说，准是怕我揍万鹏，早知道我那时候就打死这个缺德玩意儿。”

费辛和万鹏完全不熟悉，只见过几面，开学第一周万鹏就转学走了，两人同住一个小区，也没再有机会遇见过。

听俞仲夏骂万鹏，费辛内心也没什么波动，还觉得他骂得对。

不过俞季阳到底什么情况？怎么总是在挨揍？

俞仲夏道：“我妈整天打他，搞得他不爱说话，越长越像个小女孩。他变声还晚，初中的时候他同学笑话他像女孩，就老有人欺负他，考上一中换了拨同学才好了。我以为万鹏只是把他当小跟班欺负，没想到居然还敢打他……”

费辛几乎以为他要哭了，但他没有，他只是吸了口气，又猛吃了几筷子肉。

分崩离析的家庭背景和不太顺遂的成长历程，对费辛来说，都有点陌生。

他不是太懂，有一点难过。

小孩选择不了父母，也选择不了原生家庭，基本上全看命。

他自己是运气爆棚，俞仲夏和俞季阳就太倒霉了。

他问：“你妈妈为什么总是打他？他应该很乖啊。”

俞仲夏道：“我妈是个疯子。”

费辛：“你爸呢？也不管管你弟弟？”

俞仲夏：“我跟他住一起他都不怎么搭理我，指望他理我弟吗？钱倒是按时打的。”

费辛：“你爸再婚了？”

俞仲夏：“嗯，他老婆很漂亮，人也还行。他俩情投意合，都不喜欢孩子，要是能再早点遇见彼此就好了，就没我妈什么事，也省得把我跟俞季阳生出来。”

费辛：“……”

他不知该说什么，俞仲夏又埋头猛吃。

费辛：“十五，别太悲观。”

俞仲夏却道：“没悲观啊，我相信以后都会好的。俞季阳学习特好，一中理科班年级前三。费老师你也是一中毕业的吧？他这成绩怎么样？”

费辛不动声色地炫起来：“我是我们那届年级第一。”

俞仲夏大惊：“坏了。年纪第一都只配上颍大？我以为我弟清北有谱了呢！”

费辛：“你对颍大有什么误解？我们化学系录取分数和北大差不多好吗？”

俞仲夏：“那也还在颍城。我弟得离开这儿，不能再活在我妈的阴影下。”

费辛：“他这成绩没问题，全国的双一流随便选了。”

俞仲夏：“成。”

费辛：“他有谱了，你自己呢？”

俞仲夏：“我？我现在不就挺好的？没人打没人骂，零花钱够用，我爸最爱面子，不会让我没学上。上个三本民办，触底了也还能出国上个克莱登，我就这么凑合瞎过得了。”

费辛被“惊艳”到了：“你还知道克莱登呢？”

俞仲夏：“看不起谁啊？我俞十五不但有十五个‘前女友’，还真的学富十五车。”

费辛觉得荒唐，道：“你真谈过十五次恋爱？我怎么那么不信。”

俞仲夏渣男发言：“平平无奇恋爱小天才罢了。”

费辛：“你这样不太好，恋爱和婚姻都应该是神圣的事，太草率最后会害人害己。”

俞仲夏：“你想一恋爱就能顺利到底？和你的初恋结婚？想得美，你这就是没恋爱经验的人才会说的话。”

费辛觉得荒谬，道：“打住，不讨论这个，按自己的想法生活就好，底线是别害人。”

俞仲夏：“我可没害过人。”

他不会主动说自己和十五个“前女友”的交往上限是拉拉手而已。

不然人设就要崩了。

他好奇发问：“费老师，你喜欢什么样的女孩？”

费辛：“不知道，没喜欢过。”

俞仲夏：“也没有喜欢的女明星吗？”

费辛：“有……钟楚红。”

俞仲夏：“是谁？没听过。”

费辛：“……”无知！连我“女神”的名字都没听过！

他问：“你又喜欢什么类型的女孩？”

俞仲夏：“我就喜欢大眼睛小个子的萝莉，傻白甜，没谈过恋爱，一逗就脸红，学习好点，心眼好点，对我好点。”

吃完火锅后，两人各回各家。

费辛洗过澡换掉一身火锅味的衣服，就像平常一样，挑灯夜读到十二点，按时睡觉。

俞仲夏则关着自己房间门，戴上耳机，看钟楚红代表作之一《纵横四海》。

周润发年轻的时候竟然这——么帅？

第一次看动态张国荣，这气质绝了。

反派大爷太有派头啦！

老港片的特效真差啊。

音乐倒是还挺好听。

至于费老师的“女神”，也就那样吧，一般般，没有太好看。

费老师审美真的很老派，是个老男人没错了。

（注：以上均为角色言论，不代表作者立场。）

第九章 *Go Solo*
（独自）

第二天，继续期中考试。

俞仲夏还是什么都不会，写了名字随便乱涂了答题卡，就开始抠手、玩文具，还在卷子空白处画小人。

费辛今天找到了让监考不那么无聊的好办法：默背《马克思主义基本原理概论》必备要点。

俞仲夏把小小一张考桌上能玩的东西玩遍了，好无聊。

他抬头看费老师，费老师站在讲台一边，望着做题的学生们，但眼神明显在放空。

在想什么呢？

另一位监考老师在教室后方，搬了把椅子坐后黑板前，偷偷玩起了手机。

这一出手，就是老油条了。

俞仲夏从笔袋里挑了根金属喷漆的笔，拿在手里，来回寻找合适的角度，利用光的折射和反射。

沉浸在知识理论中的费老师，被不明光源晃到了眼睛。

俞仲夏目的一达到，就放下了笔。

费辛：“……”

俞仲夏露齿一笑：嘿嘿，好玩不？

费辛皱眉：你不好好做……你不好好消磨时间，在干什么？

俞仲夏：你跟我玩一会儿吧。

费辛：不玩。

俞仲夏拿起笔：那我继续玩了。

费辛：再来我可要叫人了。

俞仲夏：你倒是叫啊！

他又很嚣张地晃了晃费老师的眼睛。

费辛怒了，不讲情面地出声道：“某些人！别再偷偷搞小动作。”

“某些人”没什么事，俞仲夏本来就厚脸皮。

但这话把正偷偷玩手机的那位监考老师吓得唰一下原地起立。

后两排的学生：“……”

那监考老师看看费辛，又看看窗外，确定没有巡场的校领导，才惊魂未定地缓缓坐下。

费辛：“……”

俞仲夏笑得肩膀直抽抽，还给费老师献上无声鼓掌。

坐在俞仲夏后面目睹了一切的江楚：这、是、什么……情况？

考场上老跟学生玩也不是事。

到了下一场，费辛主动和同场监考老师提出换位置，换他去镇守后方，请那位老师来前面看着。

那位监考老师怀疑他是故意的，来前面当然就不能玩手机了。这位实习老师，你到底是监考还是想替领导监视我？

上午考完，午休时间。

隔壁班体育生相约去吃兰州拉面，杨柯来问俞仲夏去不去。

俞仲夏道：“你们每天不是沙县就是兰拉，能不能换个花样？哪怕吃个鸡公煲呢。”

杨柯说：“沙县和兰拉堂堂餐饮业两大巨头，鸡公煲是哪来的十八线，不要碰瓷我沙和我兰。”

俞仲夏痛斥这种不良风气：“一个贾蓉蓉追星，都把你们班风气给带坏了，看看你说的这是人话吗？鸡公煲怎么你了？有尊重一下我鸡的感受吗？”

杨柯：“班花就是引领班风潮流，这不是很正常吗？哪像你们班，好几个月了连个正经班花都选不出来。”

19 班没有公认的班花，一班艺术生，都觉得自己最好看。

俞仲夏：“那是因为我们班女生都漂亮，不像你们班，矮子里头拔将军。再说了，你们那班花还是我的迷妹呢。”

杨柯顶看不惯他这种做派了，道："我呸你个俞十五，少往自己脸上贴金，我们班花只是眼瞎了几天，现在已经幡然悔悟，改仰慕费老师了，还有你什么事。"

俞仲夏猛然听了个新鲜事，忙问："真的假的？"

杨柯："当然真的，费老师过几天生日，贾蓉蓉这两天废寝忘食地给费老师叠星星呢，早上我还听她同桌说，已经叠六百多个了，说是要叠九百九十九个。"

俞仲夏感觉这女的有点无聊，道："这手段不行。又不是初中生，幼不幼稚。"

杨柯："你怎么知道不行？"

俞仲夏炫耀起来："我跟费老师有多熟，你们都想象不到。"

他和费老师，那可是一块看电影、一起吃火锅、还聊过喜欢什么样女孩的"铁磁"。

事情明摆着，他喜欢傻白甜萝莉，费老师喜欢大气性感御姐。

贾蓉蓉正好是哪个都不沾边。

杨柯他们去吃黄焖鸡了，俞仲夏翻着饿了么App看了会儿，能点的也就老几样，有点后悔拒绝太快，还不如跟他们一起去吃。

俞仲夏戳开费老师微信，他的头像还是玩具总动员里的"叉叉"。

费辛去教务处交完试卷，回了理化办公室，不想出去，点个外卖省时间，吃完还能再看会儿书。

还没点好，俞仲夏又来骚扰他："午饭吃什么？给我抄抄作业。"

费辛回："吃翔。"

俞仲夏："是新鲜的吗？稀的稠的？"

费老师本来就因为这学生在考场上捣乱记仇，故意要恶心他一下，没想到他居然更恶心，自己只得认输了。

费辛："我错了别说了。"

他连发了几个"甘拜下风"的表情包，把那句恶心话刷了上去。

费辛："正在点外卖。"

俞仲夏："快住手！我请你吃鸡公煲吧。"

费辛："不用。"

俞仲夏："那你请我吃鸡公煲吧。"

费辛："不请。"

俞仲夏："海带豆腐金针菇娃娃菜土豆，微辣中辣都行，米饭一碗就够。"

费辛："你能看看我说了什么吗？"

俞仲夏："我瞎了。"

费辛："是我提不动刀了吗 .jpg"。

俞仲夏："还要一瓶可乐，谢谢费老师！"

费辛点了两人份的鸡公煲外卖和一罐可乐。

然后他陷入了短暂的迷茫……发生了什么？

不过午饭总是要吃的。

鸡公煲本质类似火锅，当然是有个伴一起吃要比一个人吃有意思，加菜也能多点几样。

费辛又看了二十分钟书，外卖打电话来。

他发消息给俞仲夏："校门口，写了你名字。"

俞仲夏倒是也听指挥，跑去拿了，提着来了理化办公室。

费辛铺了两张过期的旧报纸在自己桌上，打开外卖盒，掰了两双筷子摆好。

俞仲夏从旁边拖了别人的椅子过来坐下。

他进来看见费辛在看考研政治书了，道："就这么点时间，你还学习啊？"

费老师适时端出鸡汤："时间是海绵里挤出来的水。"

俞仲夏接话："对，少壮不努力，老大去工地。"

费辛："那你还不好好学习？看你这次考试什么都不会。"

俞仲夏："我爸少壮很努力，他生的老大就是我，我有豁免权了。"

费辛："……"

俞仲夏："我弟就没这命，吃饭还老是背单词，跟费老师你差不离。"

费辛："跟你不熟，少套近乎。"

俞仲夏夹起一块鸡，道："不熟你请我吃鸡公煲？"

费辛："是我主动要请你的吗？明明是你臭不要脸……"

他收住话头，感觉自己和俞仲夏这相处模式完全没了师生之道，不是太好。

俞仲夏不说话，右手拿筷子不停吃，左手掏出手机，咔咔咔按几下。

费辛的手机响起转账提示音，俞仲夏把鸡公煲钱转给他了。

费辛哭笑不得道："干什么？我又不是这个意思。"

俞仲夏放下筷子去拿起可乐，忽然骂人："费老师，你才臭不要脸。"

费辛："……"不是吧，这就真生气了？

俞仲夏道："你骂我一句我骂你一句，公平吧？你这表情……不是生气了吧？"

费辛沉默，但那眼神就有点哄小孩的意思：这顿您请了，您才是老大，行不行？

俞仲夏觉得不行，费老师还是端着师长的架子，这不利于一对"铁磁"的感情良性发展。

于是他开嘲讽道："谁花了钱谁就掌握话语权吗？我一个学渣都知道这是不对的，没这道理。"

费辛："那你给讲讲，应该是什么道理？"

俞仲夏跟个逗哏似的："那我讲讲啊？"

费辛还给他捧上了："讲讲、讲讲。"

俞仲夏便给他背了一段思想政治教育理论。

费辛惊了："你？讲这么正经啊？"

俞仲夏："我本来就是个正经人儿……播音课上一天念类似的稿子八百回，这话都是张嘴就来。"

费辛："那怎么政治卷子全空着不写？你这不是很会吗？"

俞仲夏："万一写太好，把我们班主任薛老师惊艳到了，错误地对我寄予厚望，我后边两年不就完了？"

"学渣"的快乐我不懂。费辛提问："能让我吃块鸡吗？都快被你吃完了。"

俞仲夏："又没不让你吃，捂着你嘴了吗？"

他夹了一块鸡，丢进费辛的碗里。

费辛："我自己来自己来。"

俞仲夏皱眉："这好像是我第一次给别人夹菜。"

费辛开玩笑："那我不得赶紧把这块鸡供起来？"

俞仲夏端着碗看他。

他懂了，这是等他礼尚往来，他也夹了一根娃娃菜给俞仲夏。

俞仲夏："哇哦。"

费辛：哇哦？

俞仲夏："我看电视剧里一家人吃饭，老爱这么夹来夹去，可我老觉得假，你们家会那样吗？"

费辛没怎么留心过，道：“有时候会。”

俞仲夏吃那片娃娃菜，还笑两声：“嘿嘿，怪新鲜的。”

也不知道他是说菜新鲜，还是说有人夹菜给他，让他感到新鲜。

费辛道：“以后中午一起吃饭吧。”

他想给这个孤独的小孩一点点陪伴。

俞仲夏却古怪地看他，道：“费老师，你该不会买球鞋太多没钱了，想蹭我饭吧？”

费辛：“……”我就多余心疼你。

下午考完最后一科，晚上不上自习，交了卷，老师还在讲台上整理收来的试卷，底下学生们就开始商量去哪儿玩。

俞仲夏还在第一排，面冲着讲台，坐在自己考桌上，仰头问在整理答题卡的费辛：“哎，你晚上干什么？”

费辛道：“改卷子。”

俞仲夏：“几点能改完？”

费辛：“不知道。想知道你化学能考几分？那不用等改完，46 分。”

考试中他就已经看过俞仲夏答的化学卷。

俞仲夏道：“不是吧，我能考这么高分？你莫驴（耍）我。”

和费辛一起监考的那位老师不教 19 班，但知道这个就是有名的俞仲夏，道：“你怎么跟老师这么说话？”

俞仲夏：“老师，我和费老师，那可不是一般的关系。”

费辛直觉他嘴里吐不出象牙来，道：“住嘴。”

那老师还好奇：“怎么不一般？”

俞仲夏跳下桌，说：“费老师让我住嘴。老师们再见。”

他拿了考试笔袋，走姿“跩跩”的，回最后一排自己的座位去了。

被吊胃口的老师问费辛：“到底怎么不一般？”

费辛敷衍道：“他跟我是远房亲戚。”

坐在第二排的江楚，考了两天试，看了两天哑剧，纳了两天闷，此时听了一耳朵，恍然大悟了。

速报！原来费老师和俞仲夏是远房亲戚？！

转头他就把这事讲给了那个爱给校园墙投稿的闺密。

期中考完了，费辛发现了比监考更难挨的工作：考后改卷子。

全年级上千份试卷密封好，数位任课老师们集中在一起批改，要用一晚上的时间改完，还要再算出分数。

因为明天整个学校就要恢复正常上课秩序，考后第一节课当然是要讲卷子，不然就达不到期中考的目的。

实习老师费辛第一次参与大型改卷活动，刚开始还觉得蛮新鲜，甚至有种自己是生杀大权掌握在手里的“爽文”男主的错觉。

还不到半小时呢，他就疲了。化学题正确答案就一种，易错题犯错的方式也雷同，改来改去改不出什么花，他改半天才改了两百来张卷子上的……一道大题。

这要改到几点去？比背政治题更令人头秃。

四周其他老师都低着头改卷，说话的人很少，只偶尔有哪位老师看到学生太奇葩的错题，会说出来分享一下，大家跟着笑几声，短暂地苦中作乐，然后继续埋头苦改。

喝水要静悄悄，上厕所要跑着去，要节省时间，还不能影响别人。

整个理化办公室里只有笔尖唰唰唰快速划过试卷的声音，枯燥单调，机械乏味。

中途费辛还收到俞仲夏的几次骚扰信息：“？”（译：改完卷了吗？）

“！”（译：回我消息啊！）

“。”（译：哦你忙吧。）

费辛已经能熟练破解这种标点密码，但是真没顾上理他。

到十一点多费辛才下班，回到公寓，洗过澡还是觉得头昏脑涨，他看不动书，倒头睡了。

他当了十几年学生，一直都还算尊敬师长。可是学习好并不等于私下里就不会说老师坏话，他还真情实感讨厌过好几位任课老师。

毕竟哪个行业都有害群之马。

但对教师这职业来说，大众似乎已经失去敬畏之心太久了。

常听人说当了老师以后多半会性情大变，说这话时还常常带着嘲弄，说男教师琐碎，女教师爱说教。

经过实习这段时间的观察，费辛发现，大部分老师从当上老师那一天起，属于自己的时间就会变得越来越少，这是不可规避的职业特性。人长期处在这种私人空间无限趋近狭窄的工作环境里，不发生变化才怪。

要有坚韧不拔的意志力，还要有春蚕到死蜡炬成灰的信念，才能支撑一具血肉之躯长久并快乐地从事这种行业。

费辛：我不行，谢天谢地，我只是来实个习。

期中考试成绩出来，俞仲夏不改“学渣”本色，总成绩全班倒数第八，化学果然一分不多一分不少正好46分。他的其他科目也一片飘红，不及格的居多，语文异军突起拿了120多分，全年级作文4个满分，其中一个就是他。

一起吃午饭的时候，费老师又劝他，语文能考这么好说明资质不差，他还是应该好好学习，别浪费这大好青春。

俞仲夏持相反意见，说：“怎么是浪费青春了？你都没谈过恋爱，怎么不说是浪费青春？”

费辛：“这是两码事。”

俞仲夏：“人无完人，谁还没有个短板不是？你不会谈恋爱，我不会学习，大家半斤八两，我不笑话你，你也甭来diss我。”

打嘴仗，他是专业的。

费辛泄气了，说：“算了，我说不过你……爱谁谁吧。”

俞仲夏：“怎么还赌气了？啧啧，别拉着脸，来笑一个。”

费老师愤然道：“俞十五，你在逗狗吗？你再逗一个试试。”

俞仲夏向来是你强我就更强，逗狗声更响亮：“啧啧啧，啧啧啧啧！”

费老师一筷子夹住他噘起来的鸭子嘴。

他忙用自己的筷子拨开，费老师又来夹。

两人各自挥舞手里的筷子，仿佛两名剑客，激战了几个回合。

俞仲夏这种情况，和别的差生还不太一样。

有的学生不好好学习纯粹就是玩心重，自律性差，阶段性想要奋发图强，但又总是持续性放弃努力。

俞仲夏不是这种。

他对人生没抱什么太大的期望，对未来的畅想就是得过且过，现在对学习不上心，以后横竖不会没有大学可上。

随便拿个文凭，再随便找个工作，就这么随便过一生。

高中都还没毕业，灵魂已经在养老。

费辛说过他几次以后也不说了，有点丧气。

他都说不清楚俞仲夏这算是悲观还算是乐观，整个就一佛系高中生。

教育学生怎么这么难？只教育这一个，他都做不好。

俞仲夏对自己学习不上心是真的，但同时又很挂念俞季阳的成绩。

等高三也期中考完出了成绩，他就马不停蹄去问俞季阳考得好不好。

俞季阳没有立刻回他消息，他就开始紧张。

该不会没考好不好意思回他？是不是升了高三学习跟不上，成绩又掉下去了？

俞仲夏急了："怎么不回？你是不是没考好不敢告诉我？"

过几分钟，俞季阳居然还不回。

俞仲夏调整好心态，又发："那也没事，一次没考好不重要。"

对方依然没回。

俞仲夏开始拉踩别人安慰弟弟："费老师说，他以前在一中念书也发挥失常过，最后高考还是全校第一，你也行的。"

嘿？俞季阳你还活着吗？回你哥消息啊！

过好一会儿，俞季阳"诈尸"："刚才去洗漱了，我考了年级第二。"

俞仲夏一下就快乐了。

俞季阳："你这回考得怎么样？"

俞仲夏："我睡了。"

俞季阳："晚安，比心心。"

俞仲夏："安。"

俞仲夏当然没有睡，他这几天在熬夜搞一个好东西。

眨眼十一月，骤然降温，颍城进了初冬时节。

费辛抹掉二十一岁后面的小数点，正式满了二十二周岁。

生日那天刚好是周五。

早上，费辛戴着毛线帽子和手套，骑着车来上班。

到了校门口，他看到两个迟到的学生，仔细一看，没有俞仲夏。

值班李老师和他打招呼："天这么冷，怎么每天还是来这么早？"

费辛："早点来复习，我也快考试了。"

李老师："也是。费老师，生日快乐。"

费辛："咦？你怎么知道？？？"

李老师对他神秘一笑。

费辛把车停好，上楼，拐弯要进办公室。

藏在那里的俞仲夏猛然跳出来，冲他欢呼："生日快乐！"

费辛毫无防备，吓得"花容失色"，差点从台阶上摔回去。

俞仲夏哈哈大笑，费辛定了定神，抓住他就要暴揍一顿。

他却拿出一个礼盒，嗲声嗲气："费老师，送你个礼物。"

费辛顿时不好意思再下手，接过那礼盒，道："原来是你和李老师说我生日？你又怎么知道的？"

俞仲夏："不告诉你。我上早读去了。"

费辛拿着那礼盒，迫不及待想拆礼物，点头道："去吧。"

俞仲夏跑走了。

费辛打开办公室门，到桌前坐好，正襟危坐，很有仪式感地打开礼盒。

没想到这个生日收到的第一份礼物，竟然来自俞仲夏。

看着是挺没谱一小孩，还挺有心，竟然还留意到他的生日是哪一天。

啪——盒子里弹出来一只凶神恶煞比手掌还大的巨型硅胶蜘蛛。

里面还有张便签卡，上面写着：不会真有人以为能收到生日礼物吧？

旁边还画了个吐舌头的鬼脸。

费辛：对不起，是我想得美。

中午放了学，办公室里没了别人，费辛点了餐还没到，俞仲夏也还没过来。

贾蓉蓉先来了，她在办公室探头探脑看看没人，才大胆进来。

费辛问她："怎么了？"

她从身后把装着999颗星星的玻璃罐拿了出来，脸有一点红，说："费老师，这是给你的。"

费辛："……"

费老师表示：我当时害怕极了。

贾蓉蓉道："费老师，自从那次你告诉我，女孩的心很珍贵……"

费辛打断她的话："你是来送生日祝福的，对吗？"

贾蓉蓉本来就紧张，被他一打断，卡了壳："我……是的，但是……"

费辛："谢谢你。"

他把那罐星星接过去。

贾蓉蓉吸了口气，脸上忍不住浮起微笑。

费辛打开盖子，拿出一颗星星，又把盖子盖好，还给了贾蓉蓉。

贾蓉蓉茫然地接过，疑惑地看费辛。

费辛给她看自己指尖捏着的那颗星星，道："谢谢你的祝福，我会努力做一颗发光发热的星星。"

贾蓉蓉："老师，我是想说……呃……"

她一直是个很聪明很直接的女孩。

费辛："……"

贾蓉蓉："老师，我真的很喜欢你，但和喜欢俞仲夏那种心情完全不一样。"

来吃午饭的俞仲夏在门口听到这句话，来气。

你怎么还要拉踩我？

费老师一个没谈过恋爱的男的，能和我俞十五相提并论吗？这是登月碰瓷。

办公室里两个人又说了几句什么，楼道里有别人说话，害俞仲夏没听清楚。

等能听得清的时候，是费老师在说话。

费辛对贾蓉蓉道："你的人生会如银河一样广阔，到最美的年纪，会遇到最亮的那一颗星星，它独一无二，一定不是我。"

俞仲夏还没听过费辛这么温柔的腔调，对女生态度果然很不一样呢。

贾蓉蓉道："就是你。"

费辛："不是我。"

贾蓉蓉："就是。"

费辛："不是。"

俞仲夏实在听不下去，推门而入，道："是我！是我行了吧！"

费辛："……"

贾蓉蓉羞怒道："你怎么偷听我们说话？！"

俞仲夏三百六十度转了个圈，张开双臂展示自己一米七七的伟岸身躯，说："偷听？我这还不够光明正大？"

贾蓉蓉："……"

俞仲夏道："你快放过费老师吧。"

他成功把贾蓉蓉气跑了。

费辛不知道该怎么评价这件事。

但俞仲夏知道："费老师，你还不谢谢我？"

费辛："行吧，谢谢。这事……千万不要去跟别人讲。"

俞仲夏："你说贾蓉蓉叠星星送给你这事？这恐怕没人不知道，大家早就知道了，我都是听说这事，才知道你要过生日了。"

费辛："……"

这时外卖打电话说到了，费辛起身要去拿，被俞仲夏按着肩按回座椅上："怎么能让寿星去呢？我去我去。"

他跑着去把兰州拉面拿了回来，进门就提意见："你过生日都不能请我吃点好的吗？"

费辛："还知道我过生日？一大早就搞了只大蜘蛛来吓我。"

俞仲夏："知足吧，俞特·帕克送你蜘蛛，别人可没这好命。"

费辛："我谢谢你啊。"

一人一个饭盒，同时打开，俞仲夏面前那碗有香菜，费辛的没有，两人也不用言语，无声地互换了过来。

费辛心里还别扭着，问："贾蓉蓉这事，只有你们学生知道？有没有哪位老师知道？"

俞仲夏："谁那么无聊会去告诉老师啊。老铁，别放在心上，这都是小场面。贾蓉蓉三番两次找我，都没有人当回事，我还是我们这届顶流。你一个空降小透明，谁拿你的事当回事？"

他这纯属胡说八道。

以前他在七中名气大，除了是和万鹏绑定，还因为这边新校区就他们这一届学生。

这学期老校区的高三搬了过来，还来了高一新生，开学这几个月他没惹出过大新闻。

目前"顾北城"基本糊了，也就在高二还有一点点影响力罢了。

反观费老师，他才是七中新晋流量。

从校领导到普通老师，从任教的班级到其他路人学生，都知道高二特长班有位化学老师，高富帅，爱打篮球，颖大高才生，人设要多稳有多稳。

过气顶流俞仲夏酸溜溜地放洗脑包："其实你还没有贾蓉蓉红呢。她是

18班班花，喜欢她的男生还挺多。”

费辛客观地说：“能猜到，她挺漂亮的。”

俞仲夏嘿嘿嘿笑：“那你刚才怎么不同意？正好过生日，生日这天你最大。”

费辛惊诧道：“像话吗？我是老师，她是学生。不是，你们既然都知道，就没一个人觉得这事不对吗？”

俞仲夏更觉惊诧：“这都什么年代了，有哪里不对？看不出你这么封建哪。再说你又不是薛老师那种秃顶糟老头子，如果是薛老师，我们早就报警了好吗？”

费辛皱眉，说：“先说清楚，我可从来没有对贾蓉蓉有过超越师生关系的表达或者暗示。”

俞仲夏：“知道啦，我就是打个比方。”

费辛：“这也不是封建不封建，师生恋是不道德的，特别是从老师的角度，如果和学生谈恋爱，就是师德有亏。”

俞仲夏本来就是随便瞎扯，不明白费老师为什么忽然这么严肃，一时茫然起来，道：“老铁，你有点过了，说这话你是认真的吗？”

费辛：“我当然是认真的，我旗帜鲜明地反对师生恋，特别是中学校园里的师生恋。”

俞仲夏：“……”

他不太能理解，道：“杨过和小龙女，鲁迅和许广平，从文学作品到现实世界，师生恋也不都是坏的。费老师，你太武断了。”

费辛：“杨过小龙女的成长环境和普通人不一样，他们不能算严格意义上的师徒，在不见天日的古墓里相依为命，比起师生关系，更合适的说法应该是披着师徒皮的青梅竹马。

“许广平和鲁迅先生是在师生关系结束后通过书信来往，才建立了感情，而且那时候许广平已经二十多岁，是个有完全行为能力的独立自然人。这两个例子不能当成师生恋来看待。”

俞仲夏：“……”

费辛：“你们年纪还小，可能没有想过，地位不平等，无从谈爱情。学生对老师产生感情很容易理解，但这感情究竟是情爱还是崇拜，学生常常因为弱势而盲目。学生分不清楚，做老师的也分不清楚吗？不做正确引导，还放任这种感情错误蔓延和发展，不是师德有亏是什么？”

俞仲夏：“……”

费辛：“听傻了？怎么不说话？平时话那么多。”

俞仲夏被说服了，难以置信道：“费老师，你忽然好……好像个男人。”

费辛气不打一处来：“我过生日我最大是吗？我想打你，可以不可以？”

俞仲夏头铁得很，道：“来来来，打打打，不打不是中国人。”

费辛在他脑门上猛弹了两下，没留着劲儿，弹得嘣嘣响。

俞仲夏万万没想到，惨叫起来：“我的意思是说你好 man（男人）！铁血好男儿！怎么好赖话都听不出来？”

费辛爽了，笑着摇头：“不听不听，王八念经。”

俞仲夏揉着被弹红的脑门，道：“真不知道我以前是怎么想的，你这脑回路太直了。”

费辛：“我也想知道我是怎么想的，居然都没看出来你是这种人。说的是人话吗？”

俞仲夏：“这算什么。”

费辛：“……”

吃完饭，离下午上课还有段时间，费辛要看书复习。

俞仲夏问：“晚上回家过生日吗？还是和你大学同学一起？”

费辛：“和我爸妈一起，正好周末，我们一家人去泡温泉。”

俞仲夏点头：“不错。我走了，好好学习。”

费辛：“哎……”

俞仲夏：“嘿嘿，还舍不得我呢？”

费辛话到嘴边，换了说法：“把餐盒拿出去扔了。”

俞仲夏：“……”

但他还算听话，拿了外卖垃圾才走。

费辛其实是想问，你是真好意思就拿个整盅蜘蛛打发我啊？

不用送礼物，正正经经说句“生日快乐”总应该的吧。

一天到晚说是“铁磁”？这么塑料花的吗？

下午来了个同城快递。

大学同学一起给费辛订了个翻糖蛋糕和一大束鲜花。

蛋糕一看就不便宜，造型做得妙趣横生，写了化学公式的黑板，个高腿长的费辛小人正在讲课。

费辛从校门口拿了东西回来，其他老师们都赶来围观，还纷纷拍了照。

费辛在班级群里说：“蛋糕和花收到了，谢谢大家，可是怎么给我送学校来了？”

同学们：“送学校你才有面儿啊！”

费辛：“我是说这蛋糕太小，分不过来。”

同学们：“辛辛你学坏了！跟00后学坏了！”

费辛发了五个两百的群红包，同学们蜂拥而上一抢而空。

费辛：“就当是我请客云聚餐了。”

这就是没准备和大家线下聚餐的意思。

同学甲：“周末忙什么？一起吃个饭？”

同学乙：“看电影也行啊，这周有新片。”

同学丙：“来学校打球！”

费辛：“不了，我跟我爸妈约好了出去玩。”

同学乙：“辛辛复习得怎么样了？”

费辛：“还行，下个月就见真章，我上课去了。”

其实下午根本没有化学课。

从上学期期末到现在，费辛没有回过颍城大学，只在暑假里和舍友打过一次篮球，国庆前和在化学物理研究所实习的两个同学约过一次饭，除此以外，他没和其他同学见过面，在班级群里开麦的次数也很少。

他几乎是在逃避与同学们打交道，同学们当然也有所察觉。

同学甲发了句：“辛辛加油！”

马上不少人跟着发：“辛辛加油！”

“加油，看好你！”

“苟富贵！”

“乘风破浪！”

“加油！”

群里的消息刷版一样，刷了足有一分钟才停下来。

费辛：“一起加油，谢谢大家。”

离放学还有半小时，辛丽萍打电话来。

费辛以为是催他，说："还没放学，我放了学就回家，你们收拾好东西等我。"

辛丽萍却说："我跟你爸今天去不了，我们医院有点事。"

费辛陡然紧张道："不是有医闹吧？"

辛丽萍："不是不是。酒店那边的生日餐和客房都订好了，你今天找几个同学跟你一起玩去？明天我和你爸再过去跟你会合。"

费辛听她语速很快，明显是抽空打来电话的，道："别管我了，我找江因缺一起。"

辛丽萍抱歉道："生日快乐，不能陪你过了。"

费辛："快忙去吧，爱你们。"

他给江因缺打电话。

江因缺："咦？找我泡温泉？还开房？啊哈哈哈。"

费辛："别废话，去吗？去的话，下班我回家开车，上你们单位接你去。"

江因缺今晚却有别的安排，道："去！明天来接我！"

费辛："滚吧。"

放了学，他没回公寓，直接坐地铁回家，拿了两天换洗衣服和鞋，开了辛丽萍闲置在家的车，独自出发。

刚从小区出来没多远，他就收到了来自俞仲夏的消息："您有一封新邮件，请及时查收。"

鉴于他没事就发骚扰消息，费辛开着车也不太方便理他，看了一眼就把手机扔一边了。

过了会儿。

俞仲夏："您有一封未读邮件，请及时查收。"

费辛：他微信被盗号了吗？

又过了片刻。

俞仲夏："您的QQ邮箱里！有一封新的未读邮件！快及时查看啊啊啊！"

费辛：看来没被盗号。

等红绿灯的时候，他打开邮箱看了看。

里面有一封俞仲夏给他发的邮件，标题叫《祝费老师22岁生日快乐》，附件是一个音频文件。

绿灯亮，费辛开过这个路口，找了个能停车的地方靠边停了，看俞仲夏到底搞什么东西。

打开的时候，他伸长了手臂，离手机远远的，做好了被吓一跳的心理准备，俞特·帕克没准是又想整蛊他。

音乐声响起来，是费辛很熟悉的一段前奏，他背书复习的时候常当作BGM、英国歌手Tom Rosenthal创作并演唱的*Go Solo*。

现在这首由俞仲夏倾情翻唱。

这是费辛第一次听到俞仲夏唱歌，和他说话时的清亮声音不太一样，他唱歌的发音，有些像朴树或老狼，他原本的声调里，多了几分沉郁和几分腼腆。

他唱的和原唱差别也很大。原唱是位成熟男性，略沧桑地娓娓道来，讲述一个孤独但坚定的成年人的故事。

这首歌被俞仲夏唱来，倒像二十世纪九十年代的校园民谣，沉静之中有着青春的力量。

费辛：怎么回事小老弟，这么深藏不露？

歌曲结束。

纯音乐背景音里，传来俞仲夏的播音腔："'没有旗帜，没有金银彩绸，但全世界的帝王，也不会比你富有。'（出自顾城《给我的尊师安徒生》。）

"费老师，祝你考研顺利，前程似锦，茁壮成长。

"我是俞仲夏，真心祝你二十二岁生日快乐的俞仲夏！"

俞仲夏终于看到邮件被打开了，高兴了，在自己满床的"垃圾"上打了个滚。

十分钟后，费辛问他："泡温泉，去吗？"

俞仲夏从垃圾堆上一跃而起，回复："去！"

费辛："把你家地址发来，我接你去。"

俞仲夏发了定位，问："哪儿的温泉？"

费辛："海边。你问问你家大人行不行，后天才能回来。"

俞仲夏："后年回来都行，没人管我。"

费辛："还是得说一声，不说我就不带你去。"

说是如此说，他已经掉头过去接人了。

到半路上，俞仲夏给他发了张微信对话框的截图，是俞仲夏和"老俞"的对话。

俞仲夏："和朋友去玩，后天回来，可不可？"

老俞："可，注意安全。"

他还转了两千块钱给俞仲夏。

第十章 游乐场

颍城黄金地段，全市最贵的小区之一。

在大门口，费辛接到了俞仲夏。

这是费辛第一次看到他穿私服，也是第一次见他背包，他每天规规矩矩穿校服，上下学也是两手空空。

他矗立在初冬的风里，风吹得他直缩脖子，半张脸躲在土橘色冲锋衣拉高的衣领里，两手揣进衣兜，因为脚冷时不时还蹦两下，纯黑束脚运动裤搭配了匡威高帮小白鞋，肩上随意挎着一个北极狐双肩包。

这身搭得还挺好看。

费辛停车，他隔着车窗，对费辛露一双笑眼，样子开心极了。

费辛给他开副驾车门，他一上来，把衣领拉下去，开口就做作地发嗲："费老师，你对我太好了吧！"

费辛想到他会开心，但没想到这么开心，嫌弃脸说："再这么说话不带你了。"

俞仲夏恢复正常："哦，我好了。"

他把包扔在后座上，看见那里放着费辛的双肩包，也是北极狐牌子的，说："嚯，咱俩撞包了！"

这牌子这几年烂大街，费辛那个是别人送的，一体纯黑色。

俞仲夏这个的配色少见，军绿撞樱粉，背带是亮橙色，很是特别。

费辛踩油门，说："你这个挺好看，没见别人背过这颜色的。"

俞仲夏："我这个是 Acne 合作款，限量的。"

费辛怀疑他在炫富。

俞仲夏："我爸给我买的，他喜欢把我打扮得好看一点。最好是叫人一看我，就能联想到，我有个有钱还时尚的爹。"

费辛："……"

难怪，"老俞"既不问俞仲夏跟什么朋友出去，也不问晚上住哪儿，甚至都不关心去哪儿玩。

但给钱给得利落而大方。

幸好俞仲夏没染上什么奇怪的毛病，还真是谢天谢地。

俞仲夏开心得非同寻常，嘚吧嘚说个不停："我就准备随便打会儿游戏，随便吃个外卖，这周末就混过去了，没想到你会找我玩。

"你爸妈呢？他俩不是也去吗？为什么就你跟我？

"我还没泡过温泉，百度说泡温泉得带耐高温的泳裤，我带了两条普通的行不行？不行就到时候买新的吧！

"咱们晚上要住在温泉酒店吗？我跟你住一间还是我自己单独住一间？我还差几天才到十八，能不能自己开一间啊？

"哎？！我带身份证了吗？！"

他马上翻衣兜，拿出个小卡包来翻，道："带了带了。我还带了几张信用卡，百度说酒店开房要用信用卡付押金的。"

他把卡包里的数张卡展示给费辛看。

听他自说自话了十几分钟，费辛始终没插上一句话。

展示完毕，他把卡包收起来，一脸美滋滋。

费辛感到不可思议，没泡过温泉还是很正常，可是？

他问："俞十五，你从来没住过酒店吗？"

俞仲夏："没有，我从来都没出过门，从小到大都没离开过颖城。"

费辛："……"这？

俞仲夏："没人跟我一起出去玩，上学期本来跟万朋鸟商量，暑假一起出去旅个游，结果出了那事，也没人一起去了。"

费辛："你爸没带你去旅游过吗？"

俞仲夏："没有，我小时候他跑采访，每天忙得要死，没空搭理我；后来我大了点，他也结婚了，忙工作还得陪老婆，更没空搭理我这电灯泡。"

费辛："……"难以评价。

俞仲夏只是随口一讲，还沉浸在要去泡温泉和住酒店的喜悦里，说："嘿嘿，今天真好！没白为你学唱那英文歌，太难学了。"

费辛也跟着他转换话题，道："你是现学的吗？我还以为你本来就会唱，你唱歌很好听。"

俞仲夏难得谦虚："一般般吧，我唱中文歌好听多了。我英语不好，不怎么听英文歌，你要是爱听，我还能即兴唱一唱，结果你整天听这么小众的歌。谢谢你不是真喜欢柴可夫斯基，不然我还得去学交响乐，难为死我了。"

费辛："那你真读过顾城吗？还是百度了那么一句？"

俞仲夏跷起二郎腿，嚣张道："你小看谁？早说了我学富十五车，你别不信。"

出市区，到海边温泉酒店，路程一个多小时，天黑透了他们才抵达目的地。

两人背着各自的北极狐双肩包，前台办入住，上楼找房间。

费辛也没来过这家，是辛丽萍和小姐妹来玩过，两间房也是她提前订好的，豪华房型，自带室内汤池，不用去公共池下饺子。

在前台时，费辛要求把两间大床房中的一间换成了双床房。

到房间放好包，他带俞仲夏先去餐厅吃晚饭。

吃到一半，酒店搞突然惊喜，推了个生日蛋糕出来，几个服务员唱着生日歌，其中一个还不由分说把生日帽给费辛戴上。

动静这么大，餐厅里的客人也都看过来。

费辛猝不及防，"尴尬症"都犯了。

俞仲夏事不关己地看热闹，只管自己咔咔一顿吃。

服务员："弟弟！要和哥哥一起吹蜡烛啊！"

俞仲夏当场僵住。

费辛马上把那尴尬的生日帽摘下给他戴上，慈爱地说："弟弟来，吹。"

两人把蜡烛吹熄，俞仲夏又把生日帽扣在费辛头上。

服务员又过来拍照："再拍几张，看这里看这里。"

费辛体谅人家也是工作，冲着镜头微笑。俞仲夏却趁他不注意，抹了他一脸奶油。

…………

最后两个"奶油精"，既狼狈又很快乐地回房间洗澡。

夜里，他俩泡在房间的汤池里，边泡温泉，边一起打《王者荣耀》。

不知不觉，马上就要到十二点了。

费辛道："该睡觉了，明天再玩。"

还不到俞仲夏想睡觉的时间，但他也没提出反对意见，听话去睡了。

两人在各自的床上躺好，费辛关了灯。

一片黑暗中。

俞仲夏道："费老师，你要是经常过生日就太好了。"

费辛："我不可能总是过生日。"

俞仲夏："是哦……"

费辛："但可以经常陪你玩。"

俞仲夏："真的吗？"

费辛："假的，我忙死了，要考研。"

俞仲夏无趣道："嗯，我知道。"

费辛："等我考完就可以了。"

俞仲夏："考完……就真的陪我玩？"

费辛："也不行，我明年要毕业，要做毕设，写论文，还要准备答辩。"

俞仲夏："那你就别说了吧，简直是在耍我玩。"

费辛："不是生气了吧？"

俞仲夏："我睡着了。"

费辛："没有人能永远陪你玩。"

俞仲夏沉默片刻，说："我知道。"

费辛顿了顿，道："你老是那样，就是要找人陪你玩吗？"

俞仲夏："对啊，不知道为什么总是不长久，我的运气好像不太好。"

他又说："我知道你女神长什么样了，你喜欢的类型跟我不撞车，老铁，起码咱俩不会兄弟变情敌。"

费辛："我女神很美的。你有喜欢的女演员吗？"

俞仲夏想了想，没想出来，道："没有，男演员有。"

费辛："知道了，刘昊然。"

俞仲夏："去年喜欢他，现在最喜欢吴京，我还做过一个梦，我和他是战友……"

他叭叭叭讲了一个玄幻风的梦。

费辛："……"

俞仲夏："想起来了，有喜欢的女的，是个漫画里的人物。"

费辛："……"

俞仲夏："你睡着了？"

费辛："没有，我有点认床。"

俞仲夏："我也有一点，咱俩还真像。"

费辛："不聊了，专心睡。"

过了不到三分钟。

费辛还在回顾俞仲夏说的那个梦，越想越精神。他发现俞仲夏是个很会讲故事的人，短短几句话，细节人设，应有尽有。

俞仲夏打起了轻鼾。

费辛："……"

说好的都认床呢？像个鬼啊像。

早上六点多，费辛醒了，上了个厕所，出来只开了盏台灯，坐在桌边看书。

到了七点半，俞仲夏还没有醒的意思。

费辛想去吃早饭，他到窗边把窗帘拉开一条缝，想看看是什么天气，好决定穿什么衣服。

看了一眼，他吃了一惊，忙去把自动窗帘全打开。

俞仲夏还在梦里打怪，被掀了被子，晕晕乎乎地发起床气："干什么啊？！"

费辛一指窗外："你快看！"

大晴天，阳光洒满了房间。

但这不是重点。

昨晚他们来得太晚，窗外一片漆黑。

现在他们才发现，这是——

无敌海景房！

为了儿子大学毕业前的最后一次生日，辛丽萍女士大出血了。

俞仲夏和费辛一起站在窗前看海。

天高海阔，世界一望无垠，冬季里只有零星几只海鸟飞过，却更像奇妙的寥寥数笔，生动地装点了这幅让人心胸开阔的景致。

费辛播放了俞仲夏翻唱的那首 *Go Solo*。

这首歌非常适合配合着海景一起听。

俞仲夏形容不出此时这过于美好的心情，想了半天才说：“关了关了，咱们两个男的，别搞这么浪漫了吧。”

费辛看看他，满脸遗憾，说：“可惜了，这时候我身边的居然是你。”

俞仲夏：“我都还没嫌弃你嘞！”

费辛心情极好，揉俞仲夏的头毛，说：“我这生日要连过三天，生日我最大，不许顶嘴。”

俞仲夏挣扎：“别来搞我头发！”

费辛胳膊比他长，个子比他高，仗着身体优势欺他，想怎么揉就怎么揉，俞仲夏做的都是无效的挣扎。

闹够了，俞仲夏去洗漱。

费辛在外面给辛丽萍发语音消息：“妈！你是天使坠落凡间！我太爱你了！ mua ！”

俞仲夏边刷牙边想，直男撒娇最为致命，费老师以后要是对女朋友也这么嗲，那就好玩了。

吃过早饭，他俩回房间，面对面坐在海景窗边的桌前。

一个继续看书，一个戴着耳机打游戏。

桌子下面，一边是 42 码的匡威，一边是 45 码的 AJ。

辛丽萍和费文谦稍后就到，等他们到了大家再一起去玩。

俞仲夏这游戏，打着打着就走神了。

他见过辛丽萍，感觉是和费老师一样很好的人。

但人家父母会不会觉得他多余？

人家一家人出来玩，带他算怎么回事？

万一不喜欢他，费老师岂不是很难做？

费老师怎么跟家里人介绍他？就说是一个普通学生？这么大了又不是小孩，有点尴尬。

昨天吹蜡烛的时候，服务员当他是费老师的弟弟。

他抬眼看对面正看书的费辛。

如果费老师真是他哥哥就好了。

考研、上学、毕业乃至以后工作、成家，这些固然都重要，可又哪里有弟弟重要？

像他和俞季阳，这一生都不会因为任何事离开对方。

费辛昨天就已经和父母说过带了个学生来玩，还把这学生的情况向父母做了介绍：离异家庭，爹不疼妈不亲，继母当他是透明人。他弱小无助但乐观。

费辛本人堪称“圣母光辉三千丈”，平素同情弱小，常常热心助人，这当然和家庭环境、父母教育脱不开关系。

费家三口，在这个特质上，不是一家人，进不了一家门。

费文谦和辛丽萍被俞仲夏小同学坎坷的命运召唤起了父性和母爱，决意要让小朋友感受到家一般的氛围，春天般的温暖。

原本商量好的行程是泡温泉、做SPA、吃海鲜，休闲养生吃美食的一个周末。现在队伍中多了个高中生，他们紧急调整了安排。

一行四人从温泉酒店出发，到距离这边三公里多的主题公园游乐场去玩。

去的路上，辛丽萍见俞仲夏一直不说话好似有些害羞，问他：“小夏喜欢游乐场吗？”

俞仲夏在副驾座上一副神游的样子。

开车的费辛：“问你话呢，聋了？”

费文谦马上批评：“你这当老师的怎么跟学生这么说话？”

费辛笑：“对不起我错了，下次还敢。”

勤奋追赶网络文化的费文谦非常敏锐：“这是个新梗吗？”

俞仲夏忽而恍然：“阿姨是在问我？不好意思，我没反应过来，没人这么叫我。”

费辛：“在学校都叫他俞十五，因为他……”

俞仲夏大惊：费老师！可不要乱讲！

费辛：“——因为他学富十五车。”

辛丽萍便也这么叫：“俞十五？还挺可爱，成绩应该不错？”

倒数第八俞仲夏：“呃……这个……我……”

费辛：“他是特长生，学播音主持，专业很好。来，给我爸妈表演一段。”

俞仲夏：“怎么表演？诗朗诵吗？”

费辛提示：“十四是十四。”

俞仲夏懂了，道：“黑化黑灰化肥灰会挥发发灰黑讳为黑灰花会回飞？”

辛丽萍和费文谦：“好厉害！”

俞仲夏："哪里哪里。"

费辛："他唱歌也特好听。方便唱一段吗？"

俞仲夏不是不能唱，但不知道该对长辈唱什么。

辛丽萍以为他不想唱，反过来说费辛："我就最讨厌你这样的大人，孩子会点什么，就非让表演，你自己怎么不表演一个？"

费辛道："我表演就我表演。关注主播不迷路，主播带你上高速，喜欢的亲亲点个分享，么么哒。"

他偏过头冲俞仲夏眨了下眼，开嗓，唱罗大佑的《童年》："池塘边的榕树上，知了在声声叫着夏天……"

显然这是费家常规娱乐项目，没几句，后排的辛丽萍和费文谦也跟着一起轻声唱。

俞仲夏一00后，听是听过这歌，旋律熟，不知道歌词，但被这氛围感染，也跟着一起哼。

"水彩蜡笔和万花筒，画不出天边那一道彩虹……"

"盼望着假期，盼望着明天，盼望长大的童年……"

他长到这么大，昨天是他快乐排行榜上可以排到前五的一天。

今天，是前三。

费辛：但不是我的！我很不快乐！

他没想到俞仲夏竟然疯狂痴迷过山车。冬天人不太多，下来再排队上去只要不到十分钟，来来回回，上上下下，中午吃饭之前，他已经被俞仲夏硬拖着去坐了五六次过山车，要坐吐了。

辛丽萍不玩这些，费文谦陪着她只当逛公园，玩些小型项目，然后就这里拍照那里拍照。

吃饭时四人会合，费辛小脸苍白，委屈巴巴，饭也吃不下。

俞仲夏玩得满头汗，脸也红扑扑，咔咔一顿猛吃，还翻园区地图，说："费老师，等会儿我们去坐跳楼机。"

费辛："你放过我吧嘤嘤嘤。"

俞仲夏："……"

辛丽萍和费文谦："哈哈哈哈哈哈哈。"

费辛："让我爸跟你玩去，他爱玩这些。"

费文谦给老婆拍的照都是死亡角度，一直挨骂，不想拍又不敢说，听了这话瞬间大解放，欢呼："好啊！我爱跳楼机！"

辛丽萍和俞仲夏："……"

费辛当真接棒去给辛丽萍女士拍照片了。

俞仲夏："……"

费文谦："走啊走啊。"

俞仲夏：好尴尬啊……

费文谦和费辛长得很像，稍微矮一点但也过了一米八，头发浓密但有少许白发，比费辛略微胖一点，肌肉感弱一点。

他爱笑，对家人温柔，对外人热情，有中年男性适当的幽默感。

看着他，大概能想到费辛到四十多岁时会是什么样子。

两人去排跳楼机的队。

费文谦："你是不是不常来游乐场玩？"

俞仲夏："只玩过一次，小时候的事了。"

费文谦："费辛来得也少，我和他妈妈工作都很忙，他小时候老怪我们不陪他，长大了才不说了。"

俞仲夏不擅长和长辈交流，绞尽脑汁找话说："费老师应该从小就很乖吧。"

费文谦："不乖，小时候调皮得很，脾气还大，每次挨批评就要离家出走。"

俞仲夏："啊？真走吗？"

费文谦："真走啊，背着书包就走了，在楼道里数个五分钟，再自己回来，然后叉着腰问我跟他妈妈，'你们害怕了吗？'"

两个人都笑起来，前后排队的人都听笑了。

千金易得，跳楼机知音难寻，两个人开开心心坐了三次。

风太大，俞仲夏喉咙哑了，咳嗽起来。

第三次下来后，费文谦就给费辛发消息说，让老婆儿子过来跳楼机这里会合。

然后他到旁边摊位上给俞仲夏买了杯饮料，指了指十几米外的长椅，道："咱俩那边等他们去。"

俞仲夏端着那杯饮料，亦步亦趋跟在费文谦身后。他不像高中生，像一个很小很小的小朋友。

他们坐在那张长椅上，看行人，等家人。

俞仲夏忽而道：“叔叔，刚才费老师怕我丢脸，没说实话，我学习成绩很差。”

费文谦笑道：“才高二，好好学习来得及。绕口令说得真挺好。”

俞仲夏：“费老师是从小就学习很好吗？”

费文谦：“嗯，他吧，是有点完美主义，做什么都想做到最好。”

俞仲夏想了想说：“费老师已经很完美了。”

费文谦：“就是心理素质差一点，太顺遂了，遇到意料之外的挫折，就乱了阵脚。”

俞仲夏咂摸出别的意思来，问：“费老师怎么了？”

费文谦笑着说：“小事。俞十五……俞仲夏，谢谢你啊。”

俞仲夏：“嗯？谢我什么？？？”

费文谦：“准确地说，是谢谢你和你的同学们。费辛去当了老师以后，轻松了很多，是你们帮到他了。你给他的帮助肯定最多，他才喜欢和你玩。”

俞仲夏：“我没做过什么，老是给他捣乱也算吗？”

费文谦：“当然算了。他总是按部就班，像照着说明书过日子，能有什么意思？我看他就缺个老给他捣乱的朋友。”

俞仲夏：“按理说费老师这性格应该朋友很多，我只见过一个江因缺，怎么没见过、也没听过他和其他人玩？”

费文谦：“这个是他的隐私，我不可以告诉你。”

俞仲夏：“那他说他从来没交过女朋友，是真的假的？这不算隐私吧，是他自己说的。”

费文谦：“据我所知是真没有。你有女朋友吗？放心，我不打压早恋。”

俞仲夏：“现在没有。”

费文谦笑了，说：“就是以前有。别怪叔叔多话，生活丰富多彩的同时，还是要提高文化课成绩。上一所好的大学，能让人生的色彩变得更丰富，这个经历是很必要的。”

俞仲夏：“……”

费文谦：“烦我了吧？”

俞仲夏：“不是，没有。”

他对费老师的爸爸有了一种对男性长辈的特殊信任感，说：“我不知道为什么要让人生变得更好，那些‘更好’对我来说好像没什么意义，我想要的东西，已经永远都没办法得到了。”

费文谦：“你想要什么？”

俞仲夏：“我想要个正常的家，正常的爸爸妈妈，想要我弟弟能正常地长大。就算我考上哈佛耶鲁，这些我也还是得不到，没人能把已经失去的人生还给我。”

费文谦：“……”

让费文谦失语的不只是俞仲夏的话，还有他说这话时的态度。

他不是在倾诉自己的苦闷，而是像在讲述一个与自己无关的哲学命题，他没有想要哭泣，甚至没有难过悲伤，只有超出了这个年纪该有的平静。

他不是想要倾诉，他更想要一个解答。

辛丽萍和费辛朝他俩走过来。

俞仲夏这时才又像个孩子，小心又小声地说：“叔叔，这是我的隐私，能别和费老师说吗？”

费文谦：“当然，保证不会和任何人说。”

偏偏费辛听力好得很，道：“不说什么？你俩说悄悄话了吗？”

费文谦随口道：“我在跳楼机上害怕得说脏话了，让小俞一定替我保密。”

再次交换了搭档，费辛把辛丽萍还给费文谦，自己带着俞仲夏走了。

他问俞仲夏：“你跟我爸打什么哑谜？我才不信我爸会说脏话。”

俞仲夏：“是我在跳楼机上吓得尿裤子了，让叔叔别说。”

费辛低头看他裤子。

俞仲夏：“已经风干了！”

费辛：“我怎么这么不信？你们俩是不是说我坏话了？”

俞仲夏：“是啊，说你小时候离家出走。”

费辛惨不忍睹道：“不是吧？老费怎么什么都说？”

俞仲夏：“还说你叉着小腰……”

费辛一把捂住他的嘴巴不让说黑历史：“快给我忘干净，老师给你买糖吃。”

俞仲夏：“唔唔唔唔唔！（我自己有钱！）”

费辛：“知道了，你有的是钱，不稀罕我买，可以可以，那你给我买。”

俞仲夏：“……”这都能听懂？

一直到晚上，看了夜场表演，四个人才回了酒店，各自回房间去，正好泡下温泉解解乏，睡个好觉。

周日上午，四人回市区了。

费文谦开了一辆车，于是费辛还是像来时一样单独载着俞仲夏。

进市区要分道扬镳了，靠边停了车，费家父母和俞仲夏道过别，费辛再送他回家。

再上路，俞仲夏一脸怅然若失。

费辛："以后有时间，再带你一起去玩。"

俞仲夏倒是很想相信这话能成真，可是又清楚这应该实现不了。

他说："费老师，等你实习完了，我们恐怕就没机会见面了。"

费辛笑道："都在颍城，怎么会没机会？"

俞仲夏心说，都在颍城，俞季阳已经快两年没见过他们爸爸了。

费辛道："不过，等我去了北京上学，就只有寒暑假才会回来，一直不见面的话，我迟早忘了还有你这号人。"

俞仲夏："你用不用这么冷酷无情啊？"

费辛："但如果你也考去北京上大学，就可以经常去烦我，我想忘也忘不了你。"

俞仲夏："哼——在这儿藏着话呢，大教育家。"

费辛："哼，不想跟我玩就算了，你爱学习不学习，懒得管你。"

俞仲夏：真的可以？真的吗？

晚上，俞明和林筱回到家，俞仲夏在客厅那头的公共阳台上，晾刚洗好的衣服。

这对夫妻大概是有了什么开心的事，林筱破天荒地主动和俞仲夏说话："回来了？是去哪儿玩了？"

俞仲夏："海边，游乐场。"

林筱："天冷了，出门多穿衣服，别让风把脸吹了，播音专业要看脸的，有红血丝可就麻烦了。"

俞仲夏："哦，谢谢阿姨。"

林筱又看看他。家里供暖了，温度比较高，他穿了身蜘蛛侠图案的单薄睡衣，稍微有点贴身，倒是显得身形极为挺拔，腰细腿长，乌发黑眼，唇红齿白，好一个英俊少年郎。

林筱："仲夏，我给你拍张照？拿去给台里少儿节目的编导看看，要是有合适机会，能让你去锻炼锻炼。"

俞仲夏："……"您被谁"魂穿"了吧？

俞明笑说："还愣着干什么？过来拍照啊。"

俞仲夏在家里不爱说话，和俞明夫妻俩各过各的，很少被提到，不怎么愿意让林筱拍他。

但寄人篱下，他还没少花人家老公的钱，也不想惹别人不开心，就还是过来，配合着拍了几张。

等林筱回了房间，俞明才说："晚上饭局，碰见暑假里教你的播音老师，姓汪那位。老师夸你了，说你声音和外形条件都很优秀，就是爱玩不专心，让你再努力点。"

俞仲夏："嗯。"难怪了，原来是不小心给你们长脸了。

俞明："学这专业得多说话，外向点好，别学得跟俞季阳似的，闷不吭声，没点朝气。"

俞仲夏心想，你多久没见过他了，凭什么说他？俞仲夏道："阳阳现在比以前外向多了。"

俞明大约说完也觉得提这茬没意思，便跳过，问："出去玩请同学吃饭了吗？还有钱没有？"

俞仲夏是和费老师一家人出去的，别人不让他小孩花钱，他蹭温泉、蹭游乐场还蹭了两顿海鲜，理直气壮道："没请，没花钱，我们关系好。"

俞明："亲兄弟也要明算账，要么下回请回来，要么就AA，别占别人便宜。人际交往要有界限，忌讳交浅言深，金钱往来也不能糊里糊涂。"

俞仲夏："……"

俞明："听见了没有？"

俞仲夏："听见了。"

俞明的11月父亲任务，完成。

他说："早点睡，别老熬夜打游戏。"

俞仲夏"大"字形躺在床上，想象自己是只京燕风筝，一顿乱飞。

下午回到家，他忽然心血来潮，把床上给收拾了——

其实就是把床上的"垃圾"全都挪到了飘窗上。

床上空空荡荡，就只有他自己和被子，他还挺不习惯。

杂乱拥挤的空间，让他更有安全感。

俞明每次“教育”他，他通常都左耳朵进右耳朵出。他很清楚他这爸就是例行做任务，说话不过脑子，基本都是胡说八道，想到哪句就说哪句。

今天略有不同，他爸的话略扎他的心。

和人交往要有界限，不可以交浅言深，更不可以糊里糊涂。

他和费老师是师生，也是朋友。他喜欢和费老师玩，也喜欢上了费老师的家人。

但费老师是费老师，他是他。

费老师和家人，只是与他萍水相逢。

等费老师实习结束走了，他们就再无交集。

费老师想撺掇他好好学习，说只要他也考去北京，就可以继续去“烦”费老师，可以继续做朋友。

当时当刻，俞仲夏确实是动摇了。

可是……

就算去了北京上大学又怎么样？费老师可以再陪他玩三两年，以后呢？

费老师还是费老师，他还是他。

那个梦幻一般美好的家庭不是他的，他也变不成费老师的家人。

费老师终究不是俞特·帕克的梅叔叔。

周一早上。

俞仲夏迟到了。

今天居然是高二 18 班班主任许老师值班抓迟到。

她自国庆病假回来后，整个人大变样。

从前她经常化个淡妆，发型温婉。

刚回来那几天她素面朝天脸色也差，整日披头散发或是随意扎个乱糟糟的揪。

这阵子她又画风大变，忽然剪了个凌厉的短头发，眉毛画得像从凌云峰回宫的嬛嬛一样，口红颜色也很是霸道。

她见是俞仲夏，吊起眉毛怒瞪他：“你知道我会怎么处理迟到的学生吗？”

俞仲夏看看她的嘴唇，说：“许老师，求求了，别吃我，我不好吃。”

许老师没反应过来他是嘲讽她口红涂得过火，像刚吃过小孩儿。

俞仲夏还怕她不懂，贴心道："老师你涂的是迪奥 999 吗？有点拔干，都起皮了。"

许老师："……"

说话间费辛骑着车到了，脚一撑地，他就用责备的口吻说："远远就听见你在这儿废话，还不跟许老师道歉。"

俞仲夏："许老师对不起，我错了。"

许老师抛出黄金句式："你倒是说说，哪儿错了？"

俞仲夏却不按剧本走："我不该诋毁迪奥 999。我重说，999 不拔干，迪奥快给我打钱。"

费辛："……"

许老师绷着嘴唇，拿起本子，重重地记下了俞仲夏的名字。

俞仲夏的名字几乎每天都要出现在校园 LED 屏的迟到黑榜上，他也不太在乎被记名。

进了校门，费辛要去车库停车。

俞仲夏看他车把上挂着麦当劳的袋子，那分量不像一个人的，明知故问："有我的份吗？没吃饭。"

费辛板着脸拐了弯："没有，你饿着吧。"

俞仲夏还跟着他："白老师，你这过分了啊。"

费辛："白老师？？？"

俞仲夏："我哪回买麦当劳不给你带杯麦咖啡？你是不是白眼狼？"

费辛停下，道："俞十五，我要批评你了。"

俞仲夏扁嘴装可怜装嗲："干吗啦……"

费辛："平时你和李老师开玩笑就算了，李老师喜欢你，你开玩笑他也不生气。你刚才对许老师说那话，她生气了你没看出来吗？开玩笑不是单方面地捉弄人，让人感到不愉快就不是开玩笑，是讨人厌。"

俞仲夏鼻子里"哼"一声。

费辛："还不服气是吗？对个女老师，点评人家口红涂得好不好？你别整天拿'直爽'当挡箭牌，仗着年纪小乱说话。"

俞仲夏："女老师怎么了？你是不是歧视我们小男孩？"

费辛斥道："别胡搅蛮缠！"

俞仲夏："再凶我我就不跟你玩了。"

费辛："谁跟你玩了？我是老师，在批评你的不恰当行为。"

俞仲夏："我没有不恰当，她先惹我的。"

许老师现如今脾气炸裂，逮谁骂谁。

俞仲夏这段时间被她点名骂过好几回，有时候是上课打瞌睡做小动作，这纯属他自己活该。

有时候他挨骂就比较冤枉。

比方说期中考后，他作文满分，语文总分 120 分以上，许老师非但没表扬他，还阴阳怪气讽刺他。

俞仲夏："她上课让我罚站，罚站就罚站吧。她让我原地转圈，还跟同学说没事就来转转我，沾沾我的锦鲤运，就都能考高分了。"

费辛："这……"许老师是有点过了。

俞仲夏："'怼'她两句怎么了？她要是个男老师，我对她才没这么客气。"

费辛："你这是吓唬哪个男老师？我都瑟瑟发抖了。"

俞仲夏做作地嘤一声："人家是受不了这委屈。"

费辛："……"

他把给俞仲夏带的那份麦当劳早餐给了俞仲夏，道："等课间再吃。"

"谢谢老师，老师再见。"俞仲夏扒开袋子，边吃边走了。

费辛所在的理化办公室和语文办公室不在一层楼，他平时也接触不到许老师，倒是能看出她和刚开学时的巨大反差。

她刚回来上班那几天，费辛还一度想找她聊一聊，把他做代理班主任那段时间对学生的一些观察向她反映一下。当时认真说起来，他和 18 班学生的熟悉度，比许老师还要更深刻一些。

但许老师不是只对学生冷漠，对同事们也不热情。费辛每次见到她主动打招呼，她都爱理不理。

像刚才在门口，她只冲着俞仲夏开火，从始至终就没搭理费辛。

每个老师管理学生的工作方式不一样，有些老师是爱小小讽刺学生几句，以达到激励学生的目的，可是许老师对俞仲夏的批评讽刺，实在不像是为了达到一个良性目标。

费辛想，或许他应该找赵主任，反映下许老师这个情况。

然而还没等他向赵主任提这件事——

稍后的周一全校教职工例会上，许老师就被学校领导点名批评了。有学生家长投诉，说许老师对学生实施语言暴力，羞辱学生人格。

学校对这种投诉很重视，严格说起来，体罚学生或语言羞辱学生，都是违反《教师资格条例》相关规定的错误行为，如果情节恶劣造成严重后果的话，会被追究法律责任甚至刑事责任。

考虑到具体工作中的具体情况，加上有些家长也是会小题大做，学校只在例会上进行了口头批评，要求许老师有则改之，无则加勉。

许老师全程没有抬头，也没有说话。

散会后回到理化办公室，赵主任没有回来，其他老师难免小小议论起来。

老师甲："听说周末接到投诉，书记直接把电话打给主任，电话里就把他臭骂一顿，说许老师这情况不是一天两天了，怪他怎么一点都没察觉。"

老师乙："赵主任也是够冤枉的，他找许老师谈过好几次了，许老师不买他账，他一个小小主任，能有什么办法？"

老师丙："要我说赵主任也是心软，早点跟学校说这事就好了，现在他跟着一起背锅。"

老师甲："能不心软吗？许老师够倒霉的了。"

老师丁："可是再怎么说，拿学生撒气总是不应该的。"

老师乙："如果那个万鹏没转学走，许老师还有个具体的记恨对象。现在万鹏不在这学校了，她就看所有学生都不顺眼了。不知道哪个学生家长投诉的她，我听说 18 班和 19 班好些学生被她整过。"

老师丙叹气："甭管怎么样，咱们也对学生都客气点，现在学生都是老爷，骂不得打不得，稍有不顺心的就给校领导教育局投诉，遇到投诉谁也没辙，领导就图个息事宁人，谁遇上了就自认倒霉吧。"

老师甲："像许老师这样，太惨了，孩子没了老公就要离婚，离婚还被坑了，只分了套小房子，而且那房子还有三十年房贷。"

办公室里女老师们一片哗然："现在这些男的没个好东西，结婚就为了找个子宫生孩子吗？"

一涉及性别矛盾这么尖锐的话题，费辛和另外两位男老师匆忙退场。

上午最后一节课，办公室里其他老师都没在，费辛在埋头做题。

赵主任进来，见就他自己，道："正好，费老师，我和你聊点事。"

费辛以为他是想问问18班的事，便道："许老师的情况我也只知道一点点。"

赵主任拖了把椅子坐在费辛桌边，道："不是说许老师，是说关于你的事。"

费辛："我？"

赵主任的表情有些难以形容的凝重，他道："18班有个健美操特长生，叫贾蓉蓉，对吧？"

费辛知道是什么事了。

赵主任："也是有家长投诉。"

费辛脑子里有一点乱，道："主任，这我可以解释。"

赵主任却道："你不用解释，我知道这事和你没关系，你绝对不是那种人。"

费辛："谢谢……"

他不知道该说什么才好。

如果赵主任是来追求一个真相，他可以证明自己的所作所为无愧于心。

但赵主任分明不是为了真相而来。

这不是他第一次面对这种情况，所以他很明白，很多时候，真相根本就不重要。

赵主任："早晨例会上，书记本来也要讲这个事，后来考虑到和许老师那事的性质不一样，对你、对学生的影响都不好，所以只跟我说了说，让我私下来找你聊聊。"

费辛："我明白，我之后会和这学生保持距离。"

赵主任："其实，学校的意思，这个……"

费辛："主任，有话就直说，我理解学校做的所有安排。"

赵主任："费辛，本来你就忙着备战考研，时间很紧张，学校想建议你，不如你在这儿的实习，就……"

他还没说完，就见费辛点了点头。

他继续道："就到这里吧。"

费辛道："好。"

赵主任有点看不明白这名实习老师。

他以为这番对话会很激烈，他想好了好几套说辞来安慰这个年轻人。

没想到事情这样简单。

最后他说："你放心，实习报告不会有任何影响，你的评语，我会公平公正地写。”

他起身，拍了拍费辛的肩，说：“费老师，你是个好老师。”

午休时间。

俞仲夏跑来推开门，道：“今天吃什么？哎？你在睡觉吗？”

费辛趴在办公桌上，闻声把脸转到里面去。

俞仲夏不解。

他过去推了推费辛，费辛没理他。

他从费老师身后绕到里面，想看费老师怎么了。

费辛又把脸埋在手臂间。

俞仲夏想了想，钻到桌子底下，脑袋使劲朝上面拱。

费辛还趴在那里不露脸，一手按住俞仲夏毛茸茸的脑袋，说：“别闹。让我静静。”

俞仲夏把脑袋挤在他胸前，奋力想拱上来，问：“你不是在哭吧？”

费辛：“哭你个头。”

费辛被他头发蹭得下巴痒，最后还是直起身来。他脸倒是干的，但眼睛有一点红，整个一“猛男落泪”真人表情包。

俞仲夏跪在桌下，惊讶问道：“辛辛，你怎么了？”

俞仲夏满头问号，先从桌下爬了出来，拍裤子上的灰，问他：“费老师，你是怎么了？”

费辛严肃脸：“没怎么，复习太累了。”

俞仲夏道：“那你别费劲考研了，留在七中当老师不也挺好？”

费辛：“……”

哪壶不开提哪壶。

他不想说是因为贾蓉蓉的问题，他即将要离开七中。

就如赵主任所说，这事传开，对他、对贾蓉蓉都不好。

俞仲夏察觉到他是有事不想说，联想费文谦叔叔说过的话，自动理解成费辛在颍城大学里发生了什么事，善解人意道：“不想说我就不问了，想说的时候随时找我说。你可能还不知道，我俞十五，是有名的好树洞。”

费辛道：“怎么个好法？”

俞仲夏：“跟我说什么小秘密或是负能量，我保证刚听过就忘。”

费辛："……"

俞仲夏也来拍他肩，比赵主任还语重心长："辛辛啊，人生在世，不如意事十常八九，没什么过不去的，你要自己想开点，这比什么都强。"

费辛："你到底几岁啊？陕西来的兵马俑吗？这话听起来像半截身子都入了土。"

俞仲夏："嗐，你就说有道理没有吧。"

费辛："有……吧。"

俞仲夏："那不就结了。你管我几岁呢？孔子还听两小儿辩日，朝闻道夕死可矣，我是十七八还是八十七，都不影响我就是有道理。"

费辛服了俞仲夏，本来那点小小的抑郁也抑不起来了，他道："饿了，吃饭。你想吃什么？"

俞仲夏："出去吃？太冷了，外卖送来都凉透了。"

两个人去学校附近吃"劝君上当一回"。

颖城四季风大，冬天更是如此，还不像别的城市有个明确东南西北的风向，常常是四面八方乱刮一气，360 度无死角立体环绕风。

俞仲夏出来才想起来忘戴帽子，他不想回去拿，少年无畏，洒脱地表示没关系。

等到了砂锅店里，他整个人吹傻了，头发像被电过一样直竖在头顶上。

费辛去窗口点单，要了一个牛肉锅一个排骨锅，叮嘱老板："排骨锅别放香菜，是一点都别放，放了可不给钱。粉条多来点，谢谢您。"

老板是个大姐，在里面忙着煮砂锅，头也没回地用颖城方言开玩笑地说："放香菜不给钱，多给粉条也不加钱，你是来搞贸易战的吗？"

费辛："……"

俞仲夏路上被吹得脸冷，坐在位子上两手搓脸，边搓边哈哈嘲笑费老师。

结果那大姐一回头看见爱吃粉条的正主了，变脸道："嚯，长这么帅啊，那没事了。粉条管够，另给你煮一锅都行。"

俞仲夏："……"

老板倒没有另煮一锅，但粉条巨多，牛肉和排骨都多给了好几块。

俞仲夏道："跟你吃饭真好，什么都有得蹭。"

费辛："少来，杨柯说你买个奶茶里面料都比别人多。"

俞仲夏："这会儿心情变好了？你刚才不会真的哭了吧？"

费辛："没哭，趴久了眼睛红。"

俞仲夏："哭就哭了，有什么不好意思承认？哭又不是女的和小孩的特权。"

费辛强调："真没哭。非得我承认哭了你才满意？"

俞仲夏："没哭就没哭，辛辛别急。"

费辛："谁准你这么叫我了？没大没小。"

俞仲夏："费老师，我跟你说个我一生中最大的秘密。"

这句台词有点熟，费辛接话："知道，你叫俞特•帕特，是个17岁的高中生。以后少提这个，侵权警告。"

俞仲夏："不是这个，是说另外一个。"

费辛："你怎么秘密这么多？"

俞仲夏勾唇一笑，"邪魅狂狷"地说："天选之子就是这样。我这个秘密，就是——"

他把筷子放下，两只手扒着自己的下眼皮，神秘又得意地说："我、不、会、哭。"

费辛："……"

俞仲夏又拿筷子继续吃，边吃边说："是真的，我上次哭到现在得有五六七八年，有时候心想该哭一下，眼泪挤都挤不出来。"

费辛："无泪症吗？那该有炎症啊，可是你眼睛，看着挺正常。"

正常得过了头。

俞仲夏长了双好眼睛，睫毛长，黑眼珠大，眼形天生像做过下眼睑下至术，不搞怪的时候，简直就是双小鹿眼。

他冲费辛眨他水汪汪的大眼睛，说："没有炎症，也没有不舒服，打瞌睡的时候流泪还很正常，就是想哭的时候哭不太出来。"

费辛："这么……奇怪吗？"

俞仲夏："之前有个女生，她说我这是冷面冷心，郎心似铁，天选之顾北城。"

费辛失笑道："胡说八道，还一套一套。"

俞仲夏认真脸："我说的是真的。大概五六七八年前，具体哪年我也忘了，反正还上小学，我弟被我妈打得一身伤，我求我爸把他接来跟我一起住，或者把我换过去，我爸不同意。"

费辛："……"

俞仲夏："那天我哭得可太惨了，可能把泪腺哭坏了，后来再想哭，就哭不出来，只能这样。"

他对费辛做了个咧嘴哭的表情，说："没泪。"

费辛："……"

俞仲夏道："据说流泪能宣泄情绪，提升心情的效果比抗抑郁药还好，遇到不高兴的事，哭一哭就能把委屈排解一大半。"

费辛："那你怎么排解？"

俞仲夏："我不需要排解，也没人让我受委屈。不过有时候我会替我弟委屈，哭不出来还挺难受。"

费辛想：你真的没为自己感到委屈过？

俞仲夏道："其实我就是想跟你说，能哭是福。真哭了也别不好意思，我又不会笑话你。"

费辛："……"你才是大教育家。

他承认道："我哭了一秒钟。"

俞仲夏："……"

费辛："请问你是在憋笑吗？"

俞仲夏抿嘴憋着笑，忙用力摇头。

费辛心说：笑吧笑吧，等下就让你笑不出来。

吃完饭回学校，两人一路狂奔，也不说话，张嘴就要灌一肚子风。

等回了学校，进教学楼，外面冷，楼道里没有人。

走着走着，费辛冷不丁抛出重磅炸弹："我要提前结束实习了，上完这周的课就走。"

俞仲夏当场呆住，费辛又上了好几级台阶，他还站在原处。

费辛心里略微得意，回头俯视他："怎么不走了？"

俞仲夏吃了一惊，但又怀疑费辛是和他开玩笑，心存侥幸地说："不是说要教完这学期？你骗谁啊？"

费辛背着手，做出一副轻松的样子，道："本来是这么说。但是我时间调配不开，担心会影响考研，所以决定提前走。"

俞仲夏明白他是真的要走了，心凉了半截，比刚才被风吹的时候还要更凉，说："你这人……怎么这样？教一半说走就走？还有没有一点责任心了？"

费辛："……"

俞仲夏心说：都要走了，周末为什么不说？还鼓励我要好好学习也考去北京做什么？亏我还认认真真信你，搞了半天就是人之将走，其言也善，当交代遗言？你这大教育家还挺有仪式感。

他感觉自己受骗了，冲费辛道："平时整天说得好听，就会说大道理，你道貌岸然！衣冠禽兽！你这就是看祖国花朵年少无知，就来欺骗我……我们的感情！"

费辛："……"

俞仲夏越想越来气，道："你学习重要，我们学习就不重要？我还以为你真是个好老师，搞了半天，最后还是你自己的事最重要。就顾着复习你自己的功课，随便给我们上上课，跟男生打打篮球，你说说你这仨月都干过什么？"

费辛："……"

俞仲夏：我不是这么想的，我不想你这么快走，我不想你走。

两个人在楼道里，一上一下，离了四五级台阶，彼此的表情都很难看。

费辛道："我本来就不是师范生，从来没想过要当老师，教书不是我的责任。我是考研的学生，分心教书会拖我的后腿，我也没有能力教好你们，我走了以后学校会安排更有经验的老师。请问，我有什么错？"

俞仲夏心想：是是是，你没有错，错的是我行了吧！都是我想太多，都是我把你想得太好。

他有点难过，不想再和费辛说话，大步上了台阶，跑走了。

费辛：气死我了嘤嘤嘤。

他还想能走得开心一点，至少"含笑九泉"。

俞仲夏是怎么做到在小棉袄和熊孩子之间自由切换的？

第十一章 为人师

费老师上完这星期的课，就会离开七中。

这消息不胫而走，18 班和 19 班学生都听说了，是都有点不太舍得费老师，但也就还好。

到了高中，当学生十来年，遇到的每位老师都是匆匆过客，多数高中生早已习惯。

费老师长得再帅，上课再有趣，人再和善友爱，也只是他们青春岁月里的惊鸿一瞥。

他给 18 班当过半个多月代理班主任，18 班学生对他感情更深厚一些。

而 19 班的大家，不过潦潦草草地八卦了一下：费老师要走了！

天哪，真的要走了啊？

说要考研，时间紧张，要考北大呢。

学校要让张老师来教咱们化学。

哪个张老师啊？

就坐费老师对面那个。

哦他啊，他不是教别班生物的吗？

理化生不分家，学校现在也没别的化学老师了。

听说张老师上课还挺好玩的。

——就没了。

俞仲夏：我以为我顾北城没有心，结果你们才没有。

说是还有一星期，其实文科班每个星期也就上三节化学课。

费辛不带个人情绪地把两个班最后的课都上完，文科特长生们也还像平常一样敷衍地学着高考不考的化学。

什么都没发生过，什么也不会发生。

异常之处只有课代表。

18 班化学课代表换了人，是个男生。

19 班课代表撂挑子罢了工。作业都是班长收好来送，下一节课费辛自己拿去教室。

一个星期过得飞快，眨眼到了周五。

下午放了学，俞仲夏在座位上玩手机，想叫俞季阳出来吃个饭。

他同桌已经走了，有个人过来，在同桌位子上坐下，很小声地叫他：“俞仲夏，能帮我个忙吗？”

俞仲夏：“我能帮你什么忙？离我远点儿，别坏我清白。”

他这学期就两个“绯闻”，一个 18 班贾蓉蓉，一个是“小乔”江楚。

贾蓉蓉剃头挑子一头热，后来又跑去烦费老师了，这事就没人当回事。

江楚的事就不一样，那事过后，俞仲夏一夜之间失去了整个高二的女生缘。

江楚小心翼翼，拿出一个信封。

俞仲夏大惊：“你想干什么？”

江楚：“什么啦？这不是给你的，是给费老师的，我不好意思去办公室。你们不是亲戚吗？你替我转交给他好吗？”

俞仲夏：“费老师也不是你们那种人。”

江楚气得两腮发红，道：“什么那种？不是哪种？喂，我可是个堂堂正正男子汉！”

俞仲夏明显不信：“真的吗？”

江楚柳眉倒竖，道：“谁跟你说我们这种人就一定那样？你到底帮不帮我送信啊？”

俞仲夏早就想和费老师和解了，拉不下脸来，也没有什么好机会。

现在他拿着江楚的信，二分勉为其难八分欢欣雀跃，去理化办公室当信鸽。

到理化办公室门口，俞仲夏鬼鬼祟祟朝里面看了看。

费老师不会记仇吧？万一不理他，那他岂不是很丢脸？

费辛的座位上没有人。

俞仲夏："……"

不会已经走了吧？！这命运一般的阴差阳错？！

等下，这么矫情的台词，不合适不合适。

办公室里只有一位正在整理东西的女老师。

他问人家："老师，我们费老师走了吗？"

女老师："没呢，包还在。不知道去哪儿了，可能去卫生间了？"

费辛的单肩包还挂在他座位旁边。

女老师收拾好东西，下班走了。

俞仲夏进到办公室里，坐在了费辛的椅子上。

费辛桌上的东西已经清空了，他应该还把桌子和电脑都擦了一遍，到处都干净得能反光。

这桌子、这位子，俞仲夏太熟了，他有几周每天都来，和费老师一起吃午饭，平时来收作业拿作业，站这桌边和费老师瞎白话几句。

以后这些零碎就都再也没有了。

俞仲夏现在就是后悔，非常后悔。

这星期就不该和费老师闹别扭，明知道费老师都要走了，怎么还不好好珍惜这几天！真是欠得慌，长得这么帅，怎么配了个傻脑子。

听杨柯说，这星期费老师也没去打过篮球，总是说有事，很忙。

就……该不会是想躲着他，不想见他？

可费老师挺爽朗一男的，应该没这么矫情吧。

也难说。俞仲夏平时也挺豪爽一男的，关键时候不也死鸭子嘴硬，舍不得费老师走，还不承认，非要嘴欠几句。

这周他也没去过篮球场，本来就没多喜欢篮球运动，这学期因为费老师常去，他才老是也去凑热闹。

费老师这人，真的很好玩，有趣，人好，对他也一直都很好。

就算以后再没机会常常见面，他也该和费老师好好道个别，而不该因为费老师没按着他的想法待在七中继续教书，就发那种莫名其妙的脾气。

费老师从来不是他的谁，不能因为人家对他好，他就飘成这样，心里一点数都没有。

费辛是去了楼下语文办公室，找 18 班班主任许老师。

昨天的早读时间，他在办公室复习看书，许老师来找他。

他要离职的原因，学校没有公开讲，但老师之间难免听说了一些，许老师是当班主任的，知道得更清楚些。

许老师那天来找费辛，竟然是来开解安慰他，让他万事向前看，体谅学校的难处，也不要记恨学生。

这让费辛很意外。

许老师从师大毕业后就来了七中教书，这几年教学成绩一直都很好，也很讲工作方法，连着当着三年班主任，带的班级从成绩到风貌都很不错。

今年出了意料之外的事，所有人都没想到。她就像连续遭遇几次大型“水逆”，从工作到生活都一落千丈。

现在被学生家长投诉，更是雪上加霜。

在这种情况下，她还来开导来教育界“一轮游”的费辛。

费辛不能不感动，忍不住也反过来劝她：“我真的没把这事太放在心上。许老师你也是，凡事向前看，都会好起来的。平时对学生的教育方式，还是不宜太过激。”

许老师当即就有些羞愧之色，说：“例会上书记点我的名，我当时真的耳朵边嗡了一声，我都不知道我怎么这样了。和学生一对上，就老是会有那种想法，我这么尽心尽力对他们，为什么换来这种结果？一到气头上，我就老觉得，人间不值得，学生不值得，教育不值得。

“等气过去了，我又感到后悔，到下一回还是忍不住。回顾这段时间做的很多事，我都不敢相信是我自己做的。

“可能我就是不小心钻了牛角尖，以前没这么容易上火发脾气，今后我会尽量控制的。”

最后她说：“费老师，谢谢你，我知道其他老师也都这么想，但没人敢和我说，我都好长时间没和人说过这么长的话了。”

费辛道：“其实老师们都能理解你的情况，学生们也都很有同理心，我听他们说过，大家都希望你能好起来。”

他还没有和父母说自己要结束实习的事，怕他们会担心自己。反正这段时间他也不住在家里，等考完试才会搬回去。

他住在公寓这边，每天晚上都会和家里打一通电话，他当晚就和辛丽萍讲了许老师这件事，感慨教育工作者的不容易。

辛丽萍，这位有二十多年从业经验的妇产科大夫，说："我怎么听着觉得，她这情况像是产后情绪病？"

费辛满头问号："产后抑郁吗？可是她没生小孩啊。"

辛丽萍无奈道："你们男生不懂。"

今天费辛来找许老师，略微尴尬地说："是这样，我妈想和你聊点事，方便吗？"

许老师有些茫然。

费辛拨通了辛丽萍的电话，把手机给了许老师，就去办公室外等着了。

这电话打了有十几分钟，许老师才出来，还了他手机，道："谢谢。"

费辛尴尬道："别这么客气。许老师，希望你没怪我多事，更希望我妈的建议能帮到你。"

许老师："怎么会怪你？不过……"

费辛："嗯？"

许老师："费老师，我也要给你提个建议，你总是对别人这么好，很容易给别人，特别是给女生，某种错觉。"

费辛马上道："我绝对没有别的意思，千万别误会。"

许老师笑道："我当然知道，你只是想帮我。我也没有任何多余的想法，这点你放心。我是说……你总是这样的话，可能会惹上很多让你烦恼的桃花运。"

她这纯粹是像个大姐姐对年轻弟弟的友好建议。

毕竟费辛确实就是因为"让人烦恼的桃花运"才不得不离开七中的。

费辛被戳中了心事，忧郁地回楼上拿东西，准备离开这个工作了近三个月的地方。

俞仲夏坐在费老师的办公桌前，那封江楚的信被他转来转去地玩，信封上面布满了他的指纹。

要不要打开偷偷看看这信里写了什么？

贾蓉蓉也鬼鬼祟祟地在门口张望。

俞仲夏不喜欢她，食中二指朝着她一指，孙悟空上身般喝道："呔！哪里来的丑八怪女妖精？又来勾引我师父？"

贾蓉蓉："……"

她从门口小碎步挨进来，小小声问："费老师已经走了吗？"

俞仲夏："上厕所去了。你来跟他道别？来领个爱的号码牌吧，挂号费二十。"

贾蓉蓉："……"

俞仲夏："真爱不一定得花钱，可是不氪金一定不是真爱，你号没了。"

贾蓉蓉："……"

俞仲夏感觉出她表情不对，问："你怎么了？别在这儿哭我可告诉你，敢哭我可真敢打你。"

贾蓉蓉一抿嘴唇，眼泪啪嗒啪嗒掉了下来。

俞仲夏：救命！help！ SOS！快救救我！

贾蓉蓉边哭边道："俞仲夏，我真的很难过，这事没人可以听我说，别人知道一定都会怪我，我很害怕。"

俞仲夏脑洞大开："是你爸……怎么你了吗？"

贾蓉蓉不知道他脑洞歪到哪儿去了，还顺着他说："我爸没怎么我，他……费老师……呜呜呜……"

俞仲夏："什么啊？你爸怎么了？"

贾蓉蓉："……"

俞仲夏脑子里叮一声，懂了。

费辛上来，办公室里同事们都走了，里面却有俩学生。

俞仲夏拿着包纸巾，站在哭哭啼啼的贾蓉蓉边上，一脸生无可恋地抽纸巾递给她。

费辛："你们？"

俞仲夏道："倒霉蛋儿，你回来了。"

费辛："……"

俞仲夏道："贾蓉蓉，你有话快点说吧。"

贾蓉蓉转过来，哭得整张脸通红，她对着费辛鞠躬，道："老师，对不起。"

费辛一下不知道该怎么应对这情况。

俞仲夏道："没关系，费老师不怪你。"

贾蓉蓉直起身："你怎么知道？别抢话。"

俞仲夏："我是费老师官方发言人，我不抢话他就要骂你了，你确定想挨骂吗？”

贾蓉蓉：“老师你骂我吧。”

费辛：“……”

俞仲夏：“贾蓉蓉你个臭傻蛋！臭傻蛋！臭傻蛋！重要的话说三遍。”

费辛：“……”

贾蓉蓉：“我是该骂，可怎么又是你抢话？”

俞仲夏理所当然道：“费老师是斯文人，骂不出口。还听吗？我还有。”

贾蓉蓉把眼泪一抹，仿佛慷慨就义：“好，你再骂我，更狠一点。”

费辛感觉俞仲夏再骂下去就都是消音乱码了，道：“好了，够了。”

他对贾蓉蓉道：“他说得对……”

俞仲夏抢话：“你就是个臭傻蛋。”

贾蓉蓉哭道：“对，我就是！”

费辛：“都闭嘴。”

两个学生都看他。

费辛：“我是说前面那句，俞仲夏说得对。贾蓉蓉，我不怪你，你不用来道歉，真的没关系。”

贾蓉蓉：“老师……”

费辛：“别有心理负担，真的。这事对我没任何影响，而且我复习时间真的很紧张不太够用，这下能回去专心备考了，你这都算是帮我忙了。”

俞仲夏：“……”

贾蓉蓉哪里肯信，又鞠躬道歉：“是我错了，我对不起老师。”

费辛：“你要是真觉得对不起我，就把追星和恋爱的心思收一点回来放在文化课上，别浪费你那么好的专业功底。”

贾蓉蓉是小学就开始练健美操，去年还评上了二级运动员。

她又开始哭，道：“好，老师，我会的。”

费辛：“别开空头支票，你要是没好好学习……”

不对，他不能再继续关注贾蓉蓉。

俞仲夏友情接话：“费老师官方发言人会持之以恒地骂你。”

贾蓉蓉：“费老师，我不会让你失望的。”

俞仲夏：“呵！费老师对你可没任何希望，是你成绩不好你爹没准要再甩锅给他，心里有点数吧你。”

贾蓉蓉抹着眼泪走了。

俞仲夏和费辛对望片刻，俩人一星期没说过话，冷不丁还有点尴尬。

费辛道："你骂女生也太难听了。"

俞仲夏："这难听？都是基本款，当季新款你又不让我说。"

费辛："你来干吗？来找我吗？"

俞仲夏：我主动来找你和解，岂不是很没面子。

他从桌上拿起江楚的信，道："我来送信。"

费辛以为是他写的，有点好笑，说："你嘴不好使了还是手机坏了？给我写什么信？"

俞仲夏："你想太多了，我堂堂作文满分得主会给你写信？除非你付我稿费。"

费辛接过那信拆了一看，是江楚写给他的告别信，洋洋洒洒一大张，一多半是东拼西凑抄的散文，就几句原创，大意就是：舍不得费老师，有事常联系。

费辛把信叠起来，过来拿了包装好。

俞仲夏站边上看他。

他背了包，说："我要走了。"

俞仲夏："哦，走吧。"

费辛："……"

俞仲夏看他欲言又止，心想：费老师也舍不得我吗？

费辛："你还在这儿干吗？你不走我怎么锁门？"

俞仲夏："……"

费老师，无情无义的男子。

两人出来，费辛锁了门。

俞仲夏："你回家吗？"

费辛："回公寓。"

俞仲夏："我也去。"

费辛板着脸看他，道："我请你去了吗？"

俞仲夏道："我想吃你做的饭。"

费辛："凭什么给你做？就凭我道貌岸然，衣冠禽兽？"

俞仲夏："……"

费辛转身下楼，俞仲夏忙跟上他，道："还生气呢？我才几岁，你跟我斤斤计较？”

费辛：“我管你十七八还是八十七，你说得很有道理啊。”

俞仲夏装嗲：“费老师，费辛辛，人家知道错了啦……”

费辛：“别，你没错，你怎么会错？你那么有道理。”

俞仲夏：“贾蓉蓉那么十恶不赦，你都原谅了，我就说你几句，你还真记仇了？”

费辛：“你和贾蓉蓉能一样吗？”

俞仲夏心里“哈哈哈”，嘴上道：“你怎么又搞性别歧视？我告诉你我明天就去变性当女的了。”

费辛：“别扯，我说的是性别吗？”

俞仲夏道：“那你说的是什么？”

费辛：“不想和你说话。”

俞仲夏笑嘻嘻：“我知道了，你不在乎贾蓉蓉，你比较在乎我。”

费辛：“唠……”

俞仲夏不说话了，跟在他身后。

到校门口，费辛转弯进教职工车棚去推车，俞仲夏没跟着了。

费辛以为他走了，骑着车出来，见俞仲夏在门口等他。

费辛：“你还真要去吃饭啊？”

俞仲夏伸手按在他车把上，低了低头，认真道歉：“费老师，对不起。”

费辛也不是真和他计较，笑了说：“没关系，逗你玩呢。”

俞仲夏：“我那天是有点生气才乱说话，周末你跟我在一起玩了两天，一个字也没提你要走，突然来那么一下，我有点蒙了。我心里不是那么想的。”

费辛：“好了，我知道了，别在意。”

俞仲夏抬起眼睛，漆黑的眼珠里有两个费辛的倒影，他最后也没把舍不得费老师走的话说出口。

没必要再说了，他觉得费老师已经懂了。

这是费辛当化学老师的最后一天。

最后看了看这寂寥的校园，他无声地呼了一口气。

俞仲夏：“舍不得了吧？刚才是不是该把贾蓉蓉打一顿？起码出出这口冤枉气。”

费辛："不是说想吃我做的饭？走吧。"

出了校门，俞仲夏去骑了辆共享单车。

两人并排骑着车，去费辛住的公寓。

路上风很大。

费辛戴了毛线帽子和口罩，俞仲夏戴了帽子，把衣领拉高挡着半张脸。

俞仲夏偷偷看了几次费辛。

费辛再也不是七中的老师，再也不是他的老师。

他和费辛没有什么关系了，往后日子一长，分开久了，友情也会越来越淡，费老师真的迟早会忘了还有他这号人。

"费老师，"他说，"我们要是一家人就好了。"

费辛没有听清楚，道："什么？"

费辛权当他胡说八道，说："衣领拉好，嘴巴挡上，少说话，小心灌你一肚子风。"

回到公寓里。

费辛自己在这边住，也不常开伙，冰箱里新鲜蔬菜备货不多，也没有鲜肉，他就把从家里带的干菜收拾了下，凑了几道菜出来。

一盘蚝油双耳小白菜，一份海米粉丝煲，一盘下饭神器西红柿鸡蛋，他还切了一碟熟食卤肉，最后调了酱汁，齐活了。

俞仲夏全程躺在沙发上玩手机，等吃饭的时候，不走心地表扬一句："费老师真贤惠，将来谁嫁给你真有福气。"

他啥也不干，还贼能吃。米饭添了四回，吃完菜甚至还想舔盘子。

费辛蒸米饭的时候想说留一碗明天做炒饭，做的是三人份的饭，最后一粒都没有剩下。

就这俞仲夏还抱怨："怎么的呢？不教我了，就连饭都不让我吃饱了？"

公寓地暖很热，他脱了外套，还把毛衣也脱了，里面穿了件优衣库的黑色短袖UT，胃把T恤肚子那块都要撑圆了，他还说没吃饱。

嘴里说得嫌弃，实则拐弯抹角夸人饭做得好。

费辛暗自窃喜，又觉得有点夸张，说："有这么好吃吗？也就几个家常菜。"

他做饭还行，和很会做的比起来就一般般水平。

俞仲夏："家常菜就是最厉害的！我们家没人会做饭，现在住的这房子搬进去都好几年了，厨房跟刚装修好时一样。"

费辛："你不是还去你妈那边吃饭吗？她做饭也不好吃？"

俞仲夏："饭好吃，人不行，吃不了两口就掐起来了，我去她那儿吃回饭，她回头得买好几个新碗。"

费辛远远见识过一次俞妈的厉害，道："你妈一个人带着你弟弟，生活不太容易，脾气可能就差了点。你们也长大了，试试多和她沟通。"

俞仲夏："她可不是后来才脾气变坏的，我跟我弟小时候她就这样。不过那时候她不打我们俩，她打我爸，整个一悍妇。我爸在她面前毫无还手之力，打了好几年，终于离了。我跟我爸走了，她就开始打我弟。"

费辛："……"

费辛起身："我洗碗去了。"

俞仲夏跟着费辛到厨房水槽前，费辛洗碗，他在旁边捣乱。

费辛抬手作势要打他，说："不帮忙也别在这儿碍事，我现在揍你可不算体罚学生。"

俞仲夏：扎心。

这不是又提起他的伤心事吗？

快快乐乐吃饭，快快乐乐聊天，他都要忘记费老师不回七中的事了。

费辛说罢也想起了这一节，垂眸看着手里在洗的碗。

气氛一时低沉。

俞仲夏道："贾蓉蓉可真烦人，你干吗拦着不让我放开了骂她？"

费辛："她又不是主观故意想要这种结果，现在这样她也不开心，说不定还很害怕。"

俞仲夏："她当然害怕了！要是被其他人知道是她害得你被投诉，谁不想骂她几句？学校也真是的，都不管事情到底怎么回事，只要给家长一个交代。这都什么决定？一点都不公平。"

费辛："学校也没有更好的办法。这不单单是为了给家长一个交代，更是为了保护贾蓉蓉，保护你们所有学生。"

俞仲夏："真相就不重要了吗？只要找个背锅侠？我觉得这样不对。"

费辛："真相重要，公平也重要，只是这世上从没有绝对的公平。师生关系里，老师占据着较高的地位，掌握着较大的权力，两者间本来就不公平。就像鸡蛋和石头发生冲突，人类的道德会很天然地驱使旁观者把同情心和信任度倾向于鸡蛋。我觉得这是人性里闪光的地方。"

俞仲夏："我觉得这就是'你弱你有理'，哪里闪光了？群众有时候就是盲目，同情心泛滥得超乎想象。"

费辛："是不排除有些鸡蛋会利用大众的同情心，但毕竟是少数，再说，法治建设就是为了完善道德规范不到的地方。可是这种偏向弱者的、所谓的'不公平'，本质是为了让整个人类社会更公平。"

俞仲夏觉得他说得也有点道理，想不出怎么反驳，但还是要杠一下，说："去他的道德绑架！我一个普通人，没那么高的道德觉悟，全社会的公平就能来侵害我想要的正义？不行，凭什么？"

费辛："很熟练啊。"

俞仲夏："你在网上会和'杠精'吵架吗？"

费辛："小时候会，现在不会。说服一个网友和我志同道合，这没有任何意义，我又不和'杠精'网友结婚，还不如抓紧时间多做几道题。"

俞仲夏："我就不一样了，我最喜欢跟网友吵架，越吵越精神，我熟练掌握一百零八种抬杠的精妙角度。"

费辛："反正你也不做题，还能顺便提升专业功底。"

最后，俞仲夏问他："你真的不记恨贾蓉蓉，也不怨学校？一点都没有不开心？"

费辛："真的，学校这么处理，也已经是最大程度对我的保护了。如果要说不开心吧，也是有的，才教你到一半，说走就走了……这可能会是我永远都忘不了的遗憾。"

这是俞仲夏前几天指责他的话。

快九点了，俞仲夏还没有走的意思。

费辛也不赶他，刚离职的第一个夜晚，他并没什么心思复习做题。

俞仲夏发现他没要看书，问："咱俩干点什么好？"

费辛："打游戏？"

俞仲夏："我吃撑了，坐不下去。我想出去玩。"

费辛："几点了？这么冷，要出去你自己出去。我不去。"

半小时后，电影院的取票机前，两个人取了票。

爆米花电影，砰砰砰咔咔咔轰隆隆一顿狂轰乱炸。

看完电影出来，十一点。

两人一起上了个洗手间。

费辛道："我给你叫辆车，你直接从这儿回家吧。"

电影院楼下是家火锅店，楼上洗手间里都飘进了锅底的香味。

俞仲夏边尿尿，边眨小鹿眼看费辛，嗲声嗲气："费老师，我饿了，我想吃火锅。"

费辛："你消化这么快？这么晚了不吃东西，要吃你自己吃去。我不去。"

十分钟后，两个人坐在火锅店里点菜。

毛肚点了四盘，鸭肠两份，锅底的血豆腐加了无数次。

费辛喝了 0.3 杯奶茶，俞仲夏干掉 1.7 杯。

十二点二十分。

费辛："打车回家吧，你跟你爸反正各过各的，他也不嫌你回家晚。"

俞仲夏："我不想回家，想去你那儿睡。"

费辛："不让去。"

俞仲夏："辛辛乖，不要破坏今晚的'真香'剧本，好吗？"

凌晨一点。

俞仲夏在浴室里洗澡，边洗还边唱 *Go Solo*。

费辛还没洗，在外面昏昏欲睡地等着轮到他。

当老师的时候，俞仲夏就像个祖宗，学生都是祖宗。

他都不当老师了，俞仲夏竟然还上门来当祖宗。

稍后，俞仲夏光着就出来了。

费辛忍无可忍："你能不能注意一点？"

俞仲夏转过身背对他，学蜡笔小新跳舞。

费辛："……"

俞仲夏很有客人的自觉，上床去睡了，把沙发留给主人。

费辛去洗了澡出来，俞仲夏还没睡，躺在那儿精神地玩手机。

费辛："睡觉，不睡就给你断网了。"

俞仲夏："好的，反正我流量用不完。"

费辛："你不睡就来沙发上玩，让我睡床，这沙发床太短了，我半截腿悬在外面。"

俞仲夏："床这么大，上来一起睡啊。"

费辛就上床去睡了，嫌俞仲夏手机屏幕晃他眼，他还戴了个蒸汽眼罩，小黄鸭图案。

咔嚓。相机声。

费辛没动，警告："偷拍可以，别在网上乱发。"

俞仲夏趴在旁边说："谁拍你？我拍眼罩，淘宝识图，这个太可爱了。"

费辛道："明天发你链接。我睡了。"

他是真的认床，这段时间也没住学校宿舍，他有点不习惯睡觉的时候旁边有别人，半天没睡着，只好耐着性子等自然入睡。

过了不知多久。

俞仲夏小声道："费老师，你睡着了吗？"

费辛不想和他玩，没应他，假装睡得很熟。

俞仲夏："这么快就睡着了？你真没心没肺啊。"

费辛：你才是。

俞仲夏嘀嘀咕咕："想聊几句，睡这么快，年纪大了真是。"

费辛：精神小伙不和你一般见识。

他感觉到俞仲夏坐了起来，像是在旁边看他。

这是要干什么？不是要恶作剧来整蛊他吧？

精神小伙顿时更精神了。

俞仲夏盘着腿坐在边上，冥思苦想，唉声叹气。

今天他能赖着不走，以后也不能老是这样。

费老师迟早要搬回家住，明年还要离开颍城去上学。

有什么合理的缘由，能让他和费老师维持长久而稳定的联系？

就好像他和俞季阳，不会被外力影响。

等下……

他和俞季阳能长久而稳定，是因为他们是兄弟。

那——他给费老师当弟弟不就行了吗？

没有关系就创造关系，认费老师当干哥哥之类的。

费辛戴着眼罩紧紧张张，总觉得俞仲夏要在这黑夜之中忽然制造什么大型恶作剧。

结果后来俞仲夏看了他半天，倒头睡了。

他都还没睡着，俞仲夏先磨起了牙。

这缺钙熊孩子。

早上六点半，他按时醒了，没睡好，打起精神看了会儿书。

正看着，他觉得床的方向有奇怪的气场。

回头一瞧，俞仲夏两眼圆溜溜地看着他，脸上还有几分难以形容的微妙笑容。

费辛一脸莫名其妙。

俞仲夏："你觉得我这人，怎么样？"

费辛怀疑他还没睡醒。

俞仲夏想了想，这一大早在被窝里认亲，着实不合适，还是要有点仪式感。

"没事了。嘿嘿。"他翻个身，继续睡。

费辛一头雾水。

我觉得你怎么样？

我觉得你不正常。

不正常的俞仲夏，一觉睡到日上三竿。

费辛静悄悄吃了早饭，看书做题。他闷在这小公寓里，很想透气，又不好开窗，到十点多，他实在忍无可忍，出门溜达一圈，顺道买了点水果回来。

俞仲夏还在睡，磨牙磨得咯咯响。

费辛洗了盒草莓，边吃边玩了一下手机，在家庭群里问："请问哪位大夫有时间接诊？"

辛丽萍应该在忙，没有动静。

费文谦接单："费大夫在线，哪儿不舒服？"

费辛："孩子睡觉老磨牙，是缺钙吗？"

费文谦："多半是馋的，打一顿就好了。"

费辛："这说的是人话吗.jpg"。

费文谦："哈哈哈哈哈，是不是复习压力太大了？情绪紧张有可能磨牙，再就是这阵天气不好，也可能是呼吸道炎症？喉咙不舒服？"

费辛："不是我，是学生，俞仲夏。"

费文谦一直在"输入中"。

费辛："写什么这么长？语音说也行，我现在方便听。"

费文谦发了一条长长的消息："首先排除是缺钙，小俞发育情况挺好，其次食欲也不错，应该没有蛔虫病。最后他牙齿构型没毛病，很整齐也没蛀牙，这个也不是原因。据我观察，他生活习惯不是太好，常吃垃圾食品，又经常熬夜，年纪虽小，心里装的事不少，精神压力也许比同龄人要大。只是睡觉磨牙的话，情况不严重，调整作息和心态，积极改善生活习惯，培养有益身心的爱好。我都快写了你让我删掉发语音？我非得写完。最后就是，早发现早治疗，磨牙看起来是小毛病，时间久了后果也很严重，轻则口腔疾病，重则朝精神疾病方面发展，要重视起来。”

费辛逐字逐句看完，回：“有这么严重？总觉得你要推荐什么进口特效药了。”

费文谦：“是不是想医闹？告诉你，我办公桌底下有把四十米的长刀。”

费辛：“跪了，谁有刀谁是爸爸，爸爸你开药吧。”

费文谦：“他不是就睡觉磨牙吗？这还不严重，没什么药可开。按我说的，改善作息，调整心情。费老师，平时多照顾小俞一点，只要人人都献出一点爱，没有冷漠就没有伤害。”

上午十一点，俞仲夏终于正式醒了。

窗帘还合着，室内昏暗，费辛只开了一盏台灯，伏在桌前做题。

俞仲夏：“……”

一天以这样的方式开场，有种不太真实的朦胧的美好。

他叫人：“费老师。”

费辛暂停下笔，回头看他，说：“你怎么这么能睡？”

俞仲夏：“青少年就是能睡，和你们老年人不一样。”

费辛：“吃我的饭，睡我的床，刚睁眼就来 diss 我？你是不是人啊？”

俞仲夏：“我不是，我是后——浪。”

他起床洗漱，费辛拉开窗帘开了窗透气，坐桌边继续做题。

俞仲夏出来，看到桌上放着半碗大草莓，就端着碗，边吃草莓边去看费辛做题。

费辛抬头看他，意思是：能不能离我远点？

俞仲夏：“中午吃什么？你做吗？”

费辛：“不做，点外卖。”

俞仲夏：“那我点，你吃什么？”

费辛："都行都可以。"

俞仲夏就端着草莓走开了，到沙发边坐下，吃着草莓点外卖。

吃过午饭，费辛要午睡，昨天没睡好，得补一下觉。

俞仲夏道："那我回家了。"

费辛心想：谢天谢地您终于肯走了。

俞仲夏："我晚上饭点再来。"

费辛："我睡醒了要回家。"这倒不是借口，他每周末都要回家陪陪父母。

俞仲夏有点想问能不能去他家，不太好意思问，眼睛盯着费辛：你就不问问我去不去？快问我快问我。

费辛：不，我不问。

俞仲夏："……"

他只好走了，费辛送他到门口。

门都拉开了，他又暂停住。

费辛一脸莫名。

俞仲夏忽然扭扭捏捏起来，有话想说。

费辛看不懂他这冷不丁的是要干什么，就问了："你又怎么了？"

俞仲夏："那个……就是吧……"

费辛："好好说话，别拿省略号凑字数。"

俞仲夏："费老师，上回你说，要是我好好学习，也考到北京去上大学，你就一直带我玩，还算数吗？"

费辛心说："一直"带你玩？我可没说过"一直"这两个字，这是不是个语言陷阱？

"算数是算数，"费辛本着"一日为师终身为师"的原则，说，"但不是北京随便哪所学校都行，必须是播音主持专业最好的那几所学校。"

俞仲夏："我当然知道！"

费辛："你是要好好学习了吗？我有点不敢相信。"

俞仲夏："别说你了，我都有点不敢相信。"

费辛无语道："那你还说什么？"

俞仲夏："梦想总是要有的，万一我中邪了呢。"

费辛："行吧……"就这？值得扭扭捏捏一场？

俞仲夏却又扭扭捏捏起来，说："我走啦。"

费辛：“拜拜。”

俞仲夏：“拜拜。”

他出去，费辛要关门，他又回头一把推住门不让关。

费辛：“又怎么了？”

俞仲夏：“没怎么，嘿嘿。到时候你就知道了。”

他收手，跑着去坐电梯了。

费辛满头问号，仔细一想，费文谦医生果然很专业。

俞仲夏这磨牙小孩的行为模式，明明就已经开始有点精神方面的问题了。

在七中的时候自己还能陪他吃午饭，没事的时候陪他玩一下，这以后也不在七中，想多对这学生倾注一点关爱，也倾注不着。

事实证明，是他想多了。

这学生会持续不断地主动上门，来求关爱。

第十二章 KPI
（关键绩效指标）

周日下午，他离开家，回公寓这边来，因为明早还要“上班”。

他还是没和父母说他因故结束实习的事，不想让父母再为他担心。今年意料之外的突发状况已经太多，他自己已经想开，消化掉了，没必要再让家里人多为他忧心这一遭。

天气越来越冷，辛丽萍又把车给他开了，这样平时想去哪儿方便一点，不用再顶着冷风骑车或者是去等公交和转地铁。

半路上，俞仲夏发微信消息给他：“费老师，你明天才回公寓吗？”

费辛开着车，瞥了一眼，没回。

手机又一声响，还是俞仲夏：“我爸给我一个 Switch（任天堂游戏机），我不太会玩。”

红灯亮了，费辛回了语音消息：“有游戏卡吗？先买卡。”

俞仲夏也发语音：“有，我买了《舞力全开》。”

费辛：“我在开车，你自己多试几次就会了。”

又一会儿，俞仲夏：“会是会了，一个人跳没意思。”

费辛一直没回复。

俞仲夏寻思他可能在专心开车，无聊地把游戏机扔一边，躺在床上新的“垃圾堆”上玩手机。

忽然有个新的微信好友请求，点开一看，是万鹏的微信号。

夏天他俩因为俞季阳的事闹崩，俞仲夏在微信上怒骂了万鹏上百条，万鹏不胜骂力，把他拉黑了，他一怒之下，把万鹏也拉黑了。

后来勉强算和好了一半，但两人都没提再加回来的事，大约是都等着对方先拉下脸来。

俞仲夏通过了万鹏的好友请求。

万鹏试探问：“十五，你什么时候把我解黑的？”

俞仲夏嘴硬：“我可没这操作，可能微信后台不太安全。把这句话转发到五百个群，你能得到一副银色手镯。”

万鹏：“哈哈哈哈哈哈哈。”

俞仲夏：“周末没回来？”

万鹏：“周末一般都不回去。我妈也来这边了，住校条件不好，她租了个房子陪我住校外，给我做饭。”

俞仲夏：“往后你可都改了吧。”

万鹏：“我成绩比在七中时提高了，期中考了班里前二十，我没在特长班。”

俞仲夏：“七中双雄手牵手，谁先学习谁是狗。”

万鹏：“旺柴 . jpg”。

两人瞎扯了几句日常，聊了聊熟悉的同学，说了说七中有什么变化。

提到了费老师离职，俞仲夏守口如瓶。

他也提到了许老师状态不好，万鹏再一次悔过。

俞仲夏：“我听杨柯说，你现在的生活蛮多姿多彩啊？”

万鹏：“别阴阳怪气，我都想象出来你什么表情了。”

俞仲夏：“你很可以啊。听说是班花？”

万鹏：“没有再继续了，就一个星期。”

俞仲夏：“啊？”

万鹏：“我记得你 12 月 1 号过生日，过几天寄份礼物寄给你。”

俞仲夏：“去年就送我双粉色袜子，我怀疑是你妈给你买的你不想穿才塞给我。”

万鹏：“那袜子真是特意给你买的，我当时在网上算了你的运势，幸运色是粉色，幸运物是袜子，我一腔真心喂了汪汪。”

俞仲夏：“呵呵。”

万鹏：“我错了对不起，过几天就把礼物寄给你，家里方便还是学校方便？”

俞仲夏：“小件寄学校，大件寄家里，别寄顺丰，发三通，会放在菜鸟驿站，我放学回来拿。”

他有点期待万鹏会送他什么礼物，俞明不给他过生日，通常都记不起来，偶尔有一年记起来也是直接给他发了红包。

每年他和俞季阳生日的12月1日，他会去卓云那里，和妈妈、弟弟一起吃饭。

卓云会准备生日礼物，一般是文具或者新衣服，但只有一份，不给他，只给俞季阳。

卓云的说法是："这种东西你也看不上，你爸给你买的比这好多了。"

俞季阳倒是每年都会给他写贺卡，还送过他几个手工小礼物。但俞季阳在他眼里不是别人，那是另一个自己。

万鹏去年送他的粉色袜子，他一直没有穿，万鹏那时问他，他说他讨厌死粉色了。

其实他是没舍得穿。那双袜子是他长大以后，收到的第一份真正意义上的生日礼物。

费辛到公寓后，去找管理员办了租车位的手续，再把车停好，才想起来还没回俞仲夏的消息。

俞仲夏的最后一条消息是说一个人玩《舞力全开》没意思，这话里的意思很明显了。

费辛回他："有时间跟你一起玩。"

俞仲夏秒回："什么时候有时间？"

费辛："有时间的时候就有时间了。"

俞仲夏："比如现在？你在家吗？你跟万鹏住一小区，我知道。"

费辛：不是现在要跑去他家吧？

俞仲夏："但你不请我去我是不会去的，虽然现在糊了但我起码顶流过，要排面的。"

费辛："我没在家，回来了。"

俞仲夏："我去找你！马上出门！"

费辛："我没请你来，你的排面呢？"

俞仲夏："你懂不懂耍大牌是要观众的，你自己住，我耍大牌给谁看？给你看啊？我挖鼻屎你都见过了。"

俞仲夏背着Switch来了。

费辛开门，他"嘿哈"一声，从门外跳了进来。

书桌上的习题册还铺着，费辛正在做题，着实有点发愁。他倒是也想关爱俞仲夏，可每天一起玩也不是个事。

俞仲夏看了看他的书桌，道："你做题，我自己玩一会儿。"

费辛心说：你玩《舞力全开》蹦蹦跳跳，我还怎么做题？

俞仲夏掏出他的游戏包，展开给费辛看，里面有几十张游戏卡。

费辛大怒："我都失业了你还来炫富？"

俞仲夏"嘿嘿"笑："这都是我爸的，他图新鲜买了玩了个遍，现在不想玩了就给我了。"

看那机子的成色，的确是用了几年的样子。

费辛："那你玩吧，我做题要做到六点半。"

他继续做题，俞仲夏在沙发区玩游戏，戴着蓝牙耳机。

两人倒是泾渭分明，互不干扰。

到六点半多一点，费辛收工，伸了伸懒腰，回过头看沙发那边。

哎？人呢？

他椅子后方两步远，俞仲夏冷不丁出声："我在这儿。"

费辛："你在干吗？"

俞仲夏背着手，严肃道："你有没有时间观念？说好六点半，现在已经六点三十七分了。要是正式考试，你都答不完卷子。明明都会做，因为这种事丢了分，冤枉不冤枉？长点心。"

也就是说，一到六点半，他就跑来费辛身后，伸长脖子等了七分钟。

费辛好笑道："谢谢俞老师教诲，我记住了。"

叫了外卖后，两人一起玩游戏机。

俞明是"真·人民币玩家"，解锁的舞蹈曲目浩如烟海，太多费辛没跳过的了。

费辛发现，俞仲夏时不时看看电视右上方挂着的数字时钟。

莫非是晚上还有别的事？

马上就要到七点了。

俞仲夏把手柄一扔："我上个厕所！"然后他就跑进洗手间。

这一曲韩国女团舞，费辛跳得正起劲，见他跑了，满头问号。

七点整。

放在茶几上的手机闹钟响起，是俞仲夏的手机。

费辛高声："你闹钟响了，是有事吗？"

俞仲夏隔着门说："你帮我按了！"

费辛就拿起来，看到了闹钟标签：12 月 1 号我过生日，送我个礼物。

费辛：这？大概就是传说中的逼"氪"？

离 12 月还有半个月，用不用这么早就提醒？

而且费辛想不出该送什么好。

这高中生每个月的零花钱比他的实习工资还多，对物质似乎没太大需求，也看不出来缺什么。

之后几天，闲下来他就全网检索，还发帖提问，送高中男生什么生日礼物最好。

某百家号：送高中男生什么生日礼物最好呢？现在送生日礼物是很普遍的，但是送什么礼物最好呢？这个问题是大家很关心的，下面让小编和大家一起来讨论一下。

高中男生过生日，送什么礼物会让很多朋友感到困扰，但事实是，小编也感到非常困扰。那到底送什么礼物呢？

这就是关于高中男生过生日送礼物的问题了，大家有什么想法，请在评论区告诉小编哦。

某乎：

点赞过千了！人生巅峰！谢谢大家，我会持续更新哒，转载请注明出处！

作为一个贫民窟女孩，这些年来收藏的适合送年轻男生的高档次礼物清单，物美价还廉——

1. 某品牌钱包

[图片]（注：有某网商水印。）

2. 某品牌钢笔

[图片]（注：同上。）

3. 某品牌双肩包

[图片]（注：同上。）

…………

刚开了个公众号，更新一些种草，欢迎大家来关注 [二维码]。

某扑：

1 楼：别问，问就是 AJ。

2 楼：送女朋友。

3 楼：送套房。

4 楼：送辆车。

5 楼：不送个百达翡丽说不过去。

6 楼：带他去做大保健。

…………

费辛对互联网感到了绝望。

不用再去上班，他还是保持着规律的作息，给自己制定了学习时间表，按时按点地完成复习任务。

俞仲夏上课时间也不来打扰费辛，只是到了饭点，就会来骚扰一下，问费老师午饭晚饭吃了什么，说要“抄作业”。

他还说，张老师来教 18 班和 19 班化学，张老师讲课还挺有意思，可是同学课后讨论，都还是更喜欢费老师，因为费老师年轻貌美。特别是第一排同学普遍反映，张老师是个说话狂喷唾沫星子的化学生物“双料喷壶”。

他还说，这几天早上他都没迟到，校门口遇到李老师值班，李老师愧疚地说不该叫他们“迟早组合”，像个“迟早要完”的诅咒，这下真完了，解散单飞，令组合唯一铁粉李老师瞬间感到枯燥的校园生活痛失趣味。

他还说，许老师这周情绪稳定很多，逐渐恢复了早期岁月静好的人设，不再无缘无故发脾气，偶尔还能露出笑脸。其实她长得还挺好看，迪奥 999 拔干不拔干的另说，颜色就不适合她，豆沙色更符合她的温婉气质。

他还说，杨柯他们这几日去打篮球都懒懒散散，想念费老师在的时候那种氛围，还想念费老师请他们喝饮料。现在每次打完为了谁请喝水他们都要开一场辩论会，杨柯因为太抠了，老大的地位岌岌可危摇摇欲坠。

他还说，英语随堂测验，满分 100 分他考了 80 分整，老师课堂上念到他的分数，举班哗然。80 分，惊艳了时光温柔了岁月；80 分，掀开了高中历史的新篇章；80 分，从此俞仲夏站起来了！

费辛：你可真能瞎白话。

好笑之余他也难免些微伤感。

在公寓里复习比在学校办公室复习清净很多，心里也不用装着学生的事，就是做题做着做着，脑子里忽然想起，下节课好像是化学，还没备课……然后他恍然想起再也不用备课了。

感觉过去很久，可掐指一算，离职后也才过去几天而已。

周四晚上，有化学自习。

俞仲夏这几天上课认真听讲，作业也都认真完成。

高中生一旦投入到学习中去，其实是很累的，一天要上好几门总计十几节课，披星戴月早出晚归。

他长期熬夜，生物钟还在调整，晚上不到两点就没睡意，自然缺觉。

自习课上了没几分钟，他趴下睡着了。

睡了没几分钟，梦里走着路被绊了一下，他咯噔一下醒了，一看面前摊开的是化学练习册，心里恍恍惚惚想：嗯？是费老师的课。

他一抬头，讲台上看自习的张老师正在偷偷玩手机。

俞仲夏托着腮，叹了口气。

同桌在偷吃辣条，问：“俞哥怎么了？”

俞仲夏忧郁地说：“曾经有份……失去了才知道珍惜。”

同桌：“啊？你不是在说江楚吧？？？”

俞仲夏：“怎么还提这事？你是不是想挨揍？”

同桌：“你是不是还没听说？江楚挨揍了。”

俞仲夏：“谁揍他了？”

一说八卦同桌来劲了，抽了纸巾把手和嘴擦干净，道：“这件事，那可真是说来话长，风云诡谲，狗血倾洒。”

舞蹈特长生江楚有个“闺密”，就是那个在漫展上拍他 cos 小乔的照片，还爱给校园墙投稿的那位女同学，她是学声乐的。

这女同学前阵子和高三一个学器乐的男生走得很近。

但这女同学和江楚还是整天待一起。两家住得很近，两人每天上学放学一起走，江楚爱打扮还很懂化妆，两个人周末也一起逛街买衣服买彩妆。

那高三男生怒了，今天傍晚课外活动时间，把江楚叫到了操场上。

同桌：“那高三男生是个拉小提琴的，体格跟江楚差不多，单打独斗江楚未必会落下风。但小提琴手带了俩帮手，这下江楚当场被揍了一顿，哭哭啼啼回来了。他闺密很生气，说去找小提琴手讨说法，去了一趟回来就临阵倒戈，表示是自己错了，不该和江楚走这么近。江楚更生气，好的时候你说是高山流水遇知音，现在为个男人要跟我割袍断义。他俩又吵了一架，乱七八糟一出好戏。”

俞仲夏忍不住吃起了辣条，说：“他们音乐界这么乱啊。”

同桌：“谁说不是呢，还是咱们播音界，朗朗乾坤。”

俞仲夏：“啧啧啧。”

他忽然想起来自己的身份，道：“不对啊，高三这拉小提琴的过了吧？江楚再怎么也是和我俞仲夏一个班的，就是要打，一对一也说得过去，带帮手是人干事？欺负人到家门口了，这还得了？”

同桌：“我还以为你金盆洗手了。”

俞仲夏：“我这是大隐隐于市。”

这学期过一多半了，七中一“霸”KPI 一点都没做，来得早不如来得巧。

下了课，俞仲夏叫江楚：“你跟我来。”

江楚眼睛哭得像俩桃子，道：“干什么？”

俞仲夏：“让你来就来，废话那么多。”

江楚委屈巴巴跟着他，一路来到高三艺术特长班的教室门前。

江楚：“……”

俞仲夏敲了敲第一排门边女生的桌子，问：“你们班几个拉小提琴的？”

女生：“一个。”

俞仲夏：“叫他一下，谢谢。”

女生回头叫了，一个男生应声出来，看看俞仲夏，又看看江楚。

俞仲夏问江楚：“就是他打你的？”

江楚：“……”

俞仲夏：“他怎么打你，你照样打回来。”

那男生：“你什么人啊？”

俞仲夏：“你惹不起的人。”

江楚：“算了、算了……”

俞仲夏：“你不动手是等我动手？我打了算谁的？”

男生：“这是我们三个人的纠纷，你个外人别掺和行吗？”

教室里有几个高三男生也上前来，助阵并帮腔：“就是，赶紧走，别在这儿找事。”

他们这是释放高三学长的气势，并拉起私人纠纷的虎皮大旗。

俞仲夏丝毫不惧，举起公平正义的火把：“你还知道是你们仨的纠纷？高三打高二还叫两个帮手一起，有脸啊？”

助阵的局外人们一听，还有这么丢脸的事？这就有点不想管了。

当事人：“这跟你有什么关系？”

俞仲夏：“校园是我家，和谐靠大家。维护正义，人人有责。反对校园暴力，从我做起。你说和我有没有关系？”

众人：“……”

楼道里哗啦啦一阵脚步，杨柯带了半个18班冲了上来，后面还跟着19班好几个男生。他们听说俞仲夏上来替江楚讨场子，怕他吃亏。

高三其他班也听到高二上来找碴的风声，瞬时也涌过来一大批男生。

两边剑拔弩张，怒目相视。

俞仲夏把江楚拉到前面来，说：“我这个人呢，有目共睹，有口皆碑，是很讲道理的。以暴制暴不可取，江楚同学也不想以牙还牙，以血还血，我们上来是想和平解决这件事。”

高三那个小提琴手明显慌了，没想到事情会闹这么大。

反而是另个高三男生说：“你们想怎么样？”

俞仲夏：“给江楚道歉。”

高三一帮人：“就这？”

俞仲夏：“就现在，大声一点，对他道歉。”

高三那群人都看那惹事的小提琴男生，他只好对江楚：“对不起。”

俞仲夏：“说清楚哪里对不起。”

男生：“别太过分。”

俞仲夏：“你以大欺小，以多欺少，说我过分，站得住脚？”

男生又道了一遍歉，说：“我不该以大欺小，不该以多欺少。”

然后他看俞仲夏：“满意了吧？”

俞仲夏：“江楚，满意吗？”

江楚一直胆战心惊怕打起来，听问他，忙用力点头：“可以了，我没有被伤到。”

俞仲夏：“好，那我们就走了。学长们再见。”

高二一群人呼啦一声都下楼走了。

剩下高三的，面面相觑，又纷纷指责拉小提琴那男生：“没事欺负一高二的干什么？人家还长得跟小女孩儿似的。”

高二赵主任和高三年级主任消息滞后了半步，闻声一起赶来，大老远地就嚷：“干什么呢？”

过来一看，嘛事儿没有，“两脸”茫然。

高二理化办公室2号群是个秘密群，没有领导赵主任，不聊公事只聊八卦。

当天有自习课的老师在群里“实况转播”了这件事。

费辛还没退群，刚走就退群显得很无情。管理员大概也是这么想的，没有删掉他。

因此他实时得到了俞仲夏的最新讯息。

《俞仲夏舌战高三，兵不血刃全身而退还吸了一拨高三迷妹》——今日七中头条。

沉寂了几个月的俞仲夏，不但热度恢复，还一举洗白了黑点——以前老校区那边说起这个校霸，就是青面獠牙非主流，暴力骂街爱好者，欺男霸女无恶不作。

但今日一见，这明明就是一位新时代新风貌、三观端正五官更端正、人不犯我我不犯人人若犯我我也要以理服人的模范“小霸王”！

看时间，晚自习放了学，费辛给俞仲夏发了条消息：“听说你今天惹事了？”

俞仲夏：“我有点饿了，吃消夜去？”

费辛回：“刚洗过澡不想出去。”

俞仲夏：“那我找你去，你给我煮面。”

费辛听着窗外大风呼啸，道：“别来，太冷，骑车路上就把你耳朵冻掉。”

俞仲夏：“我打车。”

放学时间很难打到车。

费辛：“算了，我开车接你去吧，五分钟后校门口见。”

学校离得近，他很快就到了，衣服都没换，就在睡衣外面套了件薄羽绒服。

俞仲夏一上车就说：“我今天昨天都吃面了，不想吃面，想吃米饭。”

费辛："这个时间了吃米饭？你别折腾我了吧。"

俞仲夏："那就在外面吃。"

费辛抬膝盖让他看睡裤，道："我穿这样，你让我在外面吃？我不。不想吃面就下车，不伺候了。"

俞仲夏瘪嘴："人家好想吃米饭、吃米饭。"

费辛："你就这样靠嘴赢了高三？他们是被你嗲死的吗？"

俞仲夏："米饭……饭……"

费辛："收！"

俞仲夏退而求其次："炒饭也行。"

费辛在公寓楼下的快餐店里买了一碗米饭，拿上楼正好凉了做炒饭。

俞仲夏边吃炒饭边和费辛讲今晚的后续："高三那帮人被我的正义之光秒杀，这事就完了。回教室以后，那女生自己换了座位。她本来和江楚前后桌，以后恐怕也没脸和江楚再一起玩了。"

费辛："你这样，对这女生不太友好。以后别人怎么看她？"

俞仲夏："她做得出来还怕别人怎么看她？你不会没看出来她是个绿茶吧？"

费辛："别用这种词说女孩子。"

俞仲夏："费老师，你还真是个'直男'。她这明明就是两边都想占着，又想和小提琴学长谈恋爱，又不舍得放弃江楚这个备胎，才高中就这样了，以后上大学、上班，没准是个什么样的。你要离这种女生远一点，懂不懂？"

费辛："……"

他有点疑惑："江楚怎么会是她的备胎？"

俞仲夏："没想到吧？我也奇怪了，问过他。他说你穿衣服好看，皮肤还好，想跟你混熟了，学你的搭配法则，问你怎么护肤……有毛病不是？我跟他说你皮肤好是天生丽质，平时根本不洗脸，衣服也都是乱穿，全靠颜值撑着，其实里边绿袜子红内裤像棵圣诞树。"

费辛："你有毛病不是？为什么诋毁我？"

俞仲夏：你是即将要给我当哥的人，我这是帮你忙啊！

他吃完了饭，端着空碗，去厨房洗了，他的洗碗原则是：一个就他洗，两个他就不想洗，三个及三个以上就别想让他洗。

洗完碗出来，他在茶几对面就地一坐，看着对面沙发上的费辛嘿嘿笑。

费辛："干什么？吃饱了就回家。"

俞仲夏："你还记得12月1号是什么日子吗？"

费辛："《开罗宣言》发表的日子。"

俞仲夏："别装蒜。"

费辛："没忘，还有十来天呢。"

俞仲夏："哪有'来'？就十天。"

费辛："你有什么想要的吗？"

俞仲夏："有！但我现在不能说，等生日当天再说。"

费辛："那我可随便买个礼物打发你了？"

俞仲夏："不用买礼物。你……把你自己准备好就行了。"

说完他感觉有点羞羞的，站起来，拿了外套就跑："我走啦！"

他开门，再砰一声关门，走了。

费辛：什么情况？

周末，他约了江因缺吃晚饭。

俞仲夏无事可做，想来找他，打了个电话过来，听他说晚上约了江因缺，问："你们去哪儿？晚饭要吃什么？"

费辛："他单位附近，他推荐的，好像是广东菜。"

俞仲夏："我也想去。"

费辛："我们要聊正事。"

俞仲夏："我只吃，我不听。"

费辛："抱歉，真的不方便。"

俞仲夏："……"

费辛："……"

他已经尽量使自己的话听起来很冷淡，感应到俞仲夏的失落，他还是没忍住心软，说："下次再带你一起，今晚我们真的有要紧事要谈。"

俞仲夏的声音就像瞬间张开花瓣的花骨朵，道："你们中老年谈事，我还不想旁听呢。我找杨柯他们去玩密室逃脱了。"

费辛："玩去吧，别太晚回家。"

俞仲夏："我晚上想去你那里睡。"

费辛："不行，我要复习。"

俞仲夏："你复习你的，我睡我的，我不打扰你。"

费辛："你……你睡着了磨牙。"

俞仲夏不信："我都十八了还磨牙？你骗谁？"

费辛："我晚上会回去很晚。"

俞仲夏："我也不会很早去。还有，你们晚上吃饭那家广东菜，要是味道还不错，虾饺凤爪什么的小点心，给我打包三两份。"

费辛："行吧……"

当晚，俞仲夏千里迢迢跨越小半个颍城市区，来费辛的公寓借住。

费辛加热了打包回来的粤式点心。

俞仲夏开开心心地日常发嗲："费老师，你对我真好！"

费辛："……"

俞仲夏："你和你同学聊什么事了？"

费辛坐在小黄人豆袋上，道："大人的事，小孩别管。"

俞仲夏："哦，那我不问了。我今天和杨柯他们玩密室逃脱，选了个恐怖模式，吓人程度'杠杠的'，杨柯吓得叫好了几声'妈'。"

费辛心不在焉："嗯……"

俞仲夏："你玩过吗？下次叫你一起。"

费辛："再说吧。"

俞仲夏："你今天怎么了？无精打采的。"

"没事，"费辛说，"复习压力大。"

俞仲夏："别太有压力，大不了明年再考，还能在颍城等我一年。"

费辛："什么叫等你一年？"

俞仲夏："你不是忘了我后年才高考吧？等你明年上学走了，我还要自己在颍城待一年才能去北京找你。"

费辛："……"

他是鼓励俞仲夏好好学习考去北京上大学，到时候能一起做个伴。

但这约定又不是这种意思。

俞仲夏吃完鲍汁凤爪，在那儿挨个嘬手指头，嘬得啧啧响。

他还看着费辛，想跟费辛再聊点什么。

费辛道："你脏不脏？去洗手。"

俞仲夏："我自己的手怎么会脏？又没嘬你的。"

费辛："……"

俞仲夏去洗了手，顺便就刷了牙。

——费辛用电动牙刷，上几回俞仲夏住这儿，没有牙刷，费辛就给他找了个新刷头，用的时候拔下来换上。

两人就凑合着，共用了一把牙刷。

睡前洗了澡，俞仲夏又光着跑出来，堂而皇之走到床边衣柜前，开了抽屉拿干净内裤。

——是他自己网购的，直接寄到了费辛公寓的地址。费辛从楼下驿站拿回来拆开，还以为是辛丽萍给他买的，买小了尺码不说，还不是他的风格。

等俞仲夏隔天来认领，费辛就也顺手放在了自己放内衣的衣柜抽屉里。左边大码的纯色四角裤都是他的，俞仲夏的花里胡哨印花四角裤在左边。

俞仲夏生日那天，是星期一。

生日到来之前的周六，万鹏从隔壁市寄来的礼物到了。他送给俞仲夏一对手机壳，模样倒还行，但是有一点劣质塑料味。

万鹏在网上买回去可能拆都没拆就直接装箱寄了过来，手机壳包装里还有好评返现的卡片。仲夏扫了码到这店铺里一看，手机壳全场买一送一，两个壳加起来一共 32.8 块钱。

俞仲夏改了主意。

他本来给俞季阳准备的生日礼物，是内裤男袜超级大礼包。

既实用，还不会被卓云阴阳怪气说太贵。

俞季阳的内衣袜子一直是卓云买给他穿，袜子是十块钱三双那种，内裤都是最便宜的老头款式，松松垮垮，总是洗得不像样子还在穿。

卓云还拿这点讽刺过俞仲夏，说他从小就不知道钱难赚，不像俞季阳，懂得忆苦思甜，体谅她工作辛苦。

可是俞季阳明明就不喜欢她买的那些，只是不想惹她不高兴。

起初俞仲夏也没有注意到这点。

有一次周末他带俞季阳出去吃好吃的，那家餐厅为了让客人等位不枯燥，等位区有金鱼池，可以钓金鱼。

他是不感兴趣，但俞季阳没问钓到能不能拿回家养，听说能带走以后就很想玩。他就要了根鱼竿看弟弟玩。

有个六七岁的小孩，指着蹲在地上钓鱼的俞季阳，对她的家长说：“那个哥哥裤子破了！”

他是说俞季阳后腰露出来的内裤边，松紧带边上破了个洞。

周围有人笑了几声，一看是对好看的双胞胎兄弟，又多看了几眼。

俞季阳却立马起身把鱼竿还给了人家不玩了，还问他哥能不能换一家。

卓云本着男孩子要穷养的原则，倒也不能说她错，想培养男孩吃苦耐劳不攀比的品质，出发点是好的。

但人终其一生就是活在各种攀比中，只是成年人可以拿来与人比的东西变得更多维，并且学会了不与远超自己的人相比较，心理上可以圆滑地规避“降维打击”。

而十几岁，正是拥有最强烈的虚荣心，最怕被嘲笑外表和衣着的年纪，因为拥有的东西太少，能拿来和人比的只有那么几样。

假使总是在某些方面被同龄人拿来取笑，例如说你胖、说你丑、说你矮、说你脏、说你土、说你娇气、说你家里穷，久而久之，难免会因此自卑，变得格外在意某些形容词。

说者未必有心，听者能记一辈子，很多人穷极一生都未必能摆脱青春期语言伤害所留下的心理影响。

俞仲夏是个抵御外来负面消息能力非常强的人，别人说他什么坏话，他都满不在乎，他一度以为这是他的超能力。

以前年纪还小，他也隐隐嫌弃过俞季阳，觉得俞季阳除了长得像他，哪儿都不如他，比他差远了。

后来他渐渐大了，明白了，他这种消解负面消息的超能力，是俞明赋予他的“钞能力”所带来的副产品。

而俞季阳对恶劣条件的承受力，对卓云坏脾气的容忍力，是磨难中逆水行舟的副产品。

俞仲夏和他“嫌弃”过的俞季阳，是双生，也是共生。

彼此的生活就像一面镜子，映照出另一个世界里的自己在怎么生活，怎么成长。

生日前一天的周日，俞仲夏给费辛打电话，找费老师出来逛街。

费辛在自己的脑补中垂死挣扎，说：“我想复习。”

俞仲夏："整天对着书本也不行，出来换换脑子，我请你吃饭。"

费辛："我什么也不想吃。"

俞仲夏："来嘛来嘛，费老师，我给你买糖吃！"

费辛："不要，我不吃，再见。"

俞仲夏："我想去买个礼物，找不到人一起。"

费辛："给你弟弟买礼物？"

俞仲夏："你给我买生日礼物了吗？"

费辛："你不是说不用买？"

俞仲夏："我说不用你就不买了？你好意思吗？快来，我挑好了你给我买。"

费辛："……"

俞仲夏："喂喂喂？"

费辛心想，这人是不是太贪心了？礼物和人都想要？哪有这么好的事？

两人在商场碰面。

俞仲夏在门口风里拿着两个肯德基的季节限定冰激凌，道："你太慢了吧！"

费辛："你就不能在里面等吗？"

俞仲夏："我怕冰激凌化了！"

男生逛街好单纯，直接上楼逛运动品牌那一层。

俞仲夏稳准快地试了一双新上市的 boost，问："费老师，好看吗？"

费辛真情实感道："好看。"

他又问柜员："这双有 45 码的吗？"

柜员小哥不确定，去找了。

俞仲夏穿着那双新鞋，对着镜子叉腰，道："你要跟我买同款吗？"

费辛："……"

俞仲夏很不喜欢跟别人撞鞋，可是费老师鞋很多，也不去七中上班了，平时轻易也撞不到。

他就很大方地说："别人想跟我穿同款不行，你比较特殊。"

费辛：我不试了行吗？放过我吧。

正好柜员就来说："这款没 45 码的，要试试另外一款吗？差不多，就配色稍微不一样。或者帮你从别处调一双过来？"

俞仲夏在镜子前，叉着腰左左右右观察自己脚上的鞋，听说没有 45 码时顿时大喜，一听能调货又大惊，忙怂恿费辛道：“那个配色也好看，配色不一样也很好！”

费辛：“……”

他冲小哥道：“谢谢，我哪双都不要了。”

小哥微笑点头，又问俞仲夏：“小帅哥呢？觉得脚上的怎么样？”

俞仲夏：“可以，我要了。”

小哥开了票，费辛接过来要去埋单，被俞仲夏劈手抢了过去。

俞仲夏：“不用你买给我，我跟你开玩笑的。”

费辛：“那你不要礼物了？”

俞仲夏：“我疯了让你买这么贵的礼物给我？咱俩还不是……还没那个。这鞋是我送我自己的礼物。”

费辛：哪个？哪个啊？妈！我害怕！

买了鞋，俞仲夏在化妆品那一层，站在指示牌前看了看，然后进了家以护手霜闻名的品牌，买了个护手霜套盒。

费辛：“这给谁的？”

俞仲夏：“嗐，就打发我妈一下，感谢十八年前她没把我塞回去。”

费辛：“给你弟准备了什么？”

俞仲夏：“降噪耳机。”

费辛“仇富”道：“你这消费习惯，以后得做什么工作才能养活你自己？”

俞仲夏胡说八道：“没事，就凭我这颜值，分分钟找个有钱老婆软饭硬吃。”

费辛：“……”

吃饭时间。

费辛问：“你到底想让我送你什么礼物？快说，不说不送了。”

俞仲夏：“随便，都行，不买也行，电话里真是逗你的。”

费辛：“我要是送了礼物，明天就不用陪你过生日了吧？”

俞仲夏：“我本来就没让你陪我过生日啊。”

费辛一脸蒙。

俞仲夏：“我过生日，当然要去我妈那儿吃饭了。不用你给我做生日大餐，你好好跟家复习吧啊。”

费辛：“那你又说过生日要跟我讲什么大事？”

俞仲夏乐了，费老师这么着急给我当哥啊哈哈哈！他本来想，微信里说也一样，既然如此……

“那我明天晚上从我妈那儿出来，再去你那儿找你。”俞仲夏道，“反正离得也不远。”

费辛：你倒是安排得明明白白。

第十三章 行李箱

今年的生日对俞仲夏的意义格外不同，既是他一生一次的成人礼，又是他第一次有所期待。他恍恍惚惚像是等了一万年，12 月 1 号终于姗姗而来。

意料之外的是，他今年居然收到了同学们送的好几份生日礼物。

早上到教室，他的抽屉里出现了第一个包装精美的礼物。

同桌拍手祝贺他成年，说：“俞哥的腿不是腿，是塞纳河畔的春水；俞哥的背不是背，是保加利亚的玫瑰……”

俞仲夏：“住嘴，土死了，播音界的脸让你丢尽了。”

同桌：“生日快乐！”

俞仲夏没事还老捉弄他，其实也是有点不好意思，他拿着那礼盒问：“这……你送我的啊？”

同桌：“当然不是。我不知道你今天生日。”

俞仲夏：“……”

同桌：“江楚刚才来塞你抽屉里的。”

江楚从前排座位那里回头朝俞仲夏笑嘻嘻地、远远地比了个心。

课间操，杨柯在 18 班门口等到俞仲夏，双手奉上了一个礼物。

俞仲夏震惊：“你居然给我准备了礼物？”

杨柯挠头：“鸟哥前几天专门在群里提醒过你周一生日。十五，生日快乐！”

万朋鸟走后他就上位成了大哥，哪儿都好，就是抠门，平时买瓶两块钱的矿泉水都要在班里搞下众筹，因为过于葛朗台而屡屡被小弟们“弹劾”。

俞仲夏感动了，道：“中午我请喝奶茶。”

中午放学后，他正在喜茶小程序里点奶茶外卖。

贾蓉蓉在后门叫他名字，他一回头，这位健美操女生一下扔过来一个东西。

俞仲夏差点被砸到脸，还好眼疾手快接住了，道：“你这女的！是不是嫉妒我盛世美颜？想毁我容吗？”

贾蓉蓉难得不接他的抬杠，说：“生日快乐啊俞仲夏。”

俞仲夏一看手里的东西，竟然是个包好的礼物。

他看看贾蓉蓉，很有绅士腔调地问：“美女，喝奶茶吗？”

晚上九点，俞仲夏在卓云那里吃过饭，在小区门外打了辆车，起步价就能到费辛住的公寓。

他这阵子开始像个学生样，上学放学都背书包，回家也不只打游戏上网，也会看看课本，写写作业。

进了费辛的公寓，他到沙发前把书包口朝下，哗啦一下把包里的东西都倒了出来。

费辛：“你怎么有这么多手机壳？”

俞仲夏：“我也想知道这帮人为什么明明没约好，却偏偏像约好了一样全都送我手机壳。”

加上万鹏送的，他今年生日收到了五个手机壳。

费辛：“可能……别人也想不出送什么你用得上。”

俞仲夏：“费老师，我这是在给你敲警钟，你要是等下也掏出个手机壳送我，我就要闹了。”

费辛抚额，说：“那完了，你闹吧。”

俞仲夏：“不是……真的吧？”

费辛从旁边置物架上拿下来一个有点扁的礼盒。

俞仲夏一看那形状，和白天收到的几个盒子几乎都一样，顿时脑壳痛，不满道：“费老师，你怎么能跟别人高中生一样？虽然我说不用送太贵的，但手机壳是不是太敷衍我了？什么都不送都比送它强。”

费辛道：“你拆开看看，我这个比他们送的都漂亮。”

俞仲夏对手机壳一点兴趣都没有，但还算给面子地拆了。

扁盒子里是个信封，俞仲夏摸了摸，信封里是一张卡片。

“你是给我存了笔钱吗？”他 头雾水道，“费老师，你看我像缺钱吗？”

费辛：“你倒是先看看我，像有钱能给你存的样子吗？”

俞仲夏把信封打开，卡片倒出来。

是一张驾校学员卡。

俞仲夏茫然问：“这什么？”

费辛：“新手司机入学证。恭喜俞十五同学，今天起就 18 岁了，能去考驾照了。我没你身份信息，这卡是空的，学费和手续办好了，等寒假你去驾校上课前，自己带着身份证再录入一下信息就可以。”

俞仲夏：“……”

就算是手机壳，俞仲夏也没任何意见，他今天想要的礼物早就已经想好了，而且他笃定自己能拥有它。

费辛送给他的这份礼物，稳准狠地送到了他的点上，没有男生能拒绝车！没有！

他当然想过成年后要去考驾照这事，但不知道该怎么办手续，也不想求俞明帮他办。

他自小独来独往，和大人打交道的经验很少，要去驾校里缴费办手续这类事，他没有做过，打心眼里有点怵。

这心理和他自己一个人不敢坐高铁或飞机出远门相似，想出去玩但不敢去，就从小到大待在颍城这一个地方。

大人多数是面目可憎的，颍城以外的世界是很危险的，没有人教他，没有人带他，他不敢进入成人构成的社会，也不敢去他不熟悉的地方。

本质上就是他不太敢迈出心理安全区。

他把那卡片翻来覆去看了好几遍才收回信封里，看得出喜欢极了。

这是费辛深思熟虑后才选定的礼物。

他生日时，俞仲夏送他的礼物属于礼轻意重、相当走心的类型，他一个工科生，没艺术生那么会，况且就算他会，现在这情况也不好对俞仲夏施展出来。

球鞋手表钱包之类的，俞仲夏都不缺，永生花毛绒玩具 DIY 巧克力之类的，也不适合送男生。

得送一个俞仲夏用得上的，对 18 岁有一定意义的礼物。

费辛很高兴他会喜欢。

费辛始终认为，人与人的交往，投桃报李是很重要的互动。

纵然今天过后，他与俞仲夏的交情也许会因为一些原因戛然而止，他还是不希望将来回忆起这一段，想起的是他亏欠了俞仲夏。

他打开冰箱，把生日蛋糕拿了出来。小小的一个桃粉色蛋糕，顶上堆满了蜜桃切块，插着面“祝俞十五破壳快乐”的手写小旗子，是他写的字。

俞仲夏受宠若惊道：“怎么还给我准备蛋糕了？”

费辛：“知道你们晚饭肯定吃过蛋糕，我就买了个小点的，走走形式。我记得你喜欢 peach，这是新鲜蜜桃，不是罐头。”

俞仲夏：“没吃，我妈看见我给我弟的耳机，跟我发脾气，把蛋糕摔了。”

费辛：“……”

俞仲夏：“她今天脾气还算好，只是摔了蛋糕，没有动手，已经很好了。”

费辛看看还在沙发上摊开的那一堆手机壳，问：“她和你弟没给你生日礼物吗？”

俞仲夏：“我弟给我写贺卡了，我妈从来不送我礼物，觉得这是我爸该干的事。我爸再过十天半个月会想起来我过生日，会给我发个大红包，到时候我请你去玩……”

他忽然想到什么，兴奋提议道：“费老师！等我放寒假我们出去旅游好吗？我想去南方！想去四川重庆吃火锅，想去上海外滩看看万国建筑群，对了！还想去厦门三亚看看南方的海和颍城有什么不一样。去吗去吗？我请你去啊！”

费辛把蜡烛插上，点着，说：“先吹蜡烛，许个愿，生日流程还是要走一下。”

俞仲夏跪坐在茶几前，两手按着茶几的边，严肃宣布道：“我要许愿了！费老师，你准备好了吗？”

费辛：“……”

他准备的时间已经太久了，再这样下去他整个人都要精神衰弱。

俞仲夏合上双眼，双手合十，对着蜡烛许了愿，张开眼，紧张又期待地看着费辛。

俞仲夏：“吹灭了蜡烛，我的愿望就会实现，对吧？”

费辛被这事困扰了半个月之久，今天事到临头，等俞仲夏过来的时间里，他才做出了决定。

他和俞仲夏聊得来也玩得来，俞仲夏确实是个很有意思的男孩子。

他也愿意在他离开颍城外出求学之前，给这孤单寂寞的男孩子当一个知心大朋友。

甚至将来俞仲夏当真也去北京念书的话，他们还有机会继续这段友谊。

可是他又很确定，并不想有更亲密的关系。

俞仲夏吸了口气，呼一声，吹熄了那小小的蜡烛。

费辛郑重道："18 岁生日快乐，俞仲夏。"

俞仲夏羞羞脸，说："我许的愿望是……"

费辛：我拒绝你你会生气吧？你还挺要面子，会马上翻脸走人？

俞仲夏："是想要你……"

费辛：好吧，就陪你到这里了。

俞仲夏："当我的……"

费辛：再见了俞仲夏，我会记得你，记你很久，希望你一生平安快乐。

俞仲夏："——哥哥。"

费辛一脸问号。

俞仲夏的脸比那蛋糕的颜色还要粉，羞赧而认真地说："费老师，我很喜欢你和费叔叔、辛阿姨，喜欢你们一家人，我想和你做兄弟，不是那种口头上说说的兄弟，是认认真真当亲戚处的那种。"

费辛死机了。

俞仲夏延伸解读道："等我以后有工作了，逢年过节会去你们家送年节礼物，你们家里有事你忙不过来可以让我去帮忙。总之就是，我希望你以后可以把我当你弟弟看待……不是要求你对我很好，我要是不好好学习不听话你甚至可以揍我，就像我对俞季阳那样……你应该没给人当过哥哥，我经验丰富，我可以教你。"

费辛呆若木鸡。

俞仲夏："你不用这么震惊吧？费老师？"

费辛回神，整个人又要裂开。

俞仲夏难以置信："我这愿望很过分吗？你不会想拒绝我吧？你不会这么小气吧？不会吧？白得一个这么大的帅弟弟，你还不要？"

费辛风中凌乱道："不是……你提前半个月预告，还反反复复提醒让我准备好，就是想让我……给你当哥哥？"

俞仲夏："那？不然呢？我暗示过你那么多次，我看你也不问，还恍然大悟的样子，我以为你早就懂了。"

费辛："……"我懂个头啊！我那是不敢问！

俞仲夏："你不懂为什么要装懂？你以为我想要什么？"

费辛："我什么都没以为。"

俞仲夏："哦……不重要。那你同意了吗哥？"

费辛遭遇了人生中最大的黑色幽默，精神颓靡内心沧桑。

他无奈道："我不同意还有用吗？你都叫我'哥'了。"

俞仲夏笑得露出八颗牙齿，喜不自胜地发嗲："辛辛，我就知道，你不可能拒绝我！"

费辛：辛辛什么都不知道，辛辛只是一个自恋狂。

深夜。

江因缺来关心事件后续顺带吃瓜："辛辛，今天发生了什么吗？"

费辛："。"

江因缺看不懂这标点的含义："吗意思啊？"

费辛："我想静静。"

江因缺："我就是静静！"

费辛："是我想多了，俞仲夏是想认我当哥哥。"

江因缺："[旺柴]哈哈哈哈哈哈哈哈哈哈哈哈今日最佳。"

费辛："你还笑得出来？你哥们儿我都要尴尬而死了。"

江因缺："你弟今天在你那儿睡吗？"

费辛："没，回去了，吃蛋糕的时候奶油把衣服弄脏了，他臭美，说明天上学不能穿脏衣服，就走了。"

江因缺："那等于说你们现在就成兄弟了？"

费辛："是啊。你早点睡吧，这事总算过去了，我也好把心思集中在复习上。"

江因缺："我也要专心复习国考，等我考上，就不信我会没对象。"

费辛："加油厅长！"

离考研还有二十几天，费辛的首要任务还是复习。

他住这里本来是为了去七中上班方便，现在倒是方便了俞仲夏，放学一没事就跑来玩。

不过俞仲夏比较自觉，不打扰他复习，过来就是蹭个饭，看心情决定要不要留宿。

费辛学习忙不理他，他就自己在沙发上或床上玩会儿手机或游戏机，有时候还会坐在茶几边，写在学校没完成的作业，背一背古诗词文言文。

俞仲夏说是认了费辛做哥哥，可是两人都不太习惯这新鲜的称呼，俞仲夏一般还是叫他“费老师”。

但他能很明显地感觉到，认了哥哥以后，俞仲夏表现得对他更亲近，更不见外了。

这天晚自习放了学，俞仲夏又来了。

费辛刚洗过澡，还没来得及吹头发，拿着条干毛巾，边擦头边过来给他开了门，道：“以前来还知道发条消息打个电话，现在连个预警都没有？”

俞仲夏进门把书包随手朝沙发上一扔，又脱外套，理所当然地说：“我来我哥家里还得预警？”

费辛：“你哥要是不在呢？”

俞仲夏：“是哦。那你给我把钥匙不得了？”

费辛：“你倒是一点都不见外。不给。”

俞仲夏：“你说你何必呢？明知道最后逃不过真香定律，每次都非得先说说狠话。”

费辛心想：走着瞧，家门钥匙能随便给你吗？我是不会妥协的。

他进了卫生间去吹头发。

俞仲夏跟到卫生间门口，倚着门框瞧他。

他洗过澡穿了一套黑色缎面睡衣，对着镜子吹一头凌乱的黑色湿发，脸和脖子肤色偏白，还有着让江楚一心想讨教护肤秘诀的天生好皮肤。

俞仲夏说：“费老师，你真是个小鲜肉。”

吹风机声音大，费辛没听清楚，调低风挡才问：“什么？”

俞仲夏：“我说你真是太帅了！”

费辛又把风开大，继续吹头发。

俞仲夏出来，打开冰箱看了看，没找到好吃的，就点了个水果切盒外卖。

吹风机停，费辛出来，说：“俞十五，你别整天嘲笑我。”

他去窗边的书桌旁坐下，开始学习。

过了几分钟，他回头看了看，俞仲夏就地坐在茶几前，在做英语报纸上的题。

俞仲夏近来学习有模有样，他的语文成绩一直就非常好，写得一手好字和好作文。

他说自己学富十五车倒也不全是吹嘘，他在历史、时政、地理方面的知识面还真挺广博，费辛经常觉得他懂得比自己都多。

以前考试做文综卷他是不好好答题，其实只要他认真做卷子，就能拿到一个在艺术生中相对不错的分数。

他的弱项是英语和数学。

但费辛又发现，英语对他来说也不是一个困难学科。他的语言天赋相当卓越，尤其在做英语阅读理解题的时候，他拥有特别优秀的语感和融会上下文的理解力，缺点就是词汇量差一点，这个靠努力能很快追上来。

他就只有数学确实拉胯，上了高中他就没好好学过，需要从高一必修上开始慢慢补。

最后就是他的专业学得也不错。

综合来看，俞仲夏还真是支潜力股。

这小小公寓里，安安静静。

大学生在窗边复习考研，中学生在客厅中央埋头做英语。

费辛想，有个弟弟也是一件不错的事。

小时候他也曾经向辛丽萍要过弟弟或妹妹，父母工作都很忙，他总是自己一个人被留在家里，有几年确实很想要个比他小的玩伴。他畅想过教小玩伴做作业，带小玩伴去玩球，教小玩伴打游戏，等等。

公寓门铃响。俞仲夏刚才点的水果切盒送到了。

他开门拿了进来，对费辛说："休息一下，来补充点维生素。"

费辛拒绝道："我刷过牙了。"

他继续做题，俞仲夏打开盒子，边叉着吃边走过来站在他身边，叉了块芒果送到费辛的唇边。

费辛："不吃……"

俞仲夏趁他开口说话，把那块芒果强行塞进了他的嘴巴里。

费辛："……"

俞仲夏问他："甜吧？"

费辛："甜。"

俞仲夏端着盒子转头就走，还欢呼："噢噢噢完咯！费老师要长蛀牙咯！"

费辛："……"

俞仲夏回到茶几边，叉了水果吃，还故意发出美滋滋吧唧嘴的声音。

费辛横竖得再刷一遍牙，索性也过来，拿了另一把叉子，和他一起吃水果，顺手拿了他刚做的英语报纸看了看，一眼看到了错题。

俞仲夏："我还没做完，做完对对答案，再上小猿搜题看看讲解，不用你管。"

费辛不服气了："我不比小猿搜题讲得清楚？"

俞仲夏把报纸从他手里抽回去，教育他："专心做你自己的题！别考不上北大再赖你弟。"

费辛："教你做几道题的时间，还是有的。"

俞仲夏："免了，我后年才高考，不像你时间紧任务重，我不急在这几天。你要是考不上，看我不打断你的腿。"

费辛一脸问号。

俞仲夏自己哈哈笑，说："对不起，一时嘴快把你当俞季阳了。"

研究生考试前的最后一个周末。

俞仲夏约费辛去玩密室逃脱，考前适当放松，精神过于紧张对考试也没好处。

难度较高的密室类型适合几个人一起玩，他就还叫了杨柯和另外两个体育生一起。

杨柯他们这段时间都没再见过费老师，重逢了都很高兴，三个人围着费辛嘚吧嘚个不停，问东问西地联络感情。

俞仲夏把他们仨挤开，宣布道："告诉你们，我和费老师已经当兄弟了，你们这几个以后再想纠缠我哥，先问我同不同意。"

杨柯："结拜了？"

俞仲夏："对啊！"

体育生甲："异姓兄弟？"

俞仲夏："对啊对啊！"

体育生乙："异父异母的亲兄弟？"

俞仲夏："对啊对啊对啊！你们谁有意见啊？"

三个体育生："恭喜恭喜！这么大的喜事，不请客吗？"

俞仲夏伸手："你们先给红包。"

三个体育生：“嗯……”

费辛：“晚上我请吃烤肉吧。”

三个体育生纷纷来抱腿：“费老师！还缺弟弟吗？”

今天玩的真人密室是个恐怖女校主题，背景设置是一所女校里有位女生离奇死亡，并在死后化身成厉鬼重临校园大肆报复。玩家任务是通过线索，找出害死她的凶手和帮凶。

等待入场的时候，几个人一起看了看介绍画册。

杨柯瑟瑟发抖地抗议：“为什么又玩惊悚的？十五，你电话里明明是说今天要玩个轻松益智的类型。”

俞仲夏：“本来是想，可是没预约到，就这个还有档期。再说了，益智你就行了？你好像也没有智力。”

杨柯环顾费老师和几位同学，委屈巴巴，这个体形类似托尼贾的肌肉中学生向大家请求道：“等下你们一定要保护好我啊，我最怕女鬼了。”

俞仲夏和另两个体育生不为所动，还不怀好意地交换眼神，甚至计划进去后还要捉弄杨柯。

费辛还没玩过真人密室，翻着那画册看，渐渐也有些对未知恐惧的惴惴不安：这会很恐怖吗？会有多恐怖？

他平常也看惊悚电影，他是一个唯物主义者，不信鬼神，看惊悚类题材的话会更偏向于选择悬疑烧脑类。鬼魅出没音效吓人的那种他不是太喜欢，看得也比较少，每次看都会被吓到。

但是在曾经的学生面前，费老师不要面子的吗？

他非但没有表现出紧张和害怕，在俞仲夏几个人嘲笑杨柯的时候，他还跟着一起笑了几声。

好，轮到他们了，入场。

一进去，费老师就蒙了：这……好恐怖啊啊啊！！！

杨柯凄厉惨叫：“啊啊啊！我不玩了！放我出去！！！”

俞仲夏：“闭嘴！再叫就让你带队。”

费辛闭了嘴，把刚被杨柯的惨叫掩盖住的半声“啊”也咽了回去。

杨柯：“呜呜呜，俞十五我恨你。”

俞仲夏无所畏惧，还很会找线索，恐怖音效和突然弹出来的道具对他都不起作用。

另外两个体育生会被吓到，但也都神志在线，积极地帮忙破解谜底。

杨柯已经灵魂出窍接近昏迷，只是求生欲让他没掉队。

费辛竭力平静地跟着俞仲夏一起找线索，偶尔还能提提意见和想法。

因而俞仲夏一直没发现他从进来就快被吓尿了。

进了舞蹈教室，昏暗的光线里，房间里三面墙上都是落地镜。

费辛的神经陡然绷紧了，恐怖环境里出现的镜子，往往会爆发出巨大的惊悚能量。

他不太敢盯着一处看，又不想暴露出自己尿到家的本质，假装随意地四处看看，结果无意中和镜子里的“她”对上了视线。

团队 leader 俞仲夏，正抬起头观察某面镜子上方的人像画，感觉是有线索。

耳边断续滴水和女声低笑的音效里，夹杂着旁边费老师一声“嘶——”

俞仲夏有些疑惑。

他一回身，被费辛一把抱住。

俞仲夏满头问号。

费辛比他高，拼命低着头把脸埋在他颈窝里不敢再看四周的镜子，喘息声里充满了恐惧。

这时杨柯也看到了镜中的“她”，爆发出惊天尖叫：“妈呀！！！”

然后他也像费老师一样一把抱住身边最近的那体育生，抱住还不算，四肢并用，像只肌肉考拉一样挂在了对方身上。

那体育生猝不及防：“啊啊啊！你比女鬼都吓人。”

杨柯：“妈！！！我不玩了！！！呜呜呜！！！”

体育生趁机占辈分便宜：“好了好了柯柯乖，妈妈在。”

俞仲夏也摸了摸费辛的头，忍着笑说：“辛辛乖，妈妈在。”

费辛：“……”

但他已然吓破胆不敢抬头，问：“镜子里还有吗？”

俞仲夏没想到他居然真害怕，感觉有点反差萌，说：“有，你别睁眼睛，我拉着你带你走。”

费辛依言放开他，被他拉着一只手跟着走，听到他指挥另个体育生去把人像画摘下来，后面有个什么线索。然后费辛又被他拉着慢慢走，似乎离开了舞蹈教室，耳边音效换成了另一种。

费辛问：“出来了吗？”

俞仲夏：“出来了，可是这里也好恐怖，费老师你还是别睁眼了。”

杨柯在后面连声叫：“啊啊啊啊啊妈妈！！！”

费辛心有余悸，果真没敢睁眼，被俞仲夏牵着一只手，盲从地跟着前进。

感觉上是到了一个新的空间，这里没了特殊的恐怖音效，只回响着一点诡异的轻音乐，相对来说不那么惊悚。

杨柯也停下了惨叫。

俞仲夏止步，说：“费老师，这儿不恐怖了，可以睁开眼睛了。”

费辛闻言，就张开了眼睛。

他面前正对着一个玻璃陈列柜，柜子里绿光莹莹，一个没有脸的长发“女鬼”，近在咫尺。

费辛：“……”

俞仲夏：“哈哈哈哈哈哈！惊喜不惊喜？意外不意外？”

费辛还握着俞仲夏的手，顺势将俞仲夏一把按在玻璃柜前，噼里啪啦把这熊孩子揍了一顿。

终于，俞仲夏率领这个team（团队），凭借着过人的胆量和智慧，全部通关，破解了女校闹鬼悬案的真相。

晚上众人去吃烤肉。

杨柯活了过来，并主动承担起为大家烤肉的职责。

几个中学生叽叽喳喳地聊今天的游戏，默契地都没有嘲笑费老师，毕竟这顿人家请客。

散场后各回各家，杨柯他们要去坐地铁，叫俞仲夏一起。

俞仲夏得意地炫耀：“我不回家，我要去费老师家睡觉。”

杨柯等人骂骂咧咧退出了群聊，去坐地铁了。

俞仲夏蹭了费辛的车，到费辛的公寓，蹭费辛冰箱里的生巧吃，蹭费辛的电动牙刷刷了牙，蹭费辛的洗澡水洗澡，最后又蹭费辛的床睡觉。

他这阵子磨牙没有之前那么严重了，只有早上快醒了才磨几下。

费辛实时向费文谦反馈过，费文谦说这是在逐步好转的迹象，说明近来他的生活状态和心理问题都得到了改善。

费文谦还问儿子都帮俞仲夏做了什么。

费辛实话实说，并没有做什么。

俞仲夏似乎就只是需要一段相对稳定长久的关系，就能获得安全感和内心的平静。

而费辛在这段关系中，自问并没做任何事，他只需接受就好。

上午，俞仲夏睡醒了，见费辛在复习，但已经穿戴整齐，准备要出门的样子。

他想起来了，昨天费辛说过，今天要回趟家。

“费老师，你回家要过夜吗？”俞仲夏搞完个人卫生，回来边换衣服，边问，“晚上还回不回来这边了？”

费辛拉开了窗帘，收拾好了书本，说：“还不一定。俞十五，我跟你说件事。”

俞仲夏：“什么事？”

费辛道：“我下周就考试了，这几天分不出心接待你了。”

俞仲夏笑着说：“怎么了？我影响你学习了？”

费辛严肃脸：“对，你影响我学习了。”

俞仲夏还笑嘻嘻：“你被我影响得更爱学习了是吗？”

费辛：“我没在跟你开玩笑。”

俞仲夏：“好，没开玩笑，不接待就不接待，好好努力，你是最棒的，妈妈爱你。”

费辛：“你严肃一点。”

俞仲夏严肃了一点，说：“我又不用你接待，饿了我点外卖，渴了我自己喝水，困了我就睡觉，想玩我就玩游戏，想学习我就也做题。再说我有钥匙，随时能进来，连门都不用你给我开，你接待我什么了？”

费辛：“……”

俞仲夏用教训人的语气说费辛：“前几天我问你复习怎么样，你还说你什么都会，现在又赖我影响你？你说这话良心不痛吗？”

费辛心说，再炫你嘴皮子利索，我马上就要说狠话了我告诉你。

俞仲夏忽然悟了，道：“辛辛，你是不是有考前综合征啊？你们学霸，心理素质怎么都这么差？”

费辛：“什么叫‘都’……我的心理素质就是很差。”

俞仲夏说：“你心理素质差，这才更需要我。我不但要来，还要每天都来，我要陪你说话陪你吃饭陪你玩，我还要给你举高高。”

费辛：“你是听不懂我的话吗？”

俞仲夏：“怎么听不懂？你这情况我懂，我弟也学霸，他一到考前就这样，烦躁易怒，阴晴不定，他唯一一次跟我闹脾气就是中考前……对不起扯远了。你们就是为了学习付出太多，现行应试教育又是毕其功于一役的机制，所以考前紧张很正常的啦，压力过大导致激素分泌不平衡，这和女生一来例假就容易生气一样的原理。”

费辛：“……”

俞仲夏郑重道：“费老师，别慌，你就是来例假了。”

费辛：“……”

俞仲夏慷慨凛然地说：“没关系，我就是你的暖宝宝红糖水……

“你需要什么，我就提供什么。”

费辛：“……”

他恍惚间感觉自己可能真的来例假了……

不然怎么解释俞仲夏这种“分析+营销+洗脑”鬼才，竟然真的存在。

太“魔性”了。

他回家，俞仲夏也回家，他就先送了趟俞仲夏。

路上，费辛发出灵魂质问：“你刚说的那什么都是什么东西？你怎么懂那些？”

俞仲夏道：“不懂啊，瞎掰的，都是广告里听来的。”

费辛：“你整天都看些什么广告？”

俞仲夏：“播什么我就看什么，我又不是只看那些，我还看……”

他瞬间换上港普：“挤需（只需）体验三番（分）钟，里造（你就）会刚（跟）我一样，爱向杰（上这）款游习（戏）！”

他又发嗲：“都是好牌子，每天都有十折哟！”

他又跟打了鸡血似的：“三亿人都在骂的购物App！”

费辛紧急叫停：“行了行了！”

快到俞仲夏家小区，俞仲夏看了看快递短信，说：“等下你帮我一起拿下快递吧，太多了，我一个人搬不回去。”

费辛：“蚂蚁搬家见过吗？多搬几次。”

俞仲夏“嘤嘤嘤”起来：“费老师，你见过一只蚁搬家的小蚂蚁吗？好惨的蚂蚁！”

费辛：“……”

俞仲夏：“别害怕，我家没大人，他俩常年不过周末。”

费辛：“我记得你说你爸不当记者了，那他现在在电视台做什么工作？新闻采编？”

俞仲夏：“不知道，没听说过，跟他不熟。”

费辛：“……”

他把车停在小区门口，跟着俞仲夏进去，帮俞仲夏搬快递。

两人到驿站取了件，一共四件，并不多，但其中一个箱子巨大。

费辛看包装箱上的LOGO，是个行李箱品牌，道：“你买了个行李箱？”

俞仲夏拍拍那箱子，高兴道：“对，准备放寒假跟你出去旅游用。”

费辛：“我什么时候答应你要去了？”

俞仲夏：“费真香，不要立flag（旗帜）了。”

费辛：“这以后再说。你把行李箱拆出来，这三个小件装进去，你拖着行李箱回去不就行了？还叫我来干什么？”

俞仲夏：“不行，行李箱是要旅游用的，现在用会把轮子磨坏了。”

费辛：“你从这儿回去才几步路而已，怎么可能磨坏？”

俞仲夏坚持不让，道：“磨不坏也会磨旧，我不想出门用个旧箱子。”

他忽然为这种事吹毛求疵起来，就显得很幼稚娇气，还很不讲道理。

费辛道：“这仪式感完全没必要，十五，这又不是结婚娶老婆，你非要找一个……咳。一个行李箱，真的没必要。”

俞仲夏扁嘴，却不是故意要装嗲，拉着脸说：“那你走啊，让我一个蚂蚁搬家。”

费辛：“啊？不至于吧？怎么还真不高兴了？”

俞仲夏嘀嘀咕咕：“你这什么破哥……对我一点都不好。”

费辛：“我这破哥哪儿对你不好了？不帮你扛行李箱就是变成破哥了是吗？”

俞仲夏：“你对我哪儿都不好。”

费辛：“都哪儿不好？你倒是说给我听听。”

俞仲夏向前一大步，道：“说就说！”

费辛顿时气短：“你说啊，你说。”

俞仲夏："刚才在你公寓里，你说的是人话吗？我体谅你下星期要考试了，我没跟你计较吧？现在来帮我搬个箱子还推三阻四，你会不会给人当哥哥？不会让我教教你，包教包会，还不收学费。"

费辛："……"

良言一句三春暖，恶语伤人六月寒。

这世上哪有没心没肺的人啊？

费辛："是我不对，我那不是……来例假了吗？"

俞仲夏一下没忍住，笑出了声。

费辛也笑了，又认真道歉："对不起，是我说话没过脑，我向你道歉。"

俞仲夏是个大方人儿，说："原谅你了。第一次当哥没经验吧？以后慢慢跟我学。"

费辛："是是是，俞老师说得对，破哥记住了。"

他又说："这大箱子，我帮你扛回家去。"

俞仲夏："我自己来，你帮我拿这三个小件。"

费辛单臂把那大箱子往右肩和上臂一撂，说："走吧。"

俞仲夏拿着那三个快递包，跟在他身后，冷不防他肩扛着那箱子，忽然跳起黑人抬棺舞步。

俞仲夏爆笑起来。

有别人经过，费辛秒变正经，一副助人为乐的"男神"样子。

俞仲夏丝毫不给面子，大声说："你侧漏了！"

进了电梯，费辛把箱子放下，发现羽绒外套上蹭了一点脏。

俞仲夏伸手给他拍了拍，说："你刚是不是觉得我特别矫情？一个箱子也这么计较。"

费辛："没有没有，我哪儿敢啊。新哥上路，您多担待。"

俞仲夏："可以了！"

费辛："可以了？你确定？"

俞仲夏点头。

费辛实话说了："那你是有点，行李箱就是拿来用的，何至于这样？"

俞仲夏道："我跟你说过，我从来没有出去玩过，我也没用过行李箱，这是我第一个行李箱。"

费辛："……"

俞仲夏："我就想到时候出门用个崭新的闪着光的箱子，我不愿意现在就把它的轮子磨脏磨出印儿来，我不舍得提前透支它，这很难理解吗？"

费辛："能理解了。"

俞仲夏皱眉："可是一说出来，真的好矫情啊。"

费辛想了想，说："有些话和有些事，并不适宜用语言说出来，留在心里才不会破坏美感，美的形式各不相同。"

叮！到了楼层。

俞仲夏开门，家里果然没人。

费辛把箱子搬进来，俞仲夏指自己的房门，示意他搬进房间去。

费辛奇道："你不在客厅先拆了外包装吗？"

俞仲夏想想反正现在没人，拆完收拾好就行了，便说："也行。"

两人合力拆了包装，俞仲夏的新行李箱很是好看，是鲜艳的柠檬黄色。

费辛道："还挺漂亮。"

他日渐发现俞仲夏和他的审美取向非常接近，两人喜欢的东西会很像，常常是一个买了什么，另一个见了也会觉得：哇这个好好看。

俞仲夏道："你去我房间坐，我收拾一下。"

费辛看出他在客厅待着不太自在，心里也大概明白一些，便听他的进他房间去了。

他在外面收拾客厅。

费辛一进他的房间，第一个问题冒了出来："俞十五你说让我坐？请问哪儿能坐？"

俞仲夏："随便坐。"

费辛："我实在……不是这么随便的人。"

从门口到飘窗，地板上，床上，桌上，椅子上，单人沙发上，没有一处是空着的，下脚的地方都没有。

俞仲夏还在外面整理牛皮纸箱。

费辛，一个外号叫作"不整洁不舒服斯基"的男人，顺手帮俞仲夏整理了一下房间。

这房间乱七八糟，东西一堆又一堆，但并没有垃圾，连个用过的纸巾团都没有。只是俞仲夏所有东西都堆在一起，衣服不好好挂起来，玩具也不收起来，书也不搁在书架上，全都非要堆着，把这房间撑得满满当当，搞得像这房里住了好几口人一样。

费辛有个意外的发现，这房间里有很多很多明显被翻看过的书。

从四大名著到世界名著，从通俗小说到人物传记，有《一千零一夜》，还有《山海经》，甚至还有些很旧的《国家地理》，应该是从别人那里买的二手。

俞十五，“真·学富十五车”。

小朋友爱玩手机平板，爱打游戏，爱看电视。

大人越不许玩，小朋友越想玩。

没有人不许俞仲夏玩，他便不痴迷。

在这个说大不大说小不小的房间里，在有且只有他一个人的时光画廊里，他想做什么就做什么，但他想做的好像又都做不到。

他几岁看红楼，又是几岁读曾国藩？

几岁知道了何谓“物竞天择”，又是几岁明白了众生皆苦？

费辛之前一直有点不太明白，俞仲夏很孤独，但他又不像一个没人教导过的孩子。

原来，他自己，艰难地教会了自己成长。

俞仲夏把快递包装箱收好，还把地板擦了一下，才觉得妥了。

他回房间来一看，费老师已经把他屋里成堆的垃圾归置好了一大半。

他立刻抗议起来：“你别给我收拾，每次钟点工来给我收拾过一回，我就得当俩月睁眼瞎，想用什么都找不着。”

费辛：“找不着什么打电话给我，我来帮你找。”

俞仲夏撇嘴吐槽：“噫——男人的嘴，骗人的鬼。”

可他很快发现，费辛没像保洁那样简单粗暴地把他的东西都塞进柜子抽屉。

除了书籍分门别类地放回了书架，其他东西也都还摆在明面上一眼能看到的地方，他真要用也不会找不到。

费辛像个长辈一样说教道：“你说你，一漂漂亮亮的男孩，房间这么乱，以后有了女朋友，让人家一看，当场吓跑了。”

俞仲夏：“跑就跑，这都能吓跑，可见对我不是真爱，勉强在一起也不会幸福。”

费辛：“得了吧，别人不嫌弃你就不错了，你还挑肥拣瘦。”

俞仲夏："还不让我追求真爱了？你的大清早亡了。"

费辛不停手地分拣飘窗上的垃圾堆，随口一说："你这小屁孩儿，懂什么是真爱吗？"

俞仲夏："反正比某些没谈过恋爱的人懂。"

费辛睨他，威胁道："跟你说，别老攻击我短处，我一生气就不跟你玩了。"

俞仲夏捂脸假哭："呜呜呜好害怕，人家都要被你吓哭了呢。"

费辛："……"

俞仲夏找了罐薯片，坐在床边看费辛收拾东西，心想，费老师真是一枚居家必备的好男人。

他好奇地问："费老师，像你这种男的，长得又高又帅，应该很抢手才对，你们大学里就没女的追你吗？"

费辛："不告诉你。"

俞仲夏："跟我说说吧说说吧！我听说，颍城大学超级多漂亮姐姐。"

费辛："那是，我们学校，特别是我们化学系的女生，都是女神级的颜值。"

俞仲夏："那你就一个心动女生都没遇上？大学恋爱毕业结婚，不是挺好的吗？"

费辛不想和他讨论自己的恋爱问题，反过来好奇问他："那你呢？"

俞仲夏："不是我吹，之前那些女生，都长得超级可爱，不可爱的一开始就被我过滤掉了。而且她们不但长得可爱，还都特好玩。高一上学期那个女生，长得像明星，她还会吹口哨，军训时候让表演才艺，她就吹了段《贝加尔湖畔》，厉害吧？"

费辛："还挺酷……那又为什么掰了？"

俞仲夏："她老是吃辣，皮肤还不行，后来就爆了一脸痘。你能想象那么可爱的脸上全是痘印吗？我太心痛了，就跟她拜拜了。"

费辛："……"

俞仲夏："上学期的那个长得也可爱，游戏打得特别好，跟她组队总能躺赢，后来吧……我只跟你一个人说，你千万别告诉别人，尤其是杨柯他们。"

费辛："好，后来怎么了？"

俞仲夏说了这位姑娘把他写进网络小说里的事，他在网络小说里成了没事就掐着女主角的腰按在墙上强吻的虞柊罅。

费辛：“这……也还好吧，小女生都有个‘玛丽苏’梦。”

俞仲夏：“她还把万鹏写成是我的情敌！我要是没及时制止她，这学期你来了，她没准把你也写进文里去。啧啧，万人迷费老师，为了南宫琉璃小仙女，和虞柊罅兄弟阋墙，人间惨剧。”

费辛：“看你这话说的，瞧不起谁？费老师不配拥有一本独立文吗？非得在你当主角的文里打酱油？”

听完了俞仲夏的经历，费辛也替他收拾好了房间，准备告辞回家。

俞仲夏送费辛从自己房间出来，却听家里防盗门咔嗒一声，有人回来了！

两人同时一惊，立马对视。

费辛：你不是说你家大人不会回来吗？

俞仲夏：别问我！我不知道！

他心想，烦死了，这时候回来又得打招呼，还得介绍费老师。

进门的是林筱。

她见有生人也一愣，马上露出微笑：“你好，仲夏的朋友吗？”

费辛：“阿姨好，我是……我是他朋友。”

林筱：“你好你好。”

费辛忽然认出了她，惊讶道：“您是林……”

林筱：“你好，对，是我。”

俞仲夏的继母，居然是《颍城新闻》的主持人。

费辛看本地新闻节目不太多，只模糊记得主播姓林，不记得全名。

但这也足够让他震惊了，俞仲夏从没提过这事。

俞仲夏不想费辛和林筱多说话，催费辛：“你不是要走？”

费辛：“是……阿姨再见。”

林筱：“再见，没事常来玩啊。”

俞仲夏把费辛送出去，自己回家。

林筱已经回了房间关上房门，他就也回自己房间把门关好。

他和林筱，当俞明不在家的时候，会互相当对方是透明人。

他在收拾一空的房间里走来走去，觉得太空了，又想弄乱。

算了，费老师收拾半天不容易。

第十四章 嘉陵江

费文谦有事加班，辛丽萍一个人在家过周末，看美剧。

见费辛心事重重地推门回来，她暂停了视频，问：“怎么了？”

费辛：“没怎么，考前紧张。”

辛丽萍：“你考前紧张才不是这个样子，出什么事了吗？”

费辛道：“等考完试再说吧。”

辛丽萍叹气：“其实我和你爸都知道了。”

费辛：“……”

辛丽萍说：“你上个月就已经不在七中实习了，你没有说，我们就也一直没有问。知道你怕我们担心。”

费辛：“就是怕你们替我鸣不平，我当时是有点不高兴，现在已经不在意了。你们怎么知道的？”

辛丽萍：“许老师提起的，她还以为我们知道，向我们问你近况怎么样，还祝你考试顺利。”

费辛：“你们时常联系吗？她怎么样了？我听俞仲夏说，许老师在学校的状态比以前好很多了。”

辛丽萍：“她做了几次心理咨询，听心理科同事说，她非常配合，积极面对问题，挺好的。她和我联系倒是不多，打过两次电话都是向我道谢，能感觉出来她状态在变好。”

费辛点头：“那就好。”

辛丽萍道：“准考证打了吗？”

费辛："还没，公寓没打印机。"

他想着回来顺便就打出来了，所以还没有看准考证信息。

他去书房里打印准考证。

过了会儿，辛丽萍过来问："打好了吗？在哪个考点？"

费辛更愁眉苦脸了："我们学校。"

虽然也猜到被分去颍大参加笔试的可能性最大，但他多少还是有一点侥幸心理，希望会被分去其他考点。

他已经大半年没有回过学校了。

林筱回来拿东西，没一会儿就走了。

家里又剩俞仲夏自己自由自在，他打了会儿游戏，看了会儿书，做了会儿数学题。大半天过去了，独自玩耍实在没有什么意思，他又想骚扰费老师。

但人家一星期才回一次家，肯定和父母有很多话要聊，不一定有空理他，他试探着发了个问号过去。

费辛正陪着辛丽萍在菜场买菜，看到了俞仲夏发来的问号。

意思是问他：你在干什么？

他把手机装回兜里，还没几秒又拿出来看了看，又再装回去。

辛丽萍："你有事吗？谁找你啊？"

费辛："没有，是俞仲夏，他闲着没事干就爱拿我解闷儿。"

辛丽萍笑着说："人小孩儿喜欢你，你当大人的迁就点，不回他消息行吗？"

费辛满世界找理由，道："刷脸解锁手机还得摘口罩，我懒得回他。"

辛丽萍："不好吧，这么对你的学生？像话吗？"

费辛："不是学生了，他认我当哥了。"

辛丽萍马上责备道："你怎么这么随便就给人当哥了？"

费辛："那怎么着？还得办个十桌八桌啊？"

辛丽萍："那倒也不必。有空了叫他来家吃个饭，上次他都没进门……不对，上次送衣服那是他弟弟，他还没来过咱们家吧？"

费辛："嗯，没来过。"

辛丽萍："这不是正好买菜吗？多买点，叫他晚上来家吃饭？"

费辛拒绝道："不，他家在开发区，特别远。"

辛丽萍："开发区很方便啊，2 号线直接就到小区门口了。"

费辛睁眼说瞎话："他不喜欢坐地铁，怕被人绑架。"

辛丽萍："……"

费辛："他继母是那个谁，《颍城新闻》的主持人，姓林那个女主持。"

大小是个本地名人，辛丽萍吃了一惊："林筱啊？真的吗？"

费辛："真的，我亲眼看见了，真人比电视上好看，新闻主播的妆比较严肃显年纪，她真人还挺年轻的。"

辛丽萍："我们单位有个同事跟她沾点亲戚，听说过那么几句，说她跟台里一个领导结了婚，那领导二婚带孩子，不想让那孩子多想，两口子就没再要孩子。"

费辛："呵呵……"

辛丽萍叹气，说："别人家务事就不说了。既然小俞认了你当哥，你就对他好点，起码像个哥哥的样子。以前你还总吵着想要个弟弟妹妹，现在有了，别拿人家就当个玩具，高兴的时候跟人家玩儿，不高兴了就不爱理人，这样不好。像小俞这样，家里也没个正经大人心疼他，你要是没想对人家好，一开始就别招他，招都招来了，就负责任点。"

费辛："……"

辛丽萍当是教育儿子做好事也要有始有终，又说了一遍："要不多买点菜？晚上叫小俞来家吃饭？"

费辛冷漠无情还蛮横："不叫，我就不叫。"

辛丽萍："白跟你说这么多。"

费辛："我马上要考试了，这个家现在我做主，不听我的就是破坏家庭和谐。"

辛丽萍："你是不是有考前综合征啊？"

费辛："我是我是我就是。"

考研笔试倒计时一周。

费辛还自己住在公寓里，每天学习学习学习。

俞仲夏轻手轻脚地来，轻手轻脚地走，晚上不留宿，尽量降低自己的存在感，并且还做好了后勤保障工作。

费辛每天中午午休半小时，醒来就能收到一杯外卖咖啡。

冰箱里总是有两盒水果切盒，还贴着俞仲夏写的便签："辛辛记得补充维生素！”

考前最后一天。

这边离颖大比费家要近不少，他就没有回家去，计划考试两天也住在这边。

一整天，俞仲夏没有来过，没发过消息，也没打过电话。

傍晚，费辛把书本都收了起来。最后一个晚上了，休息休息，放空一下脑子。

有人敲门，他以为是俞仲夏来了，还想：这人怎么忘带钥匙了？

他过去开门，外面是个外卖员。外卖员抱着一大捧鲜花，问：“费先生吗？您的花，签收一下。”

费辛一脸疑惑。

他签收了，抱着一大捧向日葵进来，感觉这很像是辛丽萍的手笔。他翻了翻卡片，落款是“妈妈和爸爸”，上面写着祝他“金榜题名，拥抱未来”。

还没五分钟，又有人来敲门，他又想：这下是忘带钥匙的俞仲夏了吧？

他去开了门，又是个送花的外卖员。外卖员抱着一大捧百合花，问：“费先生吗？您的花，麻烦签收一下。”

费辛：“谢谢……”

这次的百合，是江因缺送的，祝他“事事合意，金榜题名”。

又几分钟，门又响了，费辛第三次想：俞仲夏，这次是你吗？

又又又是个送花的：“费先生吗？您的……”

费辛：“就是我！谢谢！”

这次收到的是一大束散发母爱的温柔康乃馨。

卡片上写：“辛辛，好好考试，轻松上阵，别管考上考不上，妈妈永远爱你。”

落款画了条鱼。

费辛：“……”

第四次门响，费辛已经没有花瓶可以用了，再来就得泡在洗脸池里。

开门，费辛复读机式道：“我就是费先生……你送什么的？”

门口戴着帽子口罩只露着眼睛的俞仲夏：“什么鬼？？？我送我自己！我没带钥匙。”

费辛：“还以为你不来了。”

俞仲夏进门来，说：“你怎么知道我要来？”

费辛辩驳道：“我没说我知道你要来。”

俞仲夏："小辛辛别害羞，你明明就是等人家来的意思。"

费辛脸上很高冷，说："我没这意思。"

俞仲夏："你就是这意思。"

费辛："没有。"

俞仲夏这星期几乎还没跟他好好说过话，也不太想呛声，退让道："好好好没有就没有……嗯……那我走了。"

费辛："……"这是生气了吗？

俞仲夏发现这里有好多花，道："别人也送你花了？好家伙，辛辛你很受欢迎啊。"

费辛："嗯……嗯，我就是很受欢迎。"

俞仲夏："哼——我走了，晚上还上自习。"

费辛非常茫然，问："你到底是来干什么的？"

俞仲夏："我就来看你一眼。"

费辛："我有什么好看的？"

俞仲夏纯属一时兴起，答不上来原因，说："我吃饱了撑的不行吗？"

费辛："你怎么来的？打车吗？"

俞仲夏："等半天都打不着车，我骑共享单车来的。"

费辛："外面不冷吗？"

俞仲夏："还行，我年轻，不怕冷。走了！"

他跑出去，费辛站在门口看他。

他按了电梯，电梯还在下面，他想了一下，又跑回来。

费辛面露不解之色。

俞仲夏几步跑过来，张开手臂抱住他。

费辛猝不及防，怔住了。

俞仲夏放手，退后，说："我卡片上是写着玩的，你一定能考上，明天好好答题，加油。"

费辛："好……谢谢。"

电梯叮一声，俞仲夏跑回去，进电梯。

费辛："……"

俞仲夏："辛辛！"

费辛："又怎么了？"

俞仲夏从电梯里探出上半身来，双手指尖并拢冲上，举过头顶，道：“加油！比心！”

费辛：“快走吧你！”

俞仲夏终于走了。

第二天第三天，费辛连着考了两天试。

费辛在颍大见到了好几位老师，也见到了不少同学。

大家默契地没提起不该提起的事。

和大家面对面重新交谈，比费辛想象中要容易很多。

笔试进行得很顺利，费辛发挥得也很稳定。

最后一科考完，从学校回到公寓里，他进门就看见那一束开得还很好的康乃馨。

到了一年的尾巴尖，实习早已结束，笔试也考了，单身公寓租约到期，费辛要搬回家去住了。

俞仲夏过来的时候，费辛已经把东西收拾得差不多，正在打扫卫生，做一点收尾的小工作。

“钥匙该还我了。”费辛道。

费辛搬离了公寓，俞仲夏找他当然就没那么方便了。

这对费辛来说，姑且算是一件好事。

但俞仲夏有点不习惯。

他经常忘了费老师搬回家了，一放学就习惯性想去找费老师玩，然后才能记起来费家离学校比较远。

费老师和父母住一起，俞仲夏也不好意思去人家家里留宿。

元旦过后，再有一周多就要期末考试，考完试就放寒假。

俞仲夏计划等放了寒假，正式去费家串个门，拜访一下，仪式感要做得足足的。

高中期末考试前，国考成绩先出来了。

江因缺小同志以总分 143 分光荣过线，是他报考单位的笔试第一名。

他也结束了在基层单位的实习，专心准备春节后的面试。

他笔试成绩如此好，费辛决定让他请个客。

江因缺："好啊好啊，火锅可不可？"

费辛："可。"

江因缺："AA 可不可？"

费辛发了一张百度百科对请客释义的截图。

请客：宴请他人且承担一切开销，尤指作为祝贺、表示友好或拉拢。

江因缺："哈哈哈哈哈哈好吧，发出穷的声音。"

费辛："你少在游戏里氪金就不会穷。"

江因缺："今天正好星期五，要不叫你弟一起出来吃火锅？"

费辛："你想干什么？"

江因缺："不干什么，吃火锅人多热闹啊。再说你弟就是我弟，不正式介绍一下不合适吧？"

费辛："我问问他吧。"

他给俞仲夏打电话问："晚上有事吗？"

俞仲夏："本来没事，现在有了。"

费辛："有什么？你知道我找你干什么？"

俞仲夏："干什么都行，人家最喜欢跟你一起玩了！"

费辛被他嗲得整个人又雷又麻，道："你不好好说话我就挂电话了。"

俞仲夏像客服一样："好的，刚才信号不太好，请问我能帮您做什么？看电影请按 1，吃饭请按 2，打游戏请按 3，逛街请按 4，纯睡觉请按 5，小孩子才做选择成年人全都要请按井号键。"

费辛："嘀……6。"

俞仲夏猝不及防："6 是啥啊？"

费辛："带你跟我朋友吃个饭。"

俞仲夏："好啊好啊……女朋友吗？"

费辛道："不是，真是女朋友还会带你吗？"

火锅店里，三人聚首。

费辛提前交代了江因缺不要乱说话，怕他当着俞仲夏的面胡说八道。

江因缺倒是听他的，绝口不提自己知道的那些。

但是，事情朝着另一个方向发展了。

俞仲夏随口一说："我和费老师经常一起看电影。"

江因缺马上接茬：“辛辛人生中第一次跟同龄人一起看电影，是在高中，而那个人，就是我。”

俞仲夏：“我和费老师一起去泡过温泉。”

江因缺：“我们一起泡得都不想泡了，以前夏天还老一起裸泳呢。”

俞仲夏：“费老师说等我放寒假跟我出去玩。”

江因缺：“那挺好，辛辛超会做攻略还会照顾人，我每次跟他出门什么也不用管。”

俞仲夏：“我们俩还经常一起睡觉！”

江因缺：“巧了，我也常跟他一起睡，他妈还专门给我备了套睡衣。”

俞仲夏十八岁正长身体，平时超能吃，尤其能吃肉，今天他也没吃几口，就猛喝汽水。

他又不傻，当然听出来江因缺就是故意针对他，非要处处压他一头。

要是为别的事，他也不会受这奇耻大辱，说到底就是因为江因缺认识费老师早，比他跟费老师更熟。

这也不用拿来炫耀吧？二十来岁的人了，幼稚不幼稚？以为谁会为这个气到吗？

呵呵。

俞仲夏：是的，就是我！我被气到了！气死我了气死我了气死我了……

他去上厕所的时候，费辛警告江因缺：“你别没事一直挤对他，再来我可翻脸带他走了。”

江因缺：“别啊，这小孩儿多好玩啊，让我再玩会儿。”

费辛：“滚。青春期中学生好胜心强，对好朋友都有独占欲，这很常见的，你别逗他了。”

俞仲夏在洗手间里，边尿尿边骂骂咧咧，骂江因缺，还骂费辛。

江因缺“怼”他就算了，两人又不熟。费辛看他吃哑巴亏，竟然都不帮他说话。

——你们两个大学生哥俩好去吧。我不玩了。

但后来，俞仲夏还是和费老师的好友江因缺和解了。

江因缺向他道了歉：“刚才大哥都是逗你玩，开玩笑的话，你别往心里去。”

俞仲夏看他道歉态度也还算诚恳，便大度地接受了，问：“为什么费老师叫你厅长？”

江因缺："因为我太 interesting 了。"

费辛把江因缺的大名又说了一遍给俞仲夏听。

俞仲夏："你爸妈怎么想的给你取这名儿？……没有嘲笑你的意思。"

江因缺："嘲笑也没什么，我已经被笑佛了，给我取名那时候这词还没被玩坏。我爸妈当年一对文艺青年，寻思说月有阴晴变幻、天有风云难测，世上没有完美无缺的人和事，琢磨了半天一拍腿，就叫江因缺吧。取义因缺而美，祈愿我的人生纵然会有缺憾，最终还能江河壮美。"

俞仲夏仔细一想，这名字确实 interesting，问："那你有这样的人生了吗？"

江因缺："我才几岁？进度条刚走了四分之一，能不能有谁知道呢。应该会有吧。"

费辛道："当然会有，我们都会有。"

他向俞仲夏道："你也会。"

俞仲夏："……"

他想起费文谦叔叔对他提过，费老师是个完美主义者，遇到了一点挫折。具体是什么麻烦事，叔叔倒没说。

费老师这样的人，本来就是应该拥有无限趋近于完美的人生，究竟是遇到了什么？费老师自己也没说过，应该是已经努力地走出来，并且放下了吧。

努力的能量是巨大的，一个人坚持积极向上，勤奋不懈，带来的改变超乎想象。

自从俞仲夏开始认真学习，他自身的变化就相当巨大，作息变得规律，生活竟然步上了正常轨道，这在以前的数年中，简直是天方夜谭。

从前他想起未来，除了对俞季阳的灿烂明天有所期待，其他事都显得无足轻重，做一天和尚撞一天钟，想着随波逐流地过完这一生就好。

现在他偶尔也会想去更远的远方，想去旅行，想去读大学，想拥有一个家……尽管他还没想出做这些究竟有什么意义，但寻找意义的路途，也许就是意义本身。

他对江因缺说："并不是没有完美的人，只是很少。"

江因缺反问他："哦，比如呢？"

俞仲夏："比如……"

江因缺促狭地朝费辛眨眼睛，意思是"你弟在说你呢"。

俞仲夏却说："比如我咯，我就相当完美。"

费辛：满脸写着高兴，一点都不失望呢。

江因缺忍笑附和道："说得对，说得好。"

他又问："那我们辛辛就不完美吗？"

俞仲夏："费老师还行吧。就是这阵子有点不正常。"

费辛镇定道："我哪儿不正常了？"

俞仲夏："你就是不正常。"

江因缺看热闹不嫌事大："说说，快说说。"

俞仲夏："不说，不告诉你。"

江因缺："怎么你俩还有小秘密吗？"

俞仲夏："我们俩的小秘密海了去了。"

江因缺声泪俱下："辛辛！你对高中生比对我好！"

费辛道："你少胡说八道，今天就跟你 AA。"

江因缺一秒正襟危坐："好的。"

他忽然聊起正经事："辛辛，你开题过了吗？"

费辛："什么？已经一月份了大哥，你不会还没开题吧？？？"

江因缺："我实习超忙的……你以为人人都能跟你一样三头六臂，实习、考研和论文都不耽误吗？"

几天后，高二期末考试。

俞仲夏这段时间厉兵秣马，到了实战中，下笔如有神，考题大部分会，偶有不会的，蒙起来都蒙出了自信的风采。

江楚这次还是坐在他后排，被他改头换面的全新人设震撼了，交卷后对他进行了实时采访："俞仲夏、俞仲夏，看这里看这里！请问你作为老牌校园一霸，是怎么想到要转型的？做混世魔王不香了吗？"

俞仲夏一副大佬姿态，手指间夹着一支笔 cos 教父，深沉地答道："行业不景气，不破不立，转型是为了长远发展。我作为校园霸主联盟七中分会主席，目标从以前的横贯九年义务、制霸高中技校，提升到了要覆盖高等教育，制霸 211，逐鹿 985，争取 top2，冲刺常春藤。当代校园一霸还有很长的路要走，我辈任重道远，还需殚精竭虑，不懈努力。"

江楚："……"

其他旁听同学：“……”

高二期末考试结束的当晚。

楼下的辛丽萍高声叫儿子：“辛辛！费辛！”

看书的费辛应声：“我在复习！不吃水果不喝牛奶不想去散步。”

辛丽萍笑着说：“没水果没牛奶不散步，有你个弟弟，来签收一下。”

费辛疑惑了一秒，瞬间震惊了。

他从房间出来到楼梯口向下一看。

俞仲夏背着个书包，在客厅中间和费文谦、辛丽萍说话，装得还挺乖巧。

费辛没下楼去，就在楼梯口处，大声：“喀喀！”

楼下三人都看过来。

费辛：“是找我的吗？”

俞仲夏笑嘻嘻道：“说‘是’也行。”

费文谦和辛丽萍以为他俩就是单纯在耍贫嘴，都笑了。

费辛不觉得这是耍贫嘴，他怀疑俞仲夏是在耍他玩。

费文谦怕俞仲夏在楼下跟他们大人一起不自在，说：“仲夏上去，到辛辛哥哥房间玩去，他有好多好玩的。”

辛丽萍也说：“快去吧。”

俞仲夏：“谢谢阿姨，谢谢叔叔。”

他自己上楼来，费辛等在楼梯口。

俞仲夏像个几岁小朋友一样甜甜地叫：“辛辛哥哥！”

费辛有点无语：“我房间在这边。”

他前面走着，俞仲夏后面跟着，进了他的房间。

俞仲夏看了一圈，是费老师的风格了，东西摆放很有秩序，简洁温馨。

费辛：“你……随便坐吧。”

俞仲夏两手拉着书包背带垂下的两根带子，用熊孩子语气道：“叔叔说你有好多好玩的，都在哪里？”

费辛：“你要玩什么？”

俞仲夏：“你有什么我就玩什么。”

费辛：“什么都没有，我爸太夸张了。”

俞仲夏不怀好意地看着他。

费辛问：“你考完试了？考得怎么样？”

俞仲夏：“很好。”

费辛：“真的假的？”

俞仲夏：“我骗你有什么好处？”

费辛又不说话了，他到书桌前坐下，想冷静一下下再继续和这人对话。

俞仲夏：“你妈让我跟你玩，你怎么不理我？我要找你妈告状。”

费辛：“你够了，差不多点得了。”

俞仲夏：“我怎么了？”

费辛：“你书包不重吗？一直背着。”

俞仲夏把书包脱下来，随手扔到床上，自己也朝那床上一扑，发出惊呼：“哇！你的床好香啊！”

费辛：“……”

费辛：“我把洗衣液链接发给你……你别闻了行吗？你表情太猥琐了，对得起长的那张脸吗？”

俞仲夏打着滚说：“我要是考得好，你能带我去旅行吗？”

费辛：“当然算数。”

俞仲夏并不是吹牛，这次期末，他真的考得很好，从期中全班倒数第八名，跃升到了全班第六名。

这成绩惊艳了 19 班同学，吓坏了 18 班体育生：这还是我们认识的俞十五吗？

天哪我们的小魔王崩坏了。

难怪这学期他不惹是生非还带头团结同学，带动校园文明新风尚，再这么下去，他是不是还要竞选班干部？

我们的后进生队伍里混进了奇怪的东西。

分数一出来，开了这学期最后一次班会，放寒假了。

收拾好东西离校，俞仲夏带了杨柯等一群人去买奶茶。他请客，庆祝自己成绩飙升，不久的将来就能翻身做学霸。

几个男生在奶茶店里，和还在隔壁市的万鹏集体视频。

大家争先打招呼：“鸟哥！”

万鹏：“好多人啊！”

俞仲夏："我们放假了，你什么时候回来受死？"

他说了等万鹏回来，他要为俞季阳出气，戳死万鹏。

旁人不知道有这一出，以为他俩还为上学期的事闹，但上学期到底发生了什么导致两人闹翻，也没人知道。

不过也没什么人在意，这帮傻乎乎的体育生能记住上星期发生过什么就算很不错了。

杨柯他们七嘴八舌地向万鹏说，俞仲夏变学霸了好厉害哦，别的不说了数学居然考了 115 分，大家合理怀疑他作了弊。

俞仲夏："作个头啊！我才没作弊！"

杨柯："不作弊你能考 115 分？"

体育生们："你能考 15 分！"

万鹏在那边："就是！是不是作弊了？"

俞仲夏轻描淡写道："没有！我就随便复习了一下，本人有慧根，当代陈景润。"

其余人："噫——"

俞仲夏："鸟，你们分数出来了吗？什么时候放假？"

万鹏："出来了，明天去学校拿奖状就放假了，过几天回去找你们玩。"

七中众人："什么奖状？"

万鹏波澜不惊地说："哦事情是这样的，我考了我们班第三名。"

七中众人："……"

俞仲夏率先："你一定作弊了！"

杨柯等人跟上："一定作弊了！"

万鹏谦虚道："没有没有，我哪有这本事？我就随便复习了一下，可能我的慧根更粗壮一些吧。"

视频这边的大家都不想说话，埋头喝奶茶。

沉默，是今晚的乌龙玛奇朵。

晚上，俞仲夏在房间里看驾照考试科目一的电子教材，听到开门声，是俞明和林筱一起回来了。

他开门出来，乖巧叫人："爸，阿姨。"

林筱对他笑了一笑，是新闻主播的标准微笑，她换好鞋就回了房间去。

俞明问：“怎么了？钱花完了？要买什么？”

俞仲夏：“不是。还有，我们今天放寒假了。”

俞明：“这么早就放寒假了？当学生真好。那该上专业课了，跟专业课老师联系了吗？看看寒假课程是怎么安排，按时去上课。”

俞仲夏：“联系过了，明天下午上课。爸，我想出去旅游。”

俞明：“可以啊，要去哪儿？你是不是还没办过护照？”

俞仲夏：“不出国，就在国内，想去重庆和四川，过完年再去，专业课年前上。出门得提前订票了，先跟你说一声。”

照他自己的意思，根本不想和俞明说。

但费辛要求他先征得俞明的同意。

费老师这人吧，有时候飒得很，有时候又太讲规矩，带他去泡个温泉都还要让他跟大人说，出远门更得说了。

俞明：“可以，你安排好时间就行。网上查查，做好攻略，跟小伙伴一起出门要大方一点，别占别人便宜，也别当冤大头，该AA就AA，吃小吃喝饮料什么的小钱别追着人要。”

俞仲夏：“嗯，我知道。”

俞明看他片刻，忽然问：“仲夏，你是不是长高了？”

俞仲夏：“高了一点，一米七九了。”

俞明：“买过年衣服了吗？”

俞仲夏：“还没。”

俞明：“去买的时候，给阳阳也买一身。他也有你这么高了？”

俞仲夏：“我们俩一直差不多高，他比我瘦。”

俞明：“好……早点睡吧。”

他径自走开，也回房间去了。

俞仲夏：“……”

他偶尔会在俞明身上接收到一点点来自父亲的特殊感情，那感情很渺小，并且稍纵即逝，可是它时不时就会出现。

大人很复杂，俞明和林筱，还有卓云，他们的很多行为，都让俞仲夏很费解。

他回了房间，马上发消息告诉费辛：“我爸同意了！”

费辛：“好。”

俞仲夏：“你订票，我转账给你。”

费辛："不用，说好了我带你出去。"

俞仲夏："我爸说不让我占便宜，该AA就AA，订好机票截图给我看看，快点订票，别没票了。"

稍后，费辛发来截图给他，订了正月初六的机票。

费辛："酒店等见面一起选？"

俞仲夏："好。"

他把机票钱转账过去。

费辛拨了个语音过来，俞仲夏接了。

俞仲夏："赶快收钱。"

费辛："等会儿就收。你明天干什么？"

俞仲夏嘻嘻笑："干吗？想找我玩啊？"

费辛："不想。"

俞仲夏："那你问什么问？"

费辛："想让你找我玩。"

俞仲夏："哇，辛辛你好会啊。可惜我春节前都日理万机，没时间找你玩。"

费辛："都要干什么？"

俞仲夏："上午去驾校，下午上专业课。"

费辛道："那不还有晚上吗？"

俞仲夏："晚上也行，我期末考得这么好，我请你吃饭，庆祝一下。"

费辛："是我请你吃饭，庆祝你考得好。"

俞仲夏："我明天下午大概五点半下课，在哪儿见？"

费辛："你在哪儿上课？我接你去。"

俞仲夏把上课地址说了，问："我明天能去你家睡觉吗？"

费辛："这……"

俞仲夏："不说话就是同意了！"

费辛："明天见。"

次日下午下了课，费辛过来接到俞仲夏，开车走人。

俞仲夏在副驾上转过身看着他，说："你今天有点帅。"

费辛："我哪天不帅？"

俞仲夏端详他半天，有新发现，问："你是不是剪头发了？"

费辛单手握着方向盘，另一只手摸了一下自己的后脑勺："嗯……还行吗？”

俞仲夏看路，问：“你带我去哪儿？”

费辛：“回家，晚上在家吃，我妈早想让你去家里吃饭了，正好他俩今天都休息。”

俞仲夏：“那我要买牛奶水果什么的吗？空手去蹭饭不好吧。”

费辛：“你个小孩儿，还挺讲究。”

俞仲夏：“我十八了，我不是小孩儿。”

费辛：“我在我们家都还是小孩儿呢。”

在费家吃晚饭，有大人在面前，俞仲夏人模人样起来。

就是食量惊人，吃了两碗饭还想去添。

今日掌勺的辛丽萍：“有这么好吃吗？”

俞仲夏：“比费老师做饭还好吃！看来费老师只学了个皮毛。”

辛丽萍：“费辛做饭不是我教的，他自学的。他小时候家里没人，我和你叔叔工作忙，他自己看电视上网，学着做饭做菜，最后还学得有模有样。”

费辛：“这没办法，学习能力太强。”

费文谦抢功劳：“怪我怪我，基因太好了。”

吃完饭，俞仲夏想去帮忙洗碗，被辛丽萍赶了出来，她让他跟费辛去玩。

费辛：“走吧，你不知道怎么收拾，我妈不喜欢别人碰她厨房。”

俞仲夏就跟着他上楼，去他房间玩了。

原先公寓里那个小黄人豆袋是费辛从家里搬去的，现在也搬了回来。

他坐了豆袋，俞仲夏挨在他边上，两人用平板上的旅行 App 一起选去川渝玩要住的酒店。

费辛：“这个看评价不错。”

俞仲夏：“像刷的好评。”

费辛：“这个呢？”

俞仲夏：“太便宜了，便宜没好货。”

费辛：“这家呢？四星连锁。”

俞仲夏：“我看看我看看。”

两人选好了酒店，订了标准间。

到睡觉时间，俞仲夏去睡了客房。

早上，俞仲夏有来做客的自觉，没有赖床睡懒觉，起来后还认真地把床铺收拾好。

费家三人正在吃早饭。

辛丽萍笑问他："不是十点才上课吗？以为你会多睡一会儿。"

俞仲夏："醒了就起来了。"

费辛帮他拿了套餐具来，又给他倒了杯鲜豆浆。

俞仲夏："谢谢费老师。"

费辛："谢我就算了，等下你洗碗。"

俞仲夏："好啊。"

费文谦："别欺负小朋友。"

费辛："我哪有？是他老欺负我。"

费文谦："胡说。"

费辛冲俞仲夏说："你自己跟我爸妈说，你是不是没事就拿我逗闷子？"

俞仲夏一副人畜无害的乖巧脸，说："哪有酱紫（这样子）啦，费劳斯（老师）你哦，大早丧（上）在讲森蘑（什么）笑话吼？"

费辛："你再酱紫讲话……"

俞仲夏："厚（嚯）？是要怎样？"

费辛："把你舌头扯出来给你卡秃噜皮儿了。"

俞仲夏："不样（让）不样，我不样。"

辛丽萍和费文谦：年轻人凑到一起真好玩儿啊。

九点多，俞仲夏去驾校，费家父母送他到门口，目送费辛载着他离开。

俞仲夏向后张望了好久，恍然如梦地说："好新鲜啊。"

费辛："什么新鲜？你坐好，安全带也扣好。"

俞仲夏听话地扣好安全带，说："全都新鲜。一睁眼就有早饭吃，饭桌上一家人聊天，阿姨给我剥了个鸡蛋！出门还有人叮嘱路上注意安全。你家怎么老是像电视剧一样？"

费辛："哪像电视剧了？就普通家庭……其实你家那情况才比较像影视剧，有戏剧冲突。"

俞仲夏："三流编剧才会写我家那种剧。费老师，难怪你这么傻白甜，我要是你，肯定比你还傻白甜。"

费辛："我到底怎么傻白甜了？"

俞仲夏：“又不是说你不好，你傻白甜得恰到好处。”

春节前，俞仲夏除了去驾校和上专业课，还做了两件值得一提的事。

一是在某一天，他杀进费老师同小区的邻居万鹏家里，把还在睡懒觉的万鹏暴揍了一顿。

二是在同一天，他带弟弟俞季阳去买了新衣服。

新年来了。

俞明和林筱今年又出去度假，走前留给俞仲夏三个大红包，两个是夫妻俩分别给他的，还有一个，俞明让他转交给俞季阳。

俞仲夏像每一年一样，大年初一一大早就去给卓云拜年，听卓云发几句因为新年而稍加控制的牢骚。

和每一年不一样的是，给卓云拜完年后，他没有回只有他自己的家，而是和费辛以及费家父母会合，一起去看了贺岁电影。

正月初六。

18 岁的俞仲夏生平第一次离开颍城，费辛带他踏上了川渝之旅的路途。

颍城还是隆冬，落地江北机场，山城春来早，明媚得一塌糊涂。

俞仲夏一出机舱就叫：“哇！”

费辛：“慢点，不要跑！”

俞仲夏疯了：“哇啊啊啊！！！”

费辛抓狂道：“不要乱跑！！！”

俞仲夏已经跑走了。

艰难地把他抓回来后，两人又一起去取了行李。

辛丽萍的电话打过来时，费辛背着两个人的包，拖着两个行李箱，还得看着俞仲夏防止跑丢，他手忙脚乱地接了电话。

辛丽萍：“到了吗？还顺利吧？”

费辛咬牙切齿：“妈！我以后再也不带小孩儿出门了！”

颍城是一座北方滨海城市，温带季风性气候，四季分明，冬干冷夏湿热，常年刮着毫无章法的回旋大风，当地方言都带着海蚬子味儿，和巴蜀风情有着十万八千里的差别。

俞仲夏又是第一次出门，看什么都新鲜得要命。

费辛追着他说："不要乱跑会走丢的！"

他都只当是骗小孩儿的话。

直到离开机场，来到市区——

俞仲夏见识了重庆这座4D城市的魔幻结构以后，意识到费老师所言非虚。在这里，地图定位像是千层饼，真走散了打电话都说不清楚自己究竟是在饼的哪一层。

"脱缰野狗"俞仲夏终于冷静下来，自己叼着牵引绳乖乖回来，不再溜溜地一通瞎跑，而是紧跟在了费老师身边。

费辛是个相当优秀的旅伴，和朋友出门玩，机票门票他来订，攻略他来做，每日行程也全都由他来一手制定。并且他特别不搞独裁，计划弹性极大，随时可以根据天气、心情、小伙伴的体力值等等因素而做出周密调整。

俞仲夏没出过门，没有过其他旅伴，但不妨碍他直观地感受到跟着费老师旅行的舒适度，一个字：爽。

他们两个人原本就都是火锅爱好者，变熟以后一起刷遍了颍城的知名火锅店。

来到川渝这火锅之乡，当然更要吃火锅。

两人白天四处溜达，打卡了解放碑磁器口等地标，到了晚上，就闻着火锅味儿去觅食。

到深夜，两人再浑身火锅味道地一起回去洗澡睡觉。

离开重庆的前一晚，两个人去坐了游轮，夜游嘉陵江。

两岸霓虹璀璨，江风微凉，扑面而来是早春的气息。

露天甲板上聚集的人很多，吵吵闹闹挤得很，费辛带着俞仲夏转了一圈，最后到了船尾人少点的地方。

俞仲夏端着一盒费辛在船上刚买的鲜切瓜果，边吃瓜果边惬意地看江岸夜景。

远远经过夜色中灯火辉煌的洪崖洞，这处和《千与千寻》里的汤屋非常像。

盛大璀璨的光亮倒映在江面，也映在俞仲夏的眼睛里。

费辛抬手按在他的肩上，开了句玩笑："不要吃太胖，会被杀掉。"

俞仲夏皱起鼻子学猪叫："哼哼，哼。"

费辛："你也看过《千与千寻》吗？"

俞仲夏："当然看过。"

费辛：“我小时候特别喜欢白龙。”

俞仲夏：“谁会不喜欢长得帅还可靠的小哥哥？我也喜欢他。你说他最后是不是死了？网上好多影评说他是死了。”

费辛说：“都有可能，一千个观众就有一千个哈姆雷特。没有明确讲出来的情节，就像语文老师要求对课文做的阅读理解，原作者都不一定会想那么多。”

俞仲夏道：“我也是这么想的，还是有可能活着的，说不定千寻还会有机会再遇到他。但是我弟就觉得白龙一定是死了。”

费辛回忆起和俞季阳匆匆见过的几次，猜测道：“你弟弟好像是有一点悲观。”

俞仲夏却说：“不知道，我常常觉得我不了解他。他很少和我聊心事，我喜欢跟他讲我的事，他有了秘密就不告诉我。我们哥俩的关系，举个不恰当的比喻，就有点像那种，我对他全心全意，他对我就常常像个渣男，表面千依百顺，心里不知道怎么讨厌我。”

费辛道：“你们俩性格不太一样，表达方式当然也不一样。我直觉他不是你想的那样。”

俞仲夏不以为然道：“你的直觉要是准，一开始怎么会把我错认成俞季阳？”

费辛：“好意思说这事？明明是你存心误导我那么久。”

游轮转向，两人停止交谈，朝另一侧江岸看过去，还没看到崭新风景，先看到了离他们数米外，船尾另一边有对情侣正在拥抱接吻。

巨大的船舶调转方向要持续几分钟，四周景象变换，光线光怪陆离，荡漾的江水在暮色里回响。

二人出发去成都。

俞仲夏晚上只顾着玩，只睡了两个多小时，一上高铁就止不住犯困。他坐靠窗的位子，小鸡啄米似的，最后睡着了。

高铁一路驶入了成都平原，窗外金灿灿的油菜花田连绵不断。

车窗宛如变幻的画框，框出了一个明亮的春天，还有眠于春风里的美少年。

成都地势平坦开阔，湿度相对山城重庆较低，因此又是迥异于北方的另一番早春风光。

酒店订在了春熙路，楼下就是热闹非凡的商圈，常常能看到成双结对逛街的精致年轻人。

费辛和俞仲夏放下行李出去吃饭，从街头经过，都认为他们自己才是这条街上最靓的仔。

“艳压”过了春熙路，两人午饭吃了龙抄手钟水饺赖汤圆担担面叶儿粑夫妻肺片……别问，问就是18岁男孩正能吃。

左边桌的客人走了，费辛对俞仲夏说：“刚才那小姐姐一直偷看你。”

俞仲夏说：“我长得这么好看，就是用来偷看的啦。”

费辛：“人家是看你像只小猪。”

俞仲夏：“小猪还想吃个麻辣兔头。”

费辛看了看玻璃柜里的兔头，老实讲有点不忍直视，皱眉却说：“兔兔那么可爱，怎么能只吃一个？多来几个吧？”

他又买了兔头。俞仲夏扒着兔头啃，不太会吃，戴着一次性手套又不方便，还是费辛百度了兔头怎么吃。

俞仲夏照着他手机上的视频有样学样，问：“费老师，你不吃吗？”

费辛：“不吃，我有点害怕。”

俞仲夏：“别这么㞞，试试、试试。”

费辛：“不试。”

右边桌两个年轻人吃完走了。

俞仲夏八卦道：“他俩刚才聊天，好像是网友第一次见面。”

费辛谴责道：“你怎么偷听别人说话？！”又道，“都听到什么了，劲爆吗？跟我讲讲。”

俞仲夏哈哈哈：“不劲爆，就一个问一个你什么星座属什么的平时去哪儿玩，另一个有点害羞话很少。他俩还偷偷评价了一句你，说，辣锅（那个）北方帅锅（哥）嘿（很）帅嘛。”

费辛无聊道：“就这？”

川渝之行圆满结束，离开巴蜀“泥融飞燕子，沙暖睡鸳鸯”的春日胜景，回家航班一落地，颍城却在正月十五雪打灯，地上一层薄雪，鹅毛被狂风卷得纷纷扬扬。

本来费文谦说来机场接他俩，但医院有点忙，夫妻俩都抽不出空来。

两个男生就坐了机场大巴到市区，再打车回家。

回了熟悉的地方，不比在外面，俞仲夏陡然间矜持起来，在大巴上说：“等下我不去你家了吧，老是去还怪不好意思的。”

费辛道：“行，那等会儿各回各家。”

俞仲夏：“……”

费辛：“怎么了？”

俞仲夏：“我就是跟你客气客气，你怎么这么不客气？”

费辛：“……”

晚上费文谦和辛丽萍下班回去，费辛已经做好了一桌菜，他和俞仲夏打着游戏，等他们回来一起吃饭。

愉快地吃过晚饭，四个人凑一块儿，打了一会儿拖拉机，边打边聊这趟四川重庆之旅的见闻。

费辛和俞仲夏时不时互“怼”两句，就像一对爱斗嘴的兄弟。

其乐融融到九点多，俞仲夏道：“我回家了，明天元宵节。”

辛丽萍留他：“就在我们这儿过节吧，明天阿姨休半天，给你做好吃的。”

俞仲夏：“我爸下午问我回来了没，出去玩了这么久，不回去不太合适。”

费辛：“他还有两三天开学，在这儿非得玩疯了，回家收收心也好。你们别管了，我送他回去。”

费文谦道：“外面雪倒是停了，你自己开车行吗？”

费辛：“行。”

他驾驶技术过得去，也不是急性子，父母一般对他还比较放心。

俞仲夏背了背包，费辛替他拖了行李箱，费家父母送他俩出门，看着他俩上了车，俞仲夏从车窗里向他俩挥手道别：“叔叔阿姨，再见。”

驾驶位的费辛也朝他俩说：“快回去吧。”

那车慢慢开远了。

第十五章 女老师

下雪天的夜里，俞仲夏背着包，费辛把小黄行李箱从车后备厢里拿出来。

他俩从初六出门就一直形影不离，现在要分开，有点依依不舍。

俞仲夏："我进去了。"

费辛："好。"

俞仲夏说了又没动，道："等再放假，你还愿意跟我一起去玩吗？"

费辛："当然。怎么这么问？"

俞仲夏："我……我……"

在这个如梦似幻的雪夜里，他有点恍惚起来，这一切是真的吗？

费辛笑道："我觉得这几天像做梦一样，害怕明天醒过来发现真的是在做梦。你也是这么想的吗？"

俞仲夏吃惊道："给你一百块，你把这话咽回去，让我说。"

费辛："马上开学了，你要好好学习。"

俞仲夏："不好好学习，你就不跟我玩了吗？"

费辛反问道："那我要是考不上北大，你就不跟我玩了？"

俞仲夏却说："对啊。"

费辛："你怎么这样？"

俞仲夏："你有可能考不上吗？"

费辛："不可能，我一定考得上。"

俞仲夏："那不就结了。"

费辛："……"

元宵节后，高中和大学陆续开了学。

稍后研究生笔试成绩出来，费辛毫无意外地进了北大复试，同专业进复试的一共 23 人，他是第 4 名。

他一边准备复试，一边还要准备毕业相关事宜。

考虑到综合便利性，他住回了阔别半年多的颍大学生宿舍。

七中学生俞仲夏也继续发奋读书。

他上学期期末的优异成绩，让老师们大为震惊，也让俞仲夏自己感到意外。

如果说世界上还有一件努力一定有回报的事，那只能是读书了。

他现在有了动力和目标，学起来干劲十足，课堂上积极和老师互动，常常把睡得正香的同桌吵醒，最后同桌也只好郁闷而悲愤地听起课来。

天气渐渐变暖，但今年气候诡谲，温度在 10℃以上的日子常常持续不到三天，就又有冷空气过境。

颍城数度宣布入春、又入春、再入春，反反复复，总是以入春失败告终。

到了三月中旬，这座海滨之城还是笼罩在乍暖还寒之中。

一个周末的早上九点多，俞仲夏提了盒舒芙蕾和两杯星巴克，去卓云那里看俞季阳。

距离高考还有不到一百天，俞季阳的成绩稳定在一中理科班前三。

他穿了身睡衣来开门，头发睡得乱糟糟的，从床上刚爬起来的样子。

俞仲夏一副家长口吻：“过周末就没时间观念了？晚上不睡觉早上不起床，不像话。”

俞季阳：“昨天做题做得太晚了。”

俞仲夏：“给你买蛋糕了，上回你说好吃的那家，我专门跑去给你买的。”

俞季阳和他一样喜欢吃甜食，开心道：“谢谢哥，哥你对我真好。”

俞仲夏是个“爹系”兄长，说：“吃了就要好好学习，知道吗？”

兄弟两人坐在一起吃蛋糕，喝同样的香草拿铁。

俞仲夏啧啧称奇：“妈就没叫你起床？她怎么会允许你睡懒觉的？”

俞季阳：“嗯……出了一点事，她这几天不理我。”

俞仲夏问：“不是又挨揍了吧？你都快考试了，她怎么又发疯？”

从去年他俩生日起，不知道是因为卓云终于意识到满 18 岁是大人了，还是因为俞季阳高考在即，这段时间她都没再对他动过手。

俞季阳："没挨揍，是……唉，就是很尴尬。"

俞仲夏："啊？"

俞季阳："不知道怎么跟你说。你在你家里有没有被爸爸或者阿姨撞见过，那个……唉。"

俞仲夏："什么啊？撞见什么了？"

俞季阳："……"

俞仲夏恍然道："她撞见你……"

俞季阳低着头，懊恼而脸红，说："我房间门锁有点坏了，我以为我反锁了，她也没敲门。"

俞仲夏："这是够尴尬的……不过也没什么，男生这行为很正常。她一个大人，不会连这个都不懂吧。"

俞季阳："反正她这几天都没理过我，我跟她说话，她也装听不见。"

俞仲夏："那不是很好？嘿！这提供了个新思路，等她过了这尴尬劲儿，又想折磨你，你就故意让她看见，让她多尴尬几回，你就能多自由自在几天。"

俞季阳："你这什么馊主意。"

俞仲夏作势要动手，说："怎么敢说你哥出馊主意？是不是想挨揍？"

俞仲夏和俞季阳吃完蛋糕，又看俞季阳做了一会儿题，说："我走了。"

俞季阳："马上该吃午饭了，我炒个西红柿鸡蛋，你在这儿吃不？"

俞仲夏对着镜子拨拉头发，潇洒英俊地说："下回。我中午约了人。"

颖城大学北门。

费辛揣着兜，站在门口，翘首等人。

有其他系认识的人经过，问他："在等朋友？"

费辛道："对……等朋友。"

过一会儿，又有化学系几个同学一起经过，问："学长，等谁啊？穿这么帅。"

费辛笑着答："等我弟弟。"

俞仲夏以前没有来过颖城大学，只打车从这附近经过，模糊知道这边有好几所大学，另外几所院校的知名度都远不及颖城大学。

颖大在全国都很有名，这是一所教育部直属的重点大学，双一流，既是

985也是211，民国时期建校，历史悠久，知名校友众多。

当地学生从小就会从老师家长那里得到一个信息：“清北”之下，即是颍大。

这样一所大学，远远望见鎏金校名，就已令人心生敬畏。

俞仲夏来的路上还并没这想法，开开心心的。过马路和费辛会合的一两分钟里，这高中生才忽然意识到，这里是大学，旁边经过的青年男女都是大学生。

只有他是一个高中生。

俞仲夏：我……好……小……啊。

费辛正和五六个男生说话，见俞仲夏走近了，赶苍蝇一样赶男生们走，他们就都走开了。

俞仲夏不明所以，心里有点怯，也好奇，就奇怪地看他们，他们更好奇地打量他。

费辛喝道：“别看了，别吓着他，快走！”

男生们遂加快脚步，很快走远了，还忍不住回头看费辛的“弟弟”。

俞仲夏一脸疑惑。

费辛说：“别理他们。”

费辛问：“早上吃饭了吗？饿吗？先吃饭？”

俞仲夏：“不饿，我吃蛋糕了。你不带我逛逛你们学校？”

费辛回看校门，他现在对自己学校的感情有点复杂，说：“也没什么好逛的。你想逛吗？想逛带你玩一会儿。”

俞仲夏发嗲：“人家高中森（生）啦，都没见过大学四神马亚子（是什么样子）。”

费辛笑道：“行吧，带你颍大半日游。”

颍大校园面积很大，校园建设相当不错。

来来往往的青年学子，面貌和高中生的区别自然很大。

颍大出美女绝不是虚有其名，不只是美在颜值，更是美在气质。俞仲夏放眼望去，入目不管高矮胖瘦，都是很飒的大姐姐。

男生倒也不差，就是有了身边的费辛当参照物，别的就都不太起眼了。

在颍大北门吃了午饭，费辛又带他去看电影，看完电影下午茶，喝完茶完天黑了，两人又去逛大学城夜市。

夜市人多，夜晚温度低，两人悠闲地走来走去。

大学城夜市自有一种校园小清新的气质，BGM都不像别处街市爱放抖音神曲，而是回响着：“青春是段跌跌撞撞的旅行，拥有着后知后觉的美丽……”

“于是可以不回头地逆风飞翔，不怕心头有雨，眼底有霜……”

“尽管岁月无声，流向迟暮，他会让你想起，你的归途……”

九点多，费辛送俞仲夏去坐地铁。

费辛道：“今天好玩吗？”

俞仲夏：“还行吧。”

费辛虚心请教道：“还行就是不太好，差在哪儿？下次改。”

俞仲夏道：“没不好，就是，这和以前咱俩没当兄弟的时候有什么不一样吗？”

费辛：“心情不一样。”

俞仲夏：“哪儿不一样？你说来我听听。”

费辛：“以前看你烦，话多得要命。”

俞仲夏：“……”

费辛笑道：“现在看你也烦。”

俞仲夏：“……”

费辛：“以前是这是个小孩儿，我不跟他一般见识。现在是这是我家小孩儿，忍着呗。”

俞仲夏好气，调出手机地铁二维码，说：“走了，不跟你玩了。”

地铁摇摇晃晃又过了两站。

费辛给他发了条微信消息：“你充电宝落在我衣兜里了，我叫个闪送给你送家去？”

俞仲夏：“不用，我家里还有一个。”

费辛：“你吃剩的半包山楂球也在我兜里。”

俞仲夏：“你吃了吧。”

费辛：“还有那个小黄人发光戒指。”

夜市上有人扫码让关注公众号，送枚带LED小灯的戒指，费辛一般不理会这种，俞仲夏想要，就扫了，得了个小黄人的戒指。

俞仲夏：“怎么都在你衣兜里？”

费辛：“你跑那么快，来不及给你。”

俞仲夏："你先帮我收着，回来再给我。"

几天后，费辛去了北京考试。

俞仲夏认认真真上课听讲，下课好好做题，月考冲进了特长班前三名，年级前一百。

他俨然成了第七中学"洗心革面"第一人，升旗早会、年级会、班会上，他被各级领导和老师点名表扬了无数次。

在一个平凡的早上，颍城的春天倏忽而至。

一夜之间迎春花开了满城，路边的玉兰也都吐出了巨大的花蕊，风里卷着春来的气息。

复试后的第三天，费辛确定被录取了。

给父母打过电话以后，他卡着高中的课间时间，给俞仲夏发微信，告诉了俞仲夏这个好消息。

俞仲夏正和杨柯等人在 18 班和 19 班交界处大聊游戏新皮肤。

费辛："我考上了 [心][心][心]。"

俞仲夏顿时欢呼："哇啊啊啊啊啊啊啊啊！！！"

杨柯等人："怎么了怎么了？"

俞仲夏："放学我请客！费老师考上研究生了！"

杨柯等人一听也欢呼起来。

费辛回来那天，落地时颍城是傍晚，他下了飞机给俞仲夏打了个电话。

高中正是课外活动时间，俞仲夏在教室里吃薯片，咔嚓咔嚓地说："我现在去找你吧。"

费辛："不许逃课，好好上自习。"

俞仲夏："那我放学再去你家。"

费辛："太远了，别来，反正后天就周末了，到时候再见面。"

晚自习放学后，俞仲夏背着书包准备回家。

出了教室，他和体育生们遇见了，就一起下楼，一起出校门。

杨柯说："书包里装了什么？晚上回去还学习？"

俞仲夏："背背《廉颇蔺相如列传》，许老师说明天早读抽查，你们背会了？"

体育生们齐刷刷摇头："并没有。"

俞仲夏："嚯，你们班主任要抽查，你们都不背？要完。"

体育生甲："许老师现在对我们那么好，我们不怕她。"

俞仲夏不满道："不怕就不学语文？她对你们好，你们是想让她难堪吗？我告诉你们，惹许老师不高兴在我这儿是重罪。别忘了你们都答应过万朋鸟什么，我说好要替他看着你们，谁不好好学语文我就揍死谁。"

体育生们忙表示："不敢不敢，我们不敢，回去就背，保证背会。"

俞仲夏道："最好是。你们跟万朋鸟学着点，他昨天给我看他这次月考的成绩单了，他又考得很好，再看看你们，一个两个的不及格。那个谁，你数学才考了 3 分？真以为体育竞技不需要脑子吗？"

体育生们："……"

俞仲夏继续教育他们："你们再看费老师，颖大本科，还能考上北大研究生，这耽误他体育锻炼了吗？耽误他拥有漂亮腹肌和性感胸肌了吗？你们几个，不是我说，就是把胸肌练成了施瓦辛格，加起来也比不过我们辛辛一个。"

体育生们一脸蒙。

杨柯："我们？辛辛？"

俞仲夏："我这是为了押韵！正教育你们好好学习，别跟我瞎扯。"

杨柯："费老师？"

俞仲夏："怎么叫他都行，他又不会跟我生气。"

杨柯朝马路对面一指："我是说……费老师在那儿。"

费辛一身风衣配牛仔裤，玉树临春风地站在那路灯下，向这边数人挥了一下手。

俞仲夏：我没了，我哥好帅！！！

几个高中生一窝蜂涌过来，和费老师打招呼，恭喜费老师考上了研究生。

杨柯："老师，这么晚怎么来这边了？"

费辛："我……"

他还没说完，俞仲夏仿佛明星接受采访，道："关你们什么事啊？"

体育生们："……"

费辛本来想随口说是顺路来看看，现在也只好说："我是来找他的。"

俞仲夏嚣张极了，说："好了，我们大人有事要说，未成年放了学就快回家。"

众人倍感无奈："费老师再见。"

俞仲夏："回去记得背《廉颇蔺相如列传》。"

周五晚上，俞仲夏翻箱倒柜地试衣服，明天要和费辛去玩，他誓要把自己打扮得英俊潇洒。

上次去颍大和费辛玩，他就感觉被费辛压一头。

他搭配了两三套出来，正在抉择不下穿哪身更好一点时，搁在一旁的手机有新消息进来。

他拿过手机一瞧，是万朋鸟。

万鹏："明天干什么？我回颍城了。"

俞仲夏："不是说周末不回来吗？"

万鹏："我妈想回来看看，就回来了，周日下午还得回去，明天找你玩啊。"

俞仲夏："自己玩勺子去，别找我，有事。"

万鹏："什么事？"

俞仲夏："有约了。"

离万鹏家一百多米的费家。

费辛洗完澡，在书桌边拿 kindle 看了会儿英文电子书。天气暖了，他穿了身短装睡衣，条纹系带纯棉短裤。

他给俞仲夏发消息，没收到回复，就顺手刷了刷朋友圈，给几个深夜放毒晒美食的同学点了点赞。

他看到江因缺的一条："感谢爷爷奶奶姥姥姥爷爸爸妈妈姑姑舅舅二小姨多年来含辛茹苦的教养和栽培！"

配图是某党政单位国考拟录用公示名单，江因缺的大名位列其中。

费辛点赞并评论："可喜可贺！"

江因缺"秒戳"他私聊："辛辛！"

费辛："恭喜上岸！"

江因缺："请我吃饭！"

费辛："不该你请吗？"

江因缺："以后我就是有关部门的人了，你还不对我好一点？"

费辛："唠。"

江因缺：“明天干什么？找你玩去？”

费辛：“和我家小孩儿一起玩。”

江因缺：“带我一个呗。”

这时，俞仲夏的回复过来了：“刚才和万鹏聊语音，没听见你发消息。”

费辛迅速不理江因缺，说：“小猪明天想睡到几点？”

俞仲夏丢了个猪头表情包过来，不是Q版可爱小猪，而是祭天用的那种肥头大耳的猪头。

费辛：“……”

俞仲夏：“哈哈哈哈哈哈哈哈哈。”

费辛：“你不能萌一点吗？”

俞仲夏：“我装嗲你嫌弃我，现在又想让我装萌，我看你这是在为难我这匹铁血战狼。”

俞仲夏：“明天带万鹏跟咱们一起玩，行吗？”

费辛：“啊？”

俞仲夏：“哦？”

费辛：“行倒是行。”

俞仲夏：“但是？”

费辛：“没有但是，行。那再叫上江厅长？他公务员考试过了，也找我玩。”

俞仲夏：“可以。”

费辛：“那你早点睡，明天见。”

他退出来，回复了江因缺：“我弟批准带你了。”

第二天。

费辛开车出门，顺道把邻居万鹏带上，去和俞仲夏、江因缺会合。

他们两家住的这小区非常大，费家住在后面联排区。

万鹏住前面小高层，他又在隔壁市上高中，自从他离开七中转学走了以后，两人就没再见过。

他的样子和去年比发生了不小的变化，长高了一点，有一米八二或一米八三了，面容和气质也有所蜕变。16岁到18岁是男孩子褪去外表稚嫩感最快的时间段，去年打眼看上去他就是个高中生的模样，现在说他是大学生也很像了。

以前费辛对他的印象是爱玩滑板爱装酷的小男孩，现在再见，那种“中二期”的“装酷”不复存在，酷倒还是酷的。

这酷哥上了费辛的车，很有礼貌：“费老师好，好久不见了。”

费辛对他笑笑：“好久不见。”

他开车出了小区。

到俞仲夏家要二十来分钟，一直不说话也很尴尬。

费辛道：“听俞仲夏说，你现在成绩很好。”

万鹏：“一般，在你面前谁还好意思说成绩好。”

费辛只好笑了笑，感觉到这中学生对他不太友好……莫非……

费辛：“万鹏，你是不是想起来，我们去年暑假就见过面了？”

万鹏果然道：“是，在七中没认出来。”

费辛：“我本来以为早晚会认出来，没想到你那么快就转学走了。”

万鹏：“嗯。那天后来，俞季阳伤得重吗？”

费辛微微诧异，后来这两个人没见过面吗？

他答道：“流了点血，没伤到骨头，不算太重，皮外伤。”

万鹏不作声了。

费辛对这件事是有点好奇，但不太好问。他和万鹏不熟，万鹏只上过他一节化学课就走人了；他和俞季阳也不熟，只见过两三次。

他知道俞仲夏至今为止仍然把万鹏当最好的朋友，以俞仲夏对朋友吹毛求疵、挑肥拣瘦的标准，可见万鹏平时是个品行还不错的孩子。

费辛：“照理说，这事轮不到我来问。既然你已经知道我和十五是一家人了，那他弟弟也就是我弟弟，希望你以后不要再伤害俞季阳，否则我也会找你麻烦。”

万鹏沉默数息，道：“那事是我不对，我太冲动了。”

费辛：“冲动就可以打人吗？你应该知道他没有还手的力量。”

万鹏：“我那天都蒙了，我根本不知道他在说什么，我更没想过他讨厌十五到那种地步。”

费辛听俞仲夏提过，俞季阳表面上对哥哥百依百顺，实际上很讨厌这个哥哥。但他以为是俞仲夏过度解读了，在他看来俞季阳不像是那样的“白切黑”。

万鹏道：“你知道十五初三复读过一年吗？十五跟我说是跟人打架不小心骨折，耽误了考试，才晚了一年。俞季阳那天告诉我，说打架的时候，他在旁边看着，明明看到那个高中生拿了棒球棍朝十五砸过去，他却故意没提醒十五，眼看着十五被人打断了手臂。而且十五本来就是为他出头才去跟别人打架，被一群高中生按在地上摩擦，还断了手，休学了好几个月，第二年才上高中。”

费辛：“……”

万鹏：“他说如果我不是俞仲夏的好哥们儿，我在他眼里就是只大猩猩，我们这些体育生在他眼里就是四肢发达、脑子没发育完全的猩猩。”

他简直要哭了。

费辛劝慰道：“吵架的时候说的话，一般都不能当真。”

万鹏：“我真的脑子完全炸了，我以为他是个外表和内心都很单纯的小天使，那些样子全是装的吗？”

费辛：“然后你就揍了他？”

万鹏：“对，然后你来阻止了我。我并不是害怕和你打架，真打起来还不一定谁厉害。我看到他受了伤，他早就说疼了，我先前以为他是装的，有点害怕，是我弄伤了他。”

费辛：“后来就没再找他问清楚吗？”

万鹏：“找过，他不见我，我不敢上楼去，你应该知道他妈有点……”

费辛：“其实你还是想把他当朋友？”

万鹏：“俞季阳和他哥说过，说那些话是为了恶心我，心里不是那样想的，我也不知道真假。去年我才十六岁，很容易就被激怒了。”

费辛：“比起去年，我感觉你是成熟了不少。”

到俞仲夏家门口，费辛才给他打电话，说到了，让他出来。

俞仲夏不是刚起床的音调，声音元气满满的：“我马上来！等我一下下！”

万鹏道：“他有一点旁人难及的好处，约好了时间，很少让人等。”

费辛：“这倒是。”

话音刚落，两人就见俞仲夏从旁边街口一溜烟跑过来，提了四杯咖啡，坐上副驾位。

他穿了一套休闲装，上身樱粉色薄外套，内搭白 T，下身三道杠黑色束脚，脚上是和费辛一起买的那双橙白撞色 boost。

费辛道：“你去买咖啡了？出来得够早啊！”

俞仲夏：“我都在门口等半天了，你们一直不来，我就去买了点喝的。鸟，你的巧克力瑞纳冰，辛辛的加浓美式。”

他分完了，还有一杯给江因缺的拿铁，他自己的阿华田烤奶，他还买了两盒曲奇饼干，丢给了万鹏一盒。

三人继续上路。江因缺不用接，直接到约好的地方碰头。

四个人去开卡丁车。

早到的江因缺换好了衣服。他是个老玩家，算得上个中高手，得意扬扬地扬言要大秀特秀给费辛和两个高中生看看他的本事。

结果大家换好衣服，下场跑了一圈，“厅长”当场给万鹏跪了：这位才是高手高手高高手。

跑了几圈，这东西爱玩的人越玩越上瘾，不想玩的就乏了。

玩到中午，四个人一起去吃羊蝎子。

俞仲夏不吃香菜，费辛点单的时候要求把香菜单独盛一碟，羊蝎子上来后，他给俞仲夏夹了几块出来，再把香菜撒进去。

众人边吃边聊天，聊到俞仲夏和万鹏是怎么成铁磁的。

费辛道：“我听说高一入学军训，你俩跟教官打架，一战成名。”

俞仲夏：“往事不要再提。”

费辛：“为什么打架？”

俞仲夏是真不想说。

万鹏接茬道：“那个教官偷看女生换衣服，被十五撞见了……哦，那时候还是俞十三。”

费辛：“你们向学校反映情况了吗？”

万鹏：“说了，没人信。主要是白天十五跟那教官刚拌过几句嘴，那地方又没监控没证据，学校领导和队长都认为十五是瞎说的。”

俞仲夏道：“谁也不信我，还是鸟够义气。你说你别招我弟多好，我现在都跟你拜把子了。”

万鹏：“啧，别提我伤心事。”

江因缺道：“领导也不一定是不相信，主要没证据是说不清楚的，只好和稀泥，你们也太冲动了，武斗不如智取，该想个别的辙。”

费辛：“别人刚上高中，哪有你那么多鬼心眼。”

俞仲夏：“还不是因为我学习不好。我要是成绩好，才不会不信我。”

江因缺：“成绩好也没用，像辛辛……”

费辛：“喀喀。”

俞仲夏：“嗯？？？辛辛怎么了？”

江因缺：“没怎么，回头你让他自己说吧。”

费辛：“小事，别提了。”

万鹏对费老师的嫉妒心忍好久了，当即挑唆道：“我看不是小事，十五，你别被骗了。”

费辛：“你这孩子怎么说话呢？”

万鹏：“老师，我才17岁，想说什么就说什么，你能拿我怎么样？”

费辛：“……”

俞仲夏：“你到底什么事？”

费辛：“回头再说行吗？”

俞仲夏不是找碴只是好奇，道：“行，我想喝个王老吉。”

费辛：“买。”

等看戏的江因缺和万鹏双双失望，问道：“你俩不吵一架吗？拌几句嘴都行啊！”

费辛：“滚。”

俞仲夏冲他俩翻白眼。

说好了回头再说究竟是什么事，结果吃完饭出来走几步，有人在后面叫了声：“费辛？”

费辛一回头，神色一变。

对方是位二十八九岁的女生，穿了身款式很仙女但颜色很素的裙子，卷发过肩，明眸皓齿。

她对几个男生微笑致意，才对费辛道：“我和朋友约了来吃饭，你们吃过了？”

费辛：“对，我们要走了。”

她说：“还没祝贺你考上北大，恭喜。”

费辛：“还行……我们有事要走了，老师再见。”

他不等对方说话，转身就走。俞仲夏忙跟上他，万鹏也尾随离开。

只有江因缺明白了，对那女老师道：“兰洁老师？”

兰洁点头道：“你好，你是费辛的朋友吗？”

俞仲夏：“她是你的老师吗？人家恭喜你，你说什么还行？”

万鹏：“玩梗吧，‘北大还行’。”

费辛：“不是，没玩梗，先别问了。”

俞仲夏看他表情，奇怪道：“辛辛你怎么了？”

费辛：“不是说让你先别问了吗？”

俞仲夏：“……”

万鹏也是一愣。

费辛马上意识到自己语气不对，道：“对不起，不是冲你们。”

俞仲夏回头望过去，见那位女老师正和江因缺说话。

他刚才没看清楚人家长什么样子，现在远远地看，忽然觉得，她好像有点像钟楚红。

费辛道：“看电影，快开场了。”

四个人到楼下影院，取了费辛买好的票，买了爆米花和可乐，进了放映厅。

男生们一起出来看电影，当然是选择爆米花大片了。

大爆炸、跳飞机、高空营救、大战外星人，噼里啪啦两小时狂轰乱炸。

俞仲夏吃着爆米花看爆米花电影，但全程一心两用——

这战甲好帅啊！

那个女老师到底是谁？

男主角这肌肉好厉害哦。

越想越觉得她长得像费老师的女神。

这个配角为何那样？什么绝世大憨憨。

难道费老师暗恋过那个女的？

咦，女主角身材太火辣了吧。

那辛辛是被人家拒绝了？不然怎么看到人家就那么尴尬？

出字幕了，这片子有没有彩蛋啊？

费辛偏过脸来，低声道：“这片没有彩蛋。”

俞仲夏板着脸：“哦。”

费辛问：“要上厕所吗？”

俞仲夏“霸总”挥手：“走。”

上完厕所，费辛给江因缺打电话。

四人会合，接着去玩了剧本杀。

和卡丁车比起来，这才是俞仲夏的主场，他是当之无愧的“剧本杀之王”。

玩完去吃火锅，解散后，俞仲夏晚上要去费辛家睡觉。

江因缺走了，跑得比谁都快。

而万鹏还得搭费辛的顺风车回家。

终于回到了小区里，万鹏逃出生天，拔腿下车一路“汪汪汪”地跑了。

余下两人一起回家，快九点了，费家父母还没回来。

费辛习以为常道：“他俩今天上晚班。”

俞仲夏：“你还是先说说你和女老师的关系吧。”

费辛坐一边，说：“她是我们系里的老师，叫兰洁，大二大三教我们一门必修课。”

俞仲夏：“姓兰？比南宫琉璃还玛丽苏呢。”

费辛：“……”

俞仲夏拍腿：“别停，教必修课，然后呢？”

费辛：“然后……”

兰洁老师是位海归女博士，已婚，先生还在国外继续博士后流动站的研究活动，她先回了国，进了颍城大学任教。

费辛上她的课期间，因为成绩优异又一直在学生会任职，兰老师常找他帮忙，例如收改作业，准备实验教具，随堂测验帮忙监考，基本上等同于半个助教。

这些事他平常也常帮其他任课老师做，并没太放在心上。

随着接触变多，他和兰老师渐渐变得熟悉起来。

兰洁还不到三十岁，和学生们年龄差不太多，日常爱好也和学生比较接近，除了和费辛聊课业相关，偶尔也会聊到生活里的事。

刚开始聊热门电影或是追哪部剧，费辛没觉得哪里不妥，慢慢地，她开始向费辛讲她的家庭生活。起初她只是说些琐事，后来开始有了些小抱怨，说和先生异国恋很辛苦，遇到女生体力难为的事得不到先生及时的援手，还会担心男方在国外出轨，等等。

费辛没和女生聊过感情问题，茫然之余，还是比较积极地劝解兰老师，诸如：还是要给对方多点信任，有什么力所能及的事可以找他帮忙。

俞仲夏："啥？？？辛辛你是不是傻？"

费辛："……"

俞仲夏："你是不是一点鉴茶能力都没有啊？"

费辛："别这么说别人吧。"

俞仲夏："那我就说你！眼瞎还没脑子，已婚女的跟你说这种话，你还敢接茬？"

费辛："我当时真的没想那么多，只把她当老师。"

俞仲夏白眼翻到了后脑勺："然后呢？怎么翻车的？"

费辛："你怎么知道翻车了？"

俞仲夏："因为我不傻。继续。"

费辛："然后……"

大三下学期，春夏之交时，系里已经有人在传说费辛和兰洁老师的关系不太寻常。

费辛自己也听说了一些，虽然清者自清，但君子不立危墙之下，他还是刻意和兰洁保持了一定距离。

系里开始推选保研人选，他的绩点漂亮，参与过省级科研项目，在核心期刊上发过论文，辅导员私下里也找他问过有无出国或考其他院校研究生的意向。

大家都知道，他被保研基本上很稳了。

有一天早上没有课，他在教室上自习，刚坐下没一会儿，系里忽然打电话来叫他去一趟。

他进了系主任办公室，辅导员也在。

他以为是有学业相关的事，结果系主任拿出一沓材料，告诉他，有人向系里实名举报，直指他和已婚女教师有不正当关系，女教师指导他的论文，涉嫌造假。

俞仲夏不明白论文造假是怎么回事，问："那到底有没有造假？"

费辛道："里面有一篇实验记录，是引用了兰老师在国外参与的某个科研项目的数据，严格说起来，团队没有授权，她个人是不能授权给我用在论文里的。这事就是我自己的疏忽没得洗，那段时间连着在期刊上发了两篇论文，我确实是有点飘了，对学术没了敬畏心，才会授人以柄，是我自己活该。”

俞仲夏半懂不懂，看他皱着眉，知道他提起这一节既悔恨又自责。俞仲夏抬手拍拍他，道：“人非圣贤孰能无过，你还这么年轻。”

费辛：“是谁老说我二十几岁很老了？”

俞仲夏：“我这不是为了安慰你在胡说八道吗？”

费辛：“……”

俞仲夏：“接着说接着说。”

费辛：“我当时就蒙了。”

论文的事足够让他羞愧到无地自容。

和兰洁的“绯闻”更让他百口莫辩，因为系里接到的实名举报材料，是打印的他和兰洁的微信聊天记录。

他的笔记本电脑登录密码很多人都知道，同学偶尔借用他从不吝啬，很难确定是谁看到并下载了下来。

他和兰洁聊过莎士比亚，聊过漫威宇宙，聊过柴可夫斯基，还聊过李健、毛不易，到最近一段时间，兰洁向他倾诉异国婚恋的苦楚。

那些对话，跳出当时的语境来看，别说举报者和系主任、辅导员，他自己一页一页翻来，都难免觉得这对话框里的一男一女，确实有些超过了师生关系的暧昧。

俞仲夏一脸无奈。

费辛道：“我发誓，我在主观上绝对没想和兰老师有任何暧昧。”

俞仲夏：“我又没说你什么，就是忽然明白了，为什么你当时会那样对贾蓉蓉。一朝被蛇咬十年怕井绳，你一看见‘师生恋’这三个字就㞞了。”

费辛正色道：“就算没这事，我也不会和高中生搞师生恋。”

俞仲夏：“那到底是谁举报你啊？”

费辛：“我不知道。”

俞仲夏：“怎么会不知道？不是实名举报吗？”

费辛：“怎么可能把举报人的身份告诉被举报人？放任寻仇吗？”

俞仲夏诧异道：“我以为你已经寻过仇了。”

费辛更诧异：“为什么这么以为？”

俞仲夏：“如果有人这么搞我，我没报复回去，会吃不下饭睡不着觉，非得疯了不可，正常人都会这样，可你很……很正常啊。”

费辛顿了顿，道：“我只是没有让你看到我不正常的时候。”

不知道举报人是谁，但举报人的目的很明确。

散播了他和女老师的“绯闻”，还在那个时候向系里写举报材料，就是不想看他顺利保研，就算阻碍不成，也能给他添堵。

谣言永远比真相跑得快，世上绝大多数被冤枉、被误解的人，没办法证明自己的清白，越想证明只能越深地陷入对方想把你拉入的泥潭。

他只能寄希望于时间，把一切交给明天更强大的自己，用实力来堵住悠悠众口——但永远不要希望所有人都相信你，莫须有的污名势必会伴随你一生。

费辛主动向发表那篇论文的期刊申请撤销论文。

同时他向系里表示放弃保研，决定参加统考。

原本确定要去化学物理研究所的实习也搁置了下来。兰洁的先生那时回了国，受聘到化学物理研究所工作。

俞仲夏：“辛辛，你太……太烈性了。”

费辛：“我不知道还有什么别的办法。”

俞仲夏：“你没排除一下是谁在害你吗？”

费辛：“排除不出来。那段时间我感觉我都快疯了，电话一响我就头疼，不敢接也不想接，微信也不想回。有不少同学来关心我，可我看谁都像不怀好意。”

俞仲夏明白了，说：“难怪都没见你和大学同学一起玩。”

费辛：“最崩溃的时候是去年夏天，我每天都很愤怒，但又不知道该冲谁发火。去七中实习了一段时间以后，差不多到国庆，就是跟你一起玩以后，慢慢好了起来。我还是需要朋友，你还那么有趣。”

俞仲夏大言不惭：“快谢谢我。”

费辛：“谢谢你。你什么人啊？我这么惨你都不安慰我吗？”

俞仲夏：“这么大的事你到现在才跟我说，还让我安慰你？”

费辛：“我是觉得这事乌七八糟太复杂了，不想污染你的耳朵。”

俞仲夏像大人对小孩一样摸他脑袋，说：“像你这样的傻白甜，对别人都那么好，最后遇到这种事，是太惨了。要是像我就好了，谁来伤害我，我都不在乎，我本来就不信任绝大多数人。”

费辛：“现在还是吗？”

俞仲夏："不是了。虽然我很气愤有人这么陷害你，但是也谢谢他这么干了，不然我们也没机会认识。你那个老师还挺好看的。"

费辛："是挺好看。"

俞仲夏："你被这么折腾，她一点事没有吗？不公平。"

费辛道："也不算没事，她不在颍大教书了，听说还离了婚。"

俞仲夏："啊？"

费辛："听化学物理研究所实习的同学说的，她先生回国没多久，俩人就分开了。"

俞仲夏："不是为了你吧？"

费辛："怎么可能。"

俞仲夏："你这个蠢货，人家兰老师分明对你有意思，你不解风情。"

费辛惊喜状："真的吗？她对我有意思啊？"

俞仲夏："……"

费辛认真道："但这对我来说不重要。"

第十六章 去远方

接下来的毕业季，忙忙乱乱，眨眼到了六月。

六月的两件大事：俞季阳高考，费辛毕业。

数日后。

俞季阳的高考成绩出来，裸分全市第三名。

俞仲夏买了个新行李箱，带着去祝贺弟弟，当作弟弟即将离家上大学的礼物。

结果俞季阳一开门，眼睛哭得肿了起来。

俞仲夏头大道：“怎么了？妈又打你了？你考这么好，她又发什么疯？”

俞季阳说：“她不让我去外地上大学。”

俞仲夏：“……”

卓云要求俞季阳报考颖城大学，说不放心他一个人去外地，还要求他以后工作结婚也要留在颖城当地。

俞仲夏暴躁道：“别理她！你自己的将来自己决定！”

俞季阳抹眼泪：“可是……”

俞仲夏：“她打你哪儿了？伤着没有？给我看看。”

俞季阳：“没有打我。她是哭着跟我说的，她求我不要离开她。”

俞仲夏：“她就是个控制狂，以前想控制老爸，现在想控制你。你别被她哭两声就上套，你忘了吗？你这么努力就是想离开这里，你要的是自由，你不想摆脱她了吗？”

俞季阳边哭边说：“我不知道该怎么办，我不想留在颖城上学，可是我又不忍心看她伤心……她只是脾气不好，这么多年带着我很不容易……我……”

俞仲夏哀其不幸又怒其不争，骂道：“哭哭哭就会哭，你是要气死我啊！”

俞季阳：“我就是这种性格的人，瞻前顾后，犹豫不决，我可能根本就配不上‘自由’两个字。”

俞仲夏怒极反笑：“你骗万鹏的时候可不是这样，我被别人打断胳膊的时候你也不是这样。”

俞季阳：“哥？”

兄弟俩终于还是在成年以后，要面对两人之间埋藏多年的钝痛。

俞仲夏早已做好了准备。

他说：“你不是讨厌我吗？你要是不离开颍城，你永远不会过得比我好。”

俞季阳：“我……”

俞仲夏冷酷道：“我告诉你，我现在成绩很好，专业课成绩尤其好，明年我能考上最好的大学。”

俞季阳：“我都要报志愿上大学了，你还是个高中生。”

俞仲夏：“说的就是报志愿，别打岔。你到底准备怎么办？”

俞季阳又要哭：“我不知道。”

俞仲夏：“再哭我揍你了。”

俞季阳：“你别凶我……哥，我不讨厌你，其实我最喜欢你了。”

俞仲夏：“……”

俞季阳：“我以前是很嫉妒你的。”

俞仲夏跳起来：“我就知道！”

俞季阳：“你不知道！我嫉妒你跟爸爸一起生活，住大房子，穿漂亮衣服，有好多零花钱，你自信又开朗，大家都更喜欢你。”

俞仲夏：“好啊！你说实话了！你这个小白莲！”

俞季阳：“我不是、我不是！”

俞仲夏：“我管你是不是，我告诉你，你要是不好好给我报志愿，我就打死你。”

俞季阳哭起来，说：“我不是白莲。你说你初三手臂骨折那次，我知道是我错了。那是我这辈子心理最阴暗的一天，我看到别人偷袭你，还故意不提醒你。可是你摔倒那一瞬间，我就后悔了，送你去医院的路上，我心里恨透了我自己，要是可以，我想替你受伤，我不想你耽误中考，我希望你健健康康，永远不要再受伤，我愿意用以后所有的运气换你一生平安，你是我最爱的哥哥。”

俞仲夏：天哪……我的弟弟。

你是白莲我也认了。

他说：“你别肉麻了，好恶心。”

俞季阳：“你根本就什么都不知道，你就会威胁我要打断我的腿。”

俞仲夏：“别哭了……把脸擦擦，丑死了你。”

俞季阳擦眼泪擤鼻涕。

俞仲夏：“反正不能听妈的话，费老师跟我讨论过了，说你这分数只要选对专业，肯定能上‘清北’。他当年也差不多这分数，那年北大化学系没给咱们省名额，他不得已才报了颍大。”

俞季阳：“我真的不想看她哭，不知道该怎么办，我知道我这性格不行，可是我真的好难啊。”

俞仲夏：“我来跟她谈。”

俞季阳：“你？不可能，你不和她打架我都烧高香了。”

俞仲夏：“你当你哥还是小屁孩吗？我已经是个成熟男人了。”

晚上，卓云下班回来，看见大儿子便嘲讽道：“呵，大少爷来了。”

几分钟后，母子俩对喷起来。

卓云：“我让阳阳报哪儿干你屁事！我是他亲妈！”

俞仲夏：“我是他亲哥！”

卓云：“听这口气，还当你是他亲爸呢！”

俞仲夏：“他满十八了！你别什么都想管！”

卓云：“满十八也是我养大的儿子！不像你，八岁就从这家里滚蛋了！”

俞仲夏：“你再这么不讲理，我就上法院告你了！”

卓云：“你告去，多大本事？这么些年你爸连一次家长会都没替你开过，你有爹跟没爹一样，也没见你告俞明啊！”

俞仲夏：“……”

卓云冷笑：“你还替阳阳出头，他有妈管，你有什么？”

费辛开着车，正行驶在路上。

手机屏幕上“15”的来电名字闪烁起来。

他接了，笑问：“从你妈家出来了吗？”

那边：“费老师？我是俞季阳。”

费辛：“啊？你好。”

俞季阳着急道：“我哥和我妈闹起来了，要跳楼！”

费辛：“谁要跳楼？”

俞季阳：“他们俩！都要！”

俞仲夏脸上被挠了几道血印子，正骑在俞季阳房间的窗台上。

卓云披头散发坐在客厅阳台边上。

母子俩隔着两间房一堵墙激情对骂。

大的嚷嚷：“你跳啊，你跳我也跳！”

小的也嚷嚷：“谁要跟你演《泰坦尼克号》？！”

俞季阳哪个也搞不定，两边跑来跑去地劝，急得满头大汗：“你们不要这样！”

卓云冲他吼：“你到底报不报颍城大学？”

俞仲夏：“他不报！”

卓云：“我们家的事轮不着你插手！”

俞仲夏：“长兄如父，我弟的事我做主！”

家门被急促敲响。

俞季阳：“警察来了！我报警了！”

卓云和俞仲夏：“来得好！”

俞季阳跑去开了门，进来的却是费辛，他比警察先一步到了。

他一阵风闯进来：“俞仲夏！你在哪儿？”

骑窗的俞仲夏：“哎？你怎么来了？？？”

费辛过来一看，既惊且怒，喝道：“还不给我滚下来！”

俞仲夏：“哦……”

他收腿爬下来，被费辛一把拉住。费辛劈头盖脸揍了他几巴掌，骂他：“电影看多了是不是？还跳楼！你跳，你再跳！你几岁了？这么大了跳楼是能闹着玩的？”

俞仲夏：“疼疼疼……住手！我不要面子吗？别当着我弟的面打我！”

俞季阳：“……”

卓云也不爬窗了，火速赶来质问费辛：“你谁啊？”

费辛：“阿姨好……”

卓云原本以为来人是俞仲夏的狐朋狗友，猛然看清是个帅气大男孩，一脸茫然：“你到底是谁？”

费辛：“我是……”

俞仲夏抢着说：“他是我的老师。”

俞季阳也帮腔：“这位是费老师，我给他打了电话。”

卓云却脸色剧变，匆忙把头发理了理，手在衣服上擦了几下，来和费辛握手，说：“老师，你好你好。我和俞仲夏是在闹着玩，他在学校表现还可以吧？”

费辛：“……”

俞仲夏：“……”

说话间派出所民警也来了，说是有群众要跳楼，也怪紧张的，一进来又看家里这架势好似无事发生，莫名其妙地问：“谁要跳楼？哪位是俞季阳？”

俞季阳举手：“是我，他们好了，不跳了。”

俞仲夏“狼人”自曝：“没好！等下还要跳！”

卓云警告他：“要当着你老师的面闹起来是吗？有没有点学生样子？”

费老师：“阿姨消消气……”

俞仲夏冲他妈说：“我告诉你，我早想报警抓你了！警察叔叔，就是她，她长期虐待未成年人，快把她带走！”

费辛：“……”

俞季阳吓一跳，忙说：“没有没有，我成年了！”

卓云难以置信地看着俞仲夏：“你是不是人啊？！”

警察控制局面：“都不要吵了！”

警察看向在场唯一一个看起来还算冷静的费辛，说：“小伙子，你是这家的谁？”

费辛：“我是……我是他哥哥。”他指指俞仲夏。

卓云：“你不是他老师吗？”

俞仲夏：“既是我老师又是我哥哥，管得着吗你？”

警察叔叔紧急叫停：“听我的，都冷静冷静，你这小孩不能好好说话吗？这个……老师哥，你来跟我说下什么情况。”

“老师哥”根本不知道怎么了，推俞季阳出来，道：“还是让弟弟说吧。”

俞季阳把事情一五一十说了，但没说卓云家暴他，只说报志愿的事，说他和卓云在报志愿的问题上有分歧，哥哥俞仲夏为了帮他争取权利，才和妈妈闹起来。

家长强行干预孩子的高考志愿，这显然不太妥当。

两位警察中年龄较大的一位大叔教育了卓云几句，还拿自己家孩子报志愿的事当例子。

卓云冷着脸不说话。

年轻警察就教育俞仲夏：“你这孩子，怎么能跟妈妈那么说话？”

俞仲夏也不理人。

费辛道：“是是是，回头一定好好教育他，给你们添麻烦了。”

小警察道：“小孩气性还挺大，一家人没有隔夜仇，有问题说开了就好了。”

俞仲夏阴阳怪气：“劝人大度，天打雷劈。”

小警察：“嘿？这小孩？”

费辛斥道：“俞仲夏，好好说话。”

俞仲夏：“好好说就好好说！这种妈我根本不想要她，谁跟她一家人？早掰了！”

卓云豁然而起，费辛忙挡着道：“别动手！”

俞仲夏朝两位警察道：“我刚说了她长期虐待我弟弟了，你们看是不是？我弟现在是成年了，这么些年挨她无数次揍，脑袋上缝针还留了疤，不信你们扒开我弟头发看看我有没有说假话！”

卓云被费辛和民警拦着，只能语言输出：“我也早不要你了！早知道生你这么个玩意儿，当初就直接把你扔了！”

俞仲夏：“我是选不了妈，能选会选你吗？早知道这样，不等生出来我就一根脐带勒死我自己！”

卓云：“你现在死也不晚啊，死去啊！我有阳阳一个就够了！”

俞仲夏：“你以为阳阳就想跟你吗？他这么努力学习就是想离开你，他要自由，你懂不懂啊？”

卓云怒视俞季阳：“你要他说的狗屁自由还是要妈？”

俞季阳：“……”

俞仲夏怕他又心软屃了，警告道：“俞季阳！你想清楚，人生是单行道，回不了头的。”

俞季阳眼泪在眼眶里打转，最后说："妈，我真的已经透不过气了，我不想你伤心，可是我想呼吸，再这样下去我会疯的。"

卓云："……"

俞仲夏道："听到了没？你要把他逼疯了。"

老警察对卓云道："孩子成绩那么好，前途一片光明，当大人的是不该扯后腿。"

小警察也说："是啊大姐，别太钻牛角尖。"

俞仲夏一副幸灾乐祸的模样："看吧，没人站你，大家都站道理。"

费辛："你少说两句。"

他也向卓云道："阿姨，我就是颍大应届毕业生，阳阳的成绩，报我们学校真就亏大了，你真的要好好考虑考虑。"

俞季阳拉了拉卓云袖子，叫她："妈……"

卓云甩开他，但眼眶分明是红了。

费辛看俞仲夏，后者对这"母子情深"满脸不屑。

可是费辛感觉得到，他应该还是有一点点羡慕。

他冲费辛皱眉，又对他妈说："费老师考研都考北大去了，你不乐意听我们的，听听超级学霸的话，总没错吧。"

卓云却怼他："不想跟你说话。"

俞仲夏："哼。"

卓云："你马上从我家出去，以后再也不要来。"

俞仲夏冷笑道："行，只要你别再干涉俞季阳报志愿，我保证这辈子再也不出现在你面前。"

两位警察服气了："你们娘俩就不能好好说话吗？！"

卓云朝两位说："他从来就没把我当他妈。"

俞仲夏："对啊，从来就没有。"

卓云并不理他，继续对警察控诉说："他们爸不喜欢小孩儿，学外国人搞丁克，离婚的时候，我说两个孩子都给我，我自己的儿子我来养，可他又怕别人说他闲话，非要带走一个。"

俞仲夏和俞季阳："……"

他俩并不知道还有这一出。

那天下着雨，大人们让他俩选要跟谁一起生活。

小俞仲夏因为更淘气，总被脾气暴躁的妈妈骂，很害怕会被分给妈妈，抢着做了选择，他要跟爸爸。

这么多年过去了，他一直记得，在他选完以后，身边的弟弟那一脸惊恐与复杂。

午夜梦回，他总对弟弟充满了愧疚。弟弟那时除了有要失去完整的家庭、过只有妈妈的生活的惊恐，更有被他这个哥哥背叛的错愕。

其实他已经记不清楚兄弟俩还在一起生活时的细节，他们太小了。

但他根据两人的性格和际遇，时常自己“脑补”出还在一起时场景：好玩的他先玩，好吃的他先吃，惹了祸就说是双胞胎弟弟干的，害弟弟被妈妈骂。

久而久之，他自己都不知道哪些是真的，哪些是他臆想出来的。

他只好千方百计地对俞季阳好，又总不得其法，觉得弟弟讨厌他、嫉妒他。初三那年在医院里，弟弟爆发出来，冲他吼的那一段话，契合了他多年来的想象。

他就是个讨人厌的哥哥，弟弟替他受尽了委屈，生活条件差，还要挨打挨骂，除了努力学习没有任何出路。

弟弟是一朵薛定谔的小白莲，也许是也许不是，他根本不知道。

他更不知道，妈妈卓云那时是想要把他们俩都带在身边，从来没有人告诉过他。

卓云道：“大的选了他爸被带走了，头几年，我还一直想去把他要回来。后来孩子渐渐大了，我的经济条件确实不如那男的，脾气又不好，跟着我也不好过，我才慢慢死了心，想着总归在那边物质上不会短缺了他。他自己能出门坐车以后，也常来我这边玩，我也能看着他长大。”

老警察道：“这不是也很好吗？你俩没必要这么剑拔弩张。”

卓云：“有一年，我出了个小车祸，被撞到了腰，三个月没上班没收入，这家里你们也看见了，雪上加霜，要不是娘家接济，真要难死我了。阳阳懂事，帮着洗衣服做饭。这大少爷来了，一进门就说我虐待他弟弟。我说‘你看不见我什么情况吗’。我也是没出息，一边说一边哭。阳阳也陪着我哭，你们猜他怎么着？他对着我一脸怪笑。这么些年了，我做梦还老能梦见他当时那张笑脸。我这辈子是有多倒霉？嫁了个不合意的男人，离婚丢了个儿子。盼着这儿子不在身边也过得好，结果等我躺在床上不能动，就要被他嘲笑我是个废物！”

满屋子人："……"

卓云："我是不如他爸有能力，也不如他后妈，可不么，人家是名主持人，年轻漂亮还会说话。他现在也去学了播音主持，他但凡有一点良心，有一点念着我这个当妈的苦处，做得出来这些事吗？"

老警察道："毕竟是个小孩子……对你妈妈道个歉，这事就过去了，看你也不是不懂事的孩子。"

俞仲夏对卓云道："你就是因为那一次我没有哭，就恨我到现在？"

卓云："你走吧，我会让阳阳自由报志愿，以后你再也别来这家了，我看见你觉得难受。"

费辛："其实……"

俞仲夏不让他说，继续道："我弟想报哪儿就哪儿，你以后也不会再打他？"

卓云："我说到做到，我比你更盼着阳阳好，他长大了，我早就不再打他了。"

俞仲夏："好，只要你说到做到，我以后再也不会来烦你。"

两位警察和费辛、俞仲夏一起出来，俞仲夏对俞季阳比了个打电话的手势，意思是保持联系，有事找他，俞季阳点了点头。

警察叔叔道："吵归吵，以后有了什么事，那还是你妈。"

俞仲夏板着脸："知道，只说不烦她，没说等她老了病了不管她，法律规定我该做的事我会做的。"

两位警察对叛逆青少年也没辙，和费辛道了别，开着警车先走了。

六月的星空下，费辛和俞仲夏慢慢踱步朝小区外走，费辛把车停在了小区外面。

俞仲夏道："辛辛，你怎么来那么快？"

费辛："本来就在来接你的路上，估摸着你吃过饭该出来了。吃了吗？"

俞仲夏："没有，她下班回去我们就吵起来了。"

费辛："想吃什么？"

俞仲夏："都行。"

费辛牵住他的手，道："怎么电话里不告诉我你弟报志愿的事，自己单枪匹马跟你妈谈判？"

俞仲夏："我弟的事，我当哥哥的当然一力承担。"

费辛："……"

俞仲夏："我是个好哥哥吗？"

费辛："你是。"

俞仲夏："我不是。"

费辛："我觉得你是，俞季阳一定也这么觉得。"

俞仲夏："……"

出了小区门，两人上了停在外面车位的车。

副驾上的俞仲夏扣安全带，扣了半天都没扣好，他手抖得厉害，总也对不上那插口。

费辛："十五……没事吧？"

俞仲夏低着头："没……有、有事。"

费辛抬手轻按在他后脑勺的柔软头发上，说："跟我说啊。"

俞仲夏："……"

卓云交通意外被撞伤腰，是在俞仲夏 12 岁那年的冬天。

几个月前，他刚刚经历小升初考试。他和俞季阳成绩差不多，划片没划在一个区里，上了两所不同的重点初中。

为了庆祝，暑假里他带俞季阳去游乐场玩了一天，还给弟弟买了好吃的好玩的。

晚上回到家，俞季阳就挨了揍。他哭着跑出来，用公用电话给哥哥打电话。

俞仲夏把他带回了家，那是他第一次来爸爸的家，被哥哥漂亮的房间和无数的玩具零食震撼到说不出话。

俞仲夏卷起弟弟的袖子和裤管，看到胳膊上和腿上被抽出来的瘀痕，做了一个决定。

他等俞明下班，鼓足勇气向爸爸提出，他要和弟弟置换，让他去妈妈那里生活，让弟弟来这边。

俞明拒绝了他，并马上开车把俞季阳送了回去。

俞仲夏在车后追了好远，一直到追不上，绝望地坐在路边，看着车来车往。

俞仲夏道："我当时想，如果来一辆车，把我撞死就好了。"

费辛："……"

俞仲夏："那样只剩下俞季阳，妈妈也许会看在我已经死了的分上，对他好一点，爸爸也许会阻止妈妈继续虐待他。"

费辛艰难道："后来呢？"

俞仲夏："后来我也没敢走到马路中央，我怕疼，也怕我死了再也没人保护弟弟，我不能太乐观，把自己想得太重要。我爸根本不在意我，他到现在还以为我是个沉默寡言的中学生，我死了，没准他还暗自高兴不用再管我这个拖油瓶了。"

费辛："你爸……他真是丁克吗？"

俞仲夏："他是个懦夫，既想丁克，又想在普世价值观里生存，不想被别人当异类。他口口声声说是被我妈道德绑架才做了爸爸，可既然他从始至终都不想要孩子，从一开始就该找我后妈那样志同道合的老婆。他还很爱讲道理，教我怎么为人处世，我每次听他说那些话，心里都想'你可闭嘴吧，像你这样做人还不如学我妈当个暴力狂'。"

费辛："那你真的不像他，你有一颗赤诚之心。"

俞仲夏："我没有。我以前还老是瞧不起我弟弟，嫌他娇气，嫌他土气。"

费辛："我小学初中的时候，也会瞧不起班里成绩差的同学，觉得他们好笨。长大几岁才不那样了，'当你想批评人时，记住并不是世界上所有人都和你有一样的条件'。"

俞仲夏："对。"

费辛："你跟我说过，就是那次以后，你再也哭不出来了。"

俞仲夏："可能是把哪个零配件给哭坏了。"

费辛："你妈说对你诉苦，你不哭，还冲她怪笑。"

俞仲夏："我不记得我笑没笑，我只记得她那天很生气，一直骂我，我去的时候还给她买了个护腰，也被她剪了。"

费辛："……"

卓云眼里的"怪笑"，也许只是俞仲夏因为想哭而哭不出来的纠结表情。

费辛："为什么刚才不让告诉她真相？"

俞仲夏："真相不重要，她是真的恨我，不是只为了那一件事。离婚的时候我没选她，这些年里我爸越过越好，升职当了主任还是副台长，娶了情投意合的漂亮老婆，买了新房子新车，每次她都会发火，我爸又不见她，她就只能恨我……我知道，我都知道，我早就知道。"

费辛安抚道：“别太难过。”

俞仲夏还低着头：“我没有难过。”

费辛忽然意识到什么，掰着他的脸抬起来，手指感到了湿意。

俞仲夏满脸是泪。

先前他还一直忍着，被费辛看到时，他崩溃了，号啕大哭起来。

费辛：“……”

俞仲夏把眼泪鼻涕全蹭在费辛肩上，哭得直抽抽。

费辛：“好了好了，留着点泪，别一下哭完了又没了。”

俞仲夏：“我哭得眼睛有点疼。”

费辛：“不要哭了，给我看看眼睛。”

俞仲夏伏在他胸口不起来，呜呜咽咽地说：“我以为从来没有人在乎我，我弟讨厌我，我妈当我是空气。”

费辛：“结果呢？”

俞仲夏：“我弟说我是他最爱的哥哥，我妈是因为得不到我的爱才那样对我。”

费辛：“……”

俞仲夏：“我今天真的太厉害了……我的眼睛又酸又疼。”

费辛：“别再哭了，我得带你去医院。”

俞仲夏起身抹眼睛：“好了好了，不用去医院，马上就哭完了。”

费辛：“没事，咱们医院有人。”

俞仲夏想起费文谦和辛丽萍，又边哭边笑：“费老师，我真的没难过，我已经有家人了，我有了。”

费辛：“傻瓜，你当然有，我们都很爱你。”

俞仲夏的情绪迸发，并不是因为他终于理解了妈妈和弟弟。

是因为他与这许多年里孤独纠结的自己，和解了。

他一直被俞季阳喜欢，也被卓云放在心里，他交付出去的真心，得到过回应。即使那回应渺小如萤火，也总算不曾被辜负。

在费辛看来，俞仲夏于某种意义上，内心强悍到可怕。

他是当之无愧的俞特·帕克，始终保有坚定的正义感，为被偷窥的女同学仗义执言，顶着校霸虚名从没真的欺辱身边人，当有弱势同学例如江楚被旁人欺凌，他还会挺身而出。

他爱看书，爱思考；他热爱自己，充满自信；他爱家人，想做全世界最好的哥哥；他爱朋友，对真心交往的所有人大方而真诚。

而从今天起，他会摆脱成长期留下的那些阴霾，更加坦荡地热爱这个世界。他会涅槃重生，更勇敢无畏地绽放一切可能。

俞仲夏："我饿了，想吃饭。"

费辛："眼睛还疼吗？"

俞仲夏："不了。"

他翻开遮阳板的镜子，借着路灯的光线照了照，自恋道："我真是带雨梨花，脸蛋天才，芳心纵火犯，我哭过以后也太美了吧。"

费辛："……"

俞仲夏仔细看他，道："你不是也哭了吧？"

刚才被勾得眼睛也像进砖头的费辛万分后悔，踩油门，说："我就多余掉这两滴泪。"

暑假前，高二期末考，俞仲夏的分数在特长生中第一名，吊车尾排在了全年级前五十。

这把班主任薛老师惊得联系了家长，问要不要考虑转文化生。这分数即使不走特长生，努把力，冲刺顶级院校也很有希望。

俞明这人最有意思的地方，是他告别第一次婚姻后，便彻底放飞自我，也算是活出了自己想要的样子。

一方面他相当没有给人当爹的自觉，另一方面他也不像其他爹那样或多或少会把孩子当自己的所有物。

他不，他认为他和俞仲夏互相不属于对方，将来俞仲夏到了工作的年纪，他们老死不相往来都可以。

于是他问俞仲夏自己的意见，并说："你的人生你自己拿主意，将来能对自己负责就行。"

俞仲夏："好的，我还是想学播音主持，而且我还想……"

暑假里，费辛和俞仲夏去江浙沪玩了一圈，看了俞仲夏心心念念的万国建筑群，还看了苏州园林，拜谒了中山陵，游了西子湖畔。

九月来了，费辛和俞季阳都要开学。

两人没成校友，俞季阳被人大经管系录取了。

开学时间接近，他俩买了同次航班出发去首都。

送机那天，俞仲夏和费家父母都去了机场。

卓云也去了，她和俞仲夏还不说话，看见彼此就转开视线，当对方不存在。

费家父母倒是和她聊了几句。

费辛一脸忧伤：“我要走了。”

俞仲夏：“好，我弟有点傻，我让他有什么事就找你，你别不理他。”

费辛：“当然不会，我有没有那么傻？”

进安检口之前，俞仲夏叮嘱弟弟：“去了大学要胆大一点，什么都试试，才能有更多成长，知道吗？”

俞季阳：“知道。”

费辛和俞季阳过了安检，到候机区。

俞季阳：“费老师，你没事吧？”

费辛：“没事。”

俞季阳：“你看起来好难过。”

对家乡和亲人依依不舍的费辛转移话题：“你喝饮料吗？我去给你买。”

俞季阳：“不喝，谢谢费老师。”

费辛：“别太客气。”

他俩确实不熟，俞季阳还顶着一张和俞仲夏一样的脸，搞得费辛和他相处既熟悉又不自在。

很快机场通知登机。

两人一起去排队，俞季阳忽道：“我想上个厕所。”

费辛道：“那行李交给我，我在这儿等你。”

俞季阳跑走了。

过一会儿，他又跑着回来。

费辛带他检了登机牌，一起上了飞机。

俞季阳眼睛骨碌骨碌来回看，也不说话了。

费辛知道他没坐过飞机，好奇很正常。费辛带他到座位前，把行李放在行李架上，并让他坐在靠窗的位置，自己坐在中间。

起飞后，飞行平稳。

今天天气很好，云层之上，金光万里。

费辛从自己的离别愁绪里抽离出来，问弟弟："觉得晃眼吗？可以把遮光板拉上了。"

俞季阳扭头看着窗外："没事，这很漂亮。"

费辛看了看他的小半边侧脸，修长的颈项，和他哥哥一模一样。

俞季阳回头，说："费老师，你知道坐在我前面的是谁吗？"

费辛："嗯？"

俞季阳敲了敲前排的座椅。

前面靠窗那人回过头来。

费辛惊了。

前面赫然是俞仲夏！

费辛失声道："你怎么会在这里？！"

其他乘客诧异地看他，他忙尴尬地致歉。

然后他才继续责问前排的俞仲夏："你跟来干什么？不用上学了吗？简直是胡闹！"

前面那俞仲夏定定看他，说："费老师，你认错人了。"

费辛一脸迷惑。

他僵硬转头，看坐在他边上的"俞季阳"，"俞季阳"露出狡黠的笑，道："辛辛，都告诉你不许把我弟当成我了，你怎么还认错？"

费辛："……"

俞仲夏去北京参加艺术生集训，要去半个学期。俞台长托人找的学校。

费辛被耍得要哭了，把这熊孩子按在窗边狠狠掐了一顿。

飞机载着他们，一起去远方。

窗外朵朵白云在日光之中，化成簇簇金粉花海，变得异常灿烂，明艳地点缀了整个视野可及的世界。

像一片盛开的春日桃林，又像一片终究被越过的沧海。

你说以后的每个春天，无论我们近在咫尺还是远隔山海，你希望当我想起你的时候，心中幸福快乐，前路无所畏惧。

我们会共度余生，共同拥有一个家庭和挚爱的亲人。

未来的所有日子，我们朝夕相守或暂时分离，每当我想起你的时候，我的心里会是一个盛大而永恒的春天。

辛辛，我们不是春季限定，但你就是我的春天。